Michael Böckler

Nach dem Tod lebt es sich besser

MICHAEL BÖCKLER

NACH DEM TOD
LEBT ES SICH BESSER

Ein Mallorca-Roman

DROEMER

Bitte besuchen Sie uns im Internet:
www.droemer.de

Die Folie des Schutzumschlags sowie die Einschweißfolie
sind PE-Folien und biologisch abbaubar.
Dieses Buch wurde auf chlor- und säurefreiem Papier gedruckt.

Umschlaggestaltung: ZERO Werbeagentur, München
Umschlagfoto: Zefa, Düsseldorf
Texterfassung: Brigitte Apel, Hannover
Herstellung: Josef Gall, Geretsried
Umbruch: Ventura Publisher im Verlag
Druck und Bindung: Franz Spiegel Buch GmbH, Ulm
Printed in Germany
ISBN 3-426-19595-X

2 4 5 3 1

»Unter den heutigen Umständen kann ich diese Reise guten Gewissens nur körperlich robusten und geistig beschwingten Künstlern empfehlen. Aber die Zeit wird bestimmt kommen, wo ein zarter Schöngeist und sogar elegante Damen mühelos und bequem nach Palma fahren können …«

George Sand, Paris 1842, *Ein Winter auf Mallorca (Un Hiver à Majorque)*

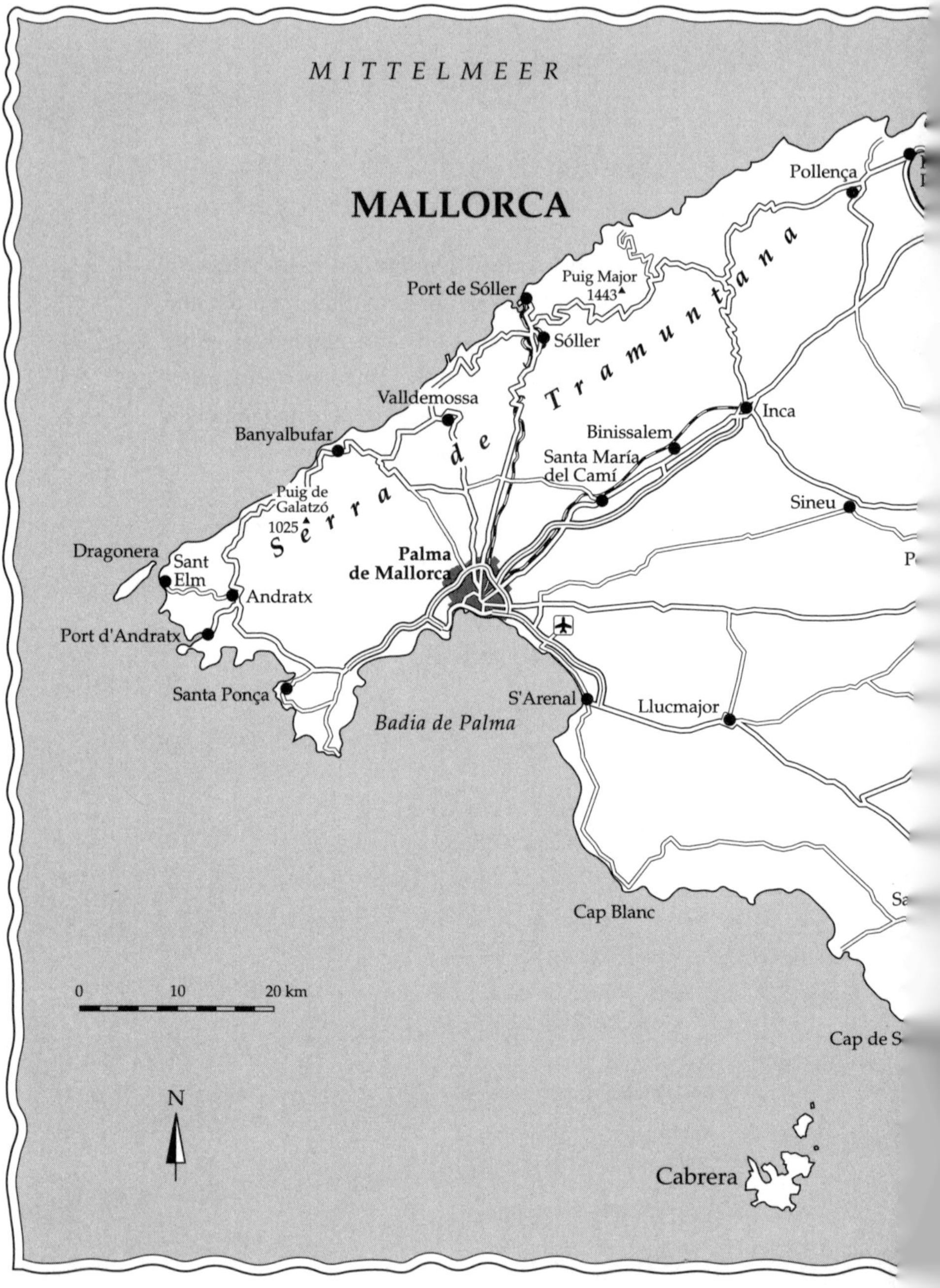
MITTELMEER
MALLORCA
Pollença
Puig Major
1443
Port de Sóller
Sóller
Serra de Tramuntana
Valldemossa
Inca
Banyalbufar
Binissalem
Santa María
del Camí
Puig de
Galatzó
1025
Sineu
Dragonera
Sant
Elm
Palma
de Mallorca
Andratx
Port d'Andratx
Santa Ponça
S'Arenal
Llucmajor
Badia de Palma
Cap Blanc
0
10
20 km
Cap de S
N
Cabrera

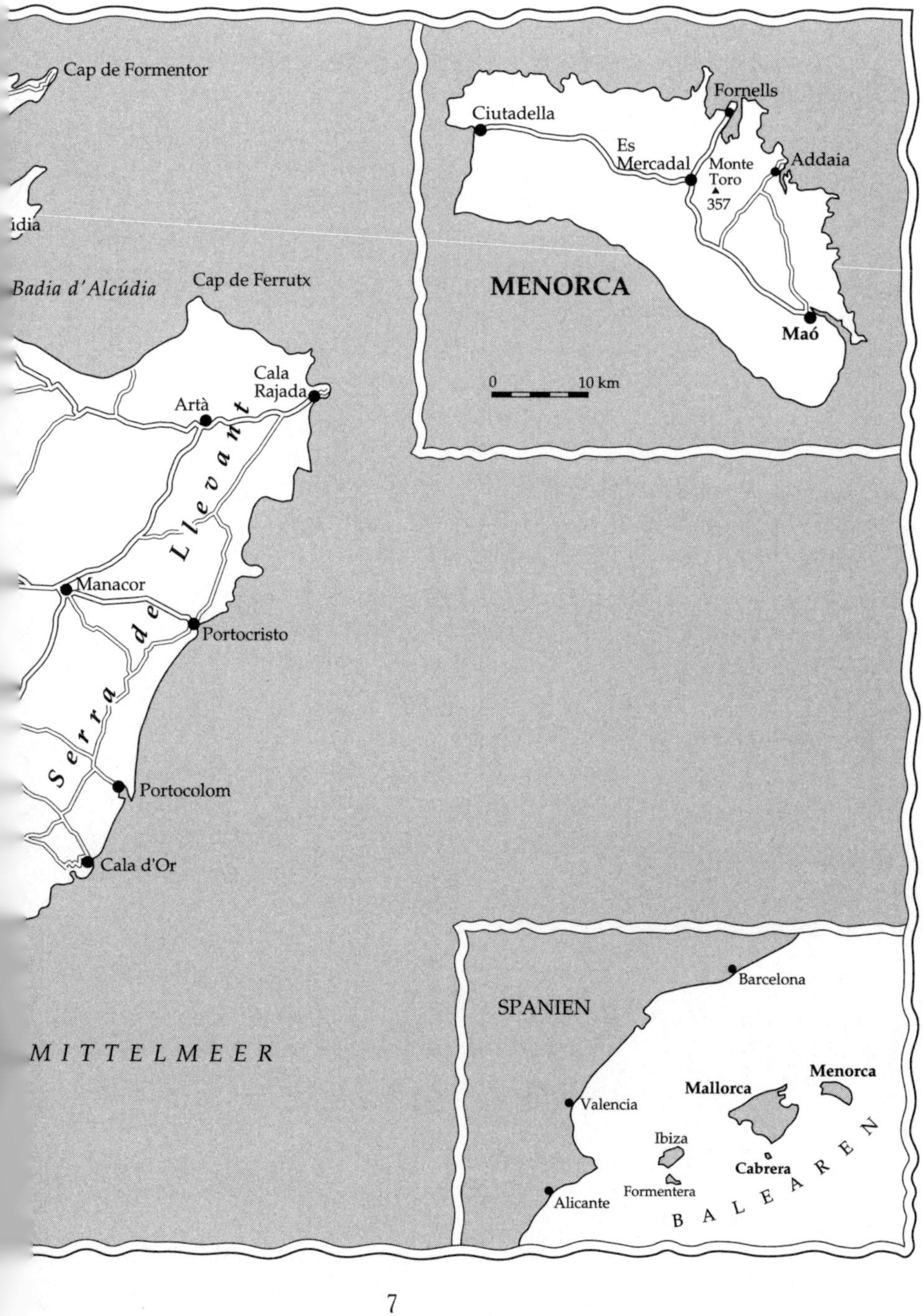
Cap de Formentor
Alcúdia
Badia d'Alcúdia
Cap de Ferrutx
Cala Rajada
Artà
Serra de Llevant
Manacor
Portocristo
Portocolom
Cala d'Or
MITTELMEER
Ciutadella
Fornells
Es Mercadal
Monte Toro
357
Addaia
MENORCA
Maó
0
10 km
SPANIEN
Barcelona
Valencia
Alicante
Mallorca
Menorca
Ibiza
Formentera
Cabrera
BALEAREN

Prefacio

Da gibt es eine junge Frau, die verbindet schöne Erinnerungen mit Mallorca. Leider aber auch weniger schöne! Da gibt es einen Mann, der hat beschlossen, nie mehr einen Fuß auf die Insel zu setzen. Einen Vorsatz, den er wegen unerwarteter Ereignisse brechen wird. Es gibt einige andere Akteure, die mehr oder weniger unlautere Ziele verfolgen. Mord und Totschlag nicht ausgeschlossen. Vor allem aber gibt es eine Vorgeschichte. Und dem Ganzen liegt ein besonderes Konzept zu Grunde.

Um beim letzten Punkt anzufangen: Der Roman spielt zu großen Teilen auf Mallorca. Natürlich in Palma, der altehrwürdigen und doch so jungen »Ciutat«, in Porto Portals, in Port d'Andratx, in Santa Ponça, in Portocolom, in Sóller … Einige Kapitel werden Sie außerdem auf die kleinere Nachbarinsel Menorca entführen – nach Maó, der britisch geprägten Inselhauptstadt mit dem zweitgrößten Naturhafen der Welt; nach Fornells, um dort eine Caldereta de Llangosta zu essen; und nach Ciutadella, der alten Bischofsstadt, die Mallorca geographisch am nächsten liegt.

Was das alles mit dem Konzept zu tun hat? Nun, die Einbeziehung all dieser Orte in die Handlung ist kein Zufall. Das Buch will nämlich nicht nur eine hoffentlich spannende Geschichte erzählen, sondern soll gleichzeitig ein touristischer Begleiter sein, eine andere, besondere Art von Reiseführer. Denn in den Roman sind systematisch Informationen über Mallorca (und Menorca) integriert, von der wechselvollen

Geschichte über die Künstler und Gelehrten bis hin zu den Sehenswürdigkeiten. Und damit das Ganze nicht zu trocken gerät oder gar auf den Magen schlägt, wird in diesem Buch mit großer Hingabe gegessen und getrunken. Mit dem Ergebnis, dass wohl fast alle bekannten Restaurants der Insel vorkommen. Mehr noch – einige der Spitzenköche Mallorcas mischen sich für kurze Episoden höchstpersönlich unter die handelnden Personen. Außerdem verraten sie im Registro turistico einige ihrer feinsten Rezepte. Das Buch ist also ein ausgesprochen kulinarischer Roman, bei dem die Wahl schwer fallen soll zwischen einem Kaninchensalat mit Serranoschinken und einem Cap-Roig auf Kartoffelscheiben, zwischen einem tiefroten Manto Negro aus Binissalem und einem leichten Chardonnay aus Porreres.

Damit das Buch tatsächlich auch als Rezeptsammlung, als Reise-, Restaurant- und Hotelführer genutzt werden kann, gibt es in der Außenspalte Piktogramme, die auf das umfassende Registro turistico verweisen. Dieses liefert kompakte Informationen – bis hin zu Adressen und Telefonnummern. Auf diese Weise wäre es übrigens ein Leichtes, auf den Spuren der Handlung zu wandeln und (schlemmend) die Originalschauplätze aufzusuchen. Die Piktogramme:

Kultur und Geschichte (mit Personen)
Land und Leute
Städte, Orte
Restaurants
Hotels
Wein, Getränke
Essen, Rezepte
Cafés, Bars
Golf

So viel zum Konzept des Buchs, das den eigentlichen Roman nicht in den Hintergrund drängen soll. In erster Linie wird eine abenteuerliche Geschichte erzählt, die an Ereignisse anknüpft, welche vor knapp einem Jahr auf Mallorca geschehen sind. Wer das Buch *Sturm über Mallorca* gelesen hat, der wird wissen, von wem eingangs die Rede war. Wer die junge Frau ist, die nicht nur gute Erinnerungen an Mallorca hat. Und wer der Mann ist, der – obwohl er die Insel liebt – nie mehr einen Fuß auf ihren Boden setzen möchte. Und für alle, die die Vorgeschichte nicht kennen – man muss nur die richtigen Zeitungen und Magazine lesen!

Que gaudiu amb la lectura del llibre i bon profit!

Süddeutsche Zeitung,
Seite 12, Panorama

Todeserklärung in Vorbereitung

Zeugenaussagen vor dem Amtsgericht abgeschlossen – Dr. Felix Reiter stirbt nun auch de jure

Frankfurt – Fast auf den Tag genau vor neun Monaten ist der Devisenspekulant und mutmaßliche Millionenbetrüger Dr. Felix Reiter vor der Küste Mallorcas mit seiner Yacht in einen schweren Sturm geraten. Alle Indizien sprechen dafür, dass er dabei von Bord gespült wurde und ertrunken ist. Da aber seine Leiche nie gefunden wurde, soll sein Tod nun im Rahmen eines Verschollenheitsverfahrens auch juristisch besiegelt werden. Gestern wurde vor dem Amtsgericht Frankfurt die Einvernahme der Zeugen abgeschlossen. Unter ihnen befand sich die Münchner Studentin Dana Mohnert, die sich an jenem schicksalhaften Tag bei Dr. Felix Reiter auf seiner Yacht befunden hatte. Ihre Aussage haben Journalisten bestätigt, die Dr. Felix Reiter, nach dem international gefahndet wurde, auf Mallorca kurz vor dem verhängnisvollen Sturm observiert hatten. Nähere Einzelheiten erfuhr das Amtsgericht vom privaten Ermittler S. Späth, der den flüchtigen Fondsmanager auf der Baleareninsel aufgespürt und bereits die deutschen Strafverfolgungsbehörden benachrichtigt hatte. Auf Grund der übereinstimmenden Zeugenaussagen und der Protokolle der spanischen Behörden ist die Todeserklärung gemäß § 39 VerschG nur noch reine Formsache. Sie kann allerdings frühestens nach Ablauf eines Jahres erfolgen. Dann wird Dr. Felix Reiter auch de jure nicht mehr am Leben sein. Für das Bundeskriminalamt ist er dies ohnehin nicht mehr: Die Fahndung nach ihm ist zwar formal nicht eingestellt, die Sonderkommission aber längst aufgelöst. Was bleibt, ist die Suche nach den geschätzten 150 bis 200 Millionen Euro Anlagegelder, die seit dem spektakulären Zusammenbruch seines Investmentfonds verschwunden sind.

Bunte, Seite 16,
Leute von Gestern

DR. FELIX REITER

Nasses Grab vor Mallorca

Manche hatten immer noch die Vision, dass der smarte **Dr. Felix Reiter,** 46, unter einer Palme liegt und im lauen Südwind seine ergaunerten Millionen zählt. Doch so paradiesisch ist es um den Devisenspekulanten aus Frankfurt nicht bestellt. Zeugenaussagen, Protokolle der spanischen Guardia Civil und schwer wiegende Indizien haben zweifelsfrei bestätigt, dass Reiter im Spätsommer letzten Jahres buchstäblich untergetaucht ist – für immer. Er ist wenige Meilen vor der Küste Mallorcas ertrunken. Bis zu einer amtlichen Todeserklärung wird es noch einige Monate dauern – endgültiger Schlusspunkt eines der aufregendsten Kriminalfälle aus der Welt der Finanzen. Zurück bleibt (neben Pleite gegangenen Investoren und frustrierten Staatsanwälten) ein gebrochenes Herz – das von Reiters letzter Liebe, der Münchner Studentin **Dana Mohnert**, 29.

Der Spiegel,
Seite 115, Wirtschaft

FELIX REITER

À fonds perdu!

Auf Nimmerwiedersehen dürfte das Geld der institutionellen Anleger verschwunden sein, die vor nunmehr drei Jahren mit der Futures Management Inc. des Finanzjongleurs Dr. Felix Reiter in die Pleite gerauscht waren. Zur Erinnerung: Als er Anlagegelder in Milliardenhöhe in einer wahnwitzigen Devisenspekulation gegen den Yen verheizt hatte, war es dem dazumal hoch geachteten Reiter gelungen, seinen Kunden einige weitere hundert Millionen abzuluchsen und mit dieser prall gefüllten Urlaubskasse in den unverdienten Vorruhestand zu flüchten. Eine Verhaftung nach gut zweieinhalbjähriger Fahndung scheiterte am plötzlichen Tod des Zielobjektes durch Ertrinken. Wie es nunmehr scheint, sind auch alle Versuche misslungen, die von Reiter unterschlagenen Millionen wieder aufzuspüren. Sie haben sich wohl endgültig im Bermudadreieck anonymer Konten zwischen der Schweiz, den Bahamas und den Cayman-Inseln verflüchtigt. Was bei den betroffenen Anlegern – allesamt Vorstandsmitglieder großer Unternehmen, die sich freilich nur mit Firmengeldern ins Unglück gestürzt haben – zu tiefen Depressionen und unfreiwilligen Rücktrittsgedanken führen dürfte.

1

Der Länge nach hingestürzt, schlitterte sie, mit den nackten Füßen voran, über den stark geneigten Boden aus Mahagoniholz. Durch eine geöffnete Luke ergoss sich eine Sturzflut von Meerwasser in die Kajüte. Dumpf schlug ihr Kopf gegen eine Kante. Von irgendwo kam eine Flasche geflogen, verfehlte nur knapp ihre Schläfe und zersplitterte am Kartentisch. Wie von Geisterhand hob sich die führerlose Yacht plötzlich in die entgegengesetzte Richtung. Sie bekam eine Stange aus poliertem Aluminium zu fassen. Für einen kurzen Augenblick sah sie den schwarzen Himmel, dann die weiße Gischt eines heranrollenden Brechers. Am gestreckten Arm rotierte ihr Körper unaufhaltsam nach links. Ein stechender Schmerz durchzuckte ihr verdrehtes Schultergelenk. Zum Pfeifen und Heulen des orkanartigen Sturms kam das nervtötende, fetzige Schlagen des zerrissenen Sonnensegels. Aus dem tiefen Schiffsrumpf drang das gleichmäßige Wummern der schweren Dieselmotoren durch den überfluteten Kajütboden. Jetzt hatte ihr linker Fuß an einer Stufe Halt gefunden. Gerade noch hing ihr Gewicht am rechten Arm, nun stiegen die Beine immer höher. Kopfüber sah sie durch ein gesprungenes Kajütfenster, wie ein gleißender Blitz ins schäumende Meer fuhr. Sekundengleich traf die Druckwelle eines gewaltigen Donnerschlags auf ihre Trommelfelle …

Mit aufgerissenen Augen und schweißnasser Stirn fand sich Dana auf dem Bett sitzend wieder. Die Morgensonne fiel durch die hellen Gardinen. Aus dem Garten vor ihrem Schlafzimmer war das Zwitschern eines Vogels zu hören. Dana schlug die Bettdecke zurück. Jetzt hatte sie schon wieder diesen schrecklichen Traum gehabt. Das durfte doch wohl nicht wahr sein, dass sie dieser Sturm immer wieder aufs Neue heimsuchte! Ein drei viertel Jahr nun lag er bereits zurück. Und sie war kein altes verschrecktes Weib, schalt sie sich selbst, sondern eine junge selbstbewusste Frau, die keine Lust hatte, sich von einem lächerlichen Sturm terrorisieren zu lassen. Das war das letzte Mal, nahm sie sich fest vor, dass sie von diesem Erlebnis geträumt hatte. Dana ballte ihre rechte Hand zur Faust. Sie hatte überlebt. Punkt. Sie war weder über Bord gegangen, noch war die Yacht gesunken. Ausrufezeichen. Sie war nicht mehr auf Mallorca, sondern in ihrem Apartment in München. Es gab verdammt noch mal keinen Grund, sich immer wieder diesem Stress auszusetzen. Nicht einmal im Traum!

2

Das Messer hatte einen Griff aus schwarz poliertem Holz. Es war nicht mehr neu, wies deutliche Gebrauchsspuren auf, aber die spitz zulaufende Klinge aus rostfreiem Stahl war von makelloser Güte. Mit dem Daumen fuhr Kay prüfend über die scharfe Schneide. Er hätte für diesen Zweck ein Messer mit feinen Zacken bevorzugt, aber es würde auch so gehen.
Aus dem Wohnzimmer nebenan war Frédéric Chopins Ballade Nr. 4 in f-Moll zu hören. Er liebte an der letzten und größten Ballade Chopins ganz besonders diese ruhigen, ja, traurigen Auftaktklänge. Erst langsam würde sich die Leidenschaft steigern, um dann immer furioser dem Höhepunkt entgegenzustreben.
Kay blickte sein Ziel fest an, kniff die Augen zusammen und fuhr sich mit dem linken Handrücken über die Lippen. Dann

setzte er entschlossen das Messer an. Mit dem Aufplatzen der Haut spritzte es rot über die Seiten einer nahe liegenden Zeitung. Geschmeidig glitt die Klinge durchs Fleisch. In wenigen Sekundenbruchteilen war der Akt vollzogen.

Bei der Ballade Nr. 4 von Chopin drängte sich nun ein zweites Thema in B-Dur in die schmerzlich getragene Einleitung. Woran es wohl lag, dass ihm Chopins Musik so ans Herz ging? Es hatte wohl kaum etwas mit Chopins Winter im Kartäuserkloster von Valldemossa zu tun. Auch nicht damit, dass seine Liebe zu George Sand ebenso groß wie tragisch war.

Kay hob das Messer und setzte zu einem neuen Schnitt an. Er würde die reifen Tomaten in kleine Stücke schneiden. In der Kasserolle brieten bereits gehackte Knoblauchzehen in Olivenöl. Die Tomaten würde er in Kürze hinzufügen und gemeinsam mit dem Knoblauch köcheln lassen. Es fehlten noch Zucchini, Auberginen und Paprikaschoten. Schließlich würde er das Ganze mit frittierten, fest kochenden Kartoffeln in einen Tontopf schichten, mit Tomatensoße übergießen und im vorgeheizten Ofen knapp eine halbe Stunde garen lassen. Dann war der Tumbet fertig, jene herzhafte Spezialität, die er auf Mallorca kennen und lieben gelernt hatte.

Kay zog das Geschirrtuch aus seinem Gürtel und versuchte, die Zeitung von den Tomatenspritzern zu reinigen. Quer über den Artikel zur gerichtlichen Verhandlung des Todes von Dr. Felix Reiter hatten die Paradiesäpfel, die einst Kolumbus aus Amerika nach Spanien gebracht hatte, ihre Spur gezogen. Kay musste schmunzeln. Ob das eine tiefere Bedeutung hatte? Aber ihm war es fast egal, zu welchem Schluss die Justiz kommen würde. Felix Reiter war tot. Und er hatte wahrlich nichts dagegen einzuwenden. Kay hielt das Messer unter das fließende Wasser. Gewiss, Felix Reiter hatte dieses Schicksal nicht verdient, auch wenn man ihm einiges vorwerfen konnte. Aber es war besser so. Entschieden besser!

CHOPIN, SAND
George Sand fühlte sich bei den oft schwermütigen Kompositionen Chopins an die dahingeschiedenen Mönche im Kartäuserkloster von Valldemossa erinnert. Den Winter 1838/39 hatten sie gemeinsam mit Sands Kindern Solange und Maurice sowie einer Kammerzofe auf Mallorca verbracht. Ihr berühmtes Buch *Ein Winter auf Mallorca* schrieb sie erst einige Jahre später.

TUMBET
Der Gemüseauflauf besteht vor allem aus Auberginen, Zucchini, Tomaten und Kartoffeln und ist ein Klassiker der mallorquinischen Küche (Rezept im Registro turistico).

VINO MALLORQUIN
Die Qualität der mallorquinischen Weine wird dank engagierter Winzer immer besser. Einige Edeltropfen erfreuen auch verwöhnte Genusstrinker.

BINISSALEM
Bekannteste Weinregion Mallorcas mit der offiziellen Herkunftsbezeichnung Denominación de Origen Binissalem.

Einige Minuten später stand er auf der Terrasse des kleinen Bauernhauses und sah über knorrige Olivenbäume hinaus aufs Meer. Die CD mit Chopins Meisterwerken war mittlerweile bei der g-Moll-Sonate für Cello und Klavier angelangt. Kay drehte nachdenklich das Weinglas, hielt es gegen die untergehende Sonne. Granatrot schimmerte der Manto Negro aus Binissalem, ein schwieriger Wein, aber vielleicht gerade deshalb so typisch für Mallorca. Mallorca? Nun, wenn man den kräftigen Rotwein trank, Chopin hörte, einem aus der Küche der Duft von Auberginen, Knoblauch und Zucchini in die Nase stieg, man aufs glitzernde Meer blickte, dann war Mallorca ganz nah.

Er atmete tief durch. Es war an der Zeit, einige Erinnerungen aufzufrischen. Kay nahm einen Schluck vom Rotwein. Nein, natürlich nicht alle Erinnerungen. Darauf konnte er getrost verzichten. Aber zumindest jene an eine junge, verdammt gut aussehende, begehrenswerte Frau. Kay schloss für einige Sekunden die Augen, dann drehte er sich um und ging zurück ins Haus. Vorerst verlangte der Tumbet noch seine uneingeschränkte Aufmerksamkeit. Ob er etwas Rotwein in die Soße gießen sollte?

3

PALMA
Mit rund 350 000 Menschen lebt über die Hälfte der Bevölkerung Mallorcas in La Ciutat (der Stadt).

Der Passeig des Born ist die historische Fußgängerpromenade Palmas. Er wird von Schatten spendenden Platanen gesäumt; es gibt viele Steinbänke. An beiden Enden des Passeig des Born stehen rätselhafte Sphinx-Figuren. Sam lief auf den Obelisken zu, der an der Plaça del Rei Joan Carles I. inmitten eines ringförmigen Brunnens mit wasserspeienden Löwen auf vier viel zu kleinen steinernen Schildkröten thront. Auf seiner Spitze ist seltsamerweise eine Fledermaus zu sehen.

Am Zeitungskiosk kaufte er eine deutsche Tageszeitung. Kurz

entschlossen überquerte er die Straße trotz roter Fußgängerampel und intensivem Verkehr, was zu wilden Bremsmanövern und einem aufgeregten Hupkonzert führte. Als er in aller Ruhe und ohne Blessuren den gegenüberliegenden Bürgersteig erreicht hatte, fühlte er sich schon besser. Ab und zu brauchte es eben einen kleinen Adrenalinschub, um am späten Vormittag in die Gänge zu kommen. Auf das penetrante Hupen freilich hätte er verzichten können. Sam langte sich an die Schläfen. Er war heute etwas geräuschempfindlich. Nicht auszuschließen, dass er gestern Abend einen Brandy zu viel getrunken hatte.

Er setzte die Sonnenbrille auf und ließ sich in der Bar Bosch an einem der runden Tischchen unter einem weißen Schirm nieder. Die Zeitung legte er auf einen freien Stuhl. Ein Fingerzeig genügte, kurz darauf wurden ihm der obligatorische Café con leche und eine Ensaïmada serviert. Es hatte zweifellos seine Vorzüge, wenn man zu den Stammgästen zählte. Fast jeden Tag pflegte er hier sein Frühstück einzunehmen. Der Straßenverkehr und die Autoabgase störten ihn nicht. Hier pulste wenigstens das Leben.

Bar Bosch
Das Café gibt es schon seit 1926 und gilt in Palma als Institution.

Café con leche
Auf Mallorquinisch heißt der Milchkaffee Cafè amb llet.

Ensaïmada
Das köstliche Hefegebäck gehört für viele Mallorquiner zum obligatorischen Tagesauftakt.

Sam sah auf die Uhr. Jeden Augenblick musste dieser Typ aus Düsseldorf auftauchen, der ihn gestern angerufen hatte. Er hatte keine Ahnung, was der von ihm wollte. Hoffentlich nichts, was ein intensives Nachdenken verlangte. Dazu sah er sich zu so früher Stunde noch nicht in der Lage.

»Entschuldigen Sie, sind Sie Herr Späth? Der Ober sagte mir …«

»Späth? Ich bin mir da heute nicht so sicher, aber wenn's der Ramón sagt, wird's wohl stimmen. Bitte nehmen Sie Platz!«

Sam deutete auf einen freien Stuhl und warf einen kurzen, prüfenden Blick auf seinen Besucher. Heller Anzug, feinstes Leinen, Seidenhemd, Uhr von Bulgari, gepflegte Hände, Ehering, rötliches Gesicht, fortschreitender Haarausfall, vermutlich Ende fünfzig. Sam war mit der Examinierung zufrieden.

Sah nach einem einigermaßen liquiden neuen Klienten aus.
»Mein Name ist Hasfurth, Hans-Peter Hasfurth, wir haben gestern telefoniert.«
Auch Hasfurth versuchte sich einen ersten Eindruck von seinem Gesprächspartner zu machen. Dieser Sam Späth war ihm von einem Bekannten empfohlen worden. Sollte ein fähiger Privatdetektiv sein. Etwas raubeinig und unbeherrscht, aber absolut professionell. Nun, er hatte ja auch kein besonders schwieriges Anliegen. Für einen Schnüffler wahrscheinlich tägliche Routine. Dieser Späth hatte alte Cowboystiefel, verwaschene Blue Jeans, ein verknautschtes und nicht ganz sauberes Polohemd offen über der Hose an und eine dunkle Sonnenbrille auf. Eine Rasur hätte ihm nicht geschadet. Er machte auf Hasfurth einen ziemlich kräftigen Eindruck. Wäre bestimmt ein guter Leibwächter, dachte er. Aber körperliche Fitness war für den anstehenden Job unerheblich. Hauptsache, er konnte fotografieren. Jedenfalls sah Sam Späth genauso aus, wie man sich klischeehaft einen Privatschnüffler vorstellte. Und dann noch dieser Name!
»Sagen Sie, Ihr Name, Sam Späth, der ist doch für einen Mann mit Ihrem Beruf …?«
Sam winkte gelangweilt ab. »Für meinen Nachnamen kann ich nichts, okay? Und den Vornamen habe ich schon als sabbernder Säugling abbekommen. Mein Vater hat leidenschaftlich Dashiell Hammett gelesen und für Sam Spade geschwärmt. War sozusagen eine frühkindliche Prägung oder wie das heißt. Aber Sie sind ja wohl nicht hierher gekommen, um über meinen Namen zu philosophieren. Dazu hätte ich nämlich wenig Lust.«
Hasfurth räusperte sich. »Nein, natürlich nicht. Ich würde Ihnen gerne einen Auftrag erteilen.«
»Nur zu, tun Sie sich keinen Zwang an!«
»Also, ich habe eine Finca in der Nähe von Portocolom.«
»Schön für Sie.«

»Ja, und eine bezaubernde Frau.«
»Noch schöner, Sie sind ja ein Glückskind.«
»Dachte ich auch, aber momentan kommen mir Zweifel. Sie müssen wissen, ich habe viel zu arbeiten. Ich besitze eine Firma in Düsseldorf, um die ich mich kümmern muss. Meine Frau verbringt die meiste Zeit in unserer Finca auf Mallorca, und ich pendle zwischen Düsseldorf und Mallorca hin und her. Auch jetzt bin ich gerade auf dem Weg zum Flughafen. Mein Flieger geht in knapp zwei Stunden. Am übernächsten Wochenende erst komme ich zurück.«
»Alles klar, wo ist das Problem?«
»Nun, meine Frau ist auf Mallorca viel alleine. Und wie ich schon andeutete, sieht sie sehr gut aus. Sie ist auch etwas jünger als ich.«
Sam grinste. »Und nun wollen Sie wissen, ob Ihnen Ihre hübsche Frau während Ihrer Abwesenheit Hörner aufsetzt, oder?«
Hasfurth atmete erleichtert auf. »Ja, genau. Es fällt mir irgendwie schwer, diesen Verdacht auszusprechen. Eine Ehe basiert ja auf gegenseitigem Vertrauen. Aber meine Gabriele kommt mir in letzter Zeit so verändert vor …«
Sam nahm langsam die Sonnenbrille ab und sah Hasfurth in die Augen. »Wollen Sie meine ehrliche Meinung hören?«
Hasfurth schaute irritiert. »Ich bitte darum.«
»Sie brauchen meine Hilfe nicht, und das Geld können Sie sich sparen. Natürlich betrügt Sie Ihre Gabriele, das machen alle Frauen, die von Ihren Männern, die daheim dem schnöden Mammon nachjagen, auf der Insel geparkt werden. Das ist völlig normal. Eine Frage der Hormone.«
»Das können Sie doch nicht so pauschal sagen«, entrüstete sich Hasfurth.
»Okay, Ausnahmen bestätigen die Regel. Mag in Einzelfällen vorkommen, ist aber wider die Natur. Und woher wollen Sie wissen, dass gerade Ihre Gabriele ein Keuschheitsgelübde abgelegt hat?«

FINCA
Unter Finca kann vieles verstanden werden: ein schmuckes Ferienhaus, eine verfallene Scheune, ein hochherrschaftliches Anwesen oder auch nur eine Scholle Land.

»Genau das sollen Sie ja für mich herausbekommen!«
»In Ordnung, überredet. Aber machen Sie mir hinterher keine Vorwürfe. Die Wahrheit ist oft schwer zu ertragen.«
»Haben Sie einen Fotoapparat?«
»Na klar, dachten Sie, ich arbeite mit Leinwand und Pinsel?«
Hasfurth zog einen Umschlag aus dem Jackett. »Hier habe ich für Sie ein Foto von Gabriele, hier noch eines mit ihrem schwarzen Cabriolet im Hintergrund, außerdem ein Bild meiner Finca und die genaue Adresse mit Anfahrtsskizze. Und hier ist meine Visitenkarte. Rufen Sie mich an, sobald Sie was wissen?«
Sam nahm den Umschlag entgegen. »Okay, mach ich, kann aber etwas dauern, vor allem, wenn ich Ihre Holde nicht gleich auf frischer Tat ertappe, was ja offensichtlich auch Ihre Hoffnung ist. Aber ich gebe Ihnen auf jeden Fall bereits vor dem nächsten Wochenende einen Zwischenbescheid.«
»Wie hoch ist Ihr Honorar?«
»Sage ich Ihnen hinterher. Sie werden es sich leisten können. Als Vorschuss dürfen Sie mir einen Tausender überweisen. Spesen gehen extra. Hier haben Sie meine Karte, mit meiner Bankverbindung.«
»Tausend Euro? So viel? In Ordnung, ich werde das gleich veranlassen.«
Hasfurth stand abrupt auf, gab Sam die Hand, sprach einige Abschiedsworte und eilte davon.
Sam Späth schüttelte den Kopf. »Rausgeschmissenes Geld«, murmelte er und zog das Foto der Ehefrau aus dem Umschlag. »Uuups, sieht ja wirklich gut aus, die Kleine. Und die soll treu sein? Da lachen ja die Hühner.« Sam grinste. Ihm kam der Gedanke, dass er die Sittsamkeit dieser Señora einem persönlichen Praxistest unterziehen sollte, sozusagen Ermittlungen im freiwilligen Selbstversuch, hatte er dazu doch in gewisser Weise den offiziellen Auftrag des Ehemanns. Sam kicherte. Der Tag fing an Spaß zu machen. Er lehnte sich zufrieden zu-

rück, gab dem Ober ein Zeichen und bestellte einen Carajillo, einen Espresso mit Brandy. Es war langsam an der Zeit, die Lebensgeister zu wecken.
Sam nahm die Zeitung, um unkonzentriert in ihr zu blättern. Plötzlich war er hellwach. »Todeserklärung in Vorbereitung«, las er. »Zeugenaussagen vor dem Amtsgericht abgeschlossen – Dr. Felix Reiter stirbt nun auch de jure. Fast auf den Tag genau vor neun Monaten ist der Devisenspekulant und mutmaßliche Millionenbetrüger Dr. Felix Reiter vor der Küste Mallorcas mit seiner Yacht in einen schweren Sturm geraten. Alle Indizien sprechen dafür, dass er dabei von Bord gespült wurde und ertrunken ist …«
Sam las rasch weiter. Einige Zeilen später stieß er auf seinen eigenen Namen. Tatsächlich war er vor zwei Wochen in Frankfurt vorgeladen gewesen, und man hatte ihn zu den Vorfällen im letzten Jahr befragt. Allerdings hatte er der Rechtspflegerin auch nichts anderes erzählen können, als dass der Flüchtige vor dem Sturm noch auf der Yacht gewesen war und hinterher nicht mehr. Und da Reiter nicht die Kunst des Wandelns auf dem Wasser beherrschte, war er wohl ersoffen. Leider und zu seiner großen Enttäuschung. Jetzt war also auch das Gericht zu dem Schluss gekommen, dass dieser Felix Reiter sein hoffnungsvolles Leben als Fischfutter abgeschlossen hatte? Und in einigen Monaten würde er dann für tot erklärt werden. Davon hatte der Sportsfreund auch nichts mehr. Und er selbst am allerwenigsten.
Sam trank den Carajillo in einem Zug leer. Das war wirklich dumm gelaufen, absolut saudumm. Da hatte er sich als Mitarbeiter einer Frankfurter Detektei die Hacken abgelaufen und schließlich eine heiße Spur entdeckt, die nach Mallorca führte. Und was die Kollegen vom BKA nicht geschafft hatten, das war ihm gelungen. Er hatte Felix Reiter auf seiner Yacht gefunden. Und dann, unmittelbar vor dem Zugriff, war dieser idiotische Sturm übers Meer gezogen und hatte Felix

Reiter über Bord gespült. Einzig eine rote Schwimmweste hatte die Seenotrettung im aufgewühlten Meer gefunden und das kieloben treibende Dingi der Aurore – so hieß die Yacht. Diese Freundin von ihm, Dana, die wohl wirklich nichts von seiner Vergangenheit geahnt hatte, musste von der Küstenwache geborgen werden. Für Felix Reiter war's eine unfreiwillige Seebestattung. Und für ihn eine entgangene satte Provision.

Sam bestellte einen weiteren Carajillo. Den Job bei der Detektei Lummer hatte er trotzdem hingeschmissen. Dafür musste er dem Felix Reiter eigentlich dankbar sein. Er wäre sonst nie nach Mallorca gekommen. Und er hätte nie rausgefunden, dass die Insel für ihn wie maßgeschneidert war. Erstens gefiel es ihm hier total gut. Und zweitens konnte er auf Mallorca muy fácil sein Geld verdienen. Der äußere Schein trog. Erfreulicherweise gab es in diesem Paradies herrlich viel Hader und Zwist. Da wurden Einbrüche verübt, Menschen erpresst, ungedeckte Schecks ausgestellt … Ein schier unbegrenztes Betätigungsfeld für einen Mann mit seinen Fähigkeiten.

»Hola, mein Lieber! Hab ich doch gedacht, Sammy, dass ich dich hier finde. Ich darf mich setzen? Bussi.«

Sam wurde aus seinen Gedanken gerissen. Die Bar Bosch war wirklich das ultimative Kommunikationszentrum von Palma. Lange konnte man hier nicht sitzen, bis jemand vorbeikam, den man kannte. Raymond war einer seiner besten Kunden. Ein etwa dreißigjähriger Industrieerbe aus dem Rheinland, der in einer großzügigen Villa bei Port d'Andratx lebte und sich dort als Maler selbst verwirklichte.

PORT D'ANDRATX
Der heutige Nobel- und Flanierhafen war früher eine ärmliche Siedlung, die in schöner Regelmäßigkeit von Seeräubern überfallen und geplündert wurde.

Erstaunlicherweise waren Raymonds Bilder sehr begehrt. Ihm persönlich gefielen sie überhaupt nicht, viel zu bunt. Aber er war ja auch kein Kunstkritiker. Dass Raymond stockschwul war, hatte ihn nur am Anfang gestört. Mittlerweile amüsierte ihn das tuntenhafte Auftreten seines Freundes, der einen herzensguten Kern hatte, aber leider ständig in irgendwelchen Schwierigkeiten steckte. Was hieß leider? Von solchen Schwierigkeiten lebte er schließlich. Und Raymond konnte seine Hilfe wirklich gebrauchen. Nur aus seinen wirren Beziehungskisten sollte er ihn raushalten, darauf hatten sie sich geeinigt.

Raymond zog die getuschten Augenbrauen nach oben. »Geht's dir gut, Sammy, du siehst so blass aus?«

»Mach dir keine Sorgen, Raymond, mir geht's immer gut! Ganz im Unterschied zu dir.«

Raymond fuhr sich beleidigt durch die Haare. »Es kann ja nicht jeder so stark sein wie du.« Und nach einer kurzen Pause: »Als ob du es geahnt hättest, dass ich ein klitzekleines Problem habe, bei dem du mir helfen könntest.«

»Heute sprudeln die Aufträge ja nur so rein. Lass hören.«

»Kennst du diesen Hubertus Reinersburg?«

»Den Immobilienhändler, der immer mit dem weißen Bentley rumfährt?«

»Ja, genau. Der hat drei Bilder von mir gekauft und schon vor Wochen abgeholt. Und jetzt zahlt er nicht. Ich finde das völlig unakzeptabel. Dabei war er früher mal so nett.«

»Raymond, du darfst bei den Menschen nie nach dem Äußeren gehen, das musst du dir abgewöhnen. Mache ich doch bei dir auch nicht.«

»Sammy, du bist so direkt! Aber jetzt ist er auch nicht mehr nett. Schon lange nicht mehr. Er hat gesagt, ich sei eine dumme Schwuchtel und solle ihn gefälligst in Ruhe lassen. Und er hat mich bei meinem letzten Besuch in einen Rosenbusch geschubst. Er zahle, sobald er wieder flüssig sei. Aber die Bilder gibt er mir auch nicht zurück. Ich glaube fast, er ist ein Hochstapler. Außerdem ist er aggressiv, und das mag ich nicht!«

Sam schlug mit der Hand nach einer Fliege. »Mach dir keine Sorgen, Raymond. Ich werde ihm einen Besuch abstatten.«

»Aber tu ihm nicht weh!«

4

Dana stand an Deck der Fähre, der Wind fuhr ihr durch die Haare, die Luft schmeckte nach Salz. Die alberne Perücke hatte sie abgenommen und in ihrem Rucksack verstaut. Auch das abscheuliche geblümte Kleid war ausgemustert. Jetzt hatte sie kurze Hosen, Turnschuhe und ein Jeanshemd an. Dana schloss die Augen, atmete tief ein und hielt einen Moment lang die Luft an. Vor einigen Tagen war sie noch schweißgebadet aufgewacht, weil sie von diesem Sturm geträumt hatte. Fest hatte sie sich vorgenommen, nicht mehr daran zu denken. Und dann war dieser Telefonanruf gekommen. Sofort hatte sie die Stimme wiedererkannt. Ob sie ihn nicht mal besuchen wolle, hatte er gefragt. Ohne seinen Namen zu nennen und so selbstverständlich, als würde er in der unmittelbaren Nachbarschaft wohnen. Sie hatte nicht lange überlegt und spontan die Einladung angenommen. Hinterher war ihr bewusst geworden, dass sie insgeheim wohl schon seit längerem darauf gewartet hatte.

Dana machte die Augen wieder auf und sah über die Reling hinaus aufs Meer. Glatt und friedlich lag es da. Vielleicht half diese Reise, den Albtraum endgültig zu vergessen. Jedenfalls kam sie dem Ziel ihrer Reise immer näher, einem Ziel, von dem sie noch vor kurzem nicht gewusst hatte, wo es lag. Aber jetzt war es nicht mehr fern. Sie musste zugeben, dass sie der Ankunftshafen der Fähre mehr als überrascht hatte.

Losgegangen war die Odyssee am gestrigen Tag in München. Auf ihrem Handy war am Morgen eine kurze Nachricht eingetroffen. Der Aufforderung folgend, hatte sie in ihrem Briefkasten einen Umschlag mit einem Flugticket gefunden. Es war auf ihren Namen ausgestellt und führte über Frankfurt nach St. Petersburg in Russland. Der Abflug mit der LH 199 war bereits um fünf nach zehn gewesen. Sie hatte sich beeilen müssen, um den Flieger noch zu erreichen. In Frankfurt angekommen, hatte sie erneut ihr Handy eingeschaltet. Seine SMS war ebenso kurz wie eindeutig gewesen. Den gebuchten Weiterflug nach St. Petersburg solle sie sausen lassen und stattdessen mit dem Schlüssel, der sich mit dem Ticket im Umschlag befunden hatte, ein bestimmtes Schließfach öffnen. Dort hatte sie dann eine Tasche mit der schwarzen Perücke und dem spießigen Kleid gefunden, außerdem weitere Reiseanweisungen, Flugtickets und Bahnfahrkarten, ausgestellt auf die unterschiedlichsten Namen. Mit dem Bus war sie von Frankfurt nach Düsseldorf gefahren, von dort mit der Lufthansa nach Paris geflogen, dann vom Flughafen Charles de Gaulle zum Bahnhof und per Schlafwagen nach Barcelona. Bei allen Zwischenstationen hatte sie auf ihrem Handy kurze Nachrichten vorgefunden, die sie sozusagen fernsteuerten. Und es hatte alles perfekt geklappt, fast unheimlich perfekt. Sogar von der Verspätung ihres Flugs nach Paris hatte er gewusst. Und auch, dass sie sich am Flughafen verlaufen hatte. Da hatte sie einen leichten Schauder verspürt und sich fortan ständig umgesehen.

Aber jetzt, auf dem Deck der Fähre, unter dem tiefblauen Himmel und mit dem Wind in ihren Haaren, da waren die Strapazen der Anreise vergessen. Eine Stunde noch, dann würde die Fähre in Maó, dem großen Hafen im Südosten Menorcas, ankommen. Auf ihrem Handy hatte sie bereits kurz nach dem Ablegen in Barcelona eine SMS erreicht: »Letzte Etappe. Erwarte dich auf Menorca. Hasta luego.«

MAÓ
Der größte Naturhafen Europas wird nicht nur von der Fähre aus Barcelona, sondern auch regelmäßig von Kreuzfahrtschiffen angelaufen.

Dana beugte sich über die Reling und sah den steilen Schiffsrumpf hinunter auf die weiße Gischt des Kielwassers. Wieder fiel ihr der fürchterliche Sturm ein. Um einen *Temporal huracanado* hatte es sich gehandelt, wie später in den Zeitungen stand, die das Meteorologische Institut in Porto Pí zitierten, um einen ausgewachsenen Orkan! Heftiges Schaukeln, dumpfe Schläge und ein unheimliches Pfeifen hatten sie in der Gästekajüte geweckt. Als sie sich schließlich an Deck

MENORCA
Zweitgrößte Insel und östlichster Vorposten der Balearen.

hochgekämpft hatte, musste sie feststellen, dass sie alleine auf dem Schiff war. Mächtige Wellen waren herangerollt und hatten die schwere Yacht wie ein Spielzeugschiff hin und her geworfen. Dann war sie gestürzt und über den Kajütboden geschlittert …

Dana gab sich einen Ruck, wendete sich von der Reling ab und sah hinauf zum blauen Himmel. Nein, heute schien definitiv die Sonne. Weit und breit kein Sturm. Und sie wollte wirklich nicht mehr über die traumatischen Erlebnisse des letzten Jahres nachdenken. Vielmehr sollte sie sich auf das bevorstehende Wiedersehen freuen. Was freilich auch nicht ganz ohne war. Sie musste sich eingestehen, dass sie dem Treffen durchaus zwiespältige Gefühle entgegenbrachte. Einerseits war sie immer noch sauer auf ihn. Was heißt sauer? Wütend! Er hätte sie nie so ihrem Schicksal ausliefern und mit seinem Tod konfrontieren dürfen. Trauer hatte sie empfunden, echte Verzweiflung. Um dann herauszubekommen, dass er noch lebte. Andererseits hatte sie ihm längst vergeben, was wohl daran lag, dass sie sich immer noch zu ihm hingezogen fühlte. Wie sehr, das allerdings vermochte sie nicht so recht einzuschätzen. Die räumliche und zeitliche Distanz waren da wenig hilfreich. Aber um das herauszufinden, hatte sie sich ja auf diese Reise begeben. Dass die Anfahrt so beschwerlich werden würde, hatte sie nicht ahnen können. Die Vorsichtsmaßnahmen deuteten auf einen massiven Verfolgungswahn hin. Dana fuhr sich lächelnd durch die Haare. Aber irgendwie war das ja zu verstehen. Und eines musste sie auch zugeben: Seine ungewöhnlichen Lebensumstände verliehen ihrer seltsamen Beziehung einen besonderen Charme.

Seine ungewöhnlichen Lebensumstände? Nun, das war gewiss eine allzu euphemistische Umschreibung. Dana hatte sich vorgenommen, der Realität ins Auge zu sehen. Fakt war, dass sie sich vor langen Monaten in jemanden verliebt hatte, der offenbar eines Verbrechens schuldig war. Nur hatte sie das damals nicht gewusst! Und es fiel ihr immer noch schwer, es wirklich zu glauben. Sie dachte daran, wie sie sich in Porto Portals kennen gelernt hatten. Auf der Terrasse des Wellies war das gewesen. Eine Zufallsbekanntschaft, wie das eben so im Urlaub passieren konnte, auch wenn sie darauf alles andere als erpicht gewesen war. Aber der Mann hatte ihr sofort gefallen – sein lässiges, selbstsicheres Auftreten, seine Gleichgültigkeit gegenüber Statussymbolen, sein leicht spöttischer Gesichtsausdruck, der sie an Steve McQueen im Film *Thomas Crown ist nicht zu fassen* erinnert hatte. Im Nachhinein musste sie über diese Assoziation schmunzeln – sie war in vielerlei Hinsicht fast prophetisch gewesen. Etwas mysteriös war er ihr vorgekommen, das musste Dana zugeben. Fast nichts hatte sie von ihm in Erfahrung bringen können. Aber so etwas steigert ja durchaus den Reiz einer Beziehung. Dass er kein armer Schlucker war, darauf hatte erst das Abendessen im Sternerestaurant Tristan hingedeutet. Seine Yacht, die in der Marina von Porto Portals vertäut war, hatte er zunächst mit keinem Wort erwähnt. Ja, und schließlich war sie auf der Yacht mitgefahren. Nicht sofort, sondern erst nach einigen Tagen. Rund um Mallorca hatte sie ihr Törn geführt, eine gemächliche Schiffsreise voller Lebensfreude und Leidenschaft. Eine gute Woche waren sie unterwegs gewesen, ein abschließendes Bad im »karibischen« Wasser vor dem Strand von Es Trenc, am Cabo Salinas vorbei, steuerbords die Insel Cabrera. Sie war unter Deck gegangen, um etwas zu schlafen. Und dann war er gekommen, aus heiterem Himmel, der Sturm, der ihrer Beziehung ein so plötzliches Ende bereitet hatte. Aber genau an diesen Sturm wollte sie nicht mehr denken …

Einige Stunden später saß Dana in Maó am Moll de Ponent auf einer steinernen Bank und wartete. Die große Mole, an der die Fähre von Trasmediterrànea angelegt hatte und auf der noch vor einer halben Stunde hektische Betriebsamkeit

PORTO PORTALS
Südwestlich von Palma liegt dieser noble Yachthafen, bei dem auch Nicht-Bootsbesitzer auf ihre Kosten kommen.

WELLIES
In-Café in Porto Portals an strategisch günstiger Position zum Sehen und Gesehenwerden.

TRISTAN
Für Gourmets die erste Adresse auf der Insel. Wird an späterer Stelle noch ausführlich vorgestellt. Und im Registro turistico gibt's Rezepte von Gerhard Schwaiger.

PLATJA DES TRENC
Der größte und schönste Naturstrand Mallorcas wäre in den 80er Jahren fast Bebauungsplänen zum Opfer gefallen.

herrschte, war mittlerweile nahezu verwaist. Eine breite Treppe führte hinter ihr vom Hafen hinauf in die höher gelegene, malerisch wirkende Altstadt. Am Fuße der Treppe gab es einen Kiosco d'es Port, daneben mobile Verkaufsstände, die T-Shirts, Taschen und die üblichen Souvenirs feilboten. Links befand sich das alte Zollgebäude, in dem heute, wie sie einem Schild entnommen hatte, das Comisaria d'es Port untergebracht war, dahinter eine Reihe von Cafés und Restaurants. Dana warf einen kurzen Blick auf das Display ihres Handys. Keine Nachricht. Langsam wurde es ihr zu blöd. Sie hatte sich nicht den Strapazen dieser kuriosen Reise unterzogen, um hier einsam in der Sonne zu brüten. Zur Ablenkung las sie in einer Informationsbroschüre, die sie auf dem Schiff eingesteckt hatte.

MENORCA
Die Insel, die sich ihren eigenen, ursprünglichen Charakter bewahrt hat, ist von Mallorca aus gut zu erreichen und zumindest einen Ausflug wert.

Menorca sei in vielerlei Hinsicht die kleine Schwester Mallorcas, stand da geschrieben. Schon der Name gehe auf den Größenunterschied zurück. Die alten Römer hätten die größere Insel Balearis Mayorica genannt und die kleinere Balearis Menorica – Menorca. Auch habe Menorca nicht nur weniger Einwohner, sondern sehr viel weniger Touristen als Mallorca, was zum ursprünglicheren Charme der Insel beitrage. Menorca, das sei gleichzusetzen mit einem sanften Tourismus, mit nur wenigen Auswüchsen, die sich zudem auf bestimmte Regionen begrenzten. Menorca habe eine eher karge Landschaft, mit kahlen Hügeln, im Frühjahr grünen Wiesen, grasenden Kühen, weiß gestrichenen Häusern, steinernen Zeugnissen der vorchristlichen Talayot-Kultur, schönen und selten überfüllten Stränden, dem saubersten Wasser Spaniens, wenig Deutschen und viel Engländern. Im Winter, da blase vom Norden aus dem Golf von Lyon der Wind über die Insel, der eine schützende Bergbarriere fehle, wie sie Mallorca mit der Serra de Tramuntana habe. Und es gebe nur zwei größere Städte. Ganz im Westen, Mallorca zugewandt, das romantische Ciutadella, eine alte Bischofsstadt mit einer tief ins Land einschneidenden,

CIUTADELLA
Anlaufhafen der Fähren von Cala Rajada (Schnellfähre) und Alcudia (Autofähre).

fjordähnlichen Bucht und einem bezaubernden Hafen. Und im Osten Mahón beziehungsweise auf Menorquin Maó, die Hauptstadt Menorcas, benannt womöglich nach dem Karthager Magon, dem Bruder Hannibals, der hier einst mit seinen Truppen Zuflucht suchte. Maó habe nach Pearl Harbor auf Hawaii den zweitgrößten Naturhafen der Welt. Man spüre die fast hundertjährige englische Herrschaft auf Menorca …

Dana hörte ein Motorengeräusch. Wie zur Bestätigung des gerade gelesenen britischen Einflusses auf Menorca sah sie einen alten Mini näher kommen. Der etwas ramponiert wirkende Wagen blieb direkt vor ihr stehen. Dana steckte die Broschüre in den Rucksack und stand auf. Die Beifahrertür wurde von innen geöffnet. Dana bückte sich und schaute ins Auto. Am Steuer saß leise lächelnd ein Mann, ziemlich schlecht rasiert, mit einer runden Nickelbrille und einer schwarzen Wollmütze. Er sah aus wie ein einheimischer Fischer – mit einem englischen Offizier zum Vater und einer Literaturprofessorin als Mutter. Aber er war es, da gab es keinen Zweifel.
»Was ist? Willst du nicht einsteigen?«, fragte er.
»Irgendwie habe ich mir deine Begrüßung herzlicher vorgestellt.«
»Das kommt schon noch, keine Sorge!«

5

Sam hatte seine Harley-Davidson bei einem Freund abgestellt und sich einen kleinen Lieferwagen ausgeliehen. Schließlich musste er Raymonds Bilder irgendwie transportieren. Denn dass der Immobilienhändler einfach bezahlen würde, daran glaubte er nicht. Sam parkte den Lieferwagen in Santa Ponça direkt auf dem Kiesweg vor dem Eingang der Villa. Den hübschen Rosenbusch hatte er mit Absicht un-

Santa Ponça
Wo heute ein Yachthafen, Golfplätze und viele Villen für einen gehobenen Lebensstandard sorgen, landeten am 12. September 1229 die Truppen Jaumes I., um in blutreichen Kämpfen Mallorca von den Mauren zurückzuerobern.

ter die Räder genommen. Hatte Raymond nicht erzählt, dass er bei seinem letzten Besuch in einen Rosenbusch gestoßen wurde? Dass Sam beim Zurücksetzen auch noch eine junge Palme entwurzelte, war zwar ein Versehen, fand aber in keinster Weise sein Bedauern. Ein niedliches Anwesen hatte dieser Hubertus Reinersburg, man hätte es mit seinen Säulen und dem tempelähnlichen Giebel auch für ein mittelprächtiges Rathaus halten können. Sam war gerade dabei, einen Klingelknopf zu suchen, da öffnete sich die Eingangstür, zwei nichts sagende weibliche Geschöpfe traten heraus und verabschiedeten sich mit Wangenküsschen von Reinersburg. Sam machte ein paar Schritte zur Seite, um die Gespielinnen des Hausherrn vorbeizulassen – nach seinem Küchenpersonal sahen sie jedenfalls nicht aus.

Reinersburg warf einen entsetzten Blick auf den Lieferwagen, der auf dem Rosenbusch stand und hinter dem eine flachgelegte Palme hervorlugte.

»Sind Sie der Wahnsinnige, dem dieser Wagen gehört?«, fuhr er Sam an.

»In gewisser Weise ja, genau genommen ist es ein Leihwagen.«

Sam sah Reinersburg treuherzig an. Er liebte es, wenn andere Leute die Selbstbeherrschung verloren. Und sein dämlicher Blick verstärkte normalerweise diesen Effekt. Reinersburg enttäuschte ihn nicht.

»Sie werden mir den Schaden ersetzen! Ich werde Sie verklagen!«, schrie er.

Sam sah den beiden Damen nach, die in einem Cabriolet davonfuhren.

»Was für einen Schaden?«

Reinersburg schnappte nach Luft. »Der Rosenbusch, meine Palme, der Kiesweg.«

Sam wiegte zweifelnd den Kopf. »Da kommt bestimmt noch einiges dazu, wenn ich den Wagen wegfahre. Diese bemooste

Steinfigur steht im Weg, und ich fürchte auch um die rosafarbenen Hochstämme.«

Reinersburg fasste sich an den Kopf. »Sie sind wirklich ein Wahnsinniger. Aus welcher Heilanstalt sind Sie denn ausgebrochen? Geben Sie mir sofort den Autoschlüssel, das Fahrzeug ist konfisziert!«

»Kon... was? Ich hab's nicht mit den Fremdwörtern. Aber den Schlüssel geb ich nicht her. Darf ich nicht, ist nicht mein Auto. Wir können ja reingehen und die Polizei anrufen.«

Ehe Reinersburg zu reagieren vermochte, war Sam schon an ihm vorbei ins Haus geschlüpft.

»Halt, stehen bleiben! Verlassen Sie sofort mein Haus!« Reinersburg eilte hinter Sam her und versuchte ihn festzuhalten.

Sam blieb abrupt stehen, drehte sich um und hob die Arme. »Vorsicht. Langen Sie mich nicht an. Ich neige zu Gewalttätigkeiten.«

Tatsächlich blieb Reinersburg verunsichert stehen. Nur wenige Zentimeter trennten ihn von Sam. Vorsichtig wich er zurück.

Sam lächelte zufrieden. »Sehr vernünftig. Wir sollten uns nämlich kurz unterhalten. Und zwar nicht über ihren kümmerlichen Rosenbusch, sondern über die Bilder von Raymond. Entweder Sie bezahlen die Bilder jetzt sofort und direkt an mich, oder Sie zeigen mir, wo sie sind, und ich nehme sie mit. In beiden Fällen verspreche ich Ihnen, dass ich beim Rangieren Ihre Steinfigur und die Hochstämme verschone. Haben Sie das verstanden?«

Reinersburg sah Sam fragend an. »Was haben Sie mit Raymond zu tun?«

»Ich bin Raymonds Freund!«

»Sie? Der Freund dieser Schwuchtel? Das hätte ich nicht gedacht.«

»Ach so, ja, und das mit der Schwuchtel will ich von Ihnen nie mehr hören. Raymond ist ein sensibler Künstler.«

Offenbar hatte Sams missverstandene Aussage, dass er Raymonds Freund sei, ihn in Reinersburgs Augen zur gefahrlosen Memme mutieren lassen. Jedenfalls hatte sich der Hausherr wieder im Griff und wähnte sich in jeglicher Hinsicht überlegen.

»Junger Mann, Sie verlassen jetzt mein Haus, entfernen behutsam Ihr Vehikel und bestellen Raymond, dass ich die Bilder behalten und ihm irgendwann, und zwar zu einem Zeitpunkt, der mir passt, das Geld geben werde. Abzüglich des von Ihnen verursachten Schadens.« Reinersburg grinste hämisch. »Und dass er mich am Arsch lecken könne. Vielleicht bereitet ihm der Gedanke Vergnügen.«

Das scheppernde Lachen blieb Reinersburg im wahrsten Sinne des Wortes im Hals stecken. Er hörte noch Sams Stimme: »Falsche Antwort, Amigo!« Dann raubte ihm ein Magenschwinger fast das Bewusstsein. Er realisierte dumpf, wie er durch sein Haus in den Garten getragen wurde. Und just als er wieder Luft kriegte, sah er eine ihm wohl bekannte Wasseroberfläche näher kommen.

Sam stand am Pool und rieb sich zufrieden die Hände. Reinersburg tauchte prustend auf und schwamm hektisch an den gegenüberliegenden Rand des Pools. Sam bereitete es keine Mühe, ihm um das Becken zu folgen und rechtzeitig zur Stelle zu sein. Dabei hatte er noch ausreichend Zeit, eine angebrochene Flasche Cava aus einem Sektkühler zu nehmen. Reinersburg hielt sich am Rand des Pools fest und sah hinauf zu Sam, der gerade einen kräftigen Schluck trank. Sam wischte sich über die Lippen und rülpste. »Lo siento! Eigentlich trinke ich lieber Bier. Also, wo sind die Bilder?«

CAVA
Seit 1986 Denominación de Origen (DO) für spanischen Schaumwein (Katalonien), der mittels klassischer Flaschengärung hergestellt wird.

»Such Sie doch selbst, du Idiot.«

Sam schüttelte über so viel Starrsinn in gespielter Verzweiflung den Kopf, stieg Reinersburg mit seinen Cowboystiefeln auf die Hände und schubste ihn zurück ins Becken. Reinersburg schwamm auf die andere Seite, kam aber erneut zu spät an. Zunehmend geriet er in Panik. Sein Pool war so angelegt, dass er nirgends stehen konnte. Sam umkreiste Cava trinkend und in aller Ruhe den Pool. Immer wenn Reinersburg irgendwo ankam, war er schon da. Langsam verließen ihn die Kräfte. Und außerdem hatte er den Magenschwinger noch nicht verdaut.

Sam warf die geleerte Flasche hinter sich in die Wiese. »Ich hab nichts mehr zu trinken. Was ist? Willst du mir nicht langsam sagen, wo Raymonds Bilder sind?«

Reinersburg war kurz vor dem Untergehen. »Im ersten Stock«, stieß er hervor. »Im Schlafzimmer ist eine Kammer hinter dem Bett. Der Schlüssel liegt unter dem Kopfkissen.«

»Okay, Amigo, warum nicht gleich so?« Sam drohte mit dem Finger. »Und dass du mir keinesfalls auf die Idee kommst, Raymond zu behelligen. Es wird auch nicht mehr geschubst. In diesem Fall müssten wir nämlich die Schwimmprüfung im Meer wiederholen!«

Einige Minuten später saß er im Lieferwagen. Die Gemälde hatten sich tatsächlich in der besagten Kammer befunden. Aus dem Schlafzimmerfenster hatte er Reinersburg aus dem Pool klettern und erschöpft in die Wiese fallen sehen. Beim Zurücksetzen des Wagens zögerte Sam kurz, dann entschied er sich, die Figur stehen zu lassen. Auch die Hochstämme würde er verschonen. Er war ja kein Unmensch.

Von Santa Ponça fuhr er auf direktem Weg zu Raymond nach Port d'Andratx. Er fühlte sich prächtig. Solche Ausflüge bereiteten ihm großes Vergnügen. Und auch das Programm der nächsten Tage versprach kurzweilig zu werden. Er würde nach Portocolom fahren und sich nach der Frau von diesem Hasfurth umsehen. Wie war doch gleich ihr Name? Gabriele, richtig. Also, wenn sie nur annähernd so attraktiv wie auf dem Foto war und einem Seitensprung nicht abgeneigt …

Sam bog auf die Schnellstraße und gab Gas. Ihm fiel wieder der Artikel in der Zeitung ein. Der Beitrag ging ihm nicht mehr aus dem Kopf. »Todeserklärung in Vorbereitung« hatte es in der Überschrift geheißen. Es bestand also überhaupt kein Zweifel mehr an seinem Ableben. Zugegeben, auch er hatte nicht den geringsten Anlass, den Tod Reiters in Frage zu stellen, und entsprechend war ja auch seine Aussage vor dem Amtsgericht ausgefallen. Und dennoch – er konnte es nicht erklären, aber so richtig wollte er an den Tod nicht glauben. Ein irrationales Gefühl, das in den letzten Wochen immer stärker geworden war. Entweder wurde dieser Fall bei ihm zur fixen Idee, oder seine Spürnase hatte Witterung aufgenommen.

Nur mal angenommen: Was wäre, wenn dieser Reiter überlebt hätte. Vielleicht hatte er sich schwimmend ans Ufer gerettet? Gut, die Küstenwache hat das hundertprozentig ausgeschlossen, der Sturm hatte die Yacht auf dem offenen Meer überrascht. Oder er war mit Taucherflaschen über Bord gegangen und hatte sich später von einem Komplizen auffischen lassen. Haarsträubend, das funktionierte wohl auch nicht. Oder er hatte sich doch auf dem Schiff versteckt? Aber die Yacht war mehrfach bis in den letzten Winkel durchsucht worden. Egal, nur mal angenommen, er würde noch leben, dann hätte er möglicherweise wie schon vor dem Schiffsunglück Kontakt zu seinem Anwalt, mit dem er eng befreundet war. Sam erinnerte sich noch gut an den Namen. Dr. Peter Mannschuh hieß der Mann, seine Rechtsanwaltskanzlei war in Frankfurt. Frankfurt? Da hatte er doch aus der Zeit, in der er für die Detektei Lummer tätig gewesen war, die besten Kontakte! Sam trommelte mit den Fingern aufs Lenkrad. Das wäre doch gelacht, wenn man die Telefonate dieses Mannschuh nicht irgendwie abhören oder registrieren könnte. Und an seine E-Mails müsste man auch rankommen. Sam rülpste. Zweifellos vertrug er Bier wesentlich besser als Sekt.

Als er links nach Port d'Andratx abbog, fiel ihm eine Lösung ein. Es gab da jemanden, der ihm einen großen Gefallen schuldete. Immerhin hatte er Frank einmal den Hintern gerettet. Und diesen Frank würde er bitten, Dr. Mannschuh anzuzapfen. Das sollte klappen, technisch war das ohnehin kein Problem. Im ungünstigsten Fall kam dabei nichts heraus. Und im günstigsten Fall? Sam wagte gar nicht, an diese Möglichkeit zu denken.

6

Über Son Cardona und an Santa María del Pilar vorbei waren sie Richtung Arenal d'en Castell, Na Macaret und Addaia gefahren. Die Straße führte durch Pinienwälder, an macchiaüberwucherten Steinmauern, den Parets seques, entlang. Dahinter waren Kühe zu sehen, ab und zu auch mal Pferde und Esel.

ADDAIA
Die Feriensiedlung an der Nordostküste Menorcas teilt sich mit Na Macaret die Cala Molina. Sehr beliebt bei Yachties und Windsurfern.

Nach einer Brücke bog Kay bei einem Schild »Coto privado de caza« rechts ab und holperte mit dem alten Mini über einen Feldweg. Die ganze Fahrt über hatte Dana versucht, ihn auszufragen. Kay aber hatte sich lächelnd darauf beschränkt, sich nach ihrem Wohlbefinden zu erkundigen, sich für die komplizierte Anreise zu entschuldigen – und ihr einiges über Menorca zu erzählen. Zum Beispiel, dass über vierzig Prozent der Insel unter Naturschutz stünden und Menorca von der UNESCO zum Biosphärenreservat erklärt worden sei. Oder dass sich in der Golden Farm oberhalb von Maó der berühmte englische Admiral Lord Nelson heimlich mit Lady Hamilton getroffen habe. Aber diesen Informationen konnte sie heute kein besonderes Interesse abgewinnen. Schließlich fuhren sie durch ein offen stehendes Gattertor aus Olivenholz und hielten vor einem typisch menorquinischen Lloc, einem weiß getünchten Bauernhaus, das zwischen Feigen- und Olivenbäumen in einer Senke lag. Kay half ihr, den Rucksack ins Haus

TANCAS
Die Parets seques werden ohne Mörtel aus gefundenen Steinen zusammengefügt und trennen die Landparzellen (Tancas) voneinander ab.

zu tragen. Mit der Fernsteuerung startete er die vorbereitete CD mit Präludien von Frédéric Chopin, die zum Teil im Kartäuserkloster von Valldemossa entstanden waren. Im Kamin brannte Feuer. Die Champagnergläser standen bereit. Und aus der Küche zog feiner Essensgeruch durchs Haus.

»Perlhuhn in Kokosschaum«, erklärte er. »Ich nehme an, du wirst Hunger haben.«

Dana zog eine Augenbraue hoch, stemmte die Arme in die Hüften und räusperte sich. »So, mein Lieber, du hast jetzt genau zwei Möglichkeiten. Entweder, du nimmst mich sofort in den Arm und begrüßt mich nach allen Regeln der Kunst – oder du kannst dich um dein Perlhuhn kümmern. Deine Entscheidung wird in jedem Fall weitreichende Folgen haben.«

Kay schmunzelte. »Nach allen Regeln der Kunst? Das kann ja heiter werden. Also, komm schon her!«

Er breitete die Arme aus. Dana zögerte kurz, dann folgte sie der Aufforderung.

Einige Minuten später hätte ein zufälliger Besucher auf dem Boden im Wohnzimmer ein Jeanshemd finden können. Eine Khakihose lag vor der Treppe, die in den ersten Stock führte, einige Stufen weiter eine schwarze Wollmütze, weiße Shorts …

»Ich fürchte, das Perlhuhn ist verbrannt«, stellte Kay fest. Er lag im Bett, einen Arm hinter dem Kopf. Mit der freien Hand streichelte er Danas Brüste. Genau so hatte er ihren Körper in Erinnerung gehabt. Sportlich durchtrainiert und doch gleichzeitig ausgesprochen feminin. Ein seltener Glücksfall der Evolution.

»Und die CD mit den Präludien ist zu Ende.« Dana stützte sich auf und sah Kay in die Augen. »So hatte ich das übrigens mit den Regeln der Kunst nicht gemeint.«

Kay zuckte mit den Schultern. »Dann habe ich dich eben missverstanden. Ich bitte um Vergebung.«

Dana lächelte. »Nicht nötig. Übrigens, für eine Wasserleiche war das gerade nicht schlecht.«
»Und ich bin froh, dass ich mich gegen das Perlhuhn entschieden habe.«

Es war schon dunkel, als Kay und Dana am Tisch saßen. Sie hatten ein paar Kerzen brennen. Es gab zunächst Pa amb oli, geröstete Bauernbrotscheiben, die Kay mit Olivenöl beträufelt, mit Knoblauch abgerieben, mit Salz bestreut und mit zerdrückten Tomaten belegt hatte. Und weil das Perlhuhn tatsächlich nicht mehr genießbar war, hatte Kay auf die Schnelle einige Lammlendchen in der Pfanne kurz beidseitig angebraten, danach in eine Terrine gelegt, eine Hand voll gehobelte Mandeln mit geschlagenem Eiweiß vermischt, über die Lammlendchen verteilt und im Rohr kurz überbacken. Dazu gab es Reis und Zucchini. Mit einem Glas Cabernet Sauvignon von Maciá-Batle aus Santa María stießen sie an. Nach den ersten Bissen der Lammlende war Dana völlig hingerissen.

PA AMB OLI
Bei der Herstellung scheiden sich die Geister. Schon die Reihenfolge von Olivenöl, Knoblauch und Tomaten ist eine Glaubensfrage.

VINO MALLORQUIN
Die Bodega Maciá-Batle ist auch für ihren hervorragenden Weißwein bekannt.

»Ich wusste gar nicht, dass du so gut kochst.«
»Für eine Wasserleiche?«
Dana ließ ein Stück auf der Zunge zergehen.
»Nein, im Ernst.«
»Auf Mallorca hatte ich ja keine Gelegenheit dazu«, antwortete er. »Aber ich habe immer schon gerne gekocht. Für mich ist das ein meditativer Akt der Selbstfindung …«
»Egal, was es für dich ist, Kay, es schmeckt.« Dana legte die Stirn in Falten. »Sag mal, darf ich dich überhaupt noch Kay nennen? Oder soll ich Felix zu dir sagen? Klingt aber, finde ich, völlig bescheuert.«
»Du hast mich als Kay kennen gelernt, und an den Namen habe ich mich gewöhnt. Das können wir gerne beibehalten. Den Namen Felix finde ich zwar nicht ganz so schlimm wie du, aber ich denke, den Felix Reiter von früher, den gibt's wirklich nicht mehr.«

Dana sah Kay über die Gabel an. »Du weißt schon, dass du einige Erklärungen schuldig bist?«
Kay nippte am Wein. »Schmeckt fast so gut wie ein Bordeaux, hat vielleicht etwas zu viel Tannine, aber eine elegante Nase …«
Die Gabel, die Dana aus dem Handgelenk nach ihm schleuderte, traf ihn an der Brust.
»Sag mal, spinnst du. Willst du mich umbringen?«
Dana lachte. »Du bist ja schon tot, da kann doch gar nichts passieren. Aber wenn du glaubst, du kannst mir jetzt einen Vortrag über Weine halten, dann hast du dich getäuscht.«
Kay zupfte verlegen an seinem Ohrläppchen. »Überredet. Also, was willst du wissen?«
»O Gott, ich weiß überhaupt nicht, wo ich anfangen soll. Warum hast du mir nicht gesagt, wer du bist? Okay, blöde Frage. So gut kannten wir uns wirklich nicht. Wo hast du dich auf dieser verdammten Yacht versteckt? Was hättest du getan, wenn ich im Sturm über Bord gegangen oder mit dem Schiff gesunken wäre? Du wirst steckbrieflich gesucht, na ja, jetzt vielleicht nicht mehr. Was hast du wirklich getan? Habe ich vorhin mit einem Kriminellen geschlafen? Wo hast du die letzten Monate gesteckt? Was hat dich auf die irrwitzige Idee gebracht, gerade auf Menorca Unterschlupf zu suchen, also fast in Sichtweite von Mallorca? Was für einen Namen hast du jetzt? Und welche Nationalität? Wie stellst du dir dein weiteres Leben vor? Welche Empfindungen hast du für mich?« Dana holte Luft, um dann fortzufahren: »Was ist mit den Menschen, denen du finanziell geschadet hast? Glaubst du, dass das Syndikat noch hinter dir her ist? Waren die Vorsichtsmaßnahmen meiner Anreise nicht etwas übertrieben? Bist du jetzt Brillenträger? Hast du noch ein bisschen Lamm?«
Das Lachen von Kay klang ein wenig gequält. »Etwas viel Fragen auf einmal. Fangen wir mit dem Ende an. Ich hole die Terrine aus dem Rohr, dann reden wir weiter.«

Kay verteilte die gratinierten Lammlendchen auf ihre Teller. Dazu gab es noch etwas Zucchini.
Sie drohte ihm mit dem Finger. »Und fang jetzt nicht an, mir einen Vortrag über die Inhaltsstoffe der Zucchini zu halten.«
»Viel Wasser, Eiweiß, Kohlenhydrate, Vitamin A und C …«
Kay lächelte. »Nein, ich will mich nicht drücken. Es ist nur so, dass das auch für mich nicht ganz einfach ist. Wenn man so etwas im Film sieht, dass jemand untertaucht, vielleicht noch mit viel Geld, dann glaubt man, das wäre ganz toll. Mag ja sein, dass das bei manchen auch so ist, die werden dann aber bald geschnappt. Und dazu habe ich keine Lust. Also wird man zwangsweise zum Eigenbrötler, meidet soziale Kontakte, wird dadurch ein klein wenig autistisch, man spricht nicht viel, ist misstrauisch. Tatsächlich habe ich seit den Vorfällen, die mich zur Flucht gezwungen haben, noch mit niemandem darüber geredet, geschweige denn, dass ich mich jemandem anvertraut hätte. Das geht ja auch nicht. Alle denken, ich bin tot. Das ist ein Zustand, der mir gefällt. Aber als Toter kann ich mit keinem über mein voriges Leben sprechen. Wenn du verstehst, was ich meine?«
»Mit mir kannst du das«, sagte Dana leise.
Kay fuhr sich über die Stirn. »Das ist ja das Verrückte. Nur mit dir. Für alle anderen, mit denen ich reden könnte, bin ich nicht mehr am Leben. Ich hab da noch einen Freund in Frankfurt, der weiß Bescheid.«
»Dr. Mannschuh?«
»Ja, aber ich treffe mich nie mit ihm. Das wäre zu riskant. Um auf deine Fragen zurückzukommen. Ich bin kein Brillenträger, hab ja auch jetzt keine auf. Aber ich habe keine Lust, mich wieder operieren zu lassen. Ich bleib jetzt so, wie ich bin. Halt mit Brille, ab und zu mit dieser Wollmütze, schlecht rasiert, mit einem angedeuteten Schnurrbart. Nicht gerade mein Schönheitsideal, doch praktikabel. Waren die Vorsichtsmaßnahmen bei deiner Anreise übertrieben? Keine Ah-

nung, aber das bringt mich zu deiner anderen Frage. Ja, ich glaube, dass das Syndikat an mir immer noch interessiert ist. Immerhin wissen die als Einzige, dass ich noch lebe. Die müssen mich beobachtet haben, als ich mich nachts von der Yacht gestohlen habe.«

»Ich hab dich auch gesehen!«

»Wirklich? Dabei habe ich mir so viel Mühe gegeben. Ach so, du wolltest wissen, wo ich mich versteckt hatte? Im Ankerkasten! Ich habe kurz vor dem Sturm erfahren – und zwar von Dr. Mannschuh –, dass ich von einem Privatdetektiv entdeckt worden bin und meine Verhaftung unmittelbar bevorstand.«

»Sam Späth«, sagte Dana.

»Wie bitte? Ach so, richtig, so ist sein Name, ich hab's irgendwann in der Zeitung gelesen. Übrigens war der entscheidende Hinweis von einem Dr. Schulze gekommen, einem Vorständler, der offiziell nach mir suchen ließ, in Wahrheit aber meine Entdeckung fürchtete. Doch das ist eine andere, eine ganz andere Geschichte. Also, als der Sturm plötzlich und im wahrsten Sinne des Wortes aus heiterem Himmel losbrach, habe ich mich erinnert, dass diese Stürme im Spätsommer für die Balearen typisch sind und nie lange dauern. *Caps de fibló* werden sie von den Einheimischen genannt. Und da habe ich mich kurz entschlossen in den Ankerkasten verzogen. Der ist bei diesen Trawleryachten riesig. Und ich wusste, dass sich bei meiner ganz unten im Schiffsrumpf ein Hohlraum befindet. In dem habe ich mich verkeilt. War allerdings reichlich ungemütlich. So, und jetzt muss ich eine Pause machen. So viel habe ich seit Monaten nicht mehr geredet. Du kannst mich in die Küche begleiten. Zum Dessert gibt's Crema catalàn. Und nimm die Weinflasche mit den Gläsern mit.«

CREMA CATALÀN
Das spanische Pendant zur französischen Crème brûlée. Rezept im Registro turistico.

Kay holte aus dem Kühlschrank die Schalen mit der vorbereiteten Crema catalàn, bestreute sie mit Zucker, drohte Dana mit dem heißen Brüliereisen, um es dann doch der wahren Bestimmung zuzuführen und den Zucker zu karamellisieren.

»Um nochmals auf deine komplizierte Anreise zurückzukommen. Es könnte sein, dass du vom Syndikat überwacht wirst, in der Annahme, dass wir miteinander Kontakt aufnehmen. Theoretisch könnte auch das Bundeskriminalamt auf diese Idee kommen, falls sie doch glauben, dass ich nicht tot bin. Deshalb hielt ich die Vorsichtsmaßnahmen für angemessen. Übrigens war ich in Paris am Flughafen und habe dich beobachtet. Und so wusste ich auch von deiner Verspätung und dass du dich verlaufen hast. Vor allem aber hatte ich den Eindruck gewonnen, dass du nicht verfolgt wirst.«

»Dann hättest du mich ja gleich am Flughafen in Empfang nehmen können.«

Kay lachte. »So wie heute Nachmittag wohl kaum. Da wären wir aufgefallen.«

»Stimmt. Wasserleiche als Sittenstrolch. Das hätte eine schöne Headline abgegeben.«

»Jedenfalls bin ich von Paris mit einem Charterflieger direkt nach Menorca geflogen. Dir wollte ich den Genuss einer kleinen Schiffsreise nicht nehmen.«

»Zu gütig.«

»Was hattest du noch für Fragen? Ich hab den Faden verloren.«

»Ich will wissen, was du gemacht hättest, wenn ich im Sturm über Bord gegangen oder das Schiff gesunken wäre?«

Kay schüttelte den Kopf. »Nun, im letzteren Fall wäre vor allem ich jetzt bei den Fischen. Mein Ankerkasten war wie ein Gefängnis. Aber diese Gefahr hat nicht bestanden, ich kenne diese Trawleryachten, die gehen nicht so leicht unter, schon gleich gar nicht bei einem so kurzen Sturm. Die sind für die Grand Banks vor Massachusetts gebaut, für den Atlantik, die halten was aus. Und dass du nicht über Bord gehst, das habe ich gehofft, das kannst du mir glauben. Aber du bist ja kein schwaches, furchtsames Frauenzimmer, sondern allzeit sportlich und gut drauf. Ich habe dir gute Chancen eingeräumt.«

»Nur gute Chancen?«
»Ziemlich gute Chancen. Nein, im Ernst, da war ich mir sicher.«
»Ich nicht. Nächste Frage: Bist du ein Krimineller?«
»O Gott, jetzt wird's schwierig. Ob ich ein Krimineller bin und was mit den Menschen ist, denen ich finanziell geschadet habe? Das ist nicht so einfach zu beantworten. Dieses Thema würde ich gerne auf morgen vertagen. Einverstanden? Aber ich versprech dir, ich werde mich nicht drücken.«
»Einverstanden.« Dana nahm Kay in den Arm und gab ihm einen Kuss. »Und wo hast du die letzten Monate gesteckt? Bei deiner heimlichen Geliebten?«
»Schön wär's. Ich war meistens in London. Durch meine Zeit als Broker in Amerika und Asien habe ich eine Affinität zum Angloamerikanischen. Da kann ich ganz gut untertauchen. Aber jetzt ist mir das Wetter auf den Geist gegangen. Und weil ich einen Engländer kennen gelernt habe, dem dieses Haus hier auf Menorca gehört, habe ich es kurz entschlossen für einige Monate gemietet.«
»Gerade Menorca, du bist ganz schön dreist.«
»Sehe ich nicht so. Tatsache ist doch, dass fast kein Mensch von Mallorca nach Menorca fährt. Obwohl es ja eine Schnellfähre gibt, die täglich zwischen Cala Rajada und Ciutadella verkehrt. Nein, meiner Meinung nach ist Menorca eine völlig eigene Welt, von Mallorca so nah oder so fern wie Sardinien, Korsika oder Sizilien – das ist vielleicht ein bisschen übertrieben, aber nicht ganz falsch. Und wer soll mich hier finden? Ich sitze in dieser Finca, lese viel, koche, gehe allenfalls zum Einkaufen aus dem Haus ...«
»Oder um schöne Frauen am Hafen abzuholen!«
»Richtig, hätte ich fast vergessen. Fazit: Ich fühle mich hier ziemlich sicher. Auf Mallorca allerdings werde ich nie mehr einen Fuß setzen. Das kannst du mir glauben. Ich bin ja nicht verrückt!«

7

Don Quijote sah Sam aufmerksam zu, wie er die drei großformatigen Bilder in die hohe Eingangshalle trug und dort vorsichtig an die Wand lehnte.

»Raymond, wo bist du? Ich hab dir was mitgebracht.«

Don Quijote hob interessiert den Kopf, zwinkerte mit seinen Knopfaugen und näherte sich freudig grunzend den Gemälden. Dabei schlugen Hautlappen gegen seinen feisten Hals. An den glatten Marmorboden hatte sich Don Quijote gewöhnt, auch wenn er sich immer noch lieber in diesem herrlichen Drecksloch hinter der Öffnung im Zaun suhlte.

»Raymond, beeil dich. Don Quijote interessiert sich für deine Kunst.«

Don Quijote war das Haustier von Raymond, ein noch junges mallorquinisches Schwein, ein reinrassiges Porc negre. Für diese schwarzen Schweine war Mallorca schon im Mittelalter berühmt gewesen. Sogar dem großen Philosophen Ramón Llull waren sie im 13. Jahrhundert eine schriftliche Erwähnung wert gewesen. Und Erzherzog Ludwig Salvator hatte sich mit den Ernährungsgewohnheiten der außerordentlich schmackhaften Schweine beschäftigt. Besonders Feigen hätten es dem Porc negre angetan, außerdem Eicheln von Stein- und Korkeichen. Auch George Sand und Frédéric Chopin hatten Gelegenheit, den Stolz Mallorcas näher kennen zu lernen. Auf ihrer Rückfahrt nach Barcelona im Februar 1839 mussten sie sich den Dampfer El Mallorquin mit unzähligen schwarzen Schweinen teilen, die zum Entsetzen George Sands als Passagiere sogar bevorzugt behandelt wurden.

Porc negre
Das schwarze Schwein war über Jahrhunderte der wichtigste Exportartikel Mallorcas.

»Don Quijote, untersteh dich! Bleib sofort stehen!«

Leichte Panik schwang in Raymonds Stimme mit, der die geschwungene Treppe hinuntereilte. Sam versuchte nun das

Schwein zu verscheuchen, indem er kräftig in die Hände klatschte.
Erschrocken warf Don Quijote einen letzten Blick auf das mittlere der drei Bilder, das ihn mit den braunen Farbtönen an sein geliebtes Erdloch erinnerte, dann drehte sich das schwarze Schwein um und begrüßte Raymond mit einem niesähnlichen Grunzer.
»Hast du einen Schnupfen? Du bist doch hoffentlich nicht erkältet?« Raymond tätschelte besorgt Don Quijotes kräftigen Nacken. Das Schwein grunzte noch einmal und machte sich dann durch die Halle davon.
»Da hast du aber gerade sprichwörtliches Schwein gehabt«, feixte Sam. »Ich dachte schon, Don Quijote würde …«
»Nie und nimmer«, fiel ihm Raymond protestierend ins Wort. »Don Quijote ist außerordentlich empfindsam. Vielleicht hat er meine Bilder mit Windmühlen verwechselt, das könnte sein, er hat seinen Cervantes im Blut, aber er hätte ihnen nie Schaden zugefügt.«
Raymond sah strahlend auf die Bilder und breitete einladend seine Arme aus. »Sammy, komm her, mein Lieber, lass dich küssen, du bist ein Schatz, tausend Dank.«
Sam hob abwehrend die Hände. »Bitte, bitte keine Küsse, Raymond, du weißt, ich mag das nicht. Dein Dank gilt auch so.«
»Aber ich freue mich doch so sehr. Dass du die Bilder sogleich mitnehmen konntest? Du hast einfach eine besondere Gabe, Leute zu überzeugen. Hubertus Reinersburg hatte wohl kein Geld, um zu zahlen, oder?«
»Weiß nicht, jedenfalls wollte er keine Kohle rausrücken.«
»Na ja, wie auch immer. Sag mal, war er ohne weiteres damit einverstanden, dass du die Bilder wieder mitnimmst, oder hat er sich etwas geziert?«
»Geziert?« Sam kratzte sich grinsend am Nacken. »Nun, so könnte man das auch nennen. Aber dann hat er sich schnell

eines Besseren besonnen, hat mir Sekt angeboten und ist in den Pool schwimmen gegangen.«

»Das freut mich zu hören. Mit ein bisschen Umgangsformen könnten doch alle Menschen in Harmonie miteinander leben.«

»Außerdem hat er mir versprochen, dich nie mehr in einen Rosenbusch zu schubsen.«

»Gott sei Dank, das war nämlich wirklich garstig. So ein Rosenbusch mit vielen kleinen Stacheln tut echt weh.«

»Trotzdem eine Warnung, Raymond. Falls dieser Reinersburg plötzlich bei dir auftauchen sollte, dann mach ihm nicht auf. Versprochen? Und wenn er dir doch wieder Ärger bereiten sollte, ruf mich an. Du hast ja meine Handy-Nummer.«

»Aber natürlich, mach ich. Wie viel schulde ich dir, Sammy, mein Lieber?«

»Das überlasse ich dir. Wie viel es dir halt wert ist, dass du deine Bilder wiederhast. Überweise mir das Honorar wie üblich auf mein Konto. Ich muss weiter, den Lieferwagen zurückbringen. Ich habe ihn mir bei einem Freund ausgeliehen.«

»Lass dich nicht aufhalten.« Raymond fuhr sich verlegen über die Wange. »Du, Sammy, ich hätte noch ein klitzekleines Problem. Vielleicht könntest du mal mit meinem Nachbarn reden. Du weißt schon, der mir mal den Strom abgestellt hat …«

»Und der dich wegen des Schwarzbaus anzeigen wollte?«

»Richtig, aber davon hast du ihn ja abbringen können.«

»Und was will er jetzt, der Stinkstiefel?«

»Also, es dreht sich um Don Quijote.«

»Um dein Schwein?«

»Don Quijote ist nicht irgendein Schwein, Don Quijote ist in hohem Maße domestiziert, mindestens so intelligent und anhänglich wie ein Hund.«

Sam winkte beruhigend ab. »Ich glaub's dir ja, also, was hat dein intelligentes Haustier mit deinem Nachbarn zu tun?«

»Um ehrlich zu sein, Don Quijote hat es mehrfach geschafft, auf sein Grundstück vorzudringen und seinen Garten umzugraben.«

Sam lachte. »Und das mag dein Nachbar nicht? Da kann ich ihn sogar ausnahmsweise mal verstehen.«

Raymond warf einen verzweifelten Blick ans andere Ende der Halle, wo Don Quijote gerade versuchte, eine geschlossene Tür durch heftiges Gegenrennen zum Einsturz zu bringen.

»Ja, ich auch. Aber ich habe ihm den Schaden sehr großzügig ersetzt. Und das Loch im Zaun ist repariert. Es sollte also nicht wieder vorkommen.«

»Und? Was kann ich dann für dich tun?«

Raymond zögerte. »Ich will sicherstellen, dass er seine Drohung nicht in die Tat umsetzt. Ich meine, falls es Don Quijote wider Erwarten noch einmal gelingen sollte …«

»Was hat er denn angedroht, dein lieber Nachbar?«

Raymond sah wehmütig zu Don Quijote, der von der Tür abließ, um sich erschöpft unter einen schweren Tisch zu legen.

SOBRASSADA
Die deftige Wurst ist eine Spezialität Mallorcas, sie wird roh als Brotaufstrich gegessen, aber auch gekocht und gegrillt.

»Er hat gesagt, dass er Don Quijote, sollte er ihn je außerhalb meines Grundstücks antreffen, schlachten, mit Paprika würzen und zu Sobrassada verarbeiten würde.«

Sam bekam einen Lachanfall. »Zu Sobrassada? Zu einer Wurst? Don Quijote als Brotbelag?«

»Sammy, das ist überhaupt nicht komisch. Ich habe schon davon geträumt. Mich ängstigt diese Vorstellung.«

»Okay, Raymond, mach dir da mal keine Gedanken. Ich werde deinen Nachbarn bei Gelegenheit besuchen und mit ihm über Don Quijote reden. Ich glaube, ich kann ihn davon überzeugen, dass es für ihn wesentlich gesünder ist, sich seine Sobrassada an der Wursttheke zu kaufen.«

»Sammy, du bist ein Schatz, lass dich umarmen.«

Sam schüttelte den Kopf. »Ich muss weg. Umarme Don Quijote, der schaut gerade so traurig.«

8

Das Vorstandsbüro im Frankfurter Bankenviertel war holzgetäfelt. Dr. Schulze lief vor seinem Schreibtisch auf und ab. Im Besuchersessel saß Heinz Lummer, der Inhaber einer Frankfurter Detektei. Er fühlte sich zunehmend unwohl in seiner Haut.

Dr. Schulze hatte einen roten Kopf. Erregt blieb er vor Lummer stehen. »Ich habe Ihnen das bereits schriftlich gegeben. Der Fall Felix Reiter ist für Sie abgeschlossen! Punktum! Der gute Mann ist tot, das ist bedauerlich, aber das können wir nicht ändern. Wir haben Ihnen Ihren Aufwand – wie ich meine, sehr großzügig – honoriert. Auf die vereinbarte Provision haben Sie keinen Anspruch, weil Ihnen Ihr Zielobjekt ...« Dr. Schulze ließ ein heiseres Lachen vernehmen »... sozusagen vor Lieferung abhanden gekommen ist.«

»Was nicht unsere Schuld war«, warf Lummer ein.

»Da haben Sie wohl Recht.« Dr. Schulze hob theatralisch die Hände und blickte nach oben. »Bei Felix Reiter hat eine höhere Gerechtigkeit als unsere irdische ihr Urteil gefällt.«

»Es hätte ja nicht gleich ein Todesurteil sein müssen.«

»Das Philosophieren über Gerechtigkeit würde ich an Ihrer Stelle anderen überlassen. Machen wir uns nichts vor – leider sind Sie nicht der richtige Mann, um die unterschlagenen Millionen wieder zu beschaffen. Diese Inkompetenz müssen Sie akzeptieren. Ihr Mann fürs Grobe, wie hieß er doch gleich?«

»Späth, Sam Späth«, antwortete Lummer.

»Übrigens, ein ausgesprochen lächerlicher Name. Also, dieser Späth konnte offenbar gut die Spur eines Mannes verfolgen, zugestanden, aber die Spur des Geldes zu verfolgen ist eine völlig anders gelagerte Aufgabenstellung.«

»Selbstverständlich. Übrigens arbeitet Herr Späth nicht mehr für mich, er hat sich auf Mallorca selbstständig gemacht. Aber

ich habe mich mit Spezialisten in der Schweiz zusammengetan, eine Kanzlei, die schon große Erfolge erzielt hat, zum Beispiel beim Aufspüren von Drogengeldern und von versteckten Privatkonten afrikanischer Diktatoren.«
Beim Stichwort »versteckte Privatkonten« zuckte Dr. Schulze unmerklich zusammen. Er dachte an sein Konto auf Jersey. Auf die Dienste einer Kanzlei, die darauf spezialisiert war, versteckte Konten aufzufinden, war er nicht gerade erpicht. Dieser Felix Reiter war tot, das hätte nicht besser laufen können. Der Investmentfonds war zusammengebrochen. Das war schlimm genug, es hatte im Unternehmen erhebliche Turbulenzen. Immerhin musste er sein Engagement gegenüber dem Aufsichtsrat und den Aktionären rechtfertigen. Aber nach außen hatte er eine weiße Weste. Es war nun mal seine Pflicht gewesen, aktuell nicht benötigte Liquidität bestmöglich zu rentieren. Und da war diese Futures Management Inc. des Dr. Felix Reiter mit Sitz auf den Bahamas eine allererste Adresse gewesen. Der Hedge-Fonds war institutionellen Anlegern vorbehalten, zwar hochspekulativ, aber über Jahre außerordentlich profitabel. Dr. Schulze spürte, wie das Blut in seinen Schläfen pochte. Keiner ahnte, was wirklich dahinter steckte, wie vertrackt die Situation gewesen war. Alle gingen davon aus, dass dieser Reiter zum Hasardeur geworden war und die ihm anvertrauten Gelder in einer wahnwitzigen Spekulation verzockt hatte. Und an dieser Vorstellung würde sich niemals etwas ändern! Um diesen Verlust ging es ja auch gar nicht mehr. Der stand außerhalb jeder Diskussion. Der Betrag in Milliardenhöhe, allerdings verteilt auf viele Unternehmen der deutschen Wirtschaft, war schlechterdings verspielt. Kritischer waren die Gelder, die sie zu einem Zeitpunkt nachgeschossen hatten, als eigentlich schon alles verloren war. Kurz darauf hatten sie Reiter über die Klinge gehen lassen und angezeigt. Eine Entscheidung, die vielleicht falsch gewesen war, die er aber mitgetragen hatte. Um diese nachgeschossenen

Millionen hatten sie sich zu bemühen, hier waren sie nachweislich die Opfer eines betrügerischen Vorgangs geworden, da war es nach außen ihre Pflicht, alle Hebel in Bewegung zu setzen.
Dr. Schulze sah zum Fenster hinaus. Seinen Besucher hatte er völlig vergessen. Was war er froh, dass Felix Reiter nicht mehr lebte. Er hatte große Angst gehabt, dass man ihn fassen und vor Gericht stellen würde. Dann hätte Reiter gewiss ausgepackt und unter anderem von den Konten erzählt, die er für einige Vorständler auf den Bahamas eingerichtet hatte. Und dass die Gelder auf diesen Konten illegale private Zuwendungen waren, die sie von Reiter bezogen hatten. Seinen Kopf hätte dies gekostet. Er konnte sich noch gut an seine Panik erinnern, als dieser unfähige Lummer wider Erwarten Felix Reiter auf Mallorca entdeckt hatte. Der Auftrag an Lummer war doch eine reine Alibiveranstaltung gewesen, er hätte nie zum Erfolg führen dürfen. Konnte man ahnen, dass er mit diesem Sam Späth einen so gefährlichen Spürhund im Team hatte? Deshalb hatte er ja auch den Geistesblitz, Dr. Mannschuh anonym von der Entdeckung und der bevorstehenden Verhaftung zu berichten. Gott sei Dank war alles gut ausgegangen. Okay, nicht gerade für Reiter, den hatte es erwischt. Aber so ist das Leben. Ein Fingerschnipp, und es ist vorbei.
Dr. Schulze drehte sich um und sah Lummer an. Und nun wollte dieser unselige Privatdetektiv ein Schweizer Expertenteam auf die verschwundenen Millionen ansetzen. Sicher, es war schade, dass sie weg waren. Schließlich hatte jetzt keiner mehr was davon. Aber das war nun wirklich das kleinere Übel. Sein Konto auf den Bahamas hatte er nach Jersey verlegt, doch auch dort durfte es keinesfalls entdeckt werden. War er denn vom Affen gebissen, diesem Lummer erneut einen Auftrag zu erteilen? Nein, wirklich nicht.
Dr. Schulze räusperte sich. »Guter Mann, Sie mögen ein fähiger Ermittler sein, aber in der Welt der Finanzen kenne ich

mich etwas besser aus. Wir haben da eigene Connections und sind nicht auf Ihre möglichen Geschäftspartner angewiesen.« Er sah demonstrativ auf die Uhr. »Sie entschuldigen mich, ich muss zu einem wichtigen Vorstandsmeeting. Unsere Zusammenarbeit in dieser Angelegenheit ist beendet. Ich bedanke mich noch einmal für Ihr Engagement. Und seien Sie gewiss, wenn wir wieder einmal einen ähnlich gelagerten Ermittlungsbedarf haben«, Dr. Schulze ließ erneut sein heiseres Lachen hören, »was der Himmel verhüten möge, dann werden wir gerne auf Ihre bewährten Dienste zurückgreifen. Und grüßen Sie unbekannterweise Ihren Mitarbeiter Späth ...«
»Exmitarbeiter!«, korrigierte Lummer, der bereits aufgestanden war, um Dr. Schulze die Hand zu geben.

9

An schönen Tagen konnte man von der großen Terrasse der Residencia bei Marbella den Felsen von Gibraltar sehen. Heute war kein schöner Tag, die Wolken zogen tief über die Berge, und das dunkle Meer war aufgewühlt. Im Hinterland donnerte es. Alfredo hatte die Statur eines Sumoringers und einen kahl geschorenen Schädel. Die drahtlose Intellektuellenbrille wollte so gar nicht zu seinem gewaltigen Äußeren passen. Alfredo näherte sich langsam dem Liegestuhl, der wind- und regengeschützt unter einem Vordach stand. Ob Don Antonio noch schlief? Eigentlich war die Siesta, die für seinen Patrón ein heiliger Akt war, längst vorbei.
»Alfredo, qué pasó, was gibt's?« Don Antonio schlug die Decke zurück und richtete sich etwas im Liegestuhl auf. Der alte Herr hatte schlohweiße Haare und eine markante Adlernase. Don Antonio war das alleinige und uneingeschränkte Oberhaupt des Syndikats, das in informierten Kreisen nur respektvoll »La Organización« genannt wurde. Das Syndikat spielte

eine wesentliche Rolle im Drogenhandel des Landes. La Organización handelte mit Waffen, war im Glücksspiel engagiert und in der Prostitution. Persönlich war Don Antonio mit diesen illegalen Geschäften kaum mehr in Verbindung zu bringen. Ihm gehörten an der Costa del Sol einige bekannte Hotels. Er nannte eine Versicherungsgesellschaft sein Eigen, und er besaß große Ländereien zwischen Valencia und Alicante. Eigentlich hätte Don Antonio sein Leben entspannt ausklingen, seinen erreichten Wohlstand und die gesellschaftliche Anerkennung genießen können. Aber der Jagdinstinkt seiner Jugend war ungebrochen. Und er hasste es wie eh und je zu verlieren. Alfredo, seit vielen Jahren der Privatsekretär von Don Antonio, wusste das. Auch war ihm klar, dass es sein Patrón immer noch auf diesen Felix Reiter alias Kay Kaufmann abgesehen hatte. Während die ganze Welt dachte, dass der flüchtige Devisenspekulant ertrunken war, hatten sie unumstößliche Beweise dafür, dass er noch lebte. Don Antonio wäre seiner nur allzu gerne habhaft geworden. Nicht, um mit ihm Schach zu spielen, nein, sondern um ihn von der schweren Last seiner Millionen zu befreien. Don Antonio pflegte dies einen Akt der Nächstenliebe zu nennen. Einmal wäre es ihnen schon fast gelungen, aber dann war er ihnen durchs Netz geschlüpft. Dieses Missgeschick wollte Don Antonio nicht auf sich sitzen lassen. Deshalb hatte er nach seinem Untertauchen angeordnet, dass Dana Mohnert, die ehemalige Freundin von Felix Reiter, rund um die Uhr beschattet wurde. Zog man die mögliche Beute in Betracht, lohnte sich der Aufwand allemal. Und außerdem war dies eine Frage der Ehre. Einem Don Antonio entkam man nicht! Nachdem aber über ein halbes Jahr ohne jegliche Vorkommnisse vergangen war, hatte Don Antonio die Observierung gelockert. Langsam hatte auch er keine Hoffnung mehr. Umso mehr war sich Alfredo sicher, dass Don Antonio am Inhalt des Telefonanrufs interessiert war, den er gerade aus Deutsch-

land bekommen hatte. Aber ob er sich über die Neuigkeiten freuen würde?
Alfredo fuhr sich mit der Hand über den blanken Schädel. »Don Antonio, soeben hat Tomás angerufen.«
»Tomás?« Don Antonio dachte kurz nach. »Ist das nicht unser Mann in München, der nach dieser Dana schaut?«
»Exacto, ich bewundere Ihr Gedächtnis. Tomás war etwas unglücklich. Er hofft, dass Sie ihm verzeihen.«
»Por qué? Was hat er angestellt?«
»Nada, aber diese Dana ist verschwunden, er hat ihre Spur verloren.«
Plötzlich saß Don Antonio fast aufrecht im Liegestuhl. »Muy interesante. Wie ist das passiert?«
»Obwohl Tomás nur noch nebenher nach Dana schauen sollte, hat er mitbekommen, dass sie plötzlich zum Flughafen gefahren ist.«
»Es un chaval muy trabajador!«
»Sie hatte einen Flug nach St. Petersburg gebucht …«
»In Russland oder in Florida?«
»In Russland, aber dort ist sie nie angekommen. Beim Umsteigen in Frankfurt ist sie plötzlich verschwunden. Tomás hat alles versucht, und auch unsere Frankfurter Freunde haben ihm geholfen. Aber sie ist wie vom Erdboden verschluckt.«
»Maravilloso, wunderbar! Das gefällt mir. Tomás soll sich keine Gedanken machen, er kann nichts dafür. Ich habe ja selbst eine Lockerung der Beobachtung angeordnet.«
Alfredo wischte sich erneut über die Glatze und sah Don Antonio fragend an. »No lo entiendo, warum freuen Sie sich darüber?«
Don Antonio schmunzelte. »Ahora, ich freue mich nicht wirklich. Besser wäre es, wir hätten ihre Spur nicht verloren. Aber was zeigt uns ihr Verschwinden? Es zeigt uns, dass sie noch Kontakt zu unserem Amigo hat! Ich hatte schon

meine Zweifel. Aber warum sollte sie sonst einen falschen Flug buchen und einfach verschwinden? Sie ist bei ihm, glaub's mir!«

Alfredo nickte nachdenklich. »Puede ser, sí.«

Don Antonio hob den Zeigefinger. »Alfredo, bitte erledige drei Dinge. Primero, Tomás soll alles versuchen, ihre Spur in Frankfurt wieder zu finden. Wahrscheinlich ist sie unter einem anderen Namen woanders hingeflogen. Aber ich bin da nicht sehr optimistisch. Segundo, wenn diese Dana wieder auftauchen sollte, und das glaube ich sicher, dann gilt erneut volle Observierung, rund um die Uhr. Das nächste Mal lassen wir uns nicht abhängen.«

Don Antonio lehnte sich zufrieden zurück. Der Regen hatte aufgehört, die Wolkendecke über dem Meer zeigte erste blaue Lücken.

Alfredo verlagerte sein beträchtliches Gewicht von einem Bein auf das andere. »Sie sagten, ich soll drei Dinge erledigen?«

»Richtig, und tercero bringst du mir einen Brandy de Jerez, und zwar meine Sonderabfüllung vom Cardenal Mendoza!« Don Antonio lächelte verzückt und schloss die Augen.

10

Trotz der windgeschützten Lage konnte man von der Terrasse des Bauernhauses über die Olivenbäume hinaus aufs Meer sehen. Aus dem Forns de Pa, dem Backofen, duftete es verführerisch nach frischem Brot. Kay stellte einen Krug mit Zumo de naranja, frisch ausgepresstem Orangensaft, auf den Tisch. Durch die offen stehenden Fenster waren Präludien von Frédéric Chopin zu hören. Es roch nach Kaffee. Dana saß unter einem großen weißen Marktschirm und betrachtete die Teller mit Serrano-Schinken, Tomaten

QUESO DE MAHÓN
Für den Käse aus Kuhmilch ist Menorca berühmt. Er wird exportiert und auch auf Mallorca sehr häufig angeboten.

und Mahón-Käse. Kay hatte außerdem eine Schale mit Joghurt und Papaya vorbereitet.
»Frühstückst du jeden Morgen so reichlich?«, wollte sie wissen.
Kay setzte sich und grinste. »Nein, natürlich nicht. Ich lebe sonst wie ein Mönch, der allen irdischen Genüssen abgeschworen hat.«
Dana sah ihn zweifelnd an. »Wie kommt es, dass ich dir nicht glaube?«
»Es besteht kein Anlass, an meinen Worten zu zweifeln.«
»Allen irdischen Genüssen? Wirklich?«
Kay rührte in seinem Joghurt mit Papaya.
»Ich geb's zu, essen und trinken tu ich schon ganz gern.«
Dana schlug ihre bloßen Schenkel übereinander und fuhr sich mit der Zunge über die Lippen. »Übrigens, wusstest du, dass die Papaya in Thailand früher als Aphrodisiakum galt?«
»Nein, aber schön zu hören. Denn wenn dein Besuch weiter so verläuft wie bisher ...«
»Noch habe ich keine Beanstandungen.«
»Diese erfreuliche Botschaft stärkt mein Selbstwertgefühl.«
Kay schob sich ein Stück Papaya in den Mund. »Würdest du dich bitte zuvorkommenderweise etwas weniger aufreizend hinsetzen. Es fällt mir schwer, mich auf das Frühstück zu konzentrieren.«

COVES
Ähnlich wie auf Mallorca gibt es auf Menorca riesige Höhlen, die in früheren Zeiten als Zufluchtsorte bei Piratenüberfällen, aber auch als Begräbnisstätten dienten.

Einige Stunden später liefen sie auf einem kleinen Weg an Klippen entlang, die steil ins Meer abfielen. Kay erzählte, dass sich unter ihnen riesige Höhlen befänden, Coves, in die man mit dem Boot hineinfahren könne. Im Süden der Insel gebe es die Cova d'en Xoroi. Hier habe sich einst der maurische Pirat Xoroi versteckt. Der Legende nach habe ein menorquinisches Bauernmädchen zu seiner Beute gezählt, das ihm drei Kinder geschenkt habe. Als in einer Winternacht Schnee gefallen sei, habe man seine Spuren und damit seinen Unterschlupf entdeckt. Der Pirat habe sich über die Felsen ins Meer gestürzt. Dem menorquinischen Bauernmädchen sei die Flucht gelungen. Später habe sie im Landesinneren einen Ort gegründet, dem sie ihren Namen gegeben habe: Mercadal.

Irgendwann kamen sie auf das Leben von Dana zu sprechen. Sie erzählte, dass sie immer noch an ihrer Doktorarbeit in Theaterwissenschaft schreibe und parallel dazu Artikel für ein Lifestyle-Magazin. Das mache ihr mehr Spaß als erwartet. Vor allem Sport- und Fitness-Themen hätten es ihr angetan.

Dana blieb stehen. »Und ich schreibe über Essen und Trinken, was auf deinen schlechten Einfluss zurückzuführen ist.«

Kay schmunzelte. »Unsere gemeinsame Zeit ist also doch nicht gänzlich spurlos an dir vorübergegangen.«

»Gänzlich nicht. Jedenfalls waren die kulinarischen Exkursionen prägend. Und nun kommt das Tollste ...«

»Jetzt bin ich aber neugierig.«

»Das Magazin hat mir den Auftrag gegeben, für ein Schwerpunktheft eine Reportage über die besten Restaurants Mallorcas zu schreiben.«

»Das ist allerdings wirklich witzig. Und? Machst du das?«

»Na klar, die Vorrecherche haben wir ja sozusagen gemeinsam durchgeführt. Ich erinnere mich noch an unseren Abend im Tristan ...«

»Parfait de hígado de pato con jamón de jabugo!«

»Wie bitte?«

»Das war unsere Vorspeise – Entenleber-Parfait mit Jabugo-Schinken!«

»Du hast ja ein unglaubliches Gedächtnis! Und dann dieses Fischlokal in Palma ...«

»Das Rififi, richtig. Du hast Cap-Roig gegessen, ich Lubina, Drachenkopffisch und Wolfsbarsch.«

»Sag mal, das gibt's doch gar nicht! Weißt du noch bei allen Restaurants, was wir dort gegessen haben?«

Rondalles
Geschichten wie jene von Xoroi und Mercadal gibt es auch auf Mallorca sehr häufig. Die alten mallorquinischen Märchen werden Rondalles genannt und sind bis heute bei der Bevölkerung sehr beliebt.

Tristan, Rififi, Rocamar, El Olivo
Die Restaurantbeschreibungen finden sich im Registro turistico.

»Könnte sein. Ich kann mir Menüs fast so gut merken wie Aktien- und Devisenkurse. Erinnerst du dich noch ans Rocamar in Port d'Andratx? Da haben wir beide Lenguado gegessen, Seezunge. Im El Olivo in Deià? Llagosta und dazu eine Flasche Chardonnay von Jaume Mesquida. In Port de Pollença ...«

Jaume Mesquida
Bodega in Porreres mit kreativen Weinen aus einem breiten Rebsortenangebot.

»Stopp, ich glaub's dir ja. Eigentlich solltest du die Reportage schreiben.«

»Das scheitert schon daran, dass ich diese Insel nie mehr betreten werde. Was ist mit dir? Du müsstest doch wahrscheinlich hin, oder?«

»So ist es, das war sogar ein Grund, warum ich den Auftrag angenommen habe. Ich dachte, ich wandle etwas auf unseren Spuren, frische Erinnerungen auf. Da wusste ich ja noch nicht, dass du mich plötzlich einladen wirst.«

»Und jetzt?«

»Was heißt und jetzt? Kay, dass das hier nur ein Besuch ist, darüber waren wir uns doch einig. Ich bin nicht bereit, sämtliche Brücken hinter mir abzubrechen und an deiner Seite für alle Zukunft Versteck zu spielen. Jedenfalls sehe ich das heute so. Also werde ich in einigen Tagen wieder abreisen und kurz darauf, wie mit dem Verlag vereinbart, nach Mallorca fliegen, um dort einige Recherchegespräche zu führen. Das habe ich nun mal so ausgemacht.« Sie atmete tief durch. »Und wie das mit uns beiden weitergeht, das müssen wir noch besprechen.« Dana sah ihn traurig an. »Ich liebe dich, das weißt du. Und ich bin gerne mit dir zusammen. Irgendwie müssen wir für uns ein Arrangement finden.«

Dana umarmte Kay und gab ihm einen intensiven und langen Kuss. Nachdenklich fuhr er ihr durch die Haare.

»Ein Arrangement finden? Das wird schwierig!«

»Was ja wohl mehr an dir liegt als an mir«, entgegnete Dana.

»Da kann ich dir nicht widersprechen.«

Sie sah ihn zweifelnd an. »Weil wir gerade bei den schwierigeren Themen sind – du bist mir noch eine Antwort schuldig. Sie ist wichtig, sehr wichtig, auch im Hinblick auf ein mögliches Arrangement.«

Kay nickte. »Ich habe erwartet, dass du darauf zurückkommen wirst. Ob ich ein Krimineller bin? Das war doch deine noch offene Frage von gestern Abend?«

»Ganz genau, wobei ich mir diese Frage eigentlich selbst beantworten kann. Ich hatte in den letzten Monaten genug Zeit, mich mit deinem Fall zu beschäftigen. Ich habe viel darüber gelesen. Eindeutiger geht's wohl kaum – du bist hundertprozentig schuldig! Das ist die traurige Wahrheit, oder?«

»Oder? Höre ich da doch einen leichten Zweifel in deiner Stimme?«, fragte Kay zurück.

Sie zögerte nur kurz. »Nein, keinen Zweifel, vielleicht ein letztes Quäntchen Hoffnung.«

»Die Hoffnung sollte man nie aufgeben, auch nicht in meinem aussichtslosen Fall.«

»Ich muss dich warnen«, reagierte sie auf seine ironische Bemerkung. »Ich halte die Unterschlagung von größeren Geldsummen nicht unbedingt für ein Kavaliersdelikt. Zugegeben, das ist ein verbrecherischer Akt, der sich auch in der Öffentlichkeit gewisser Sympathien erfreut. Schließlich hast du ja nur große, anonyme Konzerne geschädigt. Das freut sogar viele. Und die Boulevardpresse hat dich seit deinem Untertauchen und erst recht nach deinem Tod fast zu einem Star hochgeschrieben.«

»Auf dieses Privileg hätte ich gerne verzichtet.«

»Aber auch bei dir trifft es letztlich Menschen. Manager mussten ihren Hut nehmen, Mitarbeiter …«

Kay winkte ab. »Halte mir bitte keinen moralischen Vortrag, das weiß ich alles selbst.« Er deutete auf einen glatten Felsen. »Komm, lass uns einen Moment hinsetzen. Ich möchte dir eine Geschichte erzählen, die etwas von dem abweichen dürfte, was du gelesen hast.«

»Aber schuldig bist du«, sagte Dana beim Hinsetzen, »sonst könntest du dich der Justiz stellen.«

»Wenn alles so einfach wäre. Okay, das Wesentliche kann ich dir in wenigen Sätzen erklären …«

»Aber lüg mich nicht an!«

»Nein, tu ich nicht«, erwiderte Kay. Meine Bankrott gegangene Futures Management Inc. ist dir ein Begriff?«

»Ein Hedge-Fonds für institutionelle Anleger, mit Sitz auf den Bahamas, vor zwölf Jahren gegründet …«

Kay lächelte. »Kompliment, du hast deine Hausaufgaben gemacht. Also, ich habe erhebliche Gelder von großen, vornehmlich deutschen Aktiengesellschaften verwaltet und mit diesen Anlagen spekuliert.«

»Und zwar hoch riskant!«, warf Dana ein.

»Das Geschäft mit Futures und Optionen ist immer hoch spekulativ, das liegt in der Natur der Sache und war im Übrigen auch den Anlegern bekannt.«

»So weit, so gut«, unterbrach ihn Dana. »Das weiß ich schon alles. Erzähl mir was Neues!«

»Um deinem Wunsch nachzukommen, es wird dich vielleicht interessieren, dass bei einigen großen Anlegern die im Vorstand verantwortlichen Herren satte Provisionen kassiert haben. Und zwar nicht weniger als zehn Prozent von den erzielten Gewinnen. Diese Provisionen sind auf schwarze Privatkonten geflossen, die ich für meine werten Freunde auf den Bahamas eingerichtet habe.«

»Aber das war doch illegal?«

»Ja, natürlich. In diesem Punkt bekenne ich mich schuldig, doch nach meinem Rechtsempfinden sind die Herren im Nadelstreif mindestens so schuldig wie ich.«

»Viel schlimmer«, sagte Dana empört. »Immerhin haben die das Geld genommen und auf diese Weise ihren Gesellschaften, bei denen sie im Grunde nur angestellt sind, vorenthalten. Außerdem wurde der Fiskus geprellt.«

»Ganz genau, aber nach außen haben sie bis heute eine weiße Weste. Dabei hatten sie selbst diesen glorreichen Einfall, der mich etwas in Zugzwang gebracht hat, wollte ich sie nicht als Investoren verlieren.«

Dana sah Kay kopfschüttelnd an. »Nun gut, dann hätten wir außer dir eben noch einige Kriminelle mehr auf dieser Welt. Was aber nichts daran ändert, dass du die Firmen nach deiner Fehlspekulation in betrügerischer Absicht abgezockt hast.«

Kay nahm die Brille ab und klappte nachdenklich die Bügel auf und zu. »Vielleicht sollte ich dir wirklich die ganze Geschichte erzählen?«

»Ich bitte darum, wir haben Zeit.«

Kay legte die Brille zur Seite. »Kommen wir zunächst zu der von dir angesprochenen Fehlspekulation. Ich hätte sie so nie und nimmer durchgezogen.«

»War das ein Gespenst?«

»Bleib bitte ernst! Nein, kein Gespenst. Unter den Anlegern, du weißt schon, jenen mit den Konten fürs Schwarzgeld, gab es einen so genannten Fünfer-Rat. Diese fünf Herren haben auf Grund der Größe ihrer Firmen den Löwenanteil der Investments aufgebracht. Ich habe dir gegenüber schon diesen Dr. Schulze erwähnt, auch er gehörte diesem Gremium an.«

»War das so eine Art Geheimbund?«

»Damit würde man ihnen zu viel Ehre antun. Aber geheim war der Rat natürlich schon. Jedenfalls haben mich die fünf plötzlich bedrängt, auf einen steigenden Yen gegenüber dem Dollar zu setzen. Das widersprach allen Indikatoren, aber sie glaubten es besser zu wissen, redeten von Insider-Informationen, hatten ihre Kontakte in Washington und Tokio, bei der Fed, im Weißen Haus, der japanischen Notenbank. Sie haben mich gezwungen, diesen Kurs einzuschlagen, andernfalls hätten sie ihre gesamten Einlagen abgezogen.«

»Aber warum?«

»Weil sie den Hals nicht voll kriegen konnten. Dabei waren sie durch mich schon alle Multimillionäre geworden. Aber sie glaubten wohl wirklich daran, dass der Yen stark steigen würde, und versprachen sich davon große Gewinne.«

»Und dann?«

»Und dann? Nun, ich habe mich nolens volens von dieser fixen Idee anstecken lassen. Aber wie du weißt, ist der Yen unaufhaltsam gefallen. Wir hatten Kontrakte in Milliardenhöhe abgeschlossen. Ist die Spirale erst mal in Gang, gibt's kaum ein Entkommen. Der Fonds stand kurz davor, uns um die Ohren zu fliegen.«

Dana saß mit durchgedrücktem Rücken auf dem Felsen und hörte Kay aufmerksam zu. Zu ihren Füßen donnerte die Brandung gegen das Ufer, einige Möwen segelten im kräftigen Wind. Weit draußen auf dem Meer kämpfte eine kleine Yacht gegen die lange Dünung an, die aus dem Golf von Lyon heranrollte. Aber Dana nahm von alldem nichts wahr, sie hatte nur noch Augen und Ohren für Kay und seine Geschichte. Und ihre Hoffnung nahm kontinuierlich zu, dass er, wenn schon nicht juristisch, so doch wenigstens moralisch entlastet würde.

»Soll ich weitererzählen? Okay, jetzt kommen wir zum entscheidenden Kapitel. Ich habe in dieser Phase – es war eigentlich bereits fünf Minuten nach zwölf – noch eine vage Chance gesehen, aus dem Schlamassel herauszukommen. Aber dazu brauchte ich erstens freie Hand, meine eigenen Anlagestrategien umzusetzen, und zweitens neue liquide Mittel. Mein privates Vermögen hatte ich bereits verheizt ...«

»Na sauber! Die Geheimkonten vom Fünfer-Rat waren wohl nicht betroffen?«, vermutete Dana.

»Nein, die hatten ihre Schäfchen in jedem Fall im Trockenen. Am Verlust waren sie nicht beteiligt. Aber jetzt ging es um ihren Kopf als Manager, die die Anlage in meinem Fonds letztlich zu verantworten hatten. Jedenfalls haben wir einen

Deal abgeschlossen. Damit sie mir für meine Rettungsaktion weitere Gelder zuschießen konnten, sollte ich einige Manipulationen in der Bilanz vornehmen und mit frisierten Zahlen dafür die Voraussetzungen schaffen.«

»Das haben *die* sich ausgedacht, nicht du?«

»Ganz genau, um den kapitalen Fehler auszumerzen, den sie selbst initiiert hatten. Und hinterher hätten wir alles irgendwie glatt gebügelt. Das ist der Vorteil eines Fonds auf den Bahamas, da gibt es einige flexible Gestaltungsmöglichkeiten. Entscheidend ist, was unterm Strich rauskommt.«

»Moment mal«, unterbrach Dana. »In den Medien stand aber, du hättest dich mit den nachgeschossenen Millionen aus dem Staub gemacht.«

»Stimmt!«, gab Kay zu.

»Aber dann … also … dann bist du doch … ich meine …«, stotterte Dana.

»Nein, bin ich nicht«, sagte Kay. »Ich wollte mich damit nämlich nicht aus dem Staub machen, sondern habe ganz ernsthaft versucht die entstandenen Verluste zu kompensieren und meinen Fonds zu retten. Was ein wahnwitziges Unternehmen war, ich habe Tag und Nacht geackert. Und ich glaube, ich hätte es geschafft – aber plötzlich haben die Herren des Fünfer-Rates kalte Füße bekommen. Um ihren Kopf aus der Schlinge zu ziehen, haben sie mich geopfert. Die Dokumente waren ja tatsächlich frisiert, übrigens von ihnen selbst, weil sie das sehr viel besser konnten, aber leider mit meinem Namen drauf. Sie haben die Staatsanwaltschaft verständigt und eine Pressekonferenz einberufen. Das Kalkül war völlig klar: Indem sie sich als Betrogene hinstellten, was sie, so irrwitzig es ist, ja auch beweisen konnten, waren sie formal aus dem Schneider. Der alleinige Schuldige war ich, auch wenn ich gerade dabei war, den Mist wegzuschaufeln, den sie angehäuft hatten. Die unausweichlichen Turbulenzen in ihren Unternehmen glaubten sie überstehen zu können.«

»Und wenn nicht, hatten sie ja noch immer ihre Konten auf den Bahamas.«

»Exakt. Und mich zwangen sie auf diese Weise, unterzutauchen. Die Millionen, die sie mir kurz vorher sozusagen hinterhergeworfen hatten, waren ihnen dabei völlig egal. Also habe ich sie mitgenommen. Das Ganze musste ja in Minuten entschieden werden. Ich bin aus allen Wolken gefallen, als mich Peter Mannschuh informierte, dass ein Haftbefehl gegen mich ausgestellt war.«

»Und warum bist du dich nicht zur Polizei gegangen und hast vor Gericht gegen Dr. Schulze und seine Kumpanen ausgesagt?«

Kay atmete tief durch. »Das habe ich mich auch schon ab und zu gefragt. Wäre vielleicht besser gewesen. Aber mir fehlte die Zeit, über alles nachzudenken und eine Strategie zu entwickeln. Mein Fonds wäre in jedem Fall geplatzt, und zwar mit den nachgeschossenen Millionen. Hinter schwedischen Gardinen lassen sich nun mal keine globalen Finanzgeschäfte abwickeln. Die Schwarzkonten hätte ich wahrscheinlich nicht nachweisen können. So blöd waren die nicht, die sind rechtzeitig aufgelöst worden. Dass ich bei den Fehlspekulationen nur deren Handlanger war, wofür ich mich heute noch ohrfeigen könnte, hätte keinen interessiert. Und die frisierten Bilanzen? Da hätte mich die Staatsanwaltschaft am Haken gehabt. Die wahre Story hätte mir doch niemand geglaubt!«

»Buh«, stöhnte Dana. »Das ist ja eine wahnsinnige Geschichte.«

»Ja, und leider auch sehr gut geeignet, um wahnsinnig zu werden.«

Zum ersten Mal lächelte Dana wieder. »Ich habe den Eindruck, du hast das psychisch im Griff.«

»Mittlerweile, ja, aber anfangs nicht. Über Nacht zum international gesuchten Wirtschaftskriminellen zu werden ist kein Vergnügen. Mir fehlte dafür die einschlägige Ausbildung.«

»Als Studienfach kann man das jedenfalls nicht belegen«, kommentierte Dana trocken.
»Aber ich wäre mittlerweile als Referent gut geeignet.«
»Unglücklicherweise bist du tot und kommst für diesen Lehrstuhl nicht in Frage.«
»Nicht unglücklicherweise, glücklicherweise bin ich tot!«
Dana grinste. »Aber nicht so ganz richtig. Ab und zu bist du quicklebendig!«
»Ja, wie ein Vampir, nur mag ich Knoblauch und die Sonne!«
»Du schaust auch nicht aus wie Nosferatu.«
Dana langte sich an den Kopf. »Ich muss das alles erst verarbeiten«. Und nach einer kurzen Pause: »Ich habe noch eine letzte Frage zu diesem Thema.«
»Kann ich mir nicht vorstellen.«
»Was kannst du dir nicht vorstellen?«
»Dass das deine letzte Frage ist, aber nur zu!«
»Doch, vorläufig schon. Sag mal, du hast mir gestern erzählt, dass dich dieser Dr. Schulze vor deiner Verhaftung gewarnt hat. Warum plötzlich diese Nächstenliebe?«
Kay lachte laut auf. »Keine Nächstenliebe, sondern purer Egoismus. Die wollen doch nicht, dass ich verhaftet werde und vor Gericht aussage. Selbst wenn ich mit meiner Version nicht durchkommen würde, auf diesen Stress können die gerne verzichten.«
»Vielleicht bekäme einer vor Gericht einen Herzinfarkt?«, überlegte Dana laut. »Das wäre irgendwie gerecht.«
»Glaube ich nicht, die sind hart im Nehmen. Jedenfalls hat mich Dr. Schulze über meinen Freund Mannschuh warnen lassen, dass meine Verhaftung unmittelbar bevorstehe. Er wollte, dass ich mich aus dem Staub machte.«
»Und dann kam ganz zufällig dieser Sturm.«
Kay zuckte mit den Schultern. »Ja, ganz zufällig zum richtigen Augenblick. Eine perfekte Chance, umgehend mein Ableben zu inszenieren.«

»Ohne mich ins Vertrauen zu ziehen?«
»Leider stand ich wieder einmal unter erheblichem Zeitdruck. Ich musste improvisieren, und es schien mir so am besten. Ich wollte dich eigentlich nicht in meine Probleme hineinziehen.«
»Was uns aber jetzt doch ganz gut gelungen ist!«, stellte Dana fest.
Kay lächelte. »Es war deine freie Entscheidung.«
»Und ich bereue sie keine Sekunde.«

11

Mit seiner Harley-Davidson war Sam am späten Nachmittag von Palma über Llucmajor, Campos, Santanyí und S'Alqueria Blanca zur Finca dieses Hans-Peter Hasfurth gefahren. Vorher hatte er über eine Stunde die Chromteile seiner Heritage Softail Classic poliert. Er liebte diese Maschine über alles. Vor allem den Wahnsinnssound der speziellen Auspuffanlage. Nie im Leben wäre er in Deutschland mit dem Screamy Eagle an einem Polizisten vorbeigekommen. Hier auf Mallorca hatten die Gesetzeshüter Verständnis für diese ohrenbetäubende Leidenschaft.
An einer Kurve war ihm ein schwarzes Cabriolet mit einer brünetten Frau am Steuer entgegengekommen. Rasch hatte er gewendet, was mit der schweren Harley auf der schmalen Straße eine gewisse Herausforderung darstellte. Dass es sich um die Angetraute seines Klienten handelte, stand für ihn außer Zweifel, immerhin hatte er ein Foto, auf dem genau dieses Cabriolet zu sehen war. Und die Haarfarbe stimmte auch. Zunächst war er ihr nach Cala d'Or gefolgt, wo sie in einer Boutique am Hafen ein Kleid kaufte. Ein erstaunlich langwieriger Prozess. In der Zeit hätte er bei seiner Harley das Getriebe auswechseln oder Freunde in ihrer Finca bei Son Masía besuchen

können, um dort ein Bier zu trinken. Nach einer halben Ewigkeit war es weitergegangen, am Robinson Club vorbei zurück auf die Hauptstraße und schließlich nach dem Golfclub Vall d'Or rechts hinunter nach Portocolom. Er hätte nichts dagegen gehabt, noch etwas über die Insel zu cruisen. Immerhin stand auf dem Tankdeckel das Motto von Harley-Davidson: Live to ride, ride to live! Aber hier war der Ausflug vorläufig zu Ende.

Jetzt hockte Sam an der Uferpromenade auf einem Steinpoller. Er warf über die Straße hinweg immer wieder einen Blick zu Gabriele, die mit einer Freundin unter einer blauen Markise vor dem Restaurant Colón saß. Die erste Flasche Wein hatten die beiden Damen bereits intus. Respekt! In einem Punkt hatte dieser Hasfurth jedenfalls Recht – seine Frau sah wirklich verteufelt gut aus. Was für eine Verschwendung an natürlichen Ressourcen, falls sie ihrem Göttergatten tatsächlich die Treue hielt! Und das bei dieser bemerkenswerten Oberweite! Na ja, wahrscheinlich hatte der Sugardaddy hier einen kleinen chirurgischen Eingriff finanziert. Aber dagegen war nichts einzuwenden. Vor allem dann nicht, wenn es ihm gelingen sollte, diese Sonderausstattung einer persönlichen Inspektion zu unterziehen.
Sam stand auf und schlenderte am Wasser entlang. Die Damen würden noch eine Weile sitzen bleiben. Die Hauptspeise war noch nicht serviert. Da konnte er in der Zwischenzeit irgendwo ein Bier trinken. Sam ließ im Laufen seinen Blick über die weite Bucht von Portocolom schweifen. Viele Yachten lagen in dem geschützten Hafen vor Anker. Eine erinnerte ihn an jene, auf der Felix Reiter mit seiner hübschen Freundin in diesen Sturm geraten war. Warum hatte sich eigentlich Frank nicht gemeldet? Der hätte ja mal einen Zwischenbescheid geben können. Sam fischte sein Handy aus der Brusttasche und rief in Frankfurt an. Er erreichte Frank noch

Cala d'Or
Zum Ferienort gehört die Marina an der Cala Llonga.

Robinson Club
Großzügige Ferienanlage an der Cala Serena.

Colón
Das Restaurant wird an späterer Stelle noch ausführlicher vorgestellt. Rezepte von Dieter Sögner gibt's im Registro turistico.

Portocolom
Felanitx hält sich für den wahren Geburtsort von Christoph Kolumbus. Deshalb ist auch der Hafen von Felanitx nach ihm benannt.

im Büro. Ja, er habe alles im Griff, alle Telefonapparate von Dr. Mannschuh seien angezapft. Ob er denn wisse, dass ihn diese Aktion seinen Job kosten könne? »Na klar«, antwortete Sam, »aber ohne mich wärst du sowieso im Kittchen. Eine Hand wäscht die andere. Und nach diesem Job sind wir quitt!«

FLORIAN
Bistro mit vielen Stammgästen unter den Residenten.

TAPAS
Kleine, mal deftige, oft raffinierte Vorspeisen als Appetitanreger.

Er wechselte die Straßenseite und ging zurück zum Colón. Gabriele und ihre Freundin waren in ein erregtes Gespräch vertieft. Sam entdeckte, dass im angrenzenden Florian noch ein Platz an der Bar frei war. Er bestellte ein Cerveza grande, dazu aß er auf die Schnelle ein paar Tapas. Und zwar Pimentos, kleine Paprikaschoten, die in Öl gebraten waren. Pincho de dâtiles, Dattelspieß, und Albóndigas, kleine Hackfleischbällchen.
Er legte das Geld auf die Theke, trat wieder ins Freie und stutzte. Wo war denn Gabriele abgeblieben? Ihr Tisch jedenfalls war plötzlich verwaist. Okay, das Cabriolet stand noch am Platz. Vielleicht waren die Mädels reingegangen? Sam schlenderte zum Eingang und warf einen Blick ins Lokal. Da saß sie ja, die Gute, gleich links unter einem großen Hängeleuchter in einem schweren Ledersessel vor dem Kamin. Und ganz alleine! Entweder war die Freundin auf dem Klo oder gegangen. Egal, der Sessel neben Gabriele war frei. Sam beschloss die Observierung etwas kurzweiliger zu gestalten.
»Hola, Gabriele, darf ich mich setzen?«
Gabriele sah irritiert auf. »Kennen wir uns?«
Sam ließ sich in den freien Sessel fallen. »Nein, aber um das zu ändern, bin ich ja hier! Wissen Sie, dass Sie hervorragend aussehen?« Sam unterbrach sich mit einer Handbewegung. »Was rede ich denn? Sicher wissen Sie das.«
Gabriele konnte sich ein leichtes Lächeln nicht verkneifen. Der Typ war zwar etwas direkt, aber er hatte was. Jedenfalls sah er ausgesprochen vital aus. Und das mochte sie.

»Trotzdem würde ich gerne wissen, woher Sie meinen Namen kennen?«
Sam gab dem Ober ein Zeichen. »Eine Flasche Champagner bitte, französischen Champagner, haben Sie so etwas? Laurent Perrier? Klingt gut, ja, den nehme ich.« Und zu Gabriele gewandt: »Sie mögen doch hoffentlich Champagner?«
»Ja, ich mag Champagner, aber könnten Sie mal meine Frage beantworten?«
»Woher ich Ihren Namen kenne? Von Ihrem Mann!«
Gabriele legte die Stirn in Falten. »Von meinem Mann?«
»Aber sicher, er hat mir auch einige Bilder von Ihnen gegeben. Schauen Sie her!« Sam fingerte die beiden Fotos aus der Gesäßtasche seiner Jeans. »Sind leider etwas verknittert, aber Sie sehen im wirklichen Leben ohnehin sehr viel besser aus.«
»Und warum hat Ihnen mein Mann diese Fotos gegeben? Ich verstehe gerade überhaupt nichts.«
»Macht nichts, liebe Gabriele. Ich darf doch Gabriele sagen? Übrigens, ich heiße Sam. Jetzt trinken wir erst mal ein Gläschen Champagner, und dann erkläre ich Ihnen alles.«
Gabriele nahm einen Schluck, zündete sich nervös eine Zigarette an und wartete darauf, dass Sam fortfuhr.
»Warum mir Ihr Mann die Fotos gegeben hat? Okay, nicht erschrecken, ich bin Privatdetektiv. Ihr Mann möchte, dass ich herausfinde, ob Sie ihm treu sind.«
Sam lehnte sich zurück und prostete Gabriele zu. »Jetzt wissen Sie, woher ich Ihren Namen kenne. Entspannen Sie sich! Genießen wir den Champagner. Ich setze die Flasche Ihrem Mann auf die Spesenrechnung. Es ist also alles im grünen Bereich.«
Gabriele drückte nervös ihre Zigarette im Aschenbecher aus. Sam beobachtete sie mit großem Wohlgefallen. Von der Nähe sah sie tatsächlich noch besser aus. Sam gab erneut dem Ober ein Zeichen.

»Könnte ich bitte eine Zigarre haben? Haben Sie zufällig eine Havanna? Sogar eine Cohiba? Vorzüglich, die hätte ich gern.« Zufrieden schob Sam die Ärmel seiner Jacke hoch. Der Abend entwickelte sich prächtig.

»Habe ich das richtig verstanden? Mein Mann lässt mich beschatten?«

»Ganz genau, meine Liebe, Ihr Hans-Peter bezahlt mich dafür, dass ich Sie unter die Lupe nehme, vor allem Ihr …« Sam beugte sich vor, sah kurz zur Seite und hielt eine Hand neben den Mund »… vor allem Ihr, entschuldigen Sie bitte, dass ich so direkt bin, Ihr außereheliches Sexualleben.« Sam lehnte sich wieder zurück, nahm die angebotene Cohiba und drehte sie prüfend zwischen Daumen und Zeigefinger. »Ausgezeichnet!«, lobte er. Während er die Zigarre genussvoll präparierte und anzündete, ließ er Gabriele nicht aus den Augen. War ganz schön nervös, die Kleine. Ihr rechtes Bein wippte aufgeregt, mit den Fingern der linken Hand nestelte sie an der Halskette herum.

Auf ihre nächste Frage war er sehr gespannt. Endlich gab sie sich einen Ruck. »Wie lange geht das schon, ich meine, mit meiner Beschattung?«

Treffer, versenkt und erledigt! Sam jubilierte, ließ sich aber nichts anmerken. Er zog ruhig an der Cohiba und blies den Rauch in den Raum.

»Wie lange?« Sam nickte und drohte spielerisch mit dem Zeigefinger. »Lange genug, liebe Gabriele, lange genug!«

Er schlug die Beine übereinander und tunkte das Mundstück seiner Cohiba kurz in den Champagner. In Gabrieles hübschem Gesicht zuckte es. Vermutlich hatte das arme Ding einen außerordentlich ungünstigen Ehevertrag. Sie konnte einem Leid tun. Man musste ihr dringend Trost spenden und einen Ausweg aus der Misere zeigen.

Gabriele sah hektisch um sich. »Weiß mein Mann schon von …?«

Sam hob die Hand. »Calma, liebe Gabriele, ganz ruhig, nur nicht aufregen. Nein, er weiß es nicht. Und die Fotos habe ich gut verschlossen.«

»Die Fotos?« Gabrieles Stimme überschlug sich. »Sie haben Fotos?«

»Ja, was dachten Sie? Natürlich habe ich Fotos.«

Ihre nächsten Worte waren so leise, dass Sam sie kaum verstehen konnte. »Ich bin erledigt«, las er von ihren Lippen. »Alles ist aus und vorbei.«

Sam legte die Zigarre in den Aschenbecher, beugte sich vor, nahm ihre Hand und sah ihr fest in die Augen. »Ich sagte doch, nur nicht aufregen. Es gibt für jede Situation im Leben eine Lösung.«

Gabrieles Ausschnitt bebte. Jedenfalls bildete sich Sam dies ein, der den Blick kurz gesenkt hatte, was seiner Konzentration abträglich war.

»Und wie kann die Lösung in meinem Fall aussehen?«, flüsterte sie.

Sam schaute Gabriele wieder ins Gesicht, ihre Hand weiterhin festhaltend. »Es gibt noch etwas, was Ihr Mann nicht weiß.«

»Noch etwas?«

»Ja, er weiß nicht, liebe Gabriele, dass ich Sie unheimlich aufregend und begehrenswert finde.« Sam machte eine kurze, dramatische Pause. »Und er weiß nicht, dass ich unter bestimmten Umständen bereit wäre, gegen mein Berufsethos zu verstoßen ...«

Gabriele sah Sam zögernd an. »Unter bestimmten Umständen?«

»Sozusagen, Sie verstehen, was ich meine?« Sam streichelte Gabriele sanft über den Handrücken.

Er sah, wie in ihr Gesicht das Lächeln zurückkehrte. Sie nickte. »Ja, ich denke, ich verstehe, was Sie meinen.«

»Irgendwelche Probleme damit?« Sam zog die Augenbrauen fragend nach oben.

»Nein, ganz im Gegenteil!«

»Siehst du, Gabriele, schon ist alles wieder im Lot. Magst du noch einen Schluck Champagner?«

12

Ihr Tisch stand so nah am Wasser, dass sie direkt vor ihren Füßen einen Schwarm kleiner Fische beobachten konnten. Ein paar Meter weiter waren rechts an den Stegen einige Llaüts festgemacht, jene traditionellen Fischerboote der Balearen, die heute oft im Besitz ausländischer Residenten sind und von ihnen liebevoll gepflegt werden.

FORNELLS
Schon der österreichische Erzherzog Ludwig Salvator hat Ende des 19. Jhs. in seinem Standardwerk *Die Balearen* die Bedeutung von Fornells als Fischerort und beliebtes Ausflugsziel beschrieben.

Auf der anderen Seite der Bucht liegt die unbebaute Halbinsel La Mola. Gegenüber war die Illa Sargantana zu sehen. Über vier Kilometer reicht im Norden Menorcas die Bucht von Fornells ins Land. Der idyllische Fischerort Fornells hat als Ausflugsziel eine lange Tradition, nicht nur bei Feriengästen, sondern vor allem auch bei den Menorquinern selbst. Sie kommen meist weniger wegen der palmengesäumten Uferpromenade, der hübschen weißen Häuser mit ihren grünen Fensterläden und dem friedlichen Blick auf die flache Bucht. Vor allem sind es die kulinarischen Genüsse einer authentischen Caldereta de Llagosta, mit denen Fornells zu locken weiß.

CALDERETA
Die dickflüssige Fischsuppe (mit Brotscheiben) ist eine menorquinische Spezialität und besonders gut aus frisch gefangenen Langusten.

Dana und Kay saßen im Fischlokal Es Pla, das zu seinen Stammgästen auch den spanischen König Juan Carlos zählt. Sie hatten große Servietten umhängen und genossen ihr Langustengericht. Heute war Danas letzter Tag auf Menorca. Morgen würde sie ihre Rückreise antreten, wobei ihr Kay schon gestanden hatte, dass dies erneut nicht auf direktem Weg geschehen würde. Und bereits Ende der Woche ging ihr Flug von München nach Mallorca, wo sie ihre Geschichte für das Lifestyle-Magazin recherchieren würde.

ES PLA
Das Restaurant ist in ganz Spanien für seine Caldereta de Llagosta bekannt.

»Das hätte ich einfacher haben können«, sagte Dana lachend. »Von Ciutadella ist es nach Mallorca nur ein Katzensprung, und du schickst mich zurück nach München, wahrscheinlich über Tokio und anschließend mit der Transsibirischen Eisenbahn.«
Kay schob sich ein Stück Langustenfleisch in den Mund, das er zuvor aus der Schale gelöst hatte, und wischte sich die Hände am Latz ab. »Ganz so schlimm wird's nicht werden. Ich habe heute früh ein kurzes Telefonat geführt und grünes Licht für deine Rückkehr gegeben.«
»Grünes Licht?«
»Ich habe wieder einige Vorsichtsmaßnahmen getroffen.« Kay sah Dana entschuldigend an. »Das musst du verstehen. Mir ist wirklich wohler, wenn man deine Spur nicht so ohne weiteres zurückverfolgen kann.«
»Du willst nur nicht beim Essen gestört werden.«
»Genau, ich hasse ungebetene Gäste.« Kay zögerte. »Aber es gibt immer noch eine Alternative. Bleib einfach!«
Dana schüttelte ablehnend den Kopf. »Das haben wir doch schon diskutiert. Ich kann nicht einfach für Wochen oder Monate vom Erdboden verschwinden.«
Kay rührte nachdenklich mit dem Löffel im Sud der Caldereta. »Aber vielleicht für Jahre? Für immer? Du regelst jetzt in München deine Angelegenheiten, und dann treten wir gemeinsam eine Weltreise an. Wohin du willst, ohne zeitliche und räumliche Beschränkung. Und mit einem unbegrenzten Reisebudget.«
Dana sah Kay traurig an. »Schön wär's, sehr schön sogar. Und ich liebe dich schon für dieses Angebot. Aber du verlangst zu viel. Ich kann und will nicht alles aufgeben. Meine Freunde, meine Eltern, mein Studium. Alles eintauschen für ein Leben mit ungewissem Ausgang?«
»Jedes Leben hat einen ungewissen Ausgang. Aber dieses muss nicht das schlechteste sein.«

Dana lächelte. »Philosophieren bringt uns auch nicht weiter. Kay, ich möchte dich so oft und so lange wie möglich besuchen. Meinetwegen mit all deinen Vorsichtsmaßnahmen. Wo immer du dich auch aufhältst.« Dana machte eine kurze Pause. »Wie ich schon sagte, vielleicht ändere ich mal meine Meinung. Aber so sehe ich's heute.«

Kay nickte. »Schade, doch ich kann's nachvollziehen.« Und mit einem kurzen Blick zu den Nachbartischen meinte er: »Obwohl hier nur Englisch gesprochen wird, sollten wir uns vielleicht einem unverfänglicheren Thema zuwenden.«

Dana sah auf ihre Schüssel mit der Caldereta de Llagosta. »Wir können ja zur Ablenkung übers Essen reden, das bringt uns auf andere Gedanken. Außerdem sollte ich mich langsam auf meinen Artikel einstimmen. Du wolltest mir ja noch eine Hitliste mit deinen Lieblingslokalen auf Mallorca aufstellen.«

Kay reinigte die Finger im Zitronenwasser. »Ist mir ein Vergnügen, mache ich heute Abend.«

»Die Schwierigkeit wird sein, eine Auswahl zu treffen. Ich habe Berge von Zeitschriften gesammelt und Gourmetführer gekauft. Ich wusste gar nicht, dass es auf Mallorca so viele gute Lokale gibt.«

»Ja, die Zeiten haben sich geändert. Ich erinnere mich an ein Zitat von George Sand, die sinngemäß gesagt hat, dass das mallorquinische Essen und insbesondere seine Zubereitung bei Chopin einen unüberwindlichen Widerwillen hervorgerufen hat.«

»Steht das in ihrem Roman *Ein Winter auf Mallorca?*«

»Genau. Da finden sich überhaupt viele unterhaltsame Textstellen. So hat sie geschrieben, dass man beim mallorquinischen Essen dem schönen Schein nicht trauen darf, in Wahrheit sei es Höllensud, vom Teufel persönlich gebraut. Die Hühner bestünden nur aus Haut und Knochen. Und beim Verzehr einer Wurst riskiere man bei jedem Bissen sein Leben.«

»Aber das war im Winter 1838!«

»Ja, das ist eine Weile her, und George Sand hat's ganz offensichtlich Spaß gemacht, hemmungslos zu übertreiben. Ich dagegen bin durchaus ein Freund der traditionellen Küche Mallorcas.«

»Das hast du ja in den letzten Tagen eindrucksvoll und kalorienreich unter Beweis gestellt.« Dana sah Kay fragend an: »Gibst du mir eine kurze Nachhilfestunde? Sozusagen als Vorrecherche für meinen Artikel. Und ganz unverfänglich für fremde Ohren. Was ist typisch für die Küche Mallorcas?«

»Das kannst du sicher viel profunder in deinen Zeitschriften und Büchern nachlesen. Diese charakteristischen Gerichte wie Sopes mallorquines ...«

»Was keine Suppe ist, sondern eine Art Eintopf.«

»Ganz genau. Oder der Gemüseauflauf Tumbet. Oder Arroz brut, Reiseintopf mit Blutwurst. Oder Lomo con col, Schweinefleisch im Wirsingmantel. Oder Trampò, ein Salat aus Paprika, Tomaten und Zwiebeln ...«

TUMBET, LOMO CON COL, TRAMPÓ
Deftige Spezialitäten, die sich auf vielen Speisekarten finden.

»Aber wo liegen die Wurzeln der Küche? Du liest doch den ganzen Tag, du kannst mir das sicher erklären.«

Kay lachte, nahm die Serviette ab und lehnte sich zurück.

»Du bist ganz schön impertinent. Die Wurzeln der mallorquinischen Küche? Sie hat viele Wurzeln, das ist ja gerade das reizvolle an ihr. Fangen wir bei den alten Römern an: Sie haben nicht nur Palma gegründet, sondern Olivenbäume und Rebstöcke für den Malvasia nach Mallorca gebracht. Später dann die gut dreihundertjährige Herrschaft der Mauren. Ihnen verdankt Mallorca die vielen Mandel-, Aprikosen- und Pfirsichbäume. Auch die Johannisbrotbäume. Die Araber haben die Terrassen im Tramuntana-Gebirge angelegt, das Bewässerungssystem perfektioniert, die Windmühlen gebaut, sogar den Wein kultiviert. Während der Maurenzeit lebten auch sehr viele Juden auf Mallorca, die eine eigene Esskultur pflegten. Dann kam mit der Reconquista der Einfluss der Spanier. 1492 schließlich die Entdeckung Amerikas ...«

Dana schüttelte den Kopf. »Ich wollte von dir eigentlich keinen historischen Exkurs hören, sondern nur wissen, was für die Küche charakteristisch ist.«
»Aber diese historische Entwicklung ist doch genau der Schlüssel. Um von hinten mit der Entdeckung Amerikas anzufangen …«
»Jetzt bin ich aber neugierig!«
»Ist doch klar. Pa amb oli zum Beispiel würde es sonst nicht geben. Die Tomaten haben erst die Spanier aus der Neuen Welt nach Europa gebracht, wie übrigens auch die Kartoffel, den Mais und die Schokolade. Und das Olivenöl, mit dem die Brotscheiben beträufelt werden, gäbe es ohne die alten Römer nicht. Weil es dank der Araber so viele Mandelbäume gibt – es sollen über sechs Millionen sein –, sind für Mallorca Mandeleis und Mandelgebäck typisch. Auch ist das Marzipan, das ja auf Mandeln basiert, auf die Araber und ihre Zuckerbäckerei zurückzuführen. Aus dem Johannisbrot und aus der Chinarinde ist der Palo entstanden, ein Kräuterschnaps, der gegen Malaria helfen soll. Die Ensaïmada, das Nationalgebäck Mallorcas, ist sicher eine arabische Erfindung …«
Dana hob abwehrend die Hände. »In Ordnung, ich hab's kapiert. Die mallorquinische Küche ist sozusagen multikulturell geprägt.«
»Ja, erstens, und zweitens ist sie typisch mediterran. Also ausgesprochen natürlich, mit Auberginen, Zucchini, frischen Kräutern und so weiter. Vielleicht nicht mit ganz so viel Olivenöl wie etwa in Südfrankreich oder in der Toskana. Auf Mallorca haben ja immer die Schweine eine große Bedeutung gehabt, weshalb gerne mit Schweineschmalz gebraten wird. Drittens spielt nicht nur das Schwein, sondern auch Lamm, Ziege und Kaninchen eine wichtige Rolle in der mallorquinischen Küche. Am Grill zubereitet oder im Tontopf, der Greixonera. Viertens ist die typisch mallorquinische Küche eine bescheidene Küche, Mallorca war ja nie wirklich reich, und durch die

PA AMB OLI
Klassischerweise werden die gerösteten Brotscheiben mit einer aufgeschnittenen Ramellet-Tomate (von der Schnur) abgerieben.

ENSAÏMADA
In Schmalz gebackene Schnecken aus luftigem Hefeteig, meist gefüllt mit Kürbismarmelade.

Insellage musste das Volk mit dem auskommen, was das Land hergab. Also wurde nach Möglichkeit alles verwertet. Und fünftens prägen fangfrische Fische und Meeresfrüchte den Speisezettel, was ja bei einer Insel nicht weiter verwunderlich ist. A la plancha, also vom Grill, oder in der Salzkruste.«
Dana fuhr sich lachend durch die Haare. »Ich glaube, es wäre doch besser, wenn du meinen Artikel schreiben würdest.«
Kay winkte entsetzt ab. »Um Gottes willen, nein. Ich habe mich aufs Lesen spezialisiert, nicht aufs Schreiben. Du machst das schon. Außerdem bin ich Privatier …«

Eine Stunde später verließen sie Fornells und fuhren in Kays Mini zurück zu dem Haus, das er gemietet hatte. Nach der gemeinsamen Woche, die völlig unbeschwert und wie im Fluge vergangen war, hatte sie fast vergessen, in welcher Situation sie sich befanden. Umso größer war ihr Schock, als sie um die letzte Kurve bogen. Dana spürte, wie sie von einer Sekunde auf die andere kreidebleich wurde. Vor dem Tor stand ein Einsatzfahrzeug der Guardia Civil. Kay bremste und blieb stehen. Zwei uniformierte Polizisten kamen auf sie zu.
»Schnell den Rückwärtsgang!«, rief Dana in Panik. »Oder steig aus und renn! Ich versuche, sie aufzuhalten.«
Kays Stimme blieb ganz ruhig. »Einen Teufel werde ich tun«, sagte er. »Und ich wäre dir dankbar, wenn du dein Temperament etwas zügeln würdest.« Dana sah ihn entsetzt von der Seite an. Kay wirkte äußerlich völlig gelassen. Er rückte die Nickelbrille zurecht und kurbelte das Fenster herunter.

13

Das Motorrad hatte Sam hinter der Villa bei dem Badehaus abgestellt. Seit seiner erfolgreichen Kontaktaufnahme in Portocolom war er täglich zu Gabriele gefahren, um seine Observation sozusagen hautnah fortzusetzen. Noch keine Sekunde hatte er seine Vorgehensweise bereut. Diese Gabriele war rein erotisch ein Geschenk des Himmels. Wie hatte ihr Mann je annehmen können, dass man ein solches Geschöpf wochenlang auf Mallorca gefahrlos sich selbst überlassen könnte? Das war ja geradezu ein dramatischer Realitätsverlust. Sam saß in Boxershorts und offenem Hemd am Poolrand, seine Beine im Wasser, eine Dose Bier in der Hand. Vor ihm trieb Gabriele auf einer Luftmatratze, auf dem Rücken liegend, nackt wie Gott sie geschaffen hatte. Um Sams Mundwinkel zuckte es amüsiert. Na ja, sie war zweifellos nicht nur ein Werk Gottes, auch die Schönheitschirurgie hatte ihren konstruktiven Beitrag geleistet. Aber gegen eine solide Brustvergrößerung hatte er noch nie etwas einzuwenden gehabt.

»Sam, mein Lieber, hast du eigentlich mal mit meinem Mann telefoniert?« Gabriele hielt die Augen geschlossen und fuhr sich mit der Hand zärtlich über den Oberschenkel.

»Selbstverständlich, erst heute Vormittag.« Sam nahm einen Schluck aus der Bierdose.

»Und? Macht er sich noch große Sorgen um mich?«

Sam folgte interessiert ihrer Hand, die sich langsam, aber sicher dem sauber ausrasierten Dreieck zwischen ihren Schenkeln näherte.

»Nein, ich konnte ihn beruhigen. Er hat mir sehr für die bisher geleistete Arbeit gedankt …«

»Du hast dir auch viel Mühe gegeben, das könnte ich bestätigen.«

»Ich soll dich aber weiter im Auge behalten, um auf Nummer Sicher zu gehen.«

»Wie er das wohl meint?« Gabriele öffnete die Augen, sah zu Sam und machte einen Schmollmund.

»Keine Ahnung.« Er stellte die Bierdose ab und zog das Hemd über den Kopf. Gerade wollte er sich seiner Boxershorts entledigen und zu Gabriele ins Wasser steigen, da klingelte das Handy, das er auf die Mauer neben dem Pool gelegt hatte.

»Das wird doch nicht etwa Hans-Peter sein?« Gabriele richtete sich erschrocken auf. »Vielleicht kommt er eher zurück, weil er dir nicht glaubt?«

»Tranquilo! Natürlich glaubt er mir.« Sam nahm das Handy und drückte auf die grüne Taste. »Hier Sam Späth bei der Arbeit, was gibt's?«

Der Anrufer hatte sofort seine ungeteilte Aufmerksamkeit.

»Hallo, Frank. Hast du Neuigkeiten?«

Sam hörte kurz zu, um dann Frank zu unterbrechen: »Ja, ich weiß, dass du für mich deinen Kopf riskierst. Aber vergiss nicht, wir haben einen Deal. Also, nun erzähl schon!«

Sam lief vor dem Pool auf und ab. Hoch konzentriert folgte er Franks Ausführungen. Als dieser fertig war, schnippte Sam freudig mit den Fingern.

»Das klingt gut, sehr gut. Ich fasse zusammen: Dr. Mannschuh hat einen kurzen Anruf von einem Handy bekommen. Der Anrufer hat weder einen Namen genannt noch sich lange mit einer Begrüßung aufgehalten. Er hat gesagt, dass er noch etwas bleibe, dass die Aktien gut stünden und dass das Paket morgen zurückkomme. Was auch immer das zu bedeuten hat. Und auf die Frage von Dr. Mannschuh, ob er es gelesen habe, hat er gesagt: Aber klar, mit dem größten Vergnügen! Das war alles, oder?«

Frank bestätigte, dass sofort wieder eingehängt wurde. Das Gespräch habe exakt elf Sekunden gedauert.

»Das könnte er gewesen sein!«

Gabriele war mittlerweile aus dem Pool gestiegen und trocknete sich ab. Obwohl Sam direkt vor ihr stand, schien er durch sie hindurchzusehen. Er legte grübelnd die Stirn in Falten. Ob er es gelesen habe, wollte Dr. Mannschuh wissen. Vielleicht meinte er das Verschollenheitsverfahren vor dem Amtsgericht in Frankfurt. Darüber hatten viele Zeitungen und Zeitschriften berichtet. Die Antwort »Aber klar, mit dem größten Vergnügen!« würde gut zu Felix Reiter passen. Um was für ein Paket könnte es sich handeln? Nun, das spielte im Grunde keine Rolle. Und die Floskel, dass die Aktien gut stünden? Sie war das Sahnehäubchen. War dieser Anruf der Beweis, dass Felix Reiter noch lebte? Nicht unbedingt, musste Sam zugeben. Ein Anwalt wie Dr. Mannschuh hatte sicherlich einige Mandanten, die es bevorzugten, in Rätseln zu sprechen. Aber das Gespräch passte einfach zu gut! Sein Gefühl sagte ihm, dass er auf der richtigen Spur war.

»Hast du irgendeine Ahnung, Frank, wo das Gespräch herkam?« Und nach einer kurzen Pause: »Red keinen Mist! Den Anruf von einem Handy kann man zurückverfolgen, das weiß doch jeder.«

Sam setzte sich auf die Mauer.

»Was? Das Gespräch kam aus dem Ausland? Ist doch super! Und von wo bitte? Geht's vielleicht ein bisschen genauer?« … »Du willst mir doch nicht im Ernst erzählen, dass es da keine Möglichkeiten gibt? Verarschen kann ich mich selbst!« … »Ob elf Sekunden oder fünf Stunden ist doch scheißegal. Angenommen, hier ginge es um die Staatssicherheit, um das Leben des amerikanischen Präsidenten, um den Weltfrieden, dann könntet ihr das doch sehr wohl rauskriegen.« … »Ja, wer sagt's denn, warum nicht gleich. Das steckt doch alles in den Computern drin, schließlich muss der Mist ja irgendwie untereinander abgerechnet werden. Also, über das Roaming-Verfahren lässt sich das betreffende Land ermitteln. Und dann?« … »Okay, beim Einwahlknoten ist Schluss. Das leuchtet ein, mit dem Sendemast wäre ich ja schon zufrieden.« … »Spinnst du? Ein bis zwei Wochen? Ich hör wohl nicht recht. Denk an den amerikanischen Präsidenten, an den Weltfrieden! Na bitte, bis morgen ist doch ein Wort. Frank, du steigst in meinem Ansehen. Ja, ist schon recht, ich weiß, es kann dir den Kopf kosten. Wie bitte? Meinetwegen, dann hast du bei mir wieder etwas gut. Ich erwarte deinen Anruf. Hasta luego.«

Sam legte das Handy auf die Mauer. Falls der Anrufer wirklich Felix Reiter gewesen war, dann konnte man nur hoffen, dass er dort blieb, wo er gerade war. Und dass der Sendemast nicht inmitten einer Großstadt stand. Sam sah sich um. Wo war Gabriele abgeblieben? Auf dem Badehandtuch in der Wiese! Jetzt war also der Rücken zum Bräunen an der Reihe. Daraus würde nichts werden.

14

Der Polizist beugte sich hinunter, nahm die dunkle Sonnenbrille ab und sah ins Auto.

»Bona tarda, Senyor, Senyora.«

Kay stellte den Motor ab. »Hola, was gibt's? Ist etwas vorgefallen?«

Dana bewunderte die Ruhe und Gelassenheit, die Kay ausstrahlte. Ihr pochte das Herz bis zum Hals. Ob man sie jetzt verhaften würde? War dies das erbärmliche Ende ihres Abenteuers? Sie selbst würde wahrscheinlich bald wieder auf freiem Fuß sein, sie hatte sich ja nicht allzu viel zu Schulden kommen lassen. Aber Kay würde für Jahre oder Jahrzehnte hinter Gittern verschwinden.

»No, es ist nichts vorgefallen. Wie ist Ihr Name?«

Dana schluckte.

Kay sah den Polizisten verständnislos an. Woraufhin dieser unmittelbar eine zweite Frage anschloss: »Sind Sie der Propietari, der Besitzer dieses Hauses?«

Kay lächelte freundlich. »Der Besitzer? Nein, der Eigentümer heißt Sir Francis Graham. Wir sind seine Hausgäste. Sir Graham ist in London.«

Der Polizist kratzte sich am Hals. »In London? Wissen Sie, wann er wieder nach Menorca kommen wird?«

»Soviel ich weiß, frühestens in zwei Monaten.«
»Clar que sí, in Ordnung. Sagen Sie ihm bitte, er möchte sich bei uns melden.«
Kay nickte. »Das mache ich. Darf ich fragen, um was es geht?«
»Clar, naturalment. Uns liegt eine Anzeige vor, dass auf seinem Grundstück ein illegales Gebäude errichtet wurde, ein Schwarzbau.«
Kay schüttelte zweifelnd den Kopf. »Das kann ich mir kaum vorstellen, das Haus ist doch uralt. Und sonst gibt es hier nur einige Bäume.«
»Just, wir haben uns gerade umgesehen. Es kann sich bei der Anzeige nur um einen Irrtum handeln.«
Der Polizist langte zum Abschied an den Schirm seiner Mütze und setzte die Sonnenbrille wieder auf.
»Adèu, noch einen schönen Tag. Einen Augenblick, ich mache Ihnen das Tor auf.«
»Sehr freundlich, auf Wiedersehen.«
Während der Polizist zum Gatter lief – sein Kollege stieg bereits ins Auto –, atmete Dana laut und vernehmlich aus. Kay sah sie amüsiert von der Seite an.

Abends blieben sie im Haus und führten lange Gespräche. Für Dana war die im Nachhinein völlig harmlose Begegnung mit der Polizei ein Schlüsselerlebnis. Einmal mehr war ihr klar geworden, dass sie so nicht leben wollte. Ständig unter der Anspannung, dass man entdeckt werden könnte. Nein, das wäre alles andere als erstrebenswert. Kay blieb nichts anderes übrig, als ihre Haltung zu akzeptieren. Tatsächlich konnte er die Bedenken ja auch nachvollziehen. Später am Abend, bei einem Glas Brandy, vor dem offenen Kaminfeuer sitzend, im Hintergrund lief Chopins f-Moll-Ballade, hatten sie sich auf ihre Pläne für die nächste Zukunft verständigt. Kay werde noch einige Wochen auf Menorca bleiben und dann wahrscheinlich in die Toskana reisen, um sich intensiver mit der Renaissance zu beschäftigen, wie er sagte, mit Leonardo da Vinci, Michelangelo, Raffael, mit den Medici … Und er gab zu, dass ihn auch die Küche reizte. Und die Weine? Ja, natürlich auch die Weine. Sassicaia, Tignanello, Brunello … Aber vielleicht fahre er auch woandershin, weiter weg. Asien, Amerika? Doch den Kontakt zu Dana halte er in jedem Fall aufrecht. Hundertprozentig, versprochen! Und sein Angebot stehe. So oft wie möglich solle sie ihn besuchen. Und wenn sie vielleicht doch einmal alle Brücken …? Dana hatte bestätigt, dass sie wie geplant bereits in wenigen Tagen nach Mallorca fliegen werde, um dort ihre Geschichte zu recherchieren. Zurück in München, schreibe sie ihre Doktorarbeit weiter. Mit ihr wolle sie noch in diesem Jahr fertig werden. Und dann? Vielleicht ein Job als Redakteurin beim Fernsehen? Dana wollte sich nicht festlegen. Schließlich habe sie keinen finanziellen Stress. Von ihrer verstorbenen Großmutter habe sie etwas Geld geerbt, und das Apartment, in dem sie wohne, hätten ihr die Eltern geschenkt. Sie werde einfach alles auf sich zukommen lassen. Und Kay? Sicher, sie besuche ihn bald wieder. Und nach Abschluss ihrer Doktorarbeit, da könne sie ja vielleicht eine Auszeit nehmen. Zwei, drei Monate auf Weltreise, es müsse ja keiner wissen, wohin! Auf diese Perspektive hatten sie mit dem Brandy angestoßen. Dann waren sie in den ersten Stock gegangen und hatten sich geliebt.

Am nächsten Morgen mussten sie schon recht früh aufbrechen. Kay hatte Dana ein Ticket für einen Charterflug von Menorca nach Birmingham gegeben. Von dort würde es per Bahn nach London gehen. Im Anschluss mit der Lufthansa auf direktem Weg nach München. Des Weiteren hatte er einige Instruktionen vorbereitet. Zum Beispiel, was sie auf die Frage antworten sollte, wo sie sich in den letzten beiden Wochen aufgehalten habe. Am Flughafen umarmten sie sich lange. Kay winkte Dana hinterher, als sie durch die Kontrolle ging. »Vaya con Dios, Dana«, sagte er leise. Wann sie sich wohl wiedersehen würden?

15

Gran Café Cappuccino
Von Palmanova bis Porto Portals und sogar auf Menorca gibt es diese Cafés, die als In-Lokale gelten.

Im idyllischen Garten des Gran Café Cappuccino in Palmas Carrer Sant Miquel plätscherte munter der Springbrunnen. Sam wusste, dass Raymond das elegante Ambiente des Altstadtpalastes mochte – den lichtdurchfluteten Innenhof, die lange Bar, den Patio. Raymond hatte einen Eisbecher mit Schlagsahne bestellt. Sam zog wie fast immer ein Bier vor. Im Schatten unter dem weißen Schirm sitzend, erzählte Raymond von Don Quijote. Was für eine Freude ihm sein junges Schwein bereite. Es sei zweifellos viel hübscher als ein Hund.

»Hast du mal in seine Augen gesehen? Die sind herzallerliebst!«

Sam sparte sich eine Entgegnung und trank von seinem Bier.

»Und Don Quijote ist wieder richtig glücklich. Das hat er dir zu verdanken.«

Sam verschluckte sich fast am Bier. »Mir zu verdanken? Wie das denn?«

Raymond führte etwas Schlagsahne zum Mund. »Sei nicht so bescheiden. Du hast mit meinem Nachbarn gesprochen, und der ist jetzt plötzlich ganz reizend zu Don Quijote.«

Sam lachte. »Das war nicht schwierig. Ich habe ihm gesagt, dass du dich bei ihm tausendmal entschuldigen möchtest und dass ich, sollte er Don Quijote je ein Haar krümmen …«

»Don Quijote hat überhaupt keine Haare«, protestierte Raymond, »aber ein schwaches Herz.«

»… dass ich die Zierfische aus seinem Aquarium in Öl frittieren und zu Tapas verarbeiten werde«, fuhr Sam fort.

»Das gefällt mir«, rief Raymond und drehte dabei so entzückt mit dem Löffel, dass die Sahne über den Tisch spritzte.

»Uuups, aber das mit den Tapas ist eine hübsche Analogie zur angedrohten Sobrassada. Du hättest ihm auch Sushi vorschlagen können.«
»Und dann habe ich ihm versprochen, dass du ihm kostenlos ein großes Bild von seiner Finca malen wirst.«
»Ein Bild? Von diesem hässlichen Hühnerstall? Das ist nicht dein Ernst?«
»Doch, mein voller Ernst. Und er hat sich über dein Angebot sehr gefreut. Du seist doch viel netter, als er dachte, hat er gesagt.«
»Na gut, wenn es dem nachbarschaftlichen Frieden dient, dann soll er das Bild bekommen. Aber das nächste Mal fragst du mich, bevor du so großzügig über meine Schaffenskraft verfügst. Und schön wird das Bild nicht, das kann ich dir gleich sagen. Man kann aus einem hässlichen Entlein keine Mona Lisa machen.«
»Das geht in Ordnung, der Typ versteht noch weniger von Kunst als ich. Jedenfalls brauchst du dir keine Sorgen mehr zu machen, dass Don Quijote zur Sobrassada verarbeitet wird. Aber das Loch im Zaun solltest du reparieren lassen.«
»Habe ich schon. Der Zaun ist jetzt dicht wie ein jungfräuliches Kondom …«
Sam grinste. »Ich liebe deine Vergleiche.«
Raymond klimperte mit den Augendeckeln. »Das freut mich. Oh, das muss ich dir noch erzählen. Mich hat dieser Hubertus Reinersburg angerufen und übel beschimpft.«
»Das sollte er besser sein lassen«, grollte Sam.
»Er hat gesagt, ich sei ein unbegabter Pinselkleckser und sehe aus wie eine alte Fregatte. Und an meinem groben Freund …«
»Das bin wohl ich«, stellte Sam fest.
»… räche er sich schon noch.«
»Soll er nur versuchen. Aber jetzt hat er meinen sportlichen Ehrgeiz geweckt. Ich werde mal ein Dossier über diesen feinen Herrn zusammenstellen. Der hatte bestimmt schon in der

Vergangenheit Dreck am Stecken. Wenn die Schweinebacke zu frech wird, lassen wir ihn hochgehen.«
»Apropos Schweinebacke, habe ich dir schon gesagt, dass ich mich ab jetzt vegetarisch ernähre?«
»Doch nicht wegen der Sobrassada?«
»Doch, genau, das heißt eigentlich wegen Don Quijote. Wir essen ja auch nicht unsere Zwergpudel oder Cockerspaniel.«
»Die Chinesen würden das tun«, warf Sam ein.
»Die sind auch brutal, diese Chinesen.« Raymond fuhr sich erregt über die Stirn. »Aber wer gibt uns das Recht, ein glückliches, verspieltes Schwein wie Don Quijote zu meucheln? Oder eine braun gefleckte Kuh mit großen treuherzigen Augen? Ich finde auch kleine Lämmer ganz süß. Nein, mein Entschluss steht fest.«
Sam hob beruhigend die Hand. »Raymond, kein Problem. Ernähre dich vegetarisch und sei glücklich damit. Hauptsache, ich darf mir weiterhin einen Fetzen Fleisch bestellen, ich bin nämlich Allesfresser!«
»Wie unsere Vorfahren, die Neandertaler. Du hast dich rein evolutionär betrachtet kaum weiterentwickelt.«
»Sei froh«, sagte Sam, »deshalb bin ich auch bestens für den täglichen Überlebenskampf gerüstet und kann dir deine klitzekleinen Probleme lösen.«
»Stimmt auch wieder. Und außerdem mag ich deine direkte Art …«
Sams Handy klingelte. »Entschuldige, Raymond.« Sam drückte auf den grünen Knopf. »Ich bin gerade in einer Besprechung. Wer ist da?«
Sam hielt sich mit zusammengekniffenen Augen das andere Ohr zu. »Frank, du bist's? Nein, natürlich habe ich Zeit, ich hab ja sehnsüchtig auf deinen Anruf gewartet. Was gibt's Neues? Weißt du, wo der Anruf herkam? Ja? Das ist super. Schieß los!«
Sam legte die Stirn in Falten und hörte aufmerksam zu.

»Menorca? Das ist nicht dein Ernst? Was? Hundertprozentig? Ich glaub, ich spinn. Und hast du es noch etwas genauer? Du hast doch gesagt, dass man über den ausländischen Netzbetreiber den Einwahlknoten herausbekommen kann. Addaia? Nein, habe ich noch nie von gehört. Keine Ahnung, wo das ist. Ich war noch nie auf Menorca. Aber das wird sich ändern!« Sam hörte noch etwas zu und nickte. »Ich weiß, Frank, das kann dich den Job kosten. Aber mach dir keinen Stress, von mir erfährt keiner was. Frank, tausend Dank, du hast was gut. Adiós.«
Sam legte das Handy auf das Tischchen, lehnte sich im Korbstuhl zurück, schüttelte ungläubig den Kopf und schlug sich mit der Faust gegen die Stirn.
Raymond sah Sam besorgt an. »Fehlt dir was, Sammy, hast du gerade eine schlimme Nachricht bekommen? Ist jemand gestorben?«
Sam lachte laut auf. »Nein, Raymond, keine schlimme Nachricht. Und gestorben ist auch niemand, ganz im Gegenteil!«
»Ganz im Gegenteil? Wie soll denn das gehen?«
»So eine Art Wiedergeburt.«
»Eine Reinkarnation? Ich dachte gar nicht, dass du an so etwas glaubst. Da fällt mir ein, kannst du dir vorstellen, dass auch Schweine …?«

16

Don Antonio saß im Lehnstuhl und ließ sich die Fingernägel feilen. Dabei beobachtete er die Maniküre mit großem Wohlgefallen. Er erfreute sich an ihrem blonden Haar, am zarten Lavendelduft, der sie umgab, an ihrem großzügigen Ausschnitt, der ihm einen tiefen Blick in das verheißungsvolle Tal zwischen ihren Brüsten gestattete. Gerade als er mit seiner Fantasie auf Reisen gehen wollte, zurück in eine Zeit, als er diese irdischen Freuden noch auszukosten in der Lage war, betrat Alfredo den Raum. Was für ein Kontrast, dachte Don

Antonio, hier ein wohlgeformtes Weib, in der Blüte seines Lebens, dort Alfredo, gut zwei Meter groß und so breit, dass er kaum durch die Tür passte. Eine gewaltige Masse Fleisch, die allerdings, wie Don Antonio wusste, alles andere als untrainiert war. Er hatte schon gesehen, wie gestandene Männer mit gesenktem Haupt gegen Alfredo anrannten, ohne dass er einen Millimeter ins Wanken geriet. Außerdem war Alfredo ausgesprochen gescheit und vor allem absolut loyal. Einen besseren Privatsekretär konnte er sich nicht wünschen. Alfredo durfte ihn aus seinen Träumen reißen.

»Mach nur weiter, mein hübsches Kind, anda, sigue bonita!«, sagte er zur Maniküre. Und zu Alfredo gewandt: »Qué paso, Alfredo? Irgendwelche Neuigkeiten?«

»Sí, Don Antonio. Tomás hat sich gemeldet.«

»Unser Mann in Süddeutschland? Hat er die Spur dieser Dana verfolgen können?«

»Nun, das gerade nicht, doch Dana ist vor einigen Tagen wieder aufgetaucht. Sie kam mit einem Linienflug aus London. Aber dort verliert sich ihre Spur.«

Don Antonio lächelte. »Alles andere hätte mich überrascht. Was schließen wir daraus?«

Alfredo gab spontan die Antwort: »Dass sie ihre Spuren bewusst verwischt hat!«

»Justo. Und was folgern wir?«

»Dass sie entweder Felix Reiter besucht oder für ihn eine Mission erledigt hat!«

Don Antonio nickte. Er betrachtete zufrieden die Fingernägel seiner linken Hand, fuhr der Maniküre lobend über die Haare, um ihr dann die andere Hand zu reichen.

»Wird die Señorita jetzt rund um die Uhr beobachtet?«

»Natürlich, Sie haben das ja angeordnet«, bestätigte Alfredo. »Und deshalb wissen wir auch, wo sie sich jetzt aufhält.«

»Alfredo, du machst es heute spannend!«

»Sie werden es nicht glauben. Dana ist auf Mallorca!«

»Auf Mallorca? Das ist allerdings wirklich eine Überraschung.« Don Antonio dachte nach. »Hat sie erneut versucht ihre Spuren zu verwischen?«
»Nein, sie hat ganz offiziell unter ihrem Namen einen Charterflug genommen. Tomás hat auch den Zweck ihrer Reise in Erfahrung gebracht. Sie recherchiert für einen Artikel, den sie für ein deutsches Magazin schreibt.«
Don Antonio wiegte zweifelnd den Kopf hin und her. »Será verdad? Vielleicht ist das nur ein Vorwand. Möglicherweise gibt es etwas zu erledigen. Ist eigentlich Pedro González noch auf Mallorca?«
»Sí, Don Antonio. Er hat sich bereits an ihre Fersen geheftet.«
»Muy bien. War das alles?«
»Das war alles. Kann ich gehen?«
»Sí, Alfredo. Aber halte mich auf dem Laufenden. Es wäre doch zu schön, wenn wir diesem Felix Reiter doch noch die Eier abreißen könnten. Me encantaría poderle arrancar los huevos!«
Don Antonio sah hinunter zur Maniküre, die vor ihm auf dem Boden kniete und sich hingebungsvoll seiner rechten Hand widmete. Er entschuldigte sich bei ihr für seine grobe Ausdrucksweise. Dabei fiel sein Blick erneut in ihr tiefes Dekolleté. Was für ein Unglück, dass er nicht zwanzig Jahre jünger war. Er kniff kurz die Augen zusammen. Wenn er sich recht erinnerte, würden sogar schon zehn Jahre ausreichen!

17

Vom Aeroport Son Sant Joan war Dana im Leihwagen zu einem kleinen Hotel in Palmas Altstadt gefahren, wo sie sich für die nächsten Tage einquartiert hatte. Das San Lorenzo war ihr von Kay empfohlen worden. Es liegt ebenso versteckt wie zentral im ehemaligen Fischerquartier San Pedro, mit dem

San Lorenzo
Charmante Oase mitten in Palma. Ein kleines luxuriöses Hotel für Genießer.

Empfang in einem hübschen Patio und einem schönen Innenhof mit Pool. Hier würde sie es aushalten können.

Ohne ihre Reisetasche auszupacken, war sie gleich losgelaufen. Die Plaça Drassana hatte sie überquert, wo in früheren Jahrhunderten Schiffe gebaut und Netze geflickt wurden. Heute gibt es hier einige kleine Bars und Cafés. Etwas verloren steht in der Mitte das Denkmal des berühmten mallorquinischen Seefahrers und Kartographen Jaume Ferrer. An dem gotischen Bau der Llotja war sie vorbeigekommen, der überaus repräsentativen Handelsbörse, die vom einstigen Reichtum Palmas kündet.

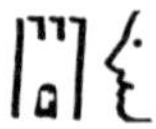

Llotja
Meisterwerk der katalanischen Gotik.

Llull
Ramón Llull (Raimundus Lullus), 1235 in Palma geboren, führte die katalanische Sprache in die Literatur ein.

Jetzt stand sie an einer befahrenen Kreuzung und sah hinüber zu Ramón Llull, der überlebensgroß auf einem Sockel stand, mit einem Buch in der einen und einem Federkiel in der anderen Hand. Sie konnte sich noch gut erinnern, wie ihr Kay von diesem wohl bedeutendsten Sohn der Insel erzählt hatte. Vom großen Gelehrten und Philosophen, der auf dem Berg Randa meditierend zu Gott gefunden hatte, in jungen Jahren aber ein rechter Draufgänger und Lebemann gewesen sein soll. Hatte er nicht als Missionar in Afrika den Tod gefunden, von Heiden zu Tode gesteinigt? Und gab es nicht die Legende, dass er in Wirklichkeit überlebt habe und als geheimnisumwitterter Alchimist uralt geworden sei? Dana konnte sich ein Lächeln nicht verkneifen. Nun, besonders fromm war Kay nicht gerade und ein Alchimist wohl ebenfalls nicht, aber seinen eigenen Tod, den hatte auch er überlebt. Kein Alchimist? Eigentlich gab es da doch Parallelen, überlegte Dana. Im Grunde unterschieden sich die Börsianer unserer Tage nicht allzu sehr von diesen mittelalterlichen Hexenmeistern, die glaubten man könne aus unedlen Stoffen Gold gewinnen, die auf der Suche nach dem Stein der Weisen waren und die mit ihrem Hokuspokus anderen Leuten das Geld aus den Taschen zogen. Dana hing noch ihren Gedanken nach, als sie an der Bronzefigur des Steinschleuderers vorbei durch den Torbogen

die Stufen hinauf zur Kathedrale La Seu ging. Sie musste einigen Malern ausweichen, die mit ihren Blöcken auf der Treppe saßen. Die »Kathedrale des Lichts« ist, was man ihr von außen kaum ansieht, eine der größten gotischen Kirchen Europas. 1230 hatte Jaume I. nach seinem Sieg über die Mauren am Platz der zerstörten Hauptmoschee den Grundstein für das Gotteshaus gelegt. Ihr fiel Antoni Gaudí ein, der katalanische Architekt, den Kay so mochte. Als Wegbereiter des mallorquinischen Jugendstils gilt Gaudí, dem in Palma nicht nur einige Häuser zugeschrieben werden, sondern der auch in der Kathedrale gewirkt hatte. So stammen der große Baldachin über dem Altar und die Kandelaber an den Säulen von ihm.
Dana blieb vor der südlichen Fassade der Kathedrale stehen, stützte sich auf eine Mauer und sah hinunter auf die Wasserfontäne, links die Palmen des Parc de la Mar. Ihre Augen wanderten über die Uferstraße und die große alte Mole hinaus auf die weite Bucht von Palma. Sie glaubte eine Klaviersonate von Chopin zu hören und sah Kay am Ruder einer weißen Yacht stehen, die am Vorhafen Porto Pí vorbei aufs Meer fuhr. Und sie sah sich selbst, wie sie auf dem Deck in der Sonne lag, völlig entspannt und doch erwartungsvoll. Ganz am Anfang ihrer Beziehung war das gewesen. Keine Ahnung hatte sie damals gehabt, wer sich hinter Kay wirklich verbarg und auf welches Abenteuer sie sich eingelassen hatte.
Dana drehte sich um und ging an der Kathedrale und dem Palaçio de la Almudaina vorbei den Carrer del Palau Reial hinunter Richtung Plaça Major, wo sie in einem der vielen Straßencafés einen Café con leche trinken wollte. Sie hing immer noch ihren Erinnerungen nach und nahm die Menschen um sich herum kaum wahr. Aber selbst wenn sie aufmerksam gewesen wäre und misstrauisch, hätte sie wohl kaum bemerkt, dass ihr in großem Abstand ein junger Mann folgte.
Pedro González hatte sie schon am Flughafen bei ihrer Ankunft abgepasst. Den ganzen Weg zum Hotel war er ihr gefolgt. Und

La Seu
Da die Kirche auf dem Fundament der großen Moschee erbaut wurde, ist der Altar nach Mekka ausgerichtet.

Gaudí
Seine Arbeit an der Kathedrale war starker Kritik ausgesetzt. Vor allem deshalb brach er sie nach zehn Jahren abrupt ab. Zu Ende geführt wurde sie von seinen Schülern Joan Rubió und Guillem Reynés.

er würde sie auch in Zukunft nicht aus den Augen lassen. Die Anweisungen von Alfredo waren unmissverständlich. Dass ihn Dana erkennen könnte, schließlich waren sie sich schon einmal begegnet, hielt er für unwahrscheinlich. Seinen Zopf hatte er schon im Winter einer sportlichen Kurzhaarfrisur geopfert. Und er mochte auch keine Hawaiihemden mehr. Pedro hatte einen Fotoapparat dabei und machte sich Aufzeichnungen. Alfredo wollte ein genaues Protokoll über Danas Aktivitäten auf Mallorca. Vor allem sollten er und Joan, mit dem er sich ablöste, auf scheinbar zufällige Begegnungen achten.
Pedro sah in die Auslagen einer Bäckerei. Allerdings interessierte er sich kaum für die verschieden großen achteckigen Pappschachteln mit Ensaïmadas, vielmehr beobachtete er im Spiegel der Schaufensterscheibe, wie Dana auf der gegenüberliegenden Straßenseite ein Schuhgeschäft betrat. Auf zufällige Begegnungen sollte er achten? Um diesen Felix Reiter handelte es sich auf dieser Insel dabei wohl kaum, überlegte Pedro, der war ihnen durchs Netz geschlüpft. Aber seltsam war es schon, dass Dana wieder hier war. Jedenfalls war er neugierig, was die nächsten Tage bringen würden.

18

Eigentlich wäre er heute mit Gabriele verabredet gewesen. Morgen würde ihr Mann wieder für einige Tage auf die Insel kommen. Für diesen Zeitraum war er wohl von seinen Pflichten entbunden. Sam kicherte vergnügt. Vielleicht war es ja nicht so falsch, der untreuen Ehefrau vor der Familienzusammenführung einen Tag Ruhepause zu gönnen. Es wäre doch zu dumm, wenn diesem Hasfurth der hohe Erschöpfungsgrad seines Weibes verdächtig vorkommen würde. Hatte Sam seinem Auftraggeber doch mitgeteilt, dass ihm im direkten Umfeld von Gabriele Hasfurth keine begattungsfähigen

Männer aufgefallen seien. Was sogar stimmte! Sam musste erneut kichern. Sein Bericht war absolut korrekt. Er hatte niemanden gesehen!
Aber heute hatte er wirklich keine Zeit für Gabriele. Es gab schließlich wichtigere Dinge im Leben. Wobei Sam nicht leugnen konnte, dass dieser Härtefall ausgesprochen selten eintrat. Aber Franks Nachricht hatte die Prioritäten von einer Sekunde auf die andere verändert. Der verdächtige Anruf bei Dr. Mannschuh war also von Menorca aus erfolgt. Sam wollte es immer noch nicht so recht glauben. Wenn Felix Reiter wirklich noch am Leben war, warum sollte er sich dann ausgerechnet auf Mallorcas Nachbarinsel aufhalten? Aber man könnte die Frage auch umdrehen: Warum sollte er nicht auf Menorca sein? Die Insel war genauso gut oder schlecht wie jeder andere Platz auf der Welt. Wenn er es recht bedachte, dann war Menorca sogar entschieden besser als jedenfalls alle Locations, wo sich die Schönen und Reichen der Welt trafen. Denn in seinem früheren Leben als Broker hatte er an der Warenterminbörse in Chicago gearbeitet, später in Singapur, Hongkong und Osaka. Der Sitz seiner Futures Management Inc. war in Nassau auf den Bahamas gewesen. Seine Kunden waren allesamt Vorständler von großen Companies, die ihre Freizeit wahrscheinlich in St. Moritz, in Florida oder in Dubai verbrachten. Überall dort wäre Felix Reiter ein erhöhtes Risiko eingegangen, entdeckt zu werden. Aber Menorca? Wer fuhr schon nach Menorca? Blasshäutige Pauschaltouristen aus England, sandalentragende Naturliebhaber aus Castrop-Rauxel, bildungsbeflissene Volksschullehrer aus Wanne-Eickel? Sam hatte keine besondere Vorstellung, aber dass der Jet-Set und die Vorstandsbosse der Industrie Menorca nicht zu ihren bevorzugten Reisezielen zählten, davon konnte man wohl ausgehen. Zog man diesen Aspekt in Betracht, dann war Menorca gar nicht mehr so abwegig.

CIUTADELLA
In der geruhsamen alten Bischofsstadt geht es einmal im Jahr richtig rund. Am 23./24. Juni gibt es zum Ses Festes de Sant Joan vor großem Publikum wilde Reiterspiele.

Sam stand auf dem Oberdeck der Autofähre, die vor knapp vier Stunden in Port d'Alcúdia auf Mallorca abgelegt hatte. In wenigen Minuten würde die *Nura Nova* von Iscomar in Ciutadella ankommen. Am Cap de Bajoli waren sie schon vorbei, im Süden hatte er den schwarz-weiß gestreiften Leuchtturm des Cap d'Artrutx gesehen. Nun lag der tief ins Land einschneidende Hafen von Ciutadella direkt vor ihm, rechts einige Hotelanlagen, davor ein alter Verteidigungsturm. Die Fähre hatte die Fahrt weiter verlangsamt. Gleich würde er hinuntergehen und seine Harley-Davidson startklar machen. Und dann würde er mit der Suche beginnen. Eine Suche, die höchstwahrscheinlich völlig aussichtslos war, und zwar aus einem schlichten Grund: Weil die Person, die er aufspüren wollte, überhaupt nicht mehr am Leben war. Sam machte sich nichts vor. Was hatte er schon konkret in der Hand? Dass Felix Reiter noch leben könnte, widersprach allen offiziellen Ermittlungen. Wäre da nur nicht sein verdammter Instinkt, der ihn noch nie getrogen hatte. Und dieser merkwürdige Telefonanruf bei Dr. Mannschuh, dem besten Freund und einzigen Vertrauten von Felix Reiter. Sam schlug mit der flachen Hand auf die Reling der Fähre. Was hatte er schon zu verlieren? Einige Tage würde er sich auf Menorca umsehen. Er war niemandem Rechenschaft schuldig.

MENORCA
Die Schwesterinsel Mallorcas legt mehr Wert auf Umweltschutz als auf Massentourismus.

Wenig später fuhr Sam über die stählerne Rampe an Land. Obwohl Ciutadella ein netter Ort zu sein schien, vor allem gefielen ihm die vielen Cafés, Bars und Restaurants entlang des Hafenbeckens, wollte er keine Zeit verschwenden. Er hatte sich die Landkarte eingeprägt, was auf Menorca nicht schwer war. Gerade mal etwas über vierzig Kilometer lang war die Straße, die von Ciutadella im Westen nach Maó im Südosten führte. Sie trennte die Insel in eine Nordhälfte, die nach dem dort vorherrschenden Wind Tramuntana genannt wurde, und eine Südhälfte, Migjorn. In der Mitte der Insel gab es einen Berg, den Monte Torro, 360 m hoch, der eine tolle Aussicht über die ganze Insel bot. Im Norden gab es das Fischerdorf Fornells, im Süden Ferienorte wie Cala Galdana, Sant Tomàs und Son Bou, alle zu erreichen über Stichstraßen, die von der Hauptachse Ciutadella–Maó abgingen. So einfach war das. Und dann war da noch ein Ort mit dem hübschen Namen Addaia, im Nordosten der Insel zwischen Fornells und Maó gelegen. Und in der Nähe dieses Addaia gab es offenbar einen Sendemast für Mobiltelefone. Die Reichweite würde bei diesem Standort rund fünf Kilometer betragen, hatte er in Erfahrung gebracht. Daraus ergab sich ein Kreis, der Arenal d'en Castell, Son Parc und Na Macaret einschloss.

Sam folgte den Schildern, die ihn auf die C-721 brachten. Er beschleunigte das Motorrad und kam an der Naveta des Tudons vorbei, einer alten Begräbnisstätte aus der frühen Bronzezeit. Aber für solcherlei Touristenattraktionen fehlte Sam schon immer jeglicher Sinn, selbst wenn er zu seinem Vergnügen hier gewesen wäre. Hauptsache, er fand später eine Bar, wo ein gutes, frisches, kaltes Bier gezapft wurde. Außerdem hatte man ihm erzählt, dass es auf Menorca viel Gin gebe. Das hing irgendwie mit den Engländern zusammen, die den Wacholderschnaps während ihrer Besatzungszeit auf die Insel gebracht hatten. Xoriguer, die Marke hatte er sich gemerkt. Wie auch immer, gegen dieses Nationalgetränk der Menorquiner hatte er keine prinzipiellen Einwände. Wahrscheinlich würde er zur Wiederherstellung seines Wohlbefindens einige Gläser benötigen, wenn sich herausstellen sollte, dass er einem Hirngespinst hinterherjagte. Sam grüßte einen entgegenkommenden Motorradfahrer. Unmittelbar neben der Straße grasten schwarz-weiß gefleckte Kühe. Schien nicht besonders dicht besiedelt, diese Insel. Dem Anschein nach gab es fast so viele Kühe wie Menschen, ein Umstand, der ihm sehr gefiel. Denn wo es wenig Menschen gab, da war es sehr viel leichter, einen Einzelnen ausfindig zu machen. Sofern er überhaupt noch da war. Das hatte er ja fast vergessen. Natürlich könnte die-

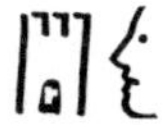

Navetes
Aus großen Steinen zusammengefügte Bauten aus der menorquinischen Vorgeschichte, die als Grabstätten gedient haben und an kieloben liegende Schiffe (nave) erinnern.

ser Felix Reiter, sollte er tatsächlich noch leben, längst seinen Standort gewechselt haben. Sam musste zugeben, dass er noch nie ein Projekt angegangen hatte, das mit so vielen Fragezeichen versehen war.

19

Kay saß im Landhaus auf Menorca vor seinem Notebook. Er hatte sich ein Glas Rotwein eingegossen und zur Abwechslung eine CD mit Arien von Giuseppe Verdi aufgelegt. Dana war wohl schon auf Mallorca und recherchierte ihre Geschichte. Erneut stellte er sich die Frage, ob und wann er sie wohl wiedersehen würde. Fast hätte er geseufzt. Aber diese Regung wäre ihm dann doch zu dämlich vorgekommen. Er war froh, dass er ihr die ganze Geschichte erzählt hatte. Jetzt wusste sie, was wirklich geschehen und dass er sehr unfreiwillig und vor allem ohne böse Absicht in seine Situation geraten war. Kay fuhr mit dem Cursor auf seine Bookmarks. Schnell und routiniert informierte er sich online über die wichtigsten Neuigkeiten auf den Finanzplätzen. Die deutschen Aktien hatten die kräftigen Gewinne des Vortages nicht verteidigen können. Der Dax verlor 2,1 Prozent. Die jüngsten Daten zum amerikanischen Arbeitsmarkt hatten den Markt belastet. Der Dow Jones war gefallen, ebenso der S&P-500, auch der Nasdaq-Sammelindex. Ob die amerikanische Notenbank mit einer Senkung der Leitzinsen reagieren würde? Und in Asien? In Tokio hatte sich der Nikkei gut behauptet, der Hang-Seng-Index in Hongkong war schon mal besser drauf. Nach den Weltbörsen wendete sich Kay dem Devisenmarkt zu, seiner eigentlichen Domäne. Der Euro war in den letzten Stunden deutlich gestiegen, der Dollar zurückgefallen. Der Yen reagierte mit Verlusten … Der Referenzkurs der öffentlichen Banken … Die Feinunze Gold kostete zum Londoner Nachmittagsfixing …

Kay nahm einen Schluck Rotwein, überlegte kurz und griff dann ins Geschehen ein. Schon seit einigen Tagen spekulierte er gegen den thailändischen Baht, bisher mit beachtlichem Erfolg. Er lag bereits achtzig Prozent im Plus. Kay entschied sich, noch einige weitere Terminkontrakte abzuschließen. Morgen würde er dann aus dem Baht rausgehen, den Gewinn mitnehmen und auf eine weitere Talfahrt des Yen setzen. Mit wenigen Mausklicks hatte er die erforderlichen Transaktionen abgeschlossen. Schon waren weitere fünfhunderttausend Dollar als Short-Position gegen den Baht in Stellung gebracht. Der kurzfristige Hebel lag bei ...

Kay lehnte sich zufrieden zurück und verschränkte die Hände hinter dem Kopf. Seine Finanzgeschäfte liefen hervorragend. Sein Kapital hatte sich in den letzten Wochen und Monaten dramatisch vermehrt, was ihn in eine paradoxe Situation brachte. Er hatte mittlerweile auf Konten in der Schweiz, auf den Bahamas, den Cayman-Inseln und in Singapur so viel Geld kumuliert, dass er sich jeden Luxus dieser Welt erlauben könnte. Stattdessen lebte er so bescheiden, unauffällig und zurückgezogen wie noch nie. Für das Geld, das er momentan zum Leben brauchte, hätte eine mittlere Beamtenpension ausgereicht. Aber das störte ihn nicht. Neureiche Statussymbole hatten ihm nie etwas bedeutet. Und ein bisschen mehr Komfort könnte er sich ja in Zukunft durchaus gönnen. Dennoch stand seine Vergangenheit allen Plänen im Wege. Eine Dana als feste Lebenspartnerin würde es für ihn wohl nicht geben. Fatalerweise bestand keine Möglichkeit, die Geschehnisse zu korrigieren. Es wäre ein Leichtes für ihn, die Millionen zurückzuzahlen, die er bei seiner Flucht abgezweigt hatte. Aber ein Toter tilgt nun mal keine Schulden. Und als lebendiger Sühner würde er gleichwohl hinter schwedischen Gardinen landen. Das war nun auch nicht unbedingt erstrebenswert. Den Vorständlern der geschädigten Firmen war die

Situation so ohnehin viel sympathischer. Vor allem dem Fünfer-Rat inklusive jenem Dr. Schulze, dessen Unternehmen die private Fahndung nach ihm finanziert hatte. Auf die Millionen verzichteten sie gerne, Hauptsache, er bleibt so tot wie möglich. Vielleicht sollte er die unterschlagenen Millionen gemeinnützigen Organisationen zuführen? Das wäre eine durchaus sinnvolle Umverteilung. Hier taten viele Firmen nach seinem Dafürhalten ohnehin zu wenig. Er könnte ja in der Schweiz eine Tarnfirma gründen, mit entsprechendem Kapital ausstatten und dann von dort kontinuierlich zum Beispiel an Flüchtlingshilfswerke und Krankenhäuser in der Dritten Welt spenden. Je länger er über diese Idee nachdachte, desto besser gefiel sie ihm. Ja, so etwas in der Art würde er machen. Das hatte er soeben beschlossen. Seine Lebensumstände würden sich auf diese Weise zwar nicht ändern, aber mit einer solchen Maßnahme wäre die Bilanz wenigstens buchhalterisch ausgeglichen.

PEIX A LA SAL
Durch die schonende Zubereitung im Salzmantel behält der Fisch sein Aroma und seinen festen Biss.

LA MINERVA, MARIVENT, JÀGARO
Empfehlenswerte Restaurants an der Hafenpromenade von Maó. Am Moll de Ponent und Moll de Llevant reihen sich unzählige Straßencafés, Fischlokale, Boutiquen und Yachtausrüster.

Kay trennte die Modemverbindung und fuhr den Computer herunter. Eigentlich hatte er vorgehabt, heute Abend für sich alleine einen Fisch in Salzkruste zuzubereiten. Peix a la sal hieß dieses typische Gericht auf den Balearen. Den Merluza, einen Seehecht, hatte er heute Vormittag auf dem Fischmarkt gekauft. Aber der würde seine Frische im Kühlschrank auch noch bis zum morgigen Tag bewahren. Kay war nach etwas Abwechslung zu Mute. Er beschloss, nach Maó zu fahren. Dort kannte er am Hafen einige ausgezeichnete Lokale. Nett saß man auf dem im Wasser schwimmenden Floß des Restaurante la Minerva, das zu einer alten Mehlfabrik gehörte und auf Fisch und Meeresfrüchte spezialisiert war. Gegenüber lag die Illa Pinto, auf der schon im 18. Jahrhundert die Engländer eine Militärstation hatten. Rechts daneben war ein hübsches Badehaus, in dem sich zu prüderen Zeiten die Damen neugierigen Männerblicken entziehen konnten. Oder er würde ein

Stück weiter, am Yachtclub und am Spielkasino vorbei, am Moll de Llevant ins Marivent einkehren? An guten Restaurants hatte es in Maó jedenfalls keinen Mangel. Und vielleicht sollte er seine Wollmütze im Auto lassen. Man konnte es mit der Verkleidung auch übertreiben und auf diese Weise erst recht Aufmerksamkeit erregen.

Port Mahón
Im Kolonialstil erbautes Hotel oberhalb der Uferpromenade, mit herrlichem Blick über den Hafen.

20

Dr. Schulze zog entschlossen den Driver aus dem Golfbag und machte neben dem ersten Abschlag einige Probeschwünge. Er kontrollierte die Schlussposition im Rückschwung, der Schaft des Schlägers schien einigermaßen parallel zur Ziellinie zu verlaufen, kein Overswing. Sah doch gar nicht so schlecht aus. Und jetzt im Abschwung die Rotation der Hüfte nicht vergessen und mit dem Kopf über dem Ball bleiben. Der großvolumige Schlägerkopf rasierte über die Grasspitzen. Der anschließende Durchschwung kam ihm so locker und souverän vor wie bei einem Tourprofessional. Dr. Schulze schmunzelte. Es ging doch nichts über eine motivierende Selbstillusion. Er stützte sich zufrieden auf den Golfschläger und sah den ersten Fairway des Son Muntaner Golfplatzes hinunter. Hoyo 1, Par 4, 355 Meter, talabwärts, Handicap 11, Dogleg nach rechts. Keine unlösbare Aufgabe!

Golf
Der Golfplatz Son Muntaner gehört zum Arabella Sheraton Golf Hotel Son Vida und ist für Mitglieder und die Hotelgäste reserviert.

Er dachte an den Blick, den er noch vor wenigen Minuten von der Terrasse des Son Vida genossen hatte – über die vielen Villen des Areals hinunter zu den Dächern von Palma und hinaus auf die weite Bucht. Er beglückwünschte sich zu seinem Entschluss. Ja, er würde im Beruf kürzer treten, was im Klartext bedeutete, dass er den Vorstandsvorsitz aufgeben und in den Aufsichtsrat wechseln würde. Und er würde sich auf dieser Insel ein Haus kaufen, keine poplige Finca, sondern ein repräsentatives Anwesen, mit großem Pool, Gästehaus, Terrasse mit Meerblick, Springbrunnen, Marmorböden. Eine gelungene Mischung aus Alhambra … Dr. Schulze musste lächeln, na ja, er wollte ja nicht übertreiben. Jedenfalls stellte er sich arabische Stilelemente vor. Das würde sich wohl irgendwo finden oder entsprechend umbauen lassen. Am Geld sollte es jedenfalls nicht liegen. Vor allem, wenn es möglich war, einen größeren Teil schwarz von seinem Konto auf Jersey zu zahlen. Das sei überhaupt kein Problem, hatte ihm Hubertus Reinersburg gesagt, das entspreche den üblichen Gepflogenheiten auf der Insel.

Der Immobilienhändler aus Santa Ponça hatte ihm in den letzten Tagen bereits diverse Projekte gezeigt. Bei Port d'Andratx, in Camp de Mar, in Santa Ponça, bei Pollença. Waren alle nicht so schlecht gewesen, aber auch noch nicht der Knüller, den er suchte.

Dr. Schulze beobachtete, wie Reinersburg seinen Ball aufteete. Zwischen den Besichtigungsterminen spielten sie immer einige Löcher Golf auf den verschiedenen Plätzen der Insel. Diese spezielle Kundenbetreuung hatte sich Dr. Schulze ausbedungen. Vom Pflegezustand der Plätze war er einige Male enttäuscht worden, auch ließ man zweifellos zu viele Hacker, die ihre Platzreife bestenfalls in der Lotterie gewonnen hatten, unkontrolliert auf die Runde. Aber Reinersburg meinte, dass sich die Dinge hier zum Besseren wenden würden. Jedenfalls garantierte die Zahl der Golfplätze auch für seine ganz persönliche Zukunft eine schöne Abwechslung. Und der noch junge Platz Son Muntaner war ohnehin über jeden Zweifel erhaben.

Er beobachtete, wie Reinersburg den Ball fixierte, kurz den Fairway hinunterblickte und zu seiner Freude einen mächtigen Hook schlug, der auf Nimmerwiedersehen in der Botanik verschwand. Vielleicht hatte er es sogar bis zur alten Ziegelei mit dem hohen Schornstein geschafft, die hinter der linken Ausgrenze zu sehen war.

»Buenas noches«, kommentierte Reinersburg seinen misslungenen Abschlag.
»Das tut mir aber Leid«, heuchelte Dr. Schulze.
Reinersburg sah ihn fragend an. »Ich nehme mir einen Mulligan, einverstanden?«
Dr. Schulze nickte. »Einverstanden, aber nur ausnahmsweise, sozusagen als Sonderprovision für die schöne Villa, die Sie mir hoffentlich vermitteln werden.«
Reinersburg lächelte. »Da machen Sie sich mal keine Sorgen, Sie wären mein erster Kunde, der auf Mallorca nicht glücklich geworden wäre.«
Reinersburg teete einen zweiten Ball auf, kontrollierte seinen Griff und machte einige Probeschwünge.
Auf Mallorca nicht glücklich geworden wäre? Dr. Schulze setzte den Gedanken fort. In gewisser Weise war ja schon kurios, wie er überhaupt nach Mallorca gekommen war. Streng genommen verdankte er diese Anregung nämlich keinem Geringeren als Dr. Felix Reiter. Dass sich dieser kosmopolitische Mensch auf seiner Flucht gerade auf die Baleareninsel zurückgezogen hatte, war für ihn ebenso überraschend gewesen wie auch Anlass, einmal einige Tage Urlaub auf Mallorca zu machen. Und bei der Gelegenheit hatte er festgestellt, dass es diese Insel durchaus mit seinen bevorzugten Destinationen aufnehmen konnte.
Der zweite Abschlag von Reinersburg fiel kaum besser aus als der erste. Zwar dürfte der Ball diesmal zu finden sein, aber in eine günstige Ausgangsposition für den nächsten Schlag hatte sich sein Mitspieler kaum gebracht. Dr. Schulze sah auf die Bunker am linken Fairway-Rand, betrachtete zögerlich seinen Driver, ging zu seinem Bag und tauschte ihn gegen ein Fünfer-Holz. Golf war eben auch eine Frage der Intelligenz, Länge nicht alles und eine kontrollierte Lage auf dem Fairway unbezahlbar. Schließlich spielten sie um die anschließenden Drinks im Clubhaus. Und er hasste es, für diese aufkommen

zu müssen. Den ganzen Tag konnte ihm diese Schmach verderben.
Dr. Schulze konzentrierte sich nur kurz – und platzierte seinen Abschlag mitten auf der Spielbahn. Reinersburg applaudierte höflich. Der Durchschwung war nach Dr. Schulzes Eindruck fast noch eleganter ausgefallen als beim Probeschwung. Jetzt noch ein Eisen sieben oder sechs aufs Grün direkt neben den Stock. Ein Put zum Birdie. Okay, ganz so perfekt würde es nicht laufen, aber ein Par oder schlimmstenfalls ein Bogey hatte er schon fast im Kasten. Sein Mitspieler konnte von diesem Ergebnis nur träumen. So wie es aussah, müsste man eine Pinie fällen, um ihm überhaupt einen Blick aufs Grün zu ermöglichen. Nicht zu reden von diesen entzückenden kleinen Schlingpflanzen, in denen sein Ball verschwunden war.

21

TRISTAN
Gourmet-Restaurant mit hochkreativer Küche, erstklassigem Weinkeller und illustren Gästen.

KANINCHENSALAT MIT SERRANO-SCHINKEN UND GEGRILLTEM GEMÜSE
Das Rezept für diesen köstlichen Sommersalat verrät Gerhard Schwaiger im Registro turistico.

Dana stand in der Küche des Feinschmeckerlokals Tristan in Porto Portals. Sie sah dem Zweisterne-Koch Gerhard Schwaiger über die Schulter, der gerade einige Auberginen in Scheiben schnitt. In der Pfanne brieten Filets vom Kaninchenrücken. Dass Schwaiger mit dem Tristan auf Mallorca eine kulinarische Spitzenstellung einnahm, war so bekannt, dass sie es ihren Lesern wohl kaum erzählen musste. Vielleicht schon eher, dass er bereits Mitte der achtziger Jahre, damals noch unter den Fittichen von Heinz Winkler, angefangen hatte. Und wie schwierig es zu jener Zeit gewesen war, auf Mallorca die erforderlichen Zutaten für ehrgeizige Rezepte zu bekommen. Das jedenfalls hatte ihr Gerhard Schwaiger gerade erzählt. Selbst Basilikum habe es damals auf der Insel nicht gegeben. Heute sei das alles viel einfacher. Täglich kamen mit dem Flugzeug frische Produkte nach Mallorca. Außerdem hätten sich die mallorquinischen Bauern auf die Nachfrage eingestellt. Dana hatte einen Block dabei und machte sich flüchtige Notizen. Das meiste würde sie sich merken und später im Hotel aufschreiben.

Gerhard Schwaiger goss in eine zweite Pfanne etwas Olivenöl, wartete einen Augenblick und legte dann die Auberginenscheiben in die Pfanne. Wie er seine Küche beschreiben würde, wollte Dana wissen. »Als Mittelmeerküche mit Erfahrungswerten aus ganz Europa und einem persönlichen Touch«, hatte Schwaiger geantwortet.

Dana probierte vom Serrano-Schinken. Wunderbar! Ob auch Spanier ins Lokal kämen, fragte sie Schwaiger. Ja, erklärte er, auch die Spanier hätten sein Lokal längst akzeptiert. Außerdem kämen Engländer, Araber, natürlich viele Deutsche. Seine Gäste seien so international wie eben das Publikum auf der Insel.

Eine gute Stunde später verabschiedete sich Dana von Gerhard Schwaiger. Sie hatte sich noch das Konzept mit den mittlerweile zwei Restaurants erklären lassen, dass es im angrenzenden El Bistro del Tristan etwas legerer zugehe und preiswerter sei als im Restaurant Tristan, die Gerichte aber aus derselben Küche kämen. Außerdem hatte sie sich das Rezept für Steinbutt im Salzteig aufgeschrieben.

STEINBUTT IM SALZTEIG
Das Rezept von Gerhard Schwaiger (s. Registro turistico) lässt sich auch in heimischer Küche nachempfinden.

Jetzt bummelte sie die palmengesäumte Uferpromenade entlang, rechts die großen Yachten, links einige Boutiquen und das Restaurant Flanigan. Und dann am Eck die Terrasse des Wellies, dort, wo sie vor nicht einmal einem Jahr Kay kennen gelernt hatte. Wie hieß es doch so schön? Und dann nahm das Verhängnis seinen Lauf! Nun, zunächst war es eine herrliche Romanze gewesen. Das Verhängnis kam erst später und gänzlich unerwartet, in Form eines Sturms, wahrhaftig wie aus dem sprichwörtlich heiteren Himmel. Dana setzte sich an einen der runden Tische und bestellte ein Glas Cava.

FLANIGAN, WELLIES
In-Treffs am Yachthafen von Porto Portals.

Und jetzt? Nach ihrem jüngsten Ausflug nach Menorca war sie sich über ihre Situation mehr denn je im Unklaren. Das heißt, die Situation war eigentlich ziemlich klar: Sie hatte sich in einen untergetauchten Finanzjongleur verliebt, der nicht nur um einiges älter war als sie, sondern zu allem Überfluss auch tot. Dana prostete mit dem Cava imaginär in die Richtung, wo sie Menorca vermutete. Ihre Eltern hatten schon Recht, sie hatte eine unerklärliche Vorliebe für schwierige und ausgefallene Lebensumstände. Aber sie hatten gottlob keine Ahnung, wie Recht sie hatten!

Einige Tische hinter ihr, an der Hauswand neben dem Eingang ins Lokal, saß Pedro González vor einem Glas Cerveza. Er hatte sich eine dunkle Sonnenbrille gekauft. Wem Dana wohl gerade mit dem Glas zugeprostet hatte, ging ihm durch den Kopf. Wobei er das sichere Gefühl hatte, dass sie das bald rausfinden würden.

22

ADDAIA
Feriensiedlung im Norden Menorcas, mit windgeschützter Bucht, vorgelagerten Felseninseln und glasklarem Wasser.

Wenige Meter hinter ihm verlief eine Trockensteinmauer, an deren Rand leuchtend rote Mohnblumen blühten. Sam, der an seinem Motorrad lehnte, sah kurz hinauf zum Sendemast von Addaia. Schon gestern hatte er ihn in der Carrer de Ses Savines gefunden, auf einem Hügel oberhalb der kleinen Feriensiedlung Coves noves. Zum wiederholten Male folgte er mit den Augen dem Küstenverlauf. Den Leuchtturm rechts hatte er mit Hilfe der Landkarte dem Cap Favàritx zugeordnet. Direkt vor ihm lagen einige kleine, unbewohnte Inseln. Die Häuser von Addaia waren zu sehen. Links die Punta Codolar mit der dahinter liegenden Cala d'en Castell. Sam nahm sein Fernglas und sah ins Hinterland. Es war nur dünn besiedelt, aber einige Häuser gab es doch. Machte es Sinn, ihnen allen einen Besuch abzustatten?
Sam hing das Fernglas über die Lenkstange und beugte sich über die Landkarte, die er auf dem breiten Tank der Harley

ausgebreitet hatte. Die unmittelbare Umgebung war er bereits mit dem Motorrad abgefahren, um sich einen ersten Eindruck zu verschaffen. Leider hatte er feststellen müssen, dass es hier nicht ganz so einsam war, wie er sich das gewünscht hatte. Addaia war ein kleiner Ort mit unübersichtlich gruppierten Ferienwohnungen. Es gab einen Sporthafen, den Port d'Addaia, ein gepflegtes Villenviertel, das auf den Namen Na Macaret hörte, und eine Touristensiedlung mit großen Hotels und Ferienhäusern. Den Namen Arenal d'en Castell hatte er auf seiner Landkarte ebenso eingekreist wie Son Parc mit dem zugehörigen Golfplatz.

Golf
Trotz der vielen englischen Gäste gibt es nur einen einzigen Golfplatz auf Menorca (Son Parc). Ein weiterer Golfplatz, der schon fast fertiggestellt war, wurde vom GOB, dem Balearischen Verein für Ornithologie und Naturschutz, gestoppt.

Sam nahm einen Bleistift aus seiner Hemdtasche und begann alle Bereiche mit den Ferienwohnungen zu schraffieren. Überall hier, so war er sich ziemlich sicher, würde Felix Reiter nicht zu finden sein. Er hatte ihn lange genug gejagt und sich mit seinem Profil beschäftigt. Wenn Felix Reiter erstens wirklich noch leben und zweitens in dieser Region sein sollte, dann hielt er sich bestimmt weder in einer Feriensiedlung inmitten schreiender Kinder auf noch in einem Touristenhotel mit nervtötenden Pauschaltouristen in Badelatschen. Warum sollte er sich das antun? Mit viel größerer Wahrscheinlichkeit hatte er sich in eine dieser Villen oder in ein Haus auf dem Land zurückgezogen. Sam schob den Bleistift zwischen die Zähne und begann auf ihm herumzukauen. Verdammt noch mal, er konnte nicht alle Hütten im Umkreis dieses Sendemastes abklappern, das dauerte viel zu lang. Er faltete die Karte zusammen und steckte sie nachdenklich in eine der großen Satteltaschen. Angenommen, Felix Reiter hielt sich hier wirklich irgendwo versteckt, worauf würde er nicht verzichten wollen? Zu dumm, der Mann hatte keine extravaganten Leidenschaften. Jedenfalls keine, von denen er wusste. Worauf würde er nicht verzichten wollen? Was war ihm wichtig? Sams Gesicht heiterte sich plötzlich auf. Er schlug mit der Faust auf den Sattel seiner Maschine. Ja, das war's, so könnte es klappen!

23

Dana saß in einem Korbsessel auf der Terrasse des Restaurants Ca's Puers in Sóller. Jenseits des Torrent war der historische Bahnhof von Sóller zu sehen, wo der »rote Blitz« aus Palma eintrifft. Eine Pergola spendete Schatten. Ein kleiner Springbrunnen mit wasserspeienden grünen Fröschen plätscherte vor sich hin. Die Bougainvillea blühte. Dana dachte, dass dies ein guter Platz zum Träumen wäre. Aber sie war an diesem späten Nachmittag zum Arbeiten hier. Noch waren keine Gäste da, die Tische wurden gerade erst eingedeckt. Sie hatte einen Block neben ihrem Teller liegen und machte sich Notizen. Der Sterne-Koch Roland Trettl erzählte von Variationen mit sautierten Gambas, Octopustatar und Ratatouille. Dana fragte nach der Rolle von Eckart Witzigmann, bei dem der Südtiroler Trettl gelernt hatte. Er sei für das Ca's Puers als kulinarischer Patron tätig, erfuhr sie, ebenso wie für das Ca's Xorc in den Bergen zwischen Sóller und Deià.

Nach Möglichkeit verwende er mallorquinische Produkte, erzählte Trettl. Statt mit Sahne und Butter baue er die Fonds aus Olivenöl, Joghurt und Gemüsesäften auf. Ihm sei es wichtig, eine leichte Küche zu bieten. Schließlich solle sich der Gast nicht nur beim Essen selbst wohl fühlen, sondern auch hinterher. Trettl schaute verschmitzt. »Ich freue mich, wenn meine Gäste später noch Lust auf Sex haben!« Dana lächelte. Dieses Zitat musste sie nicht aufschreiben, das konnte sie sich merken. Ob sie für ihre Leser noch einige Rezepte haben könne? Roland Trettl nickte und schlug ihr Gazpachogelee vor, Kaninchencannelloni und Huhn mit Zwiebeln. Klang viel versprechend und machte Appetit. Leider hatte sie keine Zeit, zum Abendessen zu bleiben. Aber sie konnte ja in den nächsten Wochen mal versuchen das eine oder andere nachzukochen. Schließlich gab es keinen ver-

Ca's Puers, Ca's Xorc
Die Hotels eint das hohe Niveau der dazugehörigen Restaurants. Die im Roman zitierte Zusammenarbeit mit Roland Trettl und Eckart Witzigmann ist allerdings beendet. Seit dem Frühjahr 2002 hat Trettl mit dem Divinis in Palma (Calle Via Veri) sein eigenes Lokal. Eckart Witzigmann kümmert sich verstärkt um den Nachwuchs, um internationale Projekte und die »Pflege der Kochkunst«.

Gazpachogelee mit Octopus, Kaninchencannelloni mit Artischocken und Jakobsmuscheln, Huhn mit Zwiebeln
Die Rezepte von Roland Trettl stehen im Registro turistico.

nünftigen Grund, dies immer Kay zu überlassen. Als ob nur Männer wirklich gut kochen könnten! Dies widersprach jeder Vernunft. Immerhin gab es auch auf Mallorca hervorragende Köchinnen. Ihr fiel der Celler Ca'n Amer in Inca ein, in dem die Mallorquinerin Antònia Cantallops den Gegenbeweis antrat.

CELLER CA'N AMER
Traditionsreiches Kellerrestaurant in Inca mit der berühmtesten Köchin Mallorcas: Antònia Cantallops.

24

Don Antonio saß mit gefurchter Stirn vor dem Schachbrett. Weiß war am Zug. Er nahm einen Schluck aus dem Brandyglas und klopfte mit den Fingern auf die Armlehne. »Alfredo«, sagte er zu seinem Privatsekretär, der neben ihm stand, »willst du nicht doch mit dem Schachspielen anfangen? Ich würde das sehr begrüßen. Auf die Dauer strengt es mich zu sehr an, immer gegen mich selbst zu spielen.« Don Antonio lächelte selbstzufrieden. »Ich bin einfach zu gut für mich! Außerdem kann ich mir selbst keine Falle stellen. Apropos Falle, nuestra muñequita, was macht unser Täubchen auf Mallorca?«

Don Antonio lehnte sich zurück und sah Alfredo fragend an. Dieser schüttelte bedächtig seinen kahl geschorenen Schädel.

»Nada en particular, nichts Besonderes. Leider.«

»Na, irgendetwas wird sie doch machen, oder?«

»Gestern Nachmittag war sie in Porto Portals im Restaurante Tristan ...«

»Buena cocina, gute Küche!«, kommentierte Don Antonio, der sich an ein Abendessen im Tristan erinnerte.

»... und hat dort offenbar für ihr Magazin recherchiert. Pedro González hat sie danach ins Wellies verfolgt, von dort ins Rififi zum Abendessen und dann zu ihrem Hotel.«

RIFIFI
Traditionelles Fischrestaurant in Palma.

»Und? War sie alleine?«

Alfredo nickte. »Sí, totalmente sola.«

»Wie langweilig.« Don Antonio nahm ein weißes Pferd, schlug einen gegnerischen Bauern und drehte das Schachbrett um. »Das ist alles sehr langweilig, muy aburrido!«
»Das Schachspiel?«, fragte Alfredo.
»Das auch, ich weiß jetzt schon, dass ich gewinne. Ich kann mich nur noch nicht für eine Farbe entscheiden. Nein, auch diese ganze Sache mit unserer Señorita wird immer langweiliger.« Wieder klopfte Don Antonio mit den Fingern auf die Armlehne. »Das ist wie beim Schachspielen. Eine Zeit lang kann man sich zurückhalten, den Gegner beobachten, auf Schwächen und Fehler hoffen, aber irgendwann ist der Zeitpunkt gekommen, dann muss man selbst aktiv werden, den Gegenspieler aus der Reserve locken.« Don Antonio schüttelte die geballte Faust. »Ihm an die Gurgel gehen, ihn niederringen …« Erschöpft ließ er die Faust sinken und betrachtete erneut das Schachbrett. Langsam pendelte er mit dem Kopf hin und her. »Um den König vernichtend zu schlagen, beraubt man ihn am besten seiner Dame!«, flüsterte er. »Wenn ich den Läufer opfere, dann mit dem Pferd auf A7 …«
Alfredo beugte sich vor. »Wie bitte? Ich kann Sie nicht verstehen!«
Don Antonio sah wieder auf. »Was ich sagen wollte: Wir werden das Spiel beschleunigen und auf unseren Señor Reiter etwas Druck ausüben. Ja, der Gedanke gefällt mir. Was treibt eigentlich unser Täubchen heute?«

Vino mallorquin
Die Bodega José L. Ferrer ist die größte Weinkellerei Mallorcas. Von ausgezeichneter Qualität ist z. B. der Rotwein Etiqueta negra und der Blanc de Blancs.

»Sie war mittags in Binissalem, beim Weingut José Ferrer. Dort hat sie eine Weinprobe gemacht und einige Gespräche geführt.«
»Scheint ein interessanter Beruf zu sein, den sie da ausübt. Übrigens, Alfredo, mein Brandyglas ist leer. Halt, einen Moment noch!« Don Antonio forderte seinen Privatsekretär mit den Fingern auf, noch etwas näher zu kommen. »Vorher sage ich dir, was wir machen werden. Escúcha bien, hör genau zu!«

25

Heute hatte Dana einen Termin, auf den sie sich ganz besonders freute. Etwas nervös war sie schon, als sie in Palma die große Halle vom Mercat de L'Olivar betrat, um sich mit ihm zu treffen. Was hatte sie alles von ihm gelesen? Zu den Köchen des Jahrhunderts würde er zählen. Mit ihm erst habe in Deutschland die kulinarische Zeitrechnung begonnen. Sie wusste, dass er bei Paul Bocuse in Lyon gekocht hatte und vorher bei den Gebrüdern Haeberlin in der legendären Auberge de L'Ill im elsässischen Illhaeusern. 1971 war er in München im Tantris mit der Nouvelle Cuisine angetreten. Einige Jahre später hatte er das Edelrestaurant Aubergine gegründet. Sie hatte gelesen, dass er der erste deutsche Koch war, den der Guide Michelin mit drei Sternen geadelt hatte. Vor einigen Tagen … wollte sie ihren Gedanken fortsetzen. Vor einigen Tagen? Wie lange war das eigentlich her? Einerseits kam ihr Menorca wie gestern vor, andererseits schien ihre Begegnung mit Kay eine kleine Ewigkeit zurückzuliegen. Was war ihr gerade durch den Kopf gegangen? Ach so, ja, vor einigen Tagen hatte sie auch mit Kay über ihn gesprochen, der als bekennender Feinschmecker »natürlich« Gast in seiner Aubergine gewesen war. »Als genialen Großmeister am Herd« hatte ihn Kay bezeichnet.

MERCAT DE L'OLIVAR
Die Markthallen gibt es in Palma seit 1941.

Jedenfalls war sie jetzt mit ihm verabredet – mit Eckart Witzigmann! Spontan hatte er sich gestern am Telefon zu einem Treffen bereit erklärt. Bei seinem Einkauf in der Markthalle könne sie ihn begleiten. Da Eckart Witzigmann in den letzten Jahren viel Zeit auf Mallorca verbracht hat und fürs Ca's Puers und Ca's Xorc als kulinarischer Berater tätig gewesen war, hatte ihre Chefredaktion auf ein kurzes Interview großen Wert gelegt.

Dana sah auf die Uhr. Sie war pünktlich, es war acht Uhr dreißig am Morgen. Eine kleine Tapas-Bar sei am Eingang, hatte

Witzigmann gesagt, dort würde er auf sie warten. Dana blickte sich um. Da stand er ja, unter dem Schild »Tapas variadas«, an die Theke gelehnt, mit einer Tasse Kaffee in der Hand und angeregt mit einer alten Marktfrau plaudernd.

Dana ging auf ihn zu. »Herr Witzigmann, guten Morgen, wir sind verabredet, mein Name ist …«

»Dass Sie so fesch aussehen, haben Sie mir am Telefon aber nicht gesagt«, unterbrach Eckart Witzigmann ihre Begrüßung mit einem verschmitzten Lächeln. »Dana Mohnert, richtig? Mögen's auch einen Cortado?« Witzigmann deutete auf seine Tasse.

Café con leche
Im Unterschied zum Café con leche ist der Café cortado dem Espresso ähnlich ein kleiner Kaffee mit wenig Milch.

Dana nahm den Vorschlag gerne an. Von einem Stand gegenüber brachte ihr Witzigmann ein frisches Croissant. »Die esse ich hier immer«, erklärte er. Rasch war sie mit ihm in ein Gespräch vertieft. Dass er aus dem österreichischen Bad Gastein stammte, war ihm trotz der vielen Jahre im Ausland, in Frankreich, Skandinavien und Amerika, noch anzuhören. Jedenfalls war sie sofort von seiner Art und seinem Charme eingenommen. Gelegentlich hatte sie sogar den Eindruck, dass der »Großmeister« mit ihr etwas flirtete. Was ihr in dieser diskreten Dosierung aber durchaus gefiel. Immerhin war Witzigmann kein Morgenmuffel und schon gut drauf. Er erzählte, dass seine Marktbesuche, egal, ob auf dem Viktualienmarkt in München oder hier auf Mallorca, immer nach dem gleichen Schema abliefen. Zunächst mal mache er eine Tour und informiere sich über das Angebot, über die Produkte, auch über die Preise. »Ich kaufe nie gleich«, erklärte er das Ritual. »Ich lasse mich erst von der Vielfalt und der Qualität inspirieren.«

Witzigmann verabschiedete sich vom Mann hinter der Bar, dann zogen sie los. Der erste Weg führte sie zu den Fischen. »Pescados frescos y mariscos«, las sie auf den Schildern. Dana merkte, dass Witzigmann seine bevorzugten Stände hatte. Gerade hatte er sich noch für einen Petersfisch begeistert, jetzt begutachtete er mit sichtlichem Wohlgefallen

eine Zahnbrasse. »Vielleicht in Petersiliensauce mit Venusmuscheln …« überlegte er laut. Bei einem kräftigen und misslaunig dreinblickenden Typen machten sie länger Halt. »Der schaut nur so finster«, erklärte Witzigmann, »hat aber ausgezeichnete Ware, zum Beispiel diesen Cap-Roig, ein Drachenkopffisch, ganz frisch. Und gleich gegenüber die Gambas. Langusten haben's auch sehr schöne. Man kriegt hier eigentlich alles, Merluza, Lubina, Tintenfische, Stein- und Glattbutt, Seezunge …«
Dana, die zu dieser frühen Stunde eigentlich noch nicht auf die Gerüche und den Anblick einer Fischhalle eingestellt war, ließ sich nach anfänglicher Zurückhaltung von seiner Begeisterung anstecken.
»Hier kann man ja einen Kaufrausch bekommen«, stellte sie fest.
Witzigmann lachte. »Die Gefahr besteht, warten S', bis wir beim Gemüse sind, Paprika, Zucchini, Auberginen, Tomaten – alles frisch von der Insel.«
»Ein Land, wo die Zitronen blühen«, kommentierte Dana.
»Ja, und rund um Sóller wachsen die Orangen.«

Wenig später waren sie bei den Ständen mit »frutas y verduras« angelangt. Auf dem Weg dahin hatte sie ihn gefragt, ob er für die Leser ihrer Zeitschrift einige mediterrane Rezepte habe. Witzigmann versprach, ihr drei oder vier Kreationen zuzuschicken.
Dana wollte wissen, warum es unter den Spitzenköchen so wenig Frauen gab. »Es gibt Millionen von hervorragenden Köchinnen«, widersprach er. Um nach einer kurzen Pause fortzufahren: »Aber die kochen halt zu Hause!«
Weiter ging es zu den Metzgern. Dort wurde er an einem Stand mit Handschlag begrüßt. Schon waren Witzigmann und der Carnicero in ein Fachgespräch über das Fleisch vom Ziegenkitz verstrickt.

Cap-Roig auf Kartoffelscheiben al horno,
Wachtel Ca's Xorc mit Datteln gefüllt,
Bacalao-Salat mit Kartoffeln,
Gratin von exotischen Früchten
Eckart Witzigmann hat Wort gehalten und Dana (respektive dem Autor des Buchs) diese wunderbaren Rezepte aufgeschrieben.
Zu finden im Registro turistico.

Dana hörte nur mit halbem Ohr zu. Ihre Gedanken gingen wieder mal auf Reisen. Was hätte es dem Hobbykoch Kay für großen Spaß bereitet, mit Witzigmann über den Markt zu schlendern. Er hätte auch bestimmt klügere Fragen gestellt. Und eine Meinung zum Ziegenkitz gehabt. Was er in diesem Augenblick wohl gerade tat? Vielleicht war er auch auf einem Markt, in Maó auf Menorca, und suchte nach einer kulinarischen Eingebung fürs Abendessen. Einem Essen auf seiner Terrasse, an dem sie nicht teilhaben würde.

26

Ein Lieferwagen fuhr vorbei, dahinter eine Gruppe erschöpft aussehender Jugendlicher auf Mountainbikes. Hatten alle ziemlich rote Gesichter. Sam verstand nicht, wie man sich freiwillig so quälen konnte. Er gab dem Ober der English Bar ein Zeichen. »Otra cerveza, por favor!« Dabei ließ sich das Leben doch viel angenehmer gestalten. Er saß auf der Terrasse des Lokals und hatte gerade Chicken mit Mayonnaise gegessen. Der englische Einfluss war unübersehbar. Die Beine auf einen Stuhl gelegt, beobachtete er entspannt den vor ihm liegenden Platz. Das heißt, so ganz entspannt war er mittlerweile nicht mehr. Sam sah auf die Uhr. Noch eine halbe Stunde, dann würde der Zeitungskiosk mit dem Schild »Addaia Prensa Press« für heute schließen. Der Quiosco befand sich gleich neben der Bar und gehörte zu einem kleinen Einkaufszentrum mit einem Supermercado und einer Lavanderia. Aber noch war er guter Dinge. Er war wirklich sehr neugierig darauf, wer sich die zurückgelegten Zeitungen abholen würde. Eigentlich war er sehr stolz auf seine Ermittlungsarbeit. Darauf sollte er einen Schluck nehmen. Salud! Sam wischte sich mit dem Handrücken den Schaum von den Lippen.
Worauf würde Felix Reiter auf einer Insel wie Menorca nicht

verzichten wollen, hatte er sich gestern gefragt. Und plötzlich war ihm die Antwort eingefallen. Auf Zeitungen würde Reiter nicht verzichten! Sam hatte sich erinnert, dass er auf Reiters havarierter Yacht Stapel von Tages- und Wirtschaftszeitungen gesehen hatte, und zwar sowohl deutsch- als auch englischsprachige. War ja auch nicht weiter verwunderlich, immerhin war Reiter in seinem Vorleben als Fonds-Manager auf Wirtschaftsinformationen angewiesen gewesen. Obwohl er sicherlich bessere Quellen als die Presse gehabt hatte, aber ganz ohne Nachrichten würde er nicht auskommen. Das wäre ja ungefähr so …? Nach einem Vergleich suchend, fiel Sams Blick auf sein Bierglas. Ja, das wäre in etwa so, wie wenn man ihm sein tägliches Bier verwehren wollte. Ein geradezu aberwitziger Gedanke. Wie ein Fisch auf dem Trockenen.

Sam richtete sich auf. Eine mittelalterliche Dame stöckelte auf den Kiosk zu. Nein, das war nun wirklich nicht Felix Reiter. Sam grinste. Und gewiss auch nicht seine neue Freundin. Reiters bevorzugten Frauentyp hatte er ja bereits kennen gelernt. Und das musste der Neid ihm lassen, diese Dana war schon ein besonders attraktives Geschöpf. Wieder sah Sam auf die Uhr. Noch fünfzehn Minuten. Langsam wurde er unruhig. Er hatte alle Zeitungsläden der in Frage kommenden Region abgeklappert. So übermäßig viele waren das gar nicht mal, wie sich erfreulicherweise herausgestellt hatte. Er hatte überall nach einem regelmäßigen Kunden für deutsch- und englischsprachige Tages- und Wirtschaftszeitungen gefragt. Und dann war er auf diesen Kiosk hier im Zentrum von Addaia gestoßen. Seit einigen Wochen schon, hatte der Kioskbetreiber erzählt, lege er für einen englischsprachigen Mann mittleren Alters täglich Zeitungen zurück. Das *Wallstreet Journal*, die *Financial Times*, die *Herald Tribune*, aber auch die *FAZ*, die *Süddeutsche Zeitung*, den *Spiegel*, *Focus* … Was er halt so hereinbekomme. Das sei auf Menorca, speziell was die deutschen Titel betreffe, immer etwas ungewiss. Meist am späten

Nachmittag komme dieser Mr. Jones, so nannte er sich, vorbei und hole sich die Zeitungen ab. Nein, wo Mr. Jones wohne, das wisse er nicht. Wahrscheinlich habe er sich irgendwo in der Nachbarschaft ein Haus gemietet, vermutete der Zeitungsverkäufer, oder vielleicht sogar gekauft. Obwohl der Mann sehr nett sei, lasse er sich nie auf ein persönliches Gespräch ein.

Sam zündete sich ein Zigarette an. Noch fünf Minuten. Jetzt wurde es aber Zeit. Er wollte endlich einen Blick auf diesen wortkargen Mr. Jones werfen. Und dann konnte er nach Maó fahren, seinen Frust in Gin ertränken und über seine weitere Vorgehensweise nachdenken. Denn dass sich hinter diesem Mr. Jones wirklich Felix Reiter verbarg, diese Annahme war bei nüchterner Betrachtung so unwahrscheinlich wie …

Er kniff die Augen zusammen. Von links näherte sich ein alter, klappriger Mini dem Kiosk, blieb stehen, und der Motor wurde abgestellt. Sam richtete sich erneut auf, nahm die Beine vom Stuhl und drückte seine Zigarette im Aschenbecher aus. Der Verkäufer, der bereits begonnen hatte, die Zeitungsständer in den Kiosk zu rollen, hob grüßend die Hand und verschwand hinter der Markise. »Nun steig schon endlich aus, du Pappnase!«, flüsterte Sam. Er sehnte die Enttäuschung förmlich herbei. Aber er wollte Gewissheit. Jetzt, eine schwarze Wollmütze tauchte hinter dem Mini auf. Eine schwarze Wollmütze? Bei dieser Wärme? Der Fahrer schlenderte die wenigen Meter vom Straßenrand zum Kiosk. Diese lässige Art sich zu bewegen hatte er schon mal gesehen. Größe, Statur? Alles im grünen Bereich. Sam musste schlucken. Eine runde Nickelbrille? Okay, warum nicht! Schlecht rasiert. Das war kein neuer Einfall. Und das Gesicht? Das war er doch, oder? Sicher, das war er, Felix Reiter wie er leibt und lebt! Was hatte der Typ in der Brusttasche seines Hemds stecken? Wenn das kein Handy war. Und jetzt die Zeitungen, ja, bingo, der ganze Stapel, deutlich konnte er die rosafarbene

Financial Times erkennen. Und obenauf die neueste Ausgabe des *Spiegel*. Ein Mr. Jones liest *Spiegel*? Nein, ein Mr. Jones wohl kaum, aber ein Felix Reiter!

Sam leerte im Aufstehen sein Bier, legte einige Geldscheine auf den Tisch und lief, ohne diesen Mr. Jones aus den Augen zu lassen, hinüber zum White Sands Country Club, wo sein Motorrad stand. Fast zeitgleich mit dem Mini startete er die Harley. Dabei bemühte er sich, nicht zu viel Gas zu geben. Der Lärm seiner Auspuffanlage hätte sonst zu viel Aufmerksamkeit erregt. Mr. Jones? Er hatte keine Zweifel mehr. Zu lange hatte er diesen Felix Reiter verfolgt, zu genau studiert, zu viele Fotos gesehen, auch Filmaufnahmen, nein, das war er, hundertprozentig. Felix Reiter war nicht bei den Fischen. Das hätte diesem smarten Börsenspekulanten auch nicht ähnlich gesehen. Sam ließ den ersten Gang einrasten und die Kupplung langsam los. Der Mini wendete und fuhr in die Richtung zurück, aus der er gekommen war. Sam folgte ihm in großem Abstand. Er musste zugeben, dass er noch selten ein solches Hochgefühl verspürt hatte. Er, Sam Späth, hatte diesen Windhund aufgespürt, höchstpersönlich und ganz alleine. Er dankte Felix Reiter dafür, dass er nicht ertrunken war!

COLÓN
Feinschmeckerlokal mit kolonialer Einrichtung und Terrasse am Hafen von Portocolom.

27

Der Kartoffel-Ziegenkäsepudding hatte köstlich geschmeckt, der Steinbutt auf Kartoffelpfifferlingsgröstel war ein Gedicht gewesen. Dieter Sögner, der österreichische Koch im Colón, hatte Dana die Philosophie seines Restaurants in Portocolom erklärt. Dass es ihm darauf ankomme, eine ehrliche Küche zu bieten, hatte er erzählt. Er wolle keine verspielten Speisen servieren. Geschnitzte Karöttchen und feinsäuberlich auf gleiche Länge geschnittene Bohnen suche man bei ihm vergeblich. Und ein Steinbutt habe nach Stein-

KARTOFFEL-ZIEGENKÄSEPUDDIG, STEINBUTT AUF KARTOFFELPFIFFERLINGSGRÖSTEL, JOGHURTMOUSSE MIT EINGELEGTEN DÖRRPFLAUMEN
Die Rezepte von Dieter Sögner finden sich im Registro turistico.

butt zu schmecken, nicht nach fünf verschiedenen Kräutern, die mitgebraten wurden. »Nur drei Dinge gehören auf den Teller«, hatte er zu Dana gesagt. »Zum Beispiel ein Stück Fleisch, die Beilage und eine gute Sauce.« An der langen Bar hatten sie noch einen Drink genommen. Dieter Sögner hatte von seiner Zeit bei Hans Haas im Münchner Tantris erzählt und von der Berliner Nobelherberge Adlon, wo er als stellvertretender Küchenchef tätig gewesen war. Und dann davon, wie das Colón entstanden war, wer sich hinter dem »Sindicato Hambriente« verbarg, dem hungrigen Syndikat, das 1999 zur Eröffnung geladen hatte.

Nun saß Dana am Steuer ihres Leihwagens, einem kleinen blauen Ford, und fuhr zurück nach Palma zu ihrem Hotel. Ihr Weg führte über Calonge und Alqueria Blanca, an den Restaurants Bona Taula und Es Clos vorbei nach Santanyi, jener Stadt, die für ihren Marés-Stein berühmt ist, für die vielen Piratenüberfälle, die sie einst über sich ergehen lassen musste, und für die Orgel von Jordí Bosch in der Pfarrkirche Sant Andrés Apostol. Dana folgte den Schildern nach Palma. Es war schon spät am Abend, der Verkehr nicht mehr so rege.

Bona Taula, Es Clos
Zwei gegensätzliche Restaurant-Empfehlungen in Calonge und Alqueria Blanca. Während das Bona Taula eine rustikal mallorquinische Atmosphäre hat, ist im Es Clos eleganter Landhausstil angesagt.

Ses Rotges, Koldo Royo, Plat d'Or, Es Racó d'es Teix
Allesamt Spitzenrestaurants der Insel. Im Ses Rotges mit klassisch französischer Küche, im Koldo Royo in Palma mit baskischem Einschlag, im Plat d'Or mediterran und bei Joseph Sauerschell (Es Racó d'es Teix) eine kreative Gourmet-Küche.

Dana dachte darüber nach, dass sie mit den Recherchen für ihren Artikel bereits gut vorangekommen war. Mit Gerhard Schwaiger vom Tristan hatte sie gesprochen, Roland Trettl, Eckart Witzigmann hatte sie getroffen, im Ca's Xorc war sie gewesen und heute Abend bei Dieter Sögner im Colón. Sie hatte einige Weinhäuser besichtigt, und für die nächsten beiden Tage hatte sie bereits weitere Termine vereinbart. Im Ses Rotges in Cala Rajada wollte sie noch vorbeischauen, im Koldo Royo, im Plat d'Or im Arabella Golf Hotel und bei Joseph Sauerschell im Es Racó d'es Teix …

Dana gähnte und versuchte sich auf die Straße zu konzentrieren. Durch das Städtchen Campos war sie bereits durchgekommen. Der nächste Ort war Llucmajor. Sie hatte gelesen, dass auf den bewaldeten Hügeln vor den Toren dieser Stadt

1349 die entscheidende Schlacht um das Königreich Mallorca stattgefunden hatte. Jaume III., nach dem in Palma die große Einkaufsstraße benannt war, musste sich hier seinem Vetter Pedro IV., König von Aragón, geschlagen geben. Was heißt geschlagen geben? Gestorben war er auf dem Schlachtfeld, den Kopf hatte man ihm abgeschlagen, seine Leiche ins Castell de Bellver gebracht, seinen Sohn und Thronerben in einen eisernen Käfig gesperrt. Grausame Zeiten waren das damals gewesen.

Dana sah in den Rückspiegel. Der Wagen, der hinter ihr fuhr und von dem sie nur die Scheinwerfer sehen konnte, fiel ihr langsam, aber sicher auf die Nerven. Mal hielt er großen Abstand, dann rückte er wieder so dicht auf, dass sich fast die Stoßstangen berührten. Dana ging vom Gas und blinkte rechts. Sollte sie der Idiot doch überholen! Aber er machte keine Anstalten, sondern hupte stattdessen. Schien etwas begriffsstutzig zu sein. Na, dann eben nicht. Dana gab den Versuch auf und beschleunigte wieder. Das Ortsschild von Llucmajor tauchte auf. Sie kam an einer restaurierten Windmühle vorbei. Bei einem Kreisverkehr ging es rund um eine Palmeninsel nach links. Es folgten einige blinkende Fußgängerampeln und ein weiterer Kreisverkehr mit einem Hinweisschild nach Sa Rápita. War da nicht das Fischlokal Ca'n Pep, wo sie mal mit Kay zu Abend gegessen hatte? Sie sah auf die Uhr. Vielleicht noch eine halbe Stunde, dann würde sie in ihrem kuscheligen Bett liegen.

Bei einer roten Ampel blieb Dana stehen. Von hinten näherte sich erneut der Schwachkopf. Immerhin hielt er sie mit seinen fahrerischen Kapriolen wach. Was machte er denn jetzt? Dana sah wie gebannt in den Rückspiegel. Das durfte doch nicht wahr sein? Warum bremste er nicht? Sie hielt sich fest. Es gab einen kräftigen Schlag, als er auf ihren Wagen auffuhr. Ach du liebe Scheiße! Sie wollte doch so gern ins Bett, und jetzt, mitten in der Nacht, so ein bescheuerter Unfall mit einem ver-

JAUME I.
König von Aragón, eroberte 1229 Mallorca von den Mauren. Mallorca wurde unter seinem Sohn Jaume II. ein Königreich. 1349 fiel Jaume III. in der Schlacht von Llucmajor. Das Königreich Mallorca ging an Katalonien und Aragón.

CASTELL DE BELLVER
Kreisrunde Festung auf dem Hügel Bellver im Westen Palmas. Der Legende nach gibt es einen geheimen Verbindungsgang vom Castell zur Kathedrale La Seu.

CA'N PEP
Fischrestaurant mit Blick auf Cabrera (fangfrische Meeresfrüchteplatte, Paella mit Gambas und Cigalas).

haltensgestörten Autofahrer. Wahrscheinlich Polizei, Protokolle ... Wie viel Alkohol hatte sie eigentlich getrunken? Das konnte ja noch lustig werden.
Wütend stellte Dana den Motor ab, öffnete ihren Sicherheitsgurt und stieg aus. Der Unfallverursacher saß offenbar noch im Auto. Dem würde sie aber jetzt ihre Meinung geigen. So ein Trottel, zu dumm zum Bremsen. Dana ging auf die Fahrertür der Limousine zu. Dabei fiel ihr auf, dass sie ganz alleine an der Ampel standen. Nicht einmal Zeugen gab es, aber die Schuldfrage war ja wohl eindeutig.
Dann überstürzten sich die Ereignisse. Die Fahrertür ging auf. Dana beugte sich nach unten, um hineinzusehen. Plötzlich wurde sie von innen an den Schultern gepackt und rabiat ins Auto gerissen. Mit den Knien schlug sie gegen den Türschweller, mit dem Kopf gegen das Lenkrad. Dana versuchte vergeblich sich irgendwo festzuhalten. Doch zwei oder drei Männer hatten sie fest im Griff. Immerhin gelang es ihr, einem von ihnen mit dem Ellbogen kräftig ins Gesicht zu schlagen. Und mit voller Wucht traf sie den Fahrer mit dem Fuß in der Magengrube. Aber das war's dann auch schon. Im Fußraum des Fonds wurde sie nach unten gedrückt, die Arme auf den Rücken gebogen, und jemand versuchte ihr einen Lappen in den Mund zu schieben.
Pedro González kauerte über dem Lenkrad, hielt die Arme über den Magen verschränkt und schnappte nach Luft. Der Tritt war nicht von schlechten Eltern gewesen. »Vamos, anda, arranca de una vez!«, herrschte ihn Miguel von hinten an. »Nun fahr schon los! Wir wollen hier keine Wurzeln schlagen!« Pedro richtete sich auf. Die Schmerzen ließen nach. Er sah, wie Manuel, der sich ans Steuer von Danas Leihwagen gesetzt hatte, bereits losfuhr. Die Ampel zeigte Grün. Pedro legte den Gang ein und gab Gas. Die ganze Aktion hatte vom Zeitpunkt des Auffahrens bis zu diesem Moment keine halbe Minute gedauert. Der Augenblick war geradezu ideal gewesen. Weit und breit

kein anderes Auto, kein Fußgänger. Vorhin, auf der Landstraße, als Dana rechts geblinkt hatte, da hatten sie eigentlich schon zuschlagen wollen, aber dann war ihnen eine Kolonne von Autos entgegengekommen. Pedro fasste sich an die Rippen. Hoffentlich war nichts gebrochen. Im Rückspiegel sah er, wie Miguel seine blutende und wahrscheinlich gebrochene Nase abtastete. Das geschah ihm ganz recht, hatte er ihm doch gesagt, dass Dana nicht zu unterschätzen sei. »Me quieres tomar el pelo?«, hatte Miguel erwidert. »Die Señorita wird uns kein Haar krümmen.« Ramón, der neben Miguel saß, war noch immer damit beschäftigt, Dana endlich ruhig zu stellen. Ihre Arme und Beine waren bereits fest mit Klebeband umwickelt. Auch hatte sie einen Knebel im Mund. Aber sie schien immer noch nicht aufgeben zu wollen. Pedro sah, wie Ramón mit der Faust auf die Decke einschlug, die sie über Danas Körper gelegt hatten. »Jetzt reicht's, pára ya!«, schrie Pedro. »Du sollst sie nicht totschlagen, idiota. Wir brauchen sie noch.«

28

Verdeckt von einem knorrigen Olivenbaum, saß Sam auf einer niedrigen Mauer. Durch sein Fernglas beobachtete er ein Landhaus. Die Fenster im Erdgeschoss standen offen. Gedämpft drang klassische Musik an seine Ohren. Immer wieder war Felix Reiter zu sehen, wie er von einem Zimmer ins andere lief. Anfangs hatte er auf der Terrasse gesessen und in den gekauften Zeitungen geblättert. Ganz offensichtlich war er alleine im Haus. Sam kaute auf einem Blatt herum, das er vom Baum gezupft hatte. Blieb die entscheidende Frage, wie er jetzt weiter vorgehen sollte. Er könnte seinen ehemaligen Arbeitgeber, diesen Heinz Lummer mit seiner Detektei in Frankfurt, verständigen. Sam grinste. Nein, so blöd war er wirklich nicht. Die Prämie gedachte er ganz alleine einzu-

stecken. Er könnte sich auch direkt an Dr. Schulze wenden, diesen Vorständler, der die private Fahndung nach Felix Reiter finanziert und das Kopfgeld ausgesetzt hatte. Okay, das sollte er vielleicht parallel tun, aber dieser Dr. Schulze konnte Felix Reiter ja kaum persönlich in Handschellen abführen. Die deutschen Ermittlungsbehörden verständigen und auf das Eintreffen der Beamten warten? Das würde eine Weile dauern, und er wollte kein Risiko mehr eingehen. Die spanische Polizei informieren? Sam schüttelte den Kopf. Nein, das war entschieden zu kompliziert. Bis er den Spaniern die Zusammenhänge erklärt hatte, konnte alles Mögliche passieren.
Sam nahm das Blatt aus dem Mund, sah es skeptisch an und warf es weg. Wenn er es recht bedachte, sollte er sich zunächst einmal davon überzeugen, dass der Mann im Haus wirklich der Gesuchte war. Nichts hasste er mehr, als sich zu blamieren. Nun, er hatte eigentlich keine Zweifel an dessen Identität, aber hundertprozentig sicher konnte er noch nicht sein. Das musste man ganz realistisch so sehen. Also wäre es am besten, dem Herrn einen Besuch abzustatten, ihn außer Gefecht zu setzen, was ein Kinderspiel sein dürfte, und ihn dann intensiv zu befragen. Und sobald er Gewissheit hatte, könnte er bei alten Freunden im BKA anrufen, sie informieren und gemütlich darauf warten, dass sie, wahrscheinlich zusammen mit spanischen Kollegen, hier aufkreuzten und die Ware in Empfang nahmen. Sam sah zum Himmel. Es dämmerte bereits. Er beschloss, noch einige Minuten zu warten. Dann würde er sich an das Haus heranpirschen.

29

Don Antonio nickte zufrieden. »Excelente, muy bien!«, kommentierte er die Ausführungen seines Privatsekretärs. Als er hörte, dass Dana Miguel die Nase gebrochen hatte,

musste er lachen. »Das hat bisher noch kein Mann geschafft! Der Denkzettel wird Miguel gut tun.«
Alfredo berichtete, dass sich Pedro, Miguel, Ramón und Manuel wie besprochen mit ihrem Entführungsopfer in die alte Finca bei Santa María zurückgezogen hätten und dort auf weitere Anweisungen warten würden. »Perfecto, estoy muy satisfecho!« Don Antonio schlug die Beine übereinander und sah über die Terrasse hinaus aufs Meer.
»Y ahora?« Alfredo schaute seinen Chef fragend an. »Qué hacemos? Wie geht's weiter?«
»Wie es weitergeht? Ach so, ja.« Don Antonio zupfte sich am Ohrläppchen. »Nun, das ist im Prinzip ganz einfach. Wir wissen, dass Felix Reiter noch lebt, wir glauben, dass Dana bei ihm war. Also?«
Alfredo knetete nachdenklich seine linke Hand. »Also werden wir sie ein wenig in die Mangel nehmen und hoffen, dass sie uns etwas erzählt.«
»Vale! Aber wir tun ihr nicht weh, sie ist eine schöne Señorita, und wir sind Caballeros, comprende? Vor allem Miguel soll sich zurückhalten.«
»Claro que sí.«
Don Antonio sah Alfredo an und schmunzelte. »Du glaubst nicht, dass uns das weiterbringt?«
»Ehrlich gesagt, nein«, bestätigte Alfredo Don Antonios Vermutung.
»Muy bien, ich glaube es auch nicht! Entweder wird sie nichts sagen, oder sie führt uns in die Irre, oder die Informationen helfen uns nichts, weil ihr Felix Reiter nicht vertraut und längst woanders ist.«
»Aber warum haben wir Dana dann entführt?«
»Weil wir mit jemandem telefonieren werden. Und zwar mit jemandem, von dem wir wissen, dass er in der Vergangenheit immer wieder Kontakt mit Felix Reiter hatte.«
Alfredo legte die Stirn in Falten. »Mit Dr. Mannschuh?«

»Ganz genau, mit Dr. Mannschuh!«
»Und was werden wir ihm sagen?«
Don Antonio zupfte sich erneut am Ohrläppchen. »Eine sehr gute Frage, mein lieber Alfredo. Hältst du zehn Millionen Euro für eine angemessene Größenordnung?«
»Zehn Millionen Euro? Wofür?«
»Für Dana natürlich. Also, ich denke mir die Sache folgendermaßen. Wir informieren diesen Dr. Mannschuh, dass wir Dana Mohnert entführt haben. Er soll umgehend Felix Reiter davon in Kenntnis setzen und ihm sagen, dass wir seine Freundin nur gegen ein Lösegeld von zehn Millionen Euro wieder freilassen. Bei Nichtzahlung würden wir sie vom Cap de Formentor stürzen. Wenn ich mich recht erinnere, ist es über zweihundert Meter hoch. Es wird wie ein Unfall aussehen, un accidente trágico, mit einem zerschmetterten Körper.«

Cap de Formentor
Die steile Halbinsel im Norden Mallorcas ist ein Ausläufer der Serra de Tramuntana.

»Ein tragischer Unfall?«
»Sí, das wäre sehr bedauerlich. Aber wenigstens hätte sie vorher noch einen grandiosen Ausblick, una vista estupenda!« Don Antonio freute sich über seinen Scherz.
»Aber wenn Dr. Mannschuh nicht weiß, wie er Felix Reiter erreichen kann? Oder wenn Felix Reiter nicht bereit ist, für seine Freundin so viel Lösegeld zu zahlen?«
»Auch das wäre bedauerlich, in der Tat.« Don Antonio lächelte. »Aber ich glaube, er wird zahlen. Tiene un buen corazón, er hat ein weiches Herz. Und wenn er das tut, dann war das erst der Anfang. Wir haben doch noch diese Bilder?«
»Welche Bilder?«
»Von Felix Reiter, wie er sich nachts von seiner Yacht schleicht. Zu einem Zeitpunkt, zu dem er offiziell schon ertrunken war.«
»Richtig, das ist sogar eine Videoaufnahme.«
»Noch besser. Als Nächstes werden wir ihn mit diesen Bil-

dern erpressen. Auch dafür wird er zahlen müssen. Sonst spielen wir das Videoband der Polizei zu. Dann wird wieder international nach ihm gefahndet, und das wird er nicht mögen.«

Alfredo grinste. »Nein, das wird er überhaupt nicht mögen.«

»So ist es. Und anschließend drehen wir die Schraube langsam enger!«

»Wollen Sie einen Brandy?«

»Nein danke, heute nicht. Alfredo, würdest du jetzt bitte den Anruf bei Dr. Mannschuh in die Wege leiten. Und lass ihm ausrichten, dass wir ihm auf Wunsch gerne ein aktuelles Foto von Dana schicken, dass wir ihm beziehungsweise Felix Reiter eine kurze Frist einräumen und dass wir ihm die Übergabemodalitäten noch mitteilen werden. Ach ja, und dass es uns scheißegal ist, no me importa un huevo, wenn er uns erklärt, dass Felix Reiter doch tot sei. Wir wüssten es besser!«

»Wollen Sie nicht doch einen Brandy?«

Don Antonio zog eine Augenbraue nach oben. »Vale, como quieras, aber nur einen kleinen.«

30

Kay lehnte am Küchentisch und betrachtete die Zutaten für das Abendessen. Die Zwiebel hatte er bereits in kleine Stücke gewürfelt, die Petersilie und den Salbei klein gehackt. Als Nächstes würde er die Auberginen waschen, halbieren und in Salzwasser blanchieren. Im Kühlschrank hatte er gemischtes Hackfleisch aus Rind und Lamm. Den gefüllten Auberginen stand also nichts mehr im Wege. Während er zum Weinregal schlenderte, schaltete er im Vorbeigehen sein Notebook ein, das er auf einem hohen alten Hocker stehen hatte. Nach kurzer Überlegung entschied er sich für einen Syrah von Jaume Mesquida aus Porreres. Ein ausgezeich-

Vino mallorquin
Die Bodega Jaume Mesquida in Porreres ist u. a. bekannt für ihre hervorragenden Merlot- und Cabernet-Weine, aber auch für Syrah und Cava.

neter Tropfen, der sehr gut mit seinen gefüllten Auberginen harmonieren sollte. Kay nahm einen Korkenzieher aus der Schublade, öffnete die Flasche und goss sich genussvoll ein Glas ein.

Wieder ging er zum Hocker mit seinem Notebook. Er klickte auf dem Desktop ein Icon an, das wie eine stilisierte Kamera aussah. Dann stellte er einen Topf mit Salzwasser auf den Herd. Wo hatte er die Auberginen? Auf dem Weg zum Kühlschrank kam er erneut an seinem Notebook vorbei. Sein Blick fiel auf die Bilder, die im Fünfsekundentakt auf dem Display wechselten. Das System war nicht perfekt, aber es funktionierte. Kay glaubte nicht daran, dass es ihm je von Nutzen sein würde, aber es machte Spaß. Auf dem Grundstück hatte er ein knappes Dutzend Spycams in Position gebracht, kleine lichtstarke Kameras, die er in Bäumen und auf dem Dach versteckt hatte und die über Funk mit seinem Notebook verbunden waren. Auf diese Weise verfügte er über ein kompaktes Überwachungssystem, das leicht mitzunehmen und schnell zu installieren war. Kay blieb stehen und beugte sich nach vorne. Jetzt war das Bild weg, das Programm hatte zur nächsten Kamera weitergeschaltet. Er stellte das Weinglas ab und steuerte über die Tastatur die Kamera an, die auf die kleine Mauer am Südrand des Grundstücks gerichtet war. Tatsächlich, er hatte sich nicht getäuscht. Er aktivierte die Zoomfunktion. Kein Zweifel, da saß jemand auf der Mauer und sah mit einem Fernglas zu seinem Haus. Kay richtete sich auf. Obwohl er alle Fenster in der Küche offen hatte, war er an der Stelle, wo er sich gerade befand, von außen nicht zu sehen. Er nahm in aller Ruhe einen kleinen Schluck vom Rotwein, dann ging er gemächlich zum Küchentisch, auf dem ein großes Messer lag. Er überlegte kurz, öffnete eine Schublade und bewaffnete sich mit einem hölzernen Kochlöffel. Die Essensvorbereitungen würde er für einen Moment unterbrechen müssen.

Sam nahm das Fernglas herunter und rieb sich die Augen. Entweder ließ seine Sehkraft nach, oder das Fernglas gehörte in die Schrottpresse. Wie auch immer, langsam war es an der Zeit, seinen Plan in die Tat umzusetzen. Vor kurzem hatte er Felix Reiter noch in der Küche mit einem Glas herumlaufen sehen. Nun hielt er sich offenbar in der Ecke auf, in die man von hier nicht schauen konnte. Egal, die Sonne war bereits untergegangen, die Fenster standen alle noch einladend offen, er würde jetzt zum Haus laufen, diesem Felix Reiter eine auf die Nase hauen, die Handschellen anlegen, die er bei sich führte, und ihm dann einige unangenehme Fragen stellen. Sam hob die Arme und streckte sich. Er freute sich schon auf dieses Intermezzo. Nur zu schade, dass dieser Felix Reiter ein verweichlichter Broker war. Da konnte man wenig Widerstand erwarten. Sam wollte gerade von der Mauer springen, als sich etwas knapp neben der Wirbelsäule in seinen Rücken bohrte.

»Buenas tardes caballero. Haga el favor de levantar los brazos. Esto es una pistola!« Sam hob langsam die Arme. Das durfte doch wohl nicht wahr sein. War das etwa dieser Typ aus dem Haus? Der stand doch gerade noch am Herd? Der Druck zwischen seinen Schulterblättern verstärkte sich.

»Ja, du blödes Arschloch, ich heb ja schon die Arme. Drück nur nicht versehentlich ab!«

»Ah, Sie sprechen Deutsch, sehr angenehm«, erwiderte die Stimme hinter ihm. »Nein, keine Sorge. Wenn Sie sich vernünftig verhalten, dann drücke ich nicht ab. Und das mit dem blöden Arschloch möchte ich überhört haben.«

»Perdón, ist mir nur so rausgerutscht!«, sagte Sam.

»Wären Sie so freundlich, mir mitzuteilen, was Sie hier so treiben?«

Sam räusperte sich. »Okay, ich bin Privatdetektiv. In meiner Jacke habe ich einen Ausweis.«

»Privatdetektiv? Sicher ein interessanter Beruf. Nein, an Ihrem Ausweis bin ich nicht interessiert. Warum beobachten Sie dieses Haus?«

»Weil es in der Nachbarschaft in letzter Zeit eine Reihe unaufgeklärter Einbrüche gegeben hat. Ich bin von einigen Hausbesitzern beauftragt worden, private Ermittlungen anzustellen. So, nun können Sie Ihre Pistole beruhigt wegnehmen.«

»Entschuldigen Sie mein Misstrauen«, entgegnete Kay. »Aber es könnte doch sein, dass Sie mich anlügen, rein theoretisch jedenfalls. Darf ich Sie deshalb bitten, mich zum Haus zu begleiten. Dort können wir uns ja etwas unterhalten und zur Klärung der Sachlage vielleicht die Polizei anrufen.«

Die Polizei anrufen? Sam hätte fast laut aufgelacht. Also, wenn es etwas gab, was dieser Typ gewiss nicht machen würde, dann war es die Polizei anzurufen. Nur Scheiße, dass er eine Pistole im Kreuz hatte. Damit hatte er nicht gerechnet. Dieser Felix Reiter war offenbar noch gewitzter, als er gedacht hatte. Aber das würde ihm nichts nützen. Sam rutschte langsam von der Mauer. Mit erhobenen Händen ging er vor Kay her. Der Druck zwischen seinen Schultern blieb unverändert.

»Woher weiß ich eigentlich, dass die Pistole geladen ist?«, ließ Sam nicht locker. »Vielleicht haben Sie auch vergessen, sie zu entsichern?«

»Nein, das habe ich verbindlich nicht vergessen. Sie können es gerne ausprobieren. Ich würde es Ihnen allerdings nicht empfehlen. Diese Magnum, Kaliber 45, macht besonders große, ausgesprochen hässliche Löcher.«

»Sagten Sie Magnum? Kleiner haben Sie es wohl nicht?«

»Tut mir Leid, nein. Würden Sie bitte etwas schneller gehen, mein Salzwasser kocht wahrscheinlich schon.«

»Ihr Salzwasser?« Sam glaubte sich verhört zu haben.

»Ja, ich war gerade beim Kochen, wie Sie sicherlich mit Ihrem schnuckeligen Fernglas herausgefunden haben.«

Als sie an der Eingangstür angelangt waren, hielt sich Sam

mit seinen erhobenen Händen kurz am Türstock fest. Er spielte mit dem Gedanken, herumzuwirbeln, dieser Pfeife, die sicherlich nicht genug Mumm hatte, abzudrücken, die Waffe aus der Hand zu schlagen und die natürlichen Machtverhältnisse wiederherzustellen. Und die natürlichen Machtverhältnisse sahen nun mal so aus, dass er bestimmte, wo's im Leben langging, und niemand anders.

»Ich würde nicht einmal daran denken«, sagte Kay. »So dumm können Sie doch nicht sein.«

Der Druck im Rücken verstärkte sich.

Sam wurde langsam wütend. »Fick dich doch ins Knie, du Idiot!«

»Sie haben eine ausgesprochen vulgäre Ausdrucksweise«, kommentierte Kay den Gefühlsausbruch. »So, und jetzt lassen Sie endlich den Türstock los und gehen ins Haus.«

Kay lotste Sam auf direktem Weg in die Küche, wo er als Erstes die Platte mit dem kochenden Wasser abstellen wollte. Sam entdeckte den Computer auf dem Hocker und sah die Bilder der Überwachungskameras. So also hatte ihn dieses Weichei entdeckt. Gar nicht so blöd, aber das konnte man ja nicht ahnen. Sams Blick fiel auf die Küchenvitrine, in deren großem Glas sie sich spiegelten. Das schlug ja wohl dem Fass den Boden aus! Wenn das in seinem Rücken eine Kanone war, dann musste er wirklich dringend zum Augenarzt. War das ein Kochlöffel? Hielt ihn dieser Narr mit einem Kochlöffel in Schach? Sah tatsächlich ganz so aus. Sam spürte, wie sein Wutpegel in die Höhe schnellte. Verarschen konnte er sich selbst! Jetzt würde er diesem Felix Reiter leider einige Knochen brechen müssen. Sorry, Amigo! Sam schleuderte herum und rammte wie ein Dampfhammer seine rechte Faust in die Richtung, wo er Kay vermutete. Dieser war aber bereits zurückgewichen, immer noch diesen lächerlichen Kochlöffel in der Hand haltend. Mit einem lauten Schrei stürzte sich Sam auf Kay …

31

Die Klebebänder hatten auf ihrer Haut rote Spuren hinterlassen. Dana rieb sich die brennenden Handgelenke. Die Kopfschmerzen ließen langsam nach. Und auch ihre lädierten Knie machten keinen hoffnungslosen Eindruck. Gebrochen war wohl nichts. Immerhin etwas. Ganz offenbar hatte sie nach ihrem Kidnapping sogar einige Stunden geschlafen. Im Dunkeln war sie in diesen Raum gestoßen worden. Sie erinnerte sich noch daran, dass man ihr gesagt hatte, dass Schreien zwecklos sei, weil die Finca völlig einsam liege. Dana stand auf und sah sich um. Der im Grundriss fast quadratische Raum glich einem kleinen Turm, hatte keine Fenster, nur Mauern aus Stein, eine massive Tür und oben, vielleicht in acht Meter Höhe, eine Art Oberlicht. Die mit weißer Farbe zugeschmierte Glasscheibe befand sich in einem stabilen Stahlrahmen, der in einem Scharnier leicht gekippt war, so dass ein gewisser Luftaustausch möglich wurde. In der Ecke gab es ein kleines Waschbecken, daneben eine schmutzige Toilettenschüssel. Und schlafen sollte sie wohl am Boden auf dieser schimmligen Matratze mit der alten Wolldecke. Sehr schön hatte sie es hier. Sozusagen eine De-Luxe-Unterkunft. Wirklich ganz wunderbar. Mallorca vom Feinsten.
Dana überwand ihren Ekel, legte sich wieder auf die Matratze und starrte hinauf zum Oberlicht, hinter dem ein winziges Stück blauer Himmel zu sehen war. Warum nur um Himmels willen hatte man sie entführt? Eine kleine, unbekannte Doktorandin, die sich nebenher als Journalistin versuchte. Sie war keine Kriegsberichterstatterin und auch keinem politischen Skandal auf der Spur, sie wollte nur einen völlig harmlosen Artikel über gutes Essen und Trinken schreiben. Sie war keine Millionenerbin. Warum nur? Verdammt noch mal!
Dana schloss die Augen. Sie wusste ganz genau, warum. Es

gab nur einen Grund für diese Entführung, und dieser Grund hieß Kay beziehungsweise Felix Reiter. Er war sozusagen das kriminelle Element in ihrem Leben und offenbar der alleinige Auslöser für alle Katastrophen, die ihr widerfuhren. Dana fand den Gedanken fast amüsant, dass sie auf diese Weise vielleicht von dem immer wiederkehrenden Albtraum mit der Yacht im Sturm kuriert war. Dafür würde sie ab jetzt davon träumen, wie sie nächtens in ein Auto gezerrt, dort gefesselt, geknebelt und mit Fausthieben traktiert wurde. Eine nette Abwechslung.
Und jetzt? Was wollten die Entführer von ihr? Dana dachte über das Gesicht des Fahrers nach. Irgendwie kam er ihr bekannt vor. Wo hatte sie ihn schon mal gesehen? Plötzlich sah sie ihn vor sich, mit einem langen Zopf, mit abgeschnittenen Khakihosen und einem bunten Hawaiihemd. Richtig, auf ihrem letztjährigen Törn mit Kay war er ihnen in Pollença und Sa Rápita begegnet. Und dann hatte sie ihn noch einmal gesehen, nach dem Sturm, und zwar in Barcelona vor der Bank, wo er mit einigen Komplizen vergeblich auf Kay gewartet hatte. Genau, das war er. Nur hatte er sich optisch etwas verändert. Es war also exakt der Fall eingetreten, den Kay befürchtet hatte. Dieses ominöse Syndikat war aktiv geworden, hatte sie gekidnappt, um an Kay und sein Geld ranzukommen. Aber wie wollten sie das bewerkstelligen? Welchen Nutzen hatte sie für das Syndikat? Sie wusste ja selbst fast nichts. Nur dass sich Kay auf Menorca aufhielt – oder vielleicht auch schon nicht mehr. Das war auch alles. Sehr viel mehr konnte sie nicht ausplaudern. Selbst mit einem Wahrheitsserum, wenn es denn so etwas im wirklichen Leben überhaupt gab, könnte man von ihr nichts Wesentliches in Erfahrung bringen. Ob das ein Vorteil war? Nun, es könnte sein, dass ihre Entführer von ihrer Unwissenheit nicht begeistert waren. Eine Überlegung, die nicht gerade zu Danas Beruhigung beitrug.

32

Sam öffnete vorsichtig ein Auge. Was er sah, zunächst nur unscharf, dann immer deutlicher, erinnerte ihn an seine rechte Hand. Was hatte er da für einen seltsamen, silbern schimmernden Reif am Gelenk? Das waren Handschellen, ganz zweifellos. Diese Tatsache würde auch den ziehenden Schmerz erklären. Die Handschellen kamen ihm bekannt vor. Richtig, das waren seine eigenen. Wo waren sie befestigt? Und warum roch es so intensiv nach Zwiebeln und Knoblauch? Sam machte auch das zweite Auge auf und versuchte sich etwas aufzurichten. Die Orientierung fiel plötzlich ganz leicht. Er saß auf dem Küchenboden, und seine rechte Hand war mit den Handschellen fest an den schweren gusseisernen Herd gekettet, genauer gesagt an eine massive Stange direkt über dem Backrohr. Und auf dem Herd, da brutzelte es in einer Pfanne. Jedenfalls hörte sich das so an. Das würde auch den Duft erklären und die unangenehme Hitze, die vom Herd ausging.

Sam stellte fest, dass ihm mächtig der Kopf wehtat. Seine Beine schmerzten, und in der rechten Nierengegend hatte er auch irgendetwas abgekriegt. Was war denn mit ihm passiert? War er unter einen Zug geraten? Und wenn ja, wie kam er dann zu diesem Herd an seinem Handgelenk? Sam drehte langsam den Kopf. Wer war denn das auf dem Küchenstuhl, der Typ mit dem Rotweinglas in der Hand? Felix Reiter! Jetzt fiel ihm alles wieder ein. Die Knarre in seinem Rücken, die in Wahrheit ein hölzerner Kochlöffel war. Und sein ungestümer Angriff, der diesen Felix Reiter eigentlich in Schutt und Asche hätte legen müssen. Aber warum saß dieser dann völlig unversehrt auf einem Stuhl und trank Rotwein? Irgendetwas war da ganz entschieden nicht nach Plan gelaufen.

Kay prostete ihm zu. »Schön, dass Sie wieder bei Sinnen sind. Ich hoffe, Sie haben keinen bleibenden Schaden davongetragen.« Kay stellte das Weinglas ab und stand auf. »Darf ich Ih-

nen etwas zu trinken anbieten? Der Syrah ist sehr empfehlenswert, ich öffne ohnehin noch eine zweite Flasche.«
Sam schüttelte mit der gebotenen Vorsicht den Kopf. »Hätten Sie ein Bier?«
»Ein Bier? Moment mal, ich glaube, da waren einige Dosen im Kühlschrank. Könnten aber schon etwas älter sein, möglicherweise bereits über dem Verfallsdatum.«
»Das macht überhaupt nichts«, erwiderte Sam. »Hauptsache, es ist schön kalt.«
Kay ging zum Kühlschrank. Da waren tatsächlich ein paar Dosen Bier. Er holte eine heraus, öffnete sie und reichte sie Sam, der sie mit der freien linken Hand entgegennahm und sofort zu trinken anfing. Sam stellte die Dose auf den Boden, wischte sich mit dem Handrücken die Lippen ab und versuchte sich etwas bequemer hinzusetzen.
»Danke, das hat gut getan.« Sam sah mit gerunzelter Stirn auf die Handschellen. »Beantworten Sie mir bitte eine Frage?«
»Aber gerne, mit dem größten Vergnügen. Ich hätte dann auch noch einige. Aber erst Sie!«
»Wie komme ich in diese Situation? Ich war doch gerade im Begriff, Sie zusammenzuschlagen.«
Kay lachte. »Ja, zumindest haben Sie diesen Eindruck erweckt. Der Schrei war ja ausgesprochen Furcht erregend. Und dann dieser ungestüme Angriff, als ob Sie mich zermalmen wollten.«
»Das hatte ich ja auch vor. So ungefähr jedenfalls.«
»Das glaube ich Ihnen aufs Wort. Entschuldigen Sie bitte einen Augenblick, ich muss mich um meine Auberginen kümmern. Es gibt mit Hackfleisch gefüllte Auberginen. Sie bleiben doch zum Abendessen?« Kay sah auf die Handschellen. »Sicher, Sie bleiben. Es könnte sein, dass es Ihnen etwas warm wird. Leider muss ich den Backofen vorheizen, die Auberginen werden nämlich überbacken.« Kay näherte sich dem Herd. »Und machen Sie bitte keinen Unfug. Das nächste Mal

BERENJENAS RELLENAS
Kays Rezept für die mit Hackfleisch und Pilzen gefüllten Auberginen findet sich im Registro turistico.

greife ich zur Bratpfanne. Sie ist ziemlich groß, aus Eisen und außerdem heiß. Bislang haben Sie nur mit einem Kochlöffel Bekanntschaft geschlossen.«

»Mit diesem komischen hölzernen Kochlöffel, den Sie in der Hand hatten?« Sam schaute ungläubig.

»Ja, so ungefähr. Ich bin selbst überrascht, dass das so gut geklappt hat. Mein regelmäßiges Kung-Fu-Training liegt Jahre zurück.«

»Habe ich richtig verstanden? Sie können Kung-Fu? Ich dachte, Sie sind Broker?«

»Broker? Das ist aber interessant. Ich merke schon, wir kommen dem wahren Motiv Ihres Besuchs immer näher. Um Ihre Frage zu beantworten: Ich habe mal einige Zeit in Asien gelebt und seitdem eine Vorliebe für Kung-Fu. Besonders prägend war mein Aufenthalt im Shaolin-Kloster. Eine wunderbare Erfahrung. Allerdings geht es mir weniger um Selbstverteidigung, vielmehr um die Körperschule und um die dem Kung-Fu innewohnenden Meditationstechniken des Zen-Buddhismus. Aber ich habe den Eindruck, ich langweile Sie.«

Kay füllte den Inhalt der Bratpfanne in die ausgehöhlten Auberginen. Dabei ließ er Sam nicht aus den Augen. Dem war auch in aussichtsloser Situation ein weiterer Angriff zuzutrauen. Aber Sam hielt sich wohlweislich zurück. Er musste etwas zur Seite rutschen, damit Kay die Bratreine ins Rohr stellen konnte.

»Könnte ich noch ein Bier haben?«

»Natürlich, es sind noch einige Dosen im Kühlschrank. Erlauben Sie mir noch eine Anmerkung zu Ihrem Angriff. Er war nicht unbedingt schlecht, sehr kraftvoll, hätten Sie mich getroffen, wäre er wohl zu Ihren Gunsten ausgegangen.«

»Da können Sie sicher sein!«

»Aber Sie haben mich nun mal nicht getroffen. Sie sind zu unbeweglich, zu entschlossen in der Geradeausbewegung, leicht auszurechnen.«

»Bisher hat das noch immer und für jeden gereicht«, protestierte Sam. »Wir können es ja auf einen zweiten Versuch ankommen lassen.«
Kay schüttelte verneinend den Kopf und gab Sam eine weitere Dose Bier. »Kein Bedarf, ich bin überhaupt kein Freund von solchen Aktionen. Sie werden übrigens auf dem Boden essen müssen. Ich habe zu Ihren Handschellen keinen Schlüssel gefunden.«
»Habe ich auch nicht dabei«, gestand Sam ein.
»Nun, da haben Sie ein Problem. Das heißt, Sie werden auch in der Küche schlafen müssen. Ich bringe Ihnen später ein Kopfkissen.«
»Sie sind ja wie eine Mutter zu mir.«
»Ja, aber eher wie eine Rabenmutter.«

Eine Dreiviertelstunde, zwei Bierdosen und eine halbe Flasche Syrah später, auch die gefüllten Auberginen waren bereits verzehrt, setzten Kay und Sam ihr Gespräch fort. Kay saß vor dem mittlerweile geschlossenen Küchenfenster auf einem Stuhl. Sam lehnte am Herd, der nur langsam wieder auf Normaltemperatur abkühlte. Kay sah nachdenklich ins Weinglas, dann wieder zu Sam. »Sie dachten also, ich wäre ein Broker? Und nach meinem Eindruck hatten Sie eine ganz bestimmte Person im Auge, oder?«
Sam beschloss, nicht mehr lange um den heißen Brei herumzureden. »Reiter, Felix Reiter, Dr. Felix Reiter, das ist doch Ihr Name? Sie sind nicht im Meer ersoffen, so einfach ist das!«
Kay stützte nachdenklich das Kinn auf die Hand. Nach einer längeren Pause antwortete er: »Eine interessante Theorie. Ich habe allerdings erst vor kurzem gelesen, dass mittlerweile auch die Behörden vom Tod dieses Herrn ausgehen. Eine Auffassung, die Sie offenbar nicht teilen. Aber Sie haben doch selbst vor dem Gericht ausgesagt, oder?«

»Ich? Wie kommen Sie darauf?«

»Lieber Sam, ich darf Sie doch Sam nennen …«

»Woher wissen Sie meinen Namen?«

»Sie haben selbst Ihren Ausweis erwähnt, der Sie als Privatdetektiv legitimiert. Während Ihrer Auszeit habe ich ihn mir selbstverständlich angesehen. Ihr Name ist Sam Späth. Und wenn ich die Zeitungsartikel richtig in Erinnerung habe, wäre es Ihnen fast gelungen, diesen Dr. Felix Reiter der Verhaftung zuzuführen. Eine respektable Leistung, Kompliment.«

»Ich glaube nicht, dass Sie sich wirklich darüber freuen.«

Kay sah Sam konzentriert an. »Angenommen, Sie hätten Recht und ich wäre dieser Dr. Felix Reiter, was denken Sie, müsste ich dann mit Ihnen machen?«

Sam nahm einen Schluck aus der Bierdose. Sein Kopf arbeitete wohl noch nicht so ganz auf Höchstleistung, denn erst jetzt kam er selbst darauf, dass es vielleicht nicht so besonders klug gewesen war, jedenfalls in seiner speziellen Situation, Felix Reiter mit seiner wahren Identität zu konfrontieren. Er könnte ja tatsächlich auf die Idee kommen, ihn zu beseitigen und dann das Weite zu suchen. Ein ausgesprochen unerfreulicher Gedanke.

»Das würden Sie nicht tun«, sagte Sam. Wobei der leichte Zweifel in seiner Stimme unüberhörbar war.

Kay lächelte. »Da wäre ich mir an Ihrer Stelle nicht so sicher. Aber lassen Sie uns den Fall mal umdrehen. Nehmen wir an, ich wäre jetzt derjenige, der mit den Handschellen an den Herd gefesselt ist, und Sie säßen hier auf diesen Stuhl. Was würden Sie dann tun? Mich der Polizei ausliefern und die Provision kassieren? Vorausgesetzt, ich wäre wirklich dieser Felix Reiter.«

Sam rülpste. »Sorry, das Bier.«

»Nun sagen Sie schon!«

»Okay, Sie haben Recht, so ungefähr würde es laufen.«

Kay stützte wieder das Kinn auf die Hand und überlegte. »Wie hoch ist eigentlich dieses Kopfgeld?«
Sam zog die Mundwinkel nach unten. »Den heutigen Stand weiß ich nicht. Man hält Sie ja für tot. Im letzten Jahr lag die ausgesetzte Prämie zusammengenommen bei rund einer halben Million Euro.«
»Das ist gar nicht so wenig!« Kay stand auf und lief in der Küche hin und her. »Eine halbe Million Euro. Die müssten Sie dann versteuern, aber es bleibt immer noch genug übrig, um sich das Leben angenehmer zu gestalten. Wo leben Sie eigentlich?«
»Auf Mallorca! Aber erst seit ich nach Ihnen gefahndet habe.«
»Auf Mallorca? Das ist ja originell. Und Sie arbeiten da als Privatdetektiv?«
»Richtig. Dort gibt es für mich genug zu tun. Und das Arbeitsklima ist sehr angenehm, meistens scheint die Sonne.«
Kay blieb vor Sam stehen. »Wissen Sie, dass Sie mir gar nicht mal so unsympathisch sind? Sie scheinen Ihren Job sehr gut zu beherrschen. Sie wissen, was Sie wollen, sind zielstrebig, geradeheraus. Möglicherweise das, was man eine ehrliche Haut nennt.«
»Ich hab Sie mir auch blöder vorgestellt!«, entgegnete Sam kurz und trocken.
Kay ging ins Wohnzimmer und kam nach einer Weile mit zwei Gläsern und einer Flasche Brandy zurück. Er setzte sich vor Sam auf den Küchenboden, goss die Gläser ein und stieß mit Sam an. »So, und nun sollten wir einen Ausweg aus diesem Schlamassel finden!«
Sam leerte das Glas in einem Zug. »Haben Sie einen Vorschlag?«
Kay nickte. »Vielleicht. Nur so ein Gedanke. Wer weiß eigentlich noch, dass Sie hier auf Menorca sind, um diesen Felix Reiter aufzuspüren?«

Sam zögerte. »Die Frage ist ganz schön gemein. Wenn ich jetzt sage, dass niemand davon weiß, dann verschlechtern sich meine Papiere ganz entscheidend.«

Kay hob den Zeigefinger. »Nein, ganz im Gegenteil. Also?«

»Okay. Es weiß niemand davon. Das sage ich jetzt mal so. Vielleicht überleg ich's mir noch anders.«

Kay schüttelte lachend den Kopf. »Das ist mir zu raffiniert. Sagen Sie mal, wie haben Sie mich eigentlich gefunden?«

»Sie oder Dr. Reiter?«

Kay blieb eine Antwort schuldig.

»Durch einen Anruf von Ihnen bei Dr. Mannschuh«, fuhr Sam fort. »Ich habe bei Ihrem Anwalt alle Leitungen angezapft. So bin ich dann auf Menorca und auf diese Region gekommen. Der Netzbetreiber Ihres Handys deckt mit seinem Sendemast nur einen sehr geringen Radius ab. Und hier habe ich Sie dann am Zeitungskiosk abgepasst.«

»Dann waren Sie der Typ mit dem Motorrad?«

»Sie haben mich gesehen?«

»Ja, aber dann habe ich Sie wieder aus den Augen verloren und vergessen.«

Sam schenkte sich noch etwas Brandy nach. »Nun sagen Sie schon, wie sieht Ihr Vorschlag aus?«

Kay verschränkte die Arme über dem Kopf und dachte nach. »Sie sagten, die Provision beträgt 500 000 Euro?«

»Ich denke, ja!«

»Gut, ich biete Ihnen 100 000 Euro …«

Sam fasste sich ans Ohr. »Da habe ich mich wohl verhört. Ich hätte von Ihnen erwartet, dass Sie besser rechnen können. Wo soll denn da mein Vorteil sein?«

»Sie sollten mich ausreden lassen. Ich biete Ihnen, sofern das Ihr Gewissen zulässt, 100 000 Euro jedes Jahr, steuerfrei, bis an Ihr Lebensende!«

»Uuups, das klingt nicht schlecht!«

»Dafür vergessen Sie, dass Sie mich hier gefunden haben. Sie werden auch nie mehr nach mir suchen. Und falls ich mal ein Problem haben sollte, bei dem Sie mir helfen können, stehen mir Ihre Leistungen uneingeschränkt zur Verfügung. So, das wäre mein Vorschlag.«

»Und? Wo ist der Haken?«

»Kein Haken. Es macht für Sie wenig Sinn, mich zu verpfeifen. Die jährlichen Zahlungen würden in diesem Fall sofort eingestellt. Das wäre ein schlechtes Geschäft. Sie können das Geld bar haben oder auf ein Konto, das ich Ihnen in der Schweiz oder wo immer Sie wollen einrichte.«

Sam legte die Stirn in Falten. »Warum machen Sie das? Das kostet Sie doch ein Schweinegeld!«

»Das mit dem Schweinegeld ist sehr relativ. Die Alternative wäre ja wirklich, dass ich Sie irgendwie liquidiere, und das widerstrebt mir.«

»Das weiß ich zu schätzen!«

»Dachte ich mir. Ich könnte natürlich einfach abhauen, aber dann habe ich Sie morgen wieder auf den Fersen. Das bringt's auch nicht.«

Sam zögerte noch immer. »Welche Garantie habe ich eigentlich, dass ich wirklich jedes Jahr dieses Geld bekomme?«

»Keine, aber die Logik spricht doch ganz entschieden dafür. Überlegen Sie, sobald ich die Zahlungen aussetze, tritt ja genau der geschilderte Fall ein, dass Sie die Verfolgung wieder aufnehmen, sich vielleicht an die Medien wenden oder an die Polizei. All das würde sehr konträr zu meinen Interessen laufen.«

»Ja, klingt logisch.« Sam machte eine kurze Pause. »Sie haben gesagt, dass ich Ihnen bei Bedarf helfen müsste? Habe ich das richtig verstanden?«

»Genau. Ein eher theoretischer Fall. Aber es könnte ja sein, dass ich Ihre Dienste als Privatdetektiv benötige. Ich finde, für eine Pauschale von 100 000 Euro im Jahr könnten Sie durchaus auch mal für mich tätig werden. Wobei ich selbst-

verständlich keine allzu radikalen Gesetzesübertretungen erwarten würde.«
Sam grinste. »Das nehme ich sowieso nicht immer so genau.«
»Umso schöner! Also, was halten Sie von dem Deal?«
Sam sah auf seine rechte Hand mit den Handschellen, dann zu Kay. »Okay, einverstanden!«
»Das freut mich. Und sagen Sie bitte Kay zu mir, ich ziehe diesen Namen vor.«
Kay goss Sam etwas Brandy nach, er selbst hatte bislang noch keinen Tropfen davon getrunken. Sie stießen beide an und besiegelten die Vereinbarung.

33

Der Sonnenstrahl, der durch den schmalen Schlitz der zugezogenen Vorhänge fiel, wanderte mit dem fortschreitenden Tag über den Küchenboden und traf schließlich gegen elf Uhr auf Sams Gesicht. Er war immer noch an den Herd gekettet und hatte bis zu dieser Sekunde tief geschlafen. Dies ungeachtet seiner relativ unbequemen Position, auf den harten Terrakotta-Fliesen liegend und den Arm mit der Handschelle am Gelenk senkrecht nach oben gestreckt. Immerhin war sein Kopf auf einem Kissen.
Sam schreckte auf und sah entsetzt auf die Uhr. Er fuhr sich mit der linken Hand über das Gesicht. Diesmal hatte er keinen Filmriss wie nach dem Zusammenprall mit Kay. Er wusste ganz genau, wo er sich befand und was am letzten Abend vorgefallen war. Aber dass er so lange geschlafen hatte, das war ihm völlig unerklärlich. Gut, er hatte eine unbestimmte Zahl von Bierdosen vernichtet und einige Gläser Brandy getrunken, aber daran war er schließlich gewöhnt. Sam sah sich um. Die Küche war total aufgeräumt, es standen keine ungewaschenen Teller mehr herum, die Gläser waren abgespült. Im Haus war kein Geräusch zu hören. Er

spürte, dass er völlig alleine war. Mit Handschellen an diesen schweren Herd gefesselt. Na prächtig, dachte er, da hatte ihn dieser Kay ganz schön ausgetrickst. Der war längst über alle Berge. Von wegen 100 000 Euro im Jahr. Er konnte sich noch ganz exakt an diese Summe und an ihren Deal erinnern. Das war kein schlechter Vorschlag gewesen. Wirklich nicht. Aber zu schön, um wahr zu sein. Und jetzt? Jetzt saß er hier auf dem Küchenboden. Der Herd ließ sich keinen Millimeter bewegen, das hatte er schon gestern Abend ausprobiert. Und die Handschellen, die waren von allerbester Qualität, das wusste er, schließlich hatte er sie selbst gekauft. Er befand sich wirklich in einer ausgesprochen beschissenen Situation! Das Haus lag einsam, da konnte er sich die Lunge aus dem Leib schreien. Er hatte nichts zu essen und zu trinken. War also alles nur eine Frage der Zeit.
Sam schlug mit der Faust gegen den Herd. Dabei hatte er Kay direkt sympathisch gefunden. Sicher, er war aus einer anderen Welt, den feinen und kultivierten Dingen zugetan. Damit hatte er es nicht so sehr. Er trank nun mal lieber Bier als irgendeinen hochgestochenen Wein. Und er rülpste gerne! Aber der Typ war irgendwie beeindruckend. Unheimlich gelassen und souverän. Als ob ihm keine Sekunde der Gedanke käme, dass die Dinge außer Kontrolle geraten könnten. Die Nummer mit dem Kochlöffel war schon dreist, das musste man sich erst mal trauen. Und wie Kay seinen Angriff überstanden hatte, das war ihm immer noch ein Rätsel. An diesem Kung-Fu-Zeug schien was dran zu sein. Den Vorschlag mit der jährlichen Zahlung, auch den hatte sich Kay gut ausgedacht, da war er voll darauf hereingefallen. Und das Essen war ebenfalls nicht schlecht gewesen. Kein Schickimicki-Fraß, sondern richtig handfest. Erstaunlich, bislang dachte er, dass nur schwule Männer wie Raymond kochten. Aber so konnte man sich täuschen. Dass Kay nicht schwul war, das wusste er. Diese Dana, mit

der er im letzten Jahr unterwegs war, die hätte auch ihm gefallen.
Erst jetzt entdeckte er einen Briefumschlag, der am Backofen eingeklemmt war. »Buenos días« stand darauf. Sehr witzig. Das versprach ganz und gar kein guter Tag zu werden. Sam öffnete den Umschlag und zog einen Brief heraus.
»Guten Morgen, Sam«, las er. »Ich nehme an, Sie haben gut geschlafen. Im Brandy waren einige Schlaftabletten aufgelöst, die ich bei meiner Ankunft im Apothekenschrank des Hausbesitzers vorgefunden habe. Ich selbst leide nur selten unter Schlafstörungen ...«
Sam langte sich an den Kopf. Stimmt, Kay hatte bloß am Glas genippt, selbst als sie auf ihre getroffene Vereinbarung angestoßen hatten. Aber da hatte er keinen Verdacht geschöpft, ihm waren ja die Trinkgewohnheiten seines Gastgebers unbekannt.
»Ich habe es vorgezogen, das Haus und diese Insel zu verlassen«, las Sam weiter. »Sie erinnern sich noch an unsere Vereinbarung?« Sicher erinnere ich mich daran, dachte Sam. Leider. Das rechte Handgelenk und die Schulter schmerzten. Sam stand vorsichtig auf und setzte sich auf den Herd. Jetzt hing der Arm zur Abwechslung mal senkrecht nach unten.
»Ich stehe zu meinem Wort. Und ich gehe davon aus, dass Sie das auch tun. Auf dem Küchentisch finden Sie einen Umschlag mit Geldscheinen. 20 000 Euro als erste Rate. Sehr viel mehr hatte ich leider nicht bei mir, und ich benötige noch etwas Reisespesen. Die restliche Zahlung von 80 000 Euro für das erste Jahr geht Ihnen in Kürze zu. Über die Modalitäten werde ich mich noch mit Ihnen verständigen.«
Sam ließ den Brief sinken. Stimmt, auf dem Küchentisch lag ein Umschlag, nicht allzu dick, aber 20 000 Euro nahmen ja auch nicht viel Platz in Anspruch. Nur konnte er diesen Umschlag nie und nimmer erreichen. Dieser Kay war ein rechter Scherzbold. Aber der Brief war ja noch nicht fertig. Sam kon-

zentrierte sich auf die folgenden Zeilen: »Falls Sie sich vom Herd befreien wollen, schlage ich vor, dass Sie die Stange, an der Ihre Handschellen hängen, zur Seite aus der Halterung ziehen. Ich habe mir erlaubt, die betreffenden Schrauben zu entfernen.«

Ungläubig schaute Sam zwischen seinen gespreizten Beinen auf die massive Stange über dem Backrohr. Er legte den Brief zur Seite. Tatsächlich ließ sie sich nach rechts verschieben. Wenige Sekunden später war er frei. Sam reckte sich und massierte seine Schulter. Er ging zum Küchentisch und vergewisserte sich, dass in dem Umschlag wirklich 20 000 Euro waren. Kay hatte nicht gelogen. Sam schüttelte den Kopf. So eine verrückte Story hatte er noch nie erlebt. Wo war der Brief?

»Im Kühlschrank befinden sich noch zwei Dosen Bier«, las er weiter. »Und in der Garage habe ich einen Bolzenschneider entdeckt, mit dem können Sie sich gewiss von Ihrem Handschmuck befreien. So, das war's. Ich habe mich gefreut, Ihre Bekanntschaft gemacht zu haben. War allerdings ein ausgesprochen teurer Besuch. Ich darf Sie noch einmal an unsere Vereinbarung erinnern. Enttäuschen Sie mich nicht! Bitte ziehen Sie die Eingangstür hinter sich fest ins Schloss. Es soll in dieser Gegend Einbrecher geben. Sie werden von mir hören. Adiós!«

Sam ging zum Kühlschrank, entnahm ihm eine Dose Bier, öffnete sie zischend und setzte sie an die Lippen. Dass er in der Garage wirklich einen Bolzenschneider finden würde, daran hatte er keinen Zweifel mehr. Auch war er zuversichtlich, dass er die restliche Jahreszahlung bekommen würde. Ob es dann mit der Leibrente bis ans Lebensende klappte, würde sich zeigen. Aber merkwürdigerweise hielt er auch dies für möglich. Dieser Kay war jedenfalls ein seltsamer Mensch. Sam hob die Bierdose. »Prost, du Saukerl! Auf unsere Partnerschaft!«

34

Wie in Zeitlupe legte Dr. Mannschuh den Telefonhörer auf den Apparat. Dies war ein ausgesprochen unerfreulicher Anruf gewesen. Unerfreulich und verwirrend. Dr. Mannschuh, der am Schreibtisch in seiner Frankfurter Kanzlei saß, stand auf und ging ans Fenster. Nahm diese Geschichte denn nie ein Ende? Noch vor wenigen Tagen hatte er sich darüber gefreut, dass die Todeserklärung in greifbare Nähe gerückt war. Er wusste seinen Freund in Sicherheit. Und auch der Besuch von Dana, die er übrigens bis heute nicht persönlich kennen gelernt hatte, war reibungslos über die Bühne gegangen. Mit all den Vorsichtsmaßnahmen, die er auf Wunsch von Kay in die Wege geleitet hatte. Von Kay? Ja, auch er hatte sich mittlerweile an diesen Namen gewöhnt. Das machte es leichter. Dr. Felix Reiter war tot! Aber offenbar gab es doch noch Menschen, die unbeirrt anderer Auffassung waren.

Dr. Mannschuh zündete sich ein Zigarillo an und ließ das vergangene Telefonat Revue passieren. Dana sei von ihnen entführt worden, hatte der Anrufer behauptet. Von ihnen? Nun, das war nicht schwer zu erraten. Der Anrufer war unüberhörbar Spanier gewesen. Wer sonst sollte dahinter stecken als diese ominöse Organización? Das Syndikat schien zu wissen, dass Felix Reiter noch lebte. Und es war weiter hinter seinem Geld her. Er hatte sich das früher nie überlegt, aber Kriminelle, die sich mit einigen Millionen ins Ausland absetzen, werden nicht nur von der Polizei verfolgt. Auch die Unterwelt ist hinter ihren Schätzen her. Doch dass aus diesen Beweggründen Dana entführt und als Druckmittel eingesetzt werden könnte, an diese Möglichkeit hatten weder er noch Kay gedacht. Was war schief gelaufen? Dr. Mannschuh betrachtete die Glut seines Zigarillos. Der Besuch von Dana bei Kay? Richtig, das musste der Auslöser gewesen sein. Die unmittelbare Aufeinanderfolge der Ereignisse wäre ein allzu großer Zufall.

Dr. Mannschuh versuchte die Zusammenhänge zu ordnen. Wahrscheinlich wurde Dana von der Organización beschattet. Wobei sie nicht wissen konnten, ob Dana und Kay noch im Kontakt standen. Bei ihrer Reise nach Menorca hatten sie ihre Spur verloren. Musste so sein, andernfalls hätten sie Kay ja erwischt. Aber aus den Umständen ihres Untertauchens hatten sie abgeleitet, dass Dana mit großer Wahrscheinlichkeit zu Kay gefahren war. Dr. Mannschuh nahm die Brille ab und schloss die Augen. Daraus ergab sich für die Organización die Schlussfolgerung, dass zwischen Dana und Kay weiterhin zarte Bande bestanden. Eine Entführung mit anschließender Lösegelderpressung konnte also durchaus Erfolg versprechend sein. Wahrscheinlich versuchten die Entführer von Dana herauszubekommen, wo sie Kay getroffen hatte. Dr. Mannschuh nickte zufrieden. Wenigstens in dieser Hinsicht konnte nichts passieren. Er wusste, dass Kay Menorca schon den Rücken gekehrt hatte. Ein Lösegeld von zehn Millionen Euro forderten die Entführer. Nicht gerade bescheiden. Auch für Kay kein Pappenstiel.

Dr. Mannschuh hatte dem Anrufer immer wieder erklärt, dass Dr. Felix Reiter doch tot sei, dass er eine Dana Mohnert überhaupt nicht kenne, dass es sich bei alldem nur um einen schlechten Scherz handeln könne. »Reden Sie keinen Mist«, war ihm gesagt worden. »Wir wissen, dass Felix Reiter noch lebt. Und Sie wissen es. Basta!«

Dr. Mannschuh drückte auf den Knopf seiner Gegensprechanlage. »Ursula, könnten Sie bitte bei den Eltern von Dana Mohnert anrufen und sich ganz beiläufig erkundigen, wo sich ihre Tochter derzeit aufhält. Wir hätten eine Frage an sie.«

»Dana Mohnert, die …«

»Richtig, genau die! Und falls sich herausstellen sollte, dass

sie auf Mallorca ist, wovon ich ausgehe, dann fragen Sie doch bitte, ob sie den Namen ihres Hotels wissen.«
»Den Namen des Hotels auf Mallorca?«
»Ganz genau. Und, Ursula, würden Sie das bitte sofort für mich erledigen? Danke sehr.«
Dr. Mannschuh setzte sich an den Computer und sah in die Mailbox. Keine Nachricht von seinem Freund. Kay hatte ganz aktuell als Devise ausgegeben, dass sie nach Möglichkeit nur noch per E-Mails miteinander kommunizieren sollten. Bei Einhaltung bestimmter Vorsichtsmaßnahmen und unter Verwendung eines Chiffrierprogramms sei es so fast unmöglich, ihm auf die Spur zu kommen.
»Herr Doktor, hören Sie mich?«
»Ja, Ursula, waren Sie bereits erfolgreich?«
»So ist es. Ich habe mit ihrem Vater gesprochen. Dana Mohnert ist tatsächlich auf Mallorca. Recherchiert einen Artikel für ein Magazin. Ihr Hotel befindet sich in Palma und heißt San Lorenzo. Er hat übrigens seit zwei Tagen nichts von ihr gehört.«
»In Ordnung. Rufen Sie bitte in diesem Hotel an und fragen nach ihr. Und wann man sie dort das letzte Mal gesehen hat. Auch das erledigen Sie bitte sofort. Und danach können Sie mir einen extrastarken Kaffee bringen.«
Dr. Mannschuh sah kaum mehr einen Anlass, am Wahrheitsgehalt des Anrufs zu zweifeln. Zehn Millionen Euro, ansonsten würde man Dana von irgendeinem Felsen stoßen. Wie hieß der doch gleich? Richtig, von einem Cap de Formentor hatte der Anrufer gesprochen. Und dass es wie ein Unfall aussehen würde. Dr. Mannschuh schüttelte den Kopf. Davon hätte Dana auch nichts mehr. Blieb natürlich die Frage, ob die Entführer wirklich ernst machen würden. Zuzutrauen wäre es ihnen. Alles in allem eine ganz schön verzwickte Situation, in die sie da hineingeraten waren. Es ließ sich nicht einmal die Polizei einschalten. Einen Toten konnte man nun mal nicht

erpressen. Zehn Millionen Euro! Ob Kay diese Summe aufbringen würde? Für eine junge Dame, die letztlich nicht viel mehr war als eine Urlaubsbekanntschaft?
Dr. Mannschuh machte sich nichts vor. Er wusste, dass Dana mehr für Kay bedeutete, dass er sie am liebsten für immer bei sich hätte. Vor einigen Jahren, erinnerte sich Dr. Mannschuh, war Kays Frau bei einem Verkehrsunfall ums Leben gekommen. Sie hatten eine glückliche Ehe geführt. Kay wurde durch diesen Unfall völlig aus der Bahn geworfen. Plötzlich war er bei seinen Spekulationen irrationale Risiken eingegangen, wie ein Mensch, der todesmutig auf der Dachkante eines Hochhauses balanciert, um sein Schicksal herauszufordern. Dass er dies nicht ganz freiwillig gemacht hatte, das wusste der Rechtsanwalt. Auch dass er am Schluss wieder alles in Ordnung bringen wollte, dabei aber von lieben Freunden hinterhältig ausmanövriert wurde. Vor dem Tod seiner Frau wäre ihm das jedenfalls nicht passiert. Jetzt hatte er nur noch die Flucht als Ausweg gesehen. Die Monate danach waren für Kay schrecklich gewesen. Erst mit Dana hatte er wieder glückliche Momente erlebt, im letzten Jahr auf Mallorca und vor zwei Wochen für einige Tage auf Menorca. Dr. Mannschuh war sich sicher, dass Kay Dana nicht im Stich lassen würde. Aber wäre es mit der Zahlung des absurd hohen Lösegelds wirklich getan? Welche Sicherheiten hatten sie?
»Herr Doktor?«
»Ja, Ursula, ich höre.«
»Dana Mohnert hat heute Nacht nicht im Hotel geschlafen. Man hat sie gestern Vormittag das letzte Mal gesehen. Aber ihr Gepäck ist noch da. Soll ich im Hotel eine Nachricht hinterlassen?«
»Nein, keine Nachricht. Danke, das war's für den Augenblick. Und, Ursula, denken Sie bitte an den Kaffee.«
»Läuft schon durch die Maschine.«
»Sie sind ein Schatz.«

Dr. Mannschuh klopfte nervös mit den Fingern auf die Schreibtischplatte. Die Entführer würden sich morgen früh um zehn Uhr wieder melden, hatten sie ihm mitgeteilt. Bis dahin erwarteten sie von ihm eine verbindliche Zusage. Dr. Mannschuh atmete tief durch. Er musste dringend versuchen, Kay zu erreichen. Der Anwalt drehte sich zum Computer. Wie funktionierte doch gleich das Chiffrierprogramm? Und hoffentlich sah Kay möglichst bald in seiner Mailbox nach. Sie hatten nicht viel Zeit, so viel war sicher!

35

Die schwere Tür fiel hinter Dana ins Schloss. Durch den kräftigen Schlag, den sie zum Abschied in den Rücken bekommen hatte, stürzte sie kopfüber der Matratze entgegen. Noch im Fallen hörte sie, wie der Schlüssel umgedreht wurde. Dana rollte sich ab und kam dicht vor der Mauer in einer sitzenden Position zum Halten. Das war es also gewesen, das Verhör, vor dem sie sich so gefürchtet hatte. Alles in allem war es gut gelaufen. Man hatte sie nicht geschlagen, ihr keine Rippen gebrochen oder sonst wie körperlichen Schaden zugefügt. Sicher, ihre drei Entführer hatten versucht sie einzuschüchtern, ihr Angst zu machen. Aber es war bei den Drohungen geblieben. Sie hatte bis zum Schluss geleugnet, sich mit Kay getroffen zu haben. Sie habe einige Tage Urlaub in Barcelona gemacht und vorher in Paris eine Freundin getroffen. Bestimmt hatte man ihr nicht geglaubt, ihre Angaben würden auch keiner Überprüfung standhalten. Aber sie hatte Zeit gewonnen. Was sie allerdings beunruhigte, war die Tatsache, dass ihre Entführer gar nicht erst versuchten, ihre Gesichter zu verbergen. Sie würde sie also jederzeit wieder erkennen. Nach allem, was sie in Filmen gesehen hatte, war das kein gutes Zeichen. Ob man sie letztlich doch aus dem Weg räumen wollte? Und warum hatte man ihr nicht stärker zugesetzt? Weil die Entführer in Wahrheit ein anderes Ziel verfolgten?

Dana sah hinauf zum Oberlicht, jenem kleinen Fenster, das leicht offen stand, fest gehalten durch ein Scharnier, einen Stahlstift und eine Kette. Ein Schloss war nicht zu erkennen. Der Fensterrahmen war vermutlich groß genug, dass sie sich durchzwängen könnte. Leider war der Raum gut acht Meter hoch. Die Wände waren zwar nur grob verputzt, boten aber keinen Halt. Und der Türrahmen war glatt eingelassen, auch dort konnte man sich nicht festhalten. Es gab natürlich kein Seil in ihrem Verlies und kein Bettgestell, das sie hochkant aufrichten könnte. Nur diese gammlige Matratze und eine vermoderte Decke, die sich schon beim bloßen Hinsehen in ihre Einzelteile aufzulösen schien.

Danas Blick fiel auf das kleine Waschbecken. Ob es ihr Gewicht aushalten würde? Sie stand auf und machte die Probe aufs Exempel. Auf dem Waschbecken stehend, war das Oberlicht zwar immer noch in unerreichbarer Ferne, aber das Becken hielt. Dana sprang wieder hinunter und sah sich um. Sie hob den Deckel des Wasserkastens der Toilette hoch. Igitt, sahen diese grünen Algen widerlich aus. Am Innenrand entdeckte sie ein loses Blechteil, das in grauer Vorzeit wohl zur Befestigung gedient hatte. Einige Minuten später hatte Dana das an zwei Stellen gelochte Eisen herausgebrochen. Sie legte den Deckel zurück auf den Wasserkasten, kletterte erneut auf das Waschbecken und fing in einer Höhe, die sie gerade noch erreichen konnte, zwischen den Fugen zweier Ziegel zu kratzen und zu schaben an. Sie war sich nicht sicher, ob sie einen vernünftigen Griff für ihre Hand zu Stande bringen würde. Aber einen Versuch war es allemal wert, jedenfalls besser, als untätig auf der Matratze zu liegen. Außerdem hatte sie im zurückliegenden Winter in einer Übungshalle mit dem Free-Climbing begonnen. Auch da gab es zum Teil nur kleine Kanten und Ritzen, an denen man sich hochziehen musste. Mal sehen, wie gut sie wirklich war.

36

Golf
Die ersten neun Löcher des Golfclubs Vall d'Or zählen schon allein auf Grund des herrlichen Panoramablicks am dritten Abschlag zu den schönsten der Insel.

Sie saßen auf der großen Terrasse des Golfclubs Vall d'Or. Dr. Schulze stieß mit Hubertus Reinersburg an. Erneut hatte er den Immobilienhändler abgezockt. Schon am ersten Loch, einem 154 Meter langen Par drei, hatte er gepunktet, voll das Grün getroffen, während Reinersburgs Ball zu kurz blieb und unaufhaltsam den Hügel hinunter ins Semirough rollte. An der acht hatte Reinersburg das Kunststück vollbracht und nacheinander gleich beide Seen getroffen. An der sechzehn, einem bergauf verlaufenden und dadurch verteufelt langen Par vier, hatte Reinersburg versucht vom Fairway mit dem Driver zu schlagen, was auf Grund der Hanglage gehörig ins Auge ging. Und an der achtzehn hatte er den Einsatz verdoppelt, um dann mittig den großen dicken Baum zu treffen. Das war's gewesen. Zugegeben, auch er hatte nicht perfekt gespielt, aber ohne allzu große Katastrophen. Und die Putts, die hatte er häufig auch aus größerer Entfernung versenkt. Ein Bekannter hatte ihm vorher den entscheidenden Tipp gegeben, nämlich dass auf Vall d'Or fast alle Grüns leicht zum Meer hängen.

Serra de Llevant
Meist nur rund 300 m hohe Gebirgskette entlang der Südostküste Mallorcas.

Dr. Schulze lehnte sich zufrieden zurück und genoss den herrlichen Ausblick. Über die tiefer gelegenen Fairways und ein paar Gewächshäuser hinweg sah er einige Kilometer übers Land und dann hinaus aufs Meer. Ganz links, das waren wohl die Häuser von Cala Murada. Geradeaus die große Bucht von Portocolom. Rechts, neben dem Hügel, da musste Cala d'Or liegen. Auf der rückwärtigen Seite des Clubhauses, das hatte er schon bei seiner Ankunft bemerkt, reichte der Blick in die Serra de Llevant, hinauf zum Klosterberg von Sant Salvador und der mächtigen Christusstatue, links daneben auf einem

Bergrücken die Ruinen des Castell de Santueri. Er hatte gelesen, dass schon die Römer dort einen Wachturm gebaut hatten, um die Küste zu kontrollieren. Später haben die Mauren daraus eine mächtige Festung gemacht. Als Jaume I. Mallorca von den Arabern zurückeroberte, musste er sie ein ganzes Jahr belagern, bis sie schließlich fiel, woraufhin er die Burg weitgehend zerstören ließ. Im 14. Jahrhundert wurde sie wieder aufgebaut, vor allem um die Küste zu schützen und bei Piratenüberfällen als Fluchtburg zu dienen.

»Hier würde es mir gefallen«, sagte er zu Reinersburg. »Wie sieht's aus? Haben Sie hier keine Villa, die Sie mir verkaufen können?«

Reinersburg zeigte ein professionelles Lächeln. »Was dachten Sie? Deshalb sind wir ja hier. Tatsächlich kann ich Ihnen fast direkt am Golfplatz sogar zwei ausgesprochen exklusive Objekte anbieten. Ein Haus, selbstverständlich mit Swimmingpool und in bester Ausstattung, es wurde vor vier Jahren fertig gestellt, ist kaum bewohnt und wie neu. Bei dem zweiten Objekt, das ich Ihnen nachher zeigen werde, handelt es sich um einen Rohbau mit extravagantem Grundriss, den wir ganz nach Ihren Wünschen fertig stellen würden.«

Dr. Schulze hob sein Glas und prostete dem Immobilienhändler erneut zu. »Klingt ja viel versprechend. Hoffen wir, dass diesmal was dabei ist.«

Reinersburg nickte. »Ich bin absolut zuversichtlich. Mittlerweile kenne ich ja Ihren Geschmack. Und preislich liegen beide Objekte innerhalb Ihrer Vorgaben.«

Dr. Schulze deutete nach rechts. »Sagen Sie, dahinten muss doch Cala d'Or liegen, oder?«

CALA D'OR
Touristenzentrum mit durchgängig weißer ibizenkischer Architektur.

»Ganz genau. Mit dem Auto nur zehn Minuten von hier entfernt. Dort gibt es ausgezeichnete Einkaufsmöglichkeiten, Supermärkte, Apotheken, Banken, auch deutsche Ärzte, eben die ganze Infrastruktur, die für Residenten so wichtig ist. Und

El Yate, Port Petit
Zwei Restaurants mit Blick auf den Yachthafen von Cala d'Or. Das Port Petit ist weit über Cala d'Or hinaus für seine ausgezeichnete mediterrane Küche bekannt.

der Yachthafen ist sehr schön, mit einigen empfehlenswerten Restaurants in ansprechender Lage …«

Dr. Schulze lachte. »Sie müssen mir nicht die Vorzüge dieser Region verkaufen. Allerdings machen Sie das ganz ausgezeichnet, sehr überzeugend. Nein, warum ich gefragt habe, ich war im letzten Jahr beruflich in einen wenig erfreulichen Fall involviert, der in gewisser Weise auf dem Meer vor Cala d'Or sein Ende gefunden hat.«

Reinersburg sah Dr. Schulze mitfühlend an. »Hat Ihre Firma in ein Offshore-Objekt investiert?«

»Leider nein, aber der Vergleich passt ziemlich gut: Wir haben hier eine größere Investition ganz anderer Art sozusagen offshore beerdigt. Können Sie sich an den Fall Felix Reiter erinnern?«

»Sicher, Sie meinen diesen Investmentbanker, der hier im letzten Jahr über Bord gegangen und ertrunken ist?«

»Ganz genau. Er hätte unserer Company noch viel Geld geschuldet, und einigen anderen auch. Aber leider ist er im Sturm ums Leben gekommen. Dabei sieht das Meer von hier so friedlich aus!«

»Doch seine Leiche hat man nie gefunden, oder?«

»Nein, hat man nicht. Aber die Polizei hat den Vorgang genau untersucht. Es gibt keinen Zweifel. Felix Reiter hat den Sturm nicht überlebt.«

Allerdings wäre es auch ihm entschieden sympathischer gewesen, setzte Dr. Schulze den Gedanken schweigend fort, wenn man Reiters Leiche aus dem Meer gefischt hätte. Er liebte klare Verhältnisse und unumstößliche Fakten.

37

Sie saßen im Viena in Cas Concos an einem Tisch in der Ecke. In kleinen Papiertüten brannten Kerzen. An

der Decke drehte sich ein Ventilator. Über der grünen Lederbank hing an der Wand ein modernes Ölgemälde. Es stammte von Raymond, wie Sam mit einem kurzen Blick auf die Signatur festgestellt hatte. Sah gar nicht mal schlecht aus. Erstaunlich, dass Raymond auch nackte Frauen malte. Vielleicht unterschätzte er die künstlerischen Fähigkeiten seines Freundes?
Sam betrachtete die nackten Schenkel von Gabriele, dann ihre weit aufgeknöpfte Bluse, die ihm lustvolle Einblicke gewährte. Er lächelte versonnen. Ohne die Leistung von Raymond gering schätzen zu wollen, aber das pralle Leben war einer Leinwand doch klar überlegen. Der Abend versprach in jeglicher Hinsicht ganz nach seinem Geschmack zu verlaufen. Zunächst würde es dieses famose Wiener Schnitzel geben, für das das Restaurant auf der ganzen Insel berühmt war. Das Bier im Glas war frisch gezapft. Und anstelle des Desserts würde er mit Gabriele auf ihre Finca fahren und eine sorgfältige Leibesvisitation durchführen. Das Schicksal meinte es gut mit ihm. Auch finanziell waren die Perspektiven viel versprechend. Vorausgesetzt, Kay hielt sich an die Vereinbarung. Immer wieder hatte Sam seit seiner Rückfahrt von Menorca darüber nachgedacht, die Argumente abgewogen. Tatsächlich sprach viel dafür, dass Kay sein Wort halten würde. Er konnte nun mal nicht daran interessiert sein, dass durch Sams Aussage erneut weltweit nach ihm gefahndet wurde. Als Toter hatte er es sehr viel leichter im Leben. Aber was diese Zusatzvereinbarung betraf, nämlich dass er Kay im Bedarfsfall seine Dienste zur Verfügung stellen würde – hier glaubte er nicht an einen Ernstfall. Vermutlich würde er Kay nie mehr sehen. Was so durchaus in Ordnung war, Hauptsache, die angekündigten Zahlungen erfolgten. Vielleicht sollte er wirklich ein Konto in der Schweiz einrichten? Dieser Vorschlag war nicht schlecht.
»Wie gefällt dir eigentlich mein neuer Ring?«

Viena
Die ehemalige Dorfbar ist heute Szenetreff und neben seiner Küche auch bekannt für Rainer Fichels Sammlung zeitgenössischer Bilder.

Sam wurde aus seinen Gedanken gerissen. Gabriele hielt ihm die Hand entgegen und spielte demonstrativ mit einem goldenen Brillantring.
»Sieht hochkarätig aus. Ist der von deinem Mann?«
Gabriele gab dem Ring einen Kuss. »Ja, ist er nicht lieb, mein Schnuckelbär?«
»Ganz allerliebst«, sagte Sam spöttisch. »Hattest du Geburtstag?«
»Nein. Nicht einmal Namenstag!« Gabriele nahm Sams Hand und lächelte ihn an. »Eigentlich verdanke ich dir den Ring!«
»Ich ahne etwas …«
»Du hast ihm doch gesagt, dass deine Nachforschungen keine Anhaltspunkte für einen Fehltritt ergeben haben.«
»Ganz genau. Dass er sich glücklich schätzen könne, eine so treue Ehefrau zu haben, die noch dazu so außerordentlich gut aussieht.«
»Das hast du ihm auch gesagt?«
»Klar doch, das sollte seinem Besitzerstolz schmeicheln.«
Gabriele betrachtete ihren Ring. »Ich glaube, dass der Ring Ausdruck seiner Dankbarkeit ist.«
»Das glaube ich auch.«
Gabriele kicherte. »Diamonds are a girl's best friends …«
»Und wie sieht es mit deiner Dankbarkeit mir gegenüber aus?« Sam sah sie fragend an.
Gabriele senkte verheißungsvoll die Augenlider und hauchte ihm einen Kuss zu. »Das wirst du später schon merken.«
»Genau das wollte ich hören. Aber erst esse ich mein Wiener Schnitzel!«
»Und ich meine Tapas. Ich liebe diese kleinen Köstlichkeiten, vor allem die Datteln im Speck und die Albondigas, die pikanten Fleischbällchen mit Spinat und Käse.«
Sam sah wieder auf die aufgeknöpfte Bluse. »Fleischbällchen mag ich auch …«

TAPAS
Der Name rührt von der Brotscheibe her, die früher zum Schutz vor Insekten als Deckel (span. tapa) auf das Weinglas gelegt wurde.

38

Exakt um zehn Uhr klingelte in Dr. Mannschuhs Kanzlei das Telefon. Erst vor zwanzig Minuten hatte er sich mit Kay beraten. Dr. Mannschuh war zuvor mit den Nerven völlig am Boden gewesen. Zehn Millionen Euro forderten die Entführer. Eine Wahnsinnssumme! Wie es aussah, hatten die Verbrecher Dana wirklich in ihrer Gewalt. Und er wusste nicht, was er antworten sollte. Aber Gott sei Dank hatte sich Kay gerade noch rechtzeitig gemeldet. Sein Freund hielt es durchaus für möglich, dass die Organización bei Nichtzahlung des Lösegelds mit ihrer Drohung Ernst machen und Dana vom Cap de Formentor stoßen würde. Auf diese brutale Weise würden die Entführer den Druck auf ihn erhöhen und wohl die nächste Runde einläuten. Aber die zehn Millionen Euro würde er nur sehr ungern bezahlen, hatte er gesagt. Kay wollte, dass Dr. Mannschuh zum Schein auf die Lösegeldforderung einging. Möglichst viel Zeit sollte er herausschinden, in der er sich etwas einfallen lassen würde.

Dr. Mannschuh schaltete das Tonbandgerät ein, ließ das Telefon noch einmal läuten, hob den Hörer ab und meldete sich.

»Buenos días, Señor Mannschuh. Ahora, haben Sie mit Felix Reiter gesprochen? Ist er bereit, das Leben von Señorita Mohnert zu retten?«

»Wie ich Ihnen bereits gestern sagte, Felix Reiter ist tot. Ich kann deshalb nicht mit ihm sprechen. Es ist mir unerklärlich, wie Sie zu der Annahme kommen, er lebe noch.«

»Hijo de puta, cabrón, como séa verdad será mejor seguir hablando de este asunto …«

Dr. Mannschuh konnte seinen Anrufer nicht verstehen, aber dass er sich über seine Aussage erregte, war unüberhörbar. Er unterbrach den Redeschwall: »Moment mal, wir können uns dennoch vernünftig unterhalten.«

»Ich glaube nicht, dass das Sinn macht. Wenn Sie leugnen,

dass Felix Reiter noch lebt, haben wir sozusagen keine Geschäftsgrundlage.«
»Vielleicht doch. Selbstverständlich will ich alles nur Mögliche tun, um das Leben von Frau Mohnert zu retten.«
»Eso no será suficiente, das wird nicht reichen. Wir wollen zehn Millionen Euro, schon vergessen?«
»Nein, habe ich nicht vergessen, dessen bin ich mir sehr wohl bewusst.«
»Wie stellen Sie sich das dann vor? Sie selbst haben ja wohl kaum zehn Millionen Euro? Und wenn Felix Reiter nicht mehr lebt ...«
»... dann kann er auch nicht zahlen, richtig! Aber ich habe mich mit einigen Mandanten unterhalten, die sehr vermögend sind und aus humanitären Motiven unter Umständen bereit wären, gemeinsam das Lösegeld aufzubringen.«
Der Anrufer ließ mit seiner Entgegnung auf sich warten. Dr. Mannschuh hatte den Eindruck, dass die Muschel mit der Hand zugehalten wurde. Wahrscheinlich musste er Rücksprache nehmen. Mit einigen Mandanten unterhalten? Dr. Mannschuh fand, dass er etwas dick aufgetragen hatte. Solche Mandanten hätte er gerne, die einfach mal so zehn Millionen Euro aufbringen könnten, um eine arme, ihnen unbekannte Menschenseele zu retten.
»Hören Sie mich?«
»Laut und deutlich«, antwortete Dr. Mannschuh.
»Uns ist egal, welche Geschichte Sie uns erzählen, vorausgesetzt, Sie können die Zahlung veranlassen.«
»Wie gesagt, ich werde es versuchen. Es wird nicht einfach sein, aber ich bin optimistisch. Vor allem brauche ich Zeit.«
Wieder wurde kurz die Muschel zugehalten. »Sie haben zwei Tage Zeit, keine Stunde länger. Bis dahin muss das Geld auf ein Konto überwiesen sein, das wir Ihnen noch nennen werden. Wir werden die Señorita dann umgehend freilassen.«
»Zwei Tage, sind Sie verrückt. Ich benötige mindestens eine

Woche. Außerdem kann ich von meinen Mandanten maximal sechs Millionen Euro erwarten. Sie werden sich also etwas bescheiden müssen. Des Weiteren möchte ich ein aktuelles Foto von Frau Mohnert, oder Sie bringen sie mir ans Telefon. Ich brauche einen Beweis, dass sie noch lebt.«

»Eres un cabrón, du bist ein ganz großer Idiot!«

Ungläubig schaute Dr. Mannschuh den Telefonhörer an. Sein Anrufer hatte einfach aufgelegt. Damit hatte er nicht gerechnet. Sollte er den Bogen überspannt haben? Aber er konnte doch nicht ohne zu verhandeln auf die Forderungen der Entführer eingehen. Schließlich war er Rechtsanwalt. Das hätten die ihm nie geglaubt. Außerdem sollte er möglichst viel Zeit rausschinden, darauf hatte Kay allergrößten Wert gelegt. War es das jetzt gewesen? Wie würde er sich fühlen, wenn morgen in der Zeitung stehen sollte, dass man am Fuße des Cap de Formentor eine zertrümmerte weibliche Leiche gefunden habe? Und wie würde Kay reagieren?

Er wollte sich gerade ein Zigarillo anzünden, als erneut das Telefon klingelte.

»Mannschuh, ja bitte?«, meldete er sich.

»Das ist kein Spiel, ha entendido? Esto va en serio, es ist uns ernst, sehr ernst.«

»Mir auch, das können Sie glauben.«

»Also, den Beweis, dass Señorita Mohnert noch lebt, den sollen Sie bekommen. Wir schicken Ihnen per E-Mail ein Digitalfoto von ihr mit einer aktuellen Zeitung. Bei der Frist kommen wir Ihnen entgegen. Sie erhalten keine Woche Zeit, aber vier Tage. Allerdings ist die Summe von zehn Millionen Euro nicht diskussionsfähig. Ich wiederhole, zehn Millionen, keinen Cent weniger.«

»Das wird schwierig, sehr schwierig«, sagte Dr. Mannschuh.

»Haben Sie alles verstanden?«

»Ja, habe ich. Sie schicken mir das Foto, und ich werde versuchen das Geld innerhalb von vier Tagen aufzubringen.«

»Ganz genau, exakt. Und grüßen Sie Señor Felix Reiter von uns.«
»Wie oft soll ich Ihnen das noch sagen, Felix Reiter ist …«
»Hasta luego, adiós!« Dr. Mannschuh hörte den Anrufer lachen, dann war das Gespräch beendet.

39

Ihr Gewicht hing fast komplett an nur drei Fingern der linken Hand. Sie wurden ein wenig durch ihren rechten Fuß entlastet, den sie in der Ecke verkeilt hatte. Dana versuchte den Schmerz in den Gelenken zu ignorieren. Sie sah kurz hinunter, dann wieder hinauf zu ihrem Ziel. In vier Meter Höhe klammerte sie sich wie eine Spinne an die Wand. Noch zwei bis drei Meter, und sie würde eventuell den Rahmen des Fensters an der Decke greifen können. Und wenn sie dann nicht die Kräfte verließen, dann könnte sie sich hoffentlich hochziehen und aus diesem Kerker entkommen. Aber noch war es nicht so weit. Noch lange nicht. In vielleicht einer halben Minute würden ihre Finger nicht mehr mitspielen. Dann war erst mal der Abstieg angesagt und eine erneute Pause. Mit dem Locheisen, das sie aus dem Toilettenkasten gebrochen hatte, kratzte sie hektisch eine weitere Griffmöglichkeit in die Fuge zwischen zwei Ziegel. Wieder ein kleines Stück höher und damit näher zu ihrem Ziel.
Dana glaubte plötzlich ein Geräusch zu hören. Sie hielt in ihrer Arbeit inne. Tatsächlich, durch die Tür ihrer Kammer vernahm sie Schritte und Stimmen. In Panik stieß sie sich von der Wand ab. Sie streifte das Waschbecken und schlug hart auf dem Boden auf. Der Versuch, sich geschmeidig abzurollen, scheiterte, zu verkrampft waren ihre Muskeln von der Kletterpartie. Dana biss die Zähne zusammen, zog sich an der Toilette hoch, öffnete den Deckel des Wasserkastens und warf das

Locheisen hinein. Schon hörte sie den Schlüssel im Schloss. Sie drehte den Wasserhahn auf und spülte den Kalk weg, der von der Wand in das direkt darunter liegende Becken gerieselt war. Ihr Bewacher durfte sie keinesfalls am Waschbecken sehen, schoss es ihr durch den Kopf. Allzu groß wäre das Risiko, dass er die ausgeschabten Fugen in der Wand entdeckte. Dana drehte das Wasser ab. Die Klinke bewegte sich bereits nach unten. Im Hechtsprung landete sie auf der Matratze, wo sie mit dem Gesicht nach unten liegen blieb. Verdammt noch mal, tat der Knöchel weh. Sie hatte den Absprung offenbar nicht ohne Blessuren überstanden.

Längst war die Tür geöffnet. Warum bekam sie ihren schnell gehenden Atem nicht besser unter Kontrolle?

»Aufstehen, Señorita, aufstehen!«

Dana rollte sich auf den Rücken und stützte sich auf. Vor ihr standen zwei der ihr mittlerweile fast schon vertrauten Entführer. Einer von beiden war jener, den sie von früher zu kennen glaubte. Sie hatte ihm nach seiner damaligen Frisur den Namen »Zopf« gegeben. Er hielt eine kleine Digitalkamera in der Hand.

»Señorita, Sie haben einen Fototermin.« Der Zopf lachte vergnügt, der Gedanke schien ihm zu gefallen.

Sein vierschrötiger Kollege sah Dana dagegen ausgesprochen finster an. Er hatte ein Pflaster quer über der Nase. Dana empfand diesen Anblick als kleine Genugtuung. Offenbar hatte sie diesem Schwein während der Entführung das Nasenbein gebrochen.

Dana bekam eine deutsche Tageszeitung zugeworfen. »Hier, nehmen Sie, und halten Sie die Titelseite so neben Ihren Kopf, dass man sie erkennen kann.«

Dana stellte fest, dass die Ausgabe vom gestrigen oder sogar vom heutigen Tag stammte. War eigentlich Mittwoch oder schon Donnerstag?

»Nun machen Sie schon, wir haben nicht ewig Zeit.«

Dana folgte den Anweisungen und hielt die Zeitung neben ihr Gesicht. Was hatte das zu bedeuten? Die Antwort fiel nicht schwer. Irgendjemand wollte ein Lebenszeichen von ihr. Irgendjemand? Das konnte nur Kay sein!
»Sonríe, por favor, bitte lächeln!«
Ein netter Scherz, aber zum Lächeln war ihr wirklich nicht zu Mute. Hoffentlich waren die beiden bald fertig und sahen sich nicht in der Kammer um. Noch standen sie mit dem Rücken zum Waschbecken. Es blitzte zwei- oder dreimal. Der Zopf bedankte sich spöttisch.
Dana deutete auf die Zeitung. »Kann ich die behalten? Dann habe ich wenigstens etwas zu lesen.«
»No, keine Zeitung!« Das Nasenbein entriss Dana die Zeitung, schlug kurz nach ihr und verließ schimpfend die Kammer. Sein Kollege folgte ihm, die Tür fiel ins Schloss, und der Schlüssel wurde zweimal umgedreht.
Dana atmete tief durch. Sie sah hinüber zur Wand über dem Waschbecken. Das wäre fast ins Auge gegangen. Sie beugte sich nach vorne und inspizierte ihren Knöchel. Noch war er nicht geschwollen, aber er tat ziemlich weh. Dana stand auf und humpelte zum Waschbecken, drehte das Wasser auf und hielt den Fuß darunter. Die Kühlung verschaffte Linderung. Währenddessen legte sie den Kopf in den Nacken und sah die Wand entlang hinauf zum verheißungsvollen Oberlicht. Sie musste sich beeilen, so viel war klar. Es war nur eine Frage der Zeit, bis ihre Entführer die Spuren ihrer Arbeit entdecken würden. Und dann wäre alles umsonst gewesen.

40

Raymond sah verzückt einem jungen, muskulösen Mann hinterher. Sams Aufmerksamkeit wurde dagegen mehr von zwei ansehnlichen Blondinen in Anspruch genommen, die ihre Reize in einem offenen Mercedes-Cabriolet zur Schau stellten. Die Promenade in Port d'Andratx hatte erfreulicherweise für jeden Geschmack etwas zu bieten. Direkt vor ihnen ließ in der geschützten Bucht eine Motoryacht ihre Ankerkette in die Tiefe laufen. Die Palmen warfen in der untergehenden Sonne lange Schatten auf die Häuserfront.

PORT D'ANDRATX
Südwestlichster Hafen von Mallorca, der sich fest in der Hand von vornehmlich deutschen Villen- und Yachtbesitzern befindet.

Kaum zu glauben, dass Port d'Andratx noch in den fünfziger Jahren ein verschlafenes Fischerdorf gewesen war. Ein unscheinbarer Hafen an der Mündung des Torrent de Saluet, vor allem auch ein Umschlagplatz für Obst und Gemüse aus der Gartenlandschaft, die sich bis hinauf zum fünf Kilometer entfernten Andratx erstreckt. Ende Januar blühen hier Tausende von Mandelbäumen. Die Araber hatten diesen Streifen einst mit ihrer ausgeklügelten Bewässerungstechnik fruchtbar gemacht. Immer wieder, vor allem im 16. Jahrhundert, wurde Port d'Andratx von Piraten überfallen. Entsprechend wenig Menschen hatten Lust, sich hier anzusiedeln. Das hat sich nun gründlich geändert und geradezu ins Gegenteil verkehrt. Port d'Andratx ist zum bevorzugten Zweitwohnsitz für die Schönen und Reichen avanciert, mit sündteuren Villen an den steilen Hängen, auf der Halbinsel Sa Mola, an der Cala Llamp bis hinüber zum angrenzenden Camp de Mar.

NIXE, ROCAMAR, MIRAMAR, EL PATIO, VILLA ITALIA
In Port d'Andratx gibt es vielfältige Möglichkeiten, es sich gut gehen zu lassen.

Raymond schlug die Beine übereinander. »Ist das nicht schön hier? Ich liebe diesen Ort!«
Sie saßen an einem kleinen Tisch auf der Terrasse der Bar Central am Mateo Bosch. Sam nickte zögerlich.
»Ich hab's nicht so mit den Schickimickis«, kommentierte er die Aussage seines Freundes. »Aber das Bier schmeckt und die Mädels sehen knackig aus.«
»Und es wird immer etwas geboten, schau nur!« Raymond deutete auf die andere Straßenseite. »Ist das nicht …?«
»Genau, das ist sie. Manche Promis erkenne sogar ich. Sieht in Natur noch besser aus als auf den Fotos, was selten ist.«

»Ist das ihr neuer Freund? Den kenn ich, der hat im letzten Jahr ein Bild von mir gekauft.«
»Und? Hat er's auch bezahlt?«, feixte Sam.
»Aber natürlich, Sammy. Cash in die Hand des Künstlers. So habe ich es am liebsten.«
»Das glaube ich. Auch wenn du auf das Geld gar nicht angewiesen bist.«
Raymond fuhr sich durch die hoch geföhnten Haare. »Bin ich nicht, stimmt, dank des Fleißes und des unternehmerischen Geschicks meiner Vorfahren. Aber der Wert eines Malers definiert sich nun mal über den Preis. Also sollen die Leute zahlen, viel zahlen, das schmeichelt meinem sensiblen Ego.«
»Alles klar, Raymond, kann ich nachvollziehen. Hast du eigentlich wieder etwas von diesem Immobilien-Fuzzi gehört?«
»Nicht direkt. Aber das wollte ich dir sowieso erzählen. Gestern bin ich zu Tode erschrocken. In meinem Pool war das Wasser ganz rot, da hat jemand Farbe reingekippt. Und in der Mitte schwamm ein toter Hund. Einfach widerlich, ich habe mich vor Ekel übergeben müssen. Ich glaube, das war dieser Reinersburg.«
Sam nickte. »Könnte ich mir gut vorstellen. Für mein Dossier habe ich übrigens bereits einiges herausbekommen. In Deutschland hat er schon mal vorsätzlich eine Firma Bankrott gehen lassen, wurde der Urkundenfälschung verdächtigt und war in windige Immobiliengeschäfte verwickelt. Wir werden ihm solche Scherze wie mit deinem Pool austreiben, das kannst du mir glauben.«
»Hoffentlich, diesen Grobian stehe ich nervlich nicht durch!«
Nach einer kurzen Pause wechselte Raymond das Thema. »Sammy, was hast du eigentlich so die letzten Tage getrieben? Du hattest doch diesen seltsamen Anruf. Da ging es um eine Wiedergeburt oder so ähnlich? Das interessiert mich.«
Sam erinnerte sich an ihr Gespräch im Gran Café Cappuc-

cino. Er musste lächeln. Damals hatte ihn Raymond gründlich missverstanden. »Nein, es ging nicht direkt um eine Wiedergeburt«, stellte Sam richtig, »aber jemand, von dem ich dachte, er wäre verstorben, erfreut sich bester Gesundheit.«
»Das ist ja auch sehr schön, gratuliere, aber eine Wiedergeburt hätte ich faszinierender gefunden.«
Sam zuckte mit den Schultern. »Damit kann ich leider nicht dienen. Aber sobald mir mal eine unterkommt, sage ich dir Bescheid.«
Raymond sah Sam skeptisch an. »Du machst dich nicht lustig über mich, oder?«
Sam verkniff sich die Erwiderung, dass er Raymond noch nie besonders ernst genommen habe. Vielmehr antwortete er: »Nein, wo denkst du hin. Und was gibt's bei dir sonst Neues, mal abgesehen von deinem Pool?«
Raymond legte grübelnd die Stirn in Falten. »Sonst Neues? Nicht viel, würde ich sagen. Don Quijote hat seine Erkältung überwunden. Das Bild, das du in deinem jugendlichen Überschwang meinem Nachbarn versprochen hast, habe ich gemalt und persönlich vorbeigebracht. Er hat seine Finca kaum wieder erkannt, so schön ist sie geworden. Er war überglücklich, wir verstehen uns jetzt prächtig.«
»Na wunderbar, aber übertreibe es nicht mit deiner Zuneigung!«
Raymond sah Sam entrüstet an. »Bist du verrückt? Der Mann hat Pickel und ist überhaupt völlig unästhetisch ...« Er zögerte kurz. »Apropos, ein alter Freund von mir aus Köln hat sein Kommen angekündigt.«
Sam schenkte Raymond etwas Wein nach. Er hatte das unbestimmte Gefühl, dass dieser über den anstehenden Besuch überhaupt nicht erfreut war.
Nach einer Weile fuhr Raymond fort. »Es könnte sein, dass ich in diesem Fall deine Hilfe benötige.«
Sam sah Raymond fragend an.

»Nun, du musst wissen, Oswald war früher mein Galerist. Er hat sich um den Verkauf meiner Bilder gekümmert, Ausstellungen organisiert und so weiter. Außerdem waren wir ein fest liiertes Paar. Du verstehst, was ich meine?«
Sam nickte. »Ist ja nicht schwer zu verstehen, wie Männlein und Weiblein, oder?«
»Ganz genau, aber dann hatten wir ein schweres Zerwürfnis. Es hat sich nämlich herausgestellt, dass Oswald überhaupt nicht treu war. Darüber hinaus hat er mich finanziell jahrelang übers Ohr gehauen, Schecks gefälscht und lauter so hässliche Dinge gemacht. Ich habe ihn dann in meiner Empörung aus dem Haus geworfen. Seitdem verfolgt er mich mit seinem Hass. Dabei ist er völlig ungehemmt. Einmal wollte er mich schon umbringen ...«
»Scheint aber nicht geklappt zu haben!«
Raymond fand Sams Zwischenbemerkung alles andere als lustig. »Das ist kein Scherz, Sammy, er hat versucht mich zu überfahren. Also, um die Geschichte fertig zu erzählen, gestern hat Oswald angerufen und gesagt, er komme in den nächsten Tagen nach Mallorca, um sich mit mir auszusprechen. Ich habe ihm erklärt, dass er nicht willkommen sei. Aber er wird trotzdem bei mir auftauchen, das weiß ich!«
Sam klopfte Raymond beruhigend auf die Schulter. »Mach dir da keine Sorgen. Mein Handy ist immer empfangsbereit. Wenn du meine Hilfe brauchst, bin ich sofort da.«
Raymond strahlte wieder. »Genau das wollte ich hören. Tausend Dank, Sammy. Aber vielleicht geht auch alles gut.«
Sam deutete auf den Bürgersteig. »Schau mal, wer da kommt. Das ist doch unser Hubertus Reinersburg.«
Raymond setzte seine Sonnenbrille auf. »Dieser ekelhafte Kerl. Hoffentlich sieht er mich nicht.«
Sam lachte. »Entspann dich. Er wird dir nichts tun. Außerdem würde das einen schlechten Eindruck auf seine Begleitung machen.«

Reinersburg unterhielt sich angeregt mit einem Herrn, deutete auf die Bucht, die gegenüberliegenden Hänge.
»Ist wahrscheinlich ein Kunde von ihm, dem er eine Villa verkaufen möchte«, vermutete Raymond. »Mir tut der arme Kerl jetzt schon Leid. Der wird von diesem Großmaul garantiert über den Tisch gezogen.«

41

Mit dem Rücken zum Meer an einer Mauer lehnend, blickte er auf die eindrucksvolle Kulisse Palmas. Vor ihm die prächtige Fassade der Kathedrale La Seu, links daneben der Almudaina-Palast, in dem einst die maurischen Wesire residierten. Davor der Parc de la Mar mit seinem künstlichen See, dem Springbrunnen und den modernen Plastiken. Links die Kreuzung mit der Avinguda d'Antoni Maura und der Statue des Ramón Llull. Sein Blick folgte den Palmen am Passeig de Sagrera, der an der Llotja vorbei zum Consolat de Mar führte. Kay atmete tief durch. Jetzt war er doch wieder auf dieser Insel angelangt, die er nie mehr betreten wollte. Schön sah sie ja schon aus, »La Ciutat«, wie die Stadt von den Mallorquinern einfach genannt wurde. Palma hatte ihn schon immer bezaubert, aber das wäre noch lange kein Grund gewesen, seinen Vorsatz fallen zu lassen.

PALMA
Die Stadt wurde im Jahre 123 v. Chr. von den Römern gegründet und nach der Siegespalme (Palmaria) benannt.

Nachdem er von Menorca erst vor wenigen Tagen am frühen Morgen abgereist war, war er auf einigen Umwegen nach Florenz gelangt, wo er bereits eine alte Renaissance-Villa unterhalb von Fiesole angemietet hatte. Dort wollte er eigentlich die nächsten Monate verbringen, sich mit den Medici beschäftigen, die Uffizien besichtigen, den Dom, Santa Croce. Nun, daraus würde vorläufig nichts werden. Kay holte aus seiner Jackentasche den Computerausdruck eines Bildes. Dana sah erschöpft aus. Sie kniete auf einer Matratze und hielt eine Tageszeitung in die Kamera.

Kay machte sich schlimme Vorwürfe. Ohne ihn wäre Dana nie in diese Situation geraten, so viel war sicher. Also lag es ganz alleine an ihm, sie da wieder herauszuholen. Er steckte das Bild in die Tasche, rückte seine Nickelbrille zurecht und zog die schwarze Wollmütze noch tiefer in die Stirn. Zehn Millionen Euro Lösegeld hatten die Entführer gefordert, sonst würden sie Dana vom Cap de Formentor stürzen. Von den vier Tagen der Frist, die sie ihm eingeräumt hatten, waren bereits sechsundzwanzig Stunden vergangen. Es wurde also höchste Zeit, etwas zu unternehmen. Gut, er war mittlerweile nicht untätig gewesen. Das Lösegeld hatte er bereits liquide gemacht. Zur Not könnte er zahlen. Aber das war die schlechteste aller Lösungen. Und zwar aus dem einfachen Grund, weil damit nur ein Anfang gemacht wäre. Diese verdammte Organización hätte ihn für alle Zukunft am Haken. Sie könnten Dana nach Lust und Laune immer wieder entführen und das Spiel von vorne beginnen. Oder zur Abwechslung mal seinen Freund Dr. Mannschuh aus dem Verkehr ziehen. Wer weiß, was sie sonst noch in der Hinterhand hatten? Nein, viel lieber würde er Dana auf andere Weise freibekommen. Kay sah nachdenklich auf die Uhr, hängte sich seine Reisetasche um und lief langsamen Schrittes die Uferpromenade in Richtung Llotja. Die Sonne war bereits hinter dem Castell de Bellver untergegangen. Bald würde die Kathedrale von Scheinwerfern angestrahlt werden. Das Kreuzfahrtschiff vor dem Porto Pí hatte bereits seine Lichterketten eingeschaltet.

42

Den Teller mit dem Abendessen hatte sie unberührt stehen lassen. Dana saß auf der Matratze und massierte behutsam ihren Knöchel. Er war mittlerweile deutlich angeschwollen. Trotzdem hatte sie es geschafft, immer wieder an der Wand zu arbeiten, immer höher zu klettern und die Spuren ihrer Arbeit zu verbergen. Jetzt kam der Augenblick der Wahrheit.

Draußen war es bereits dunkel, aber die nackte Glühbirne über dem Waschbecken spendete ausreichend Licht. Vor wenigen Minuten hatte sie an der Tür gelauscht. Es hörte sich so an, als ob ihre Entführer am Fernseher ein Fußballspiel verfolgen würden. Normalerweise war heute Abend nicht mehr damit zu rechnen, dass jemand nach ihr sehen würde. Wenn also alles klappte, würde man ihr Verschwinden erst morgen in der Frühe feststellen. Schön wär's. Aber sie war sich immer noch nicht sicher, ob es ihr gelang, den Fensterrahmen an der Decke zu erreichen. Möglicherweise war der Abstand von der Wand zu groß.

Dana stand auf und zog die Matratze unter ihre »Kletterwand« und das Oberlicht. Falls es nämlich schief ging, würde sie womöglich abstürzen. Sie machte einige Dehnübungen, steckte das Locheisen hinten in den Hosenbund, stieg aufs Waschbecken und begann zu klettern. Die ersten Griffe waren ihr bereits so vertraut, dass sie sie sogar im Dunkeln gefunden hätte. Mit den Fingerspitzen hangelte sie sich von einer Mauerritze zur nächsten. Auf Grund der fortwährenden Muskelanspannung begannen ihre Oberarme zu brennen. Und wenn sie sich nicht täuschte, war gerade wieder einer ihrer Fingernägel abgebrochen. Jetzt hatte sie die Decke erreicht. Ihren rechten Fuß ließ sie in der Luft baumeln. Im verletzten Knöchel pochte es. Dana zog sich so hoch wie irgend möglich und tastete mit der linken Hand an der Decke entlang. So ein Mist! Sie konnte den Rahmen des gekippten Fensters nicht erreichen, und auch nicht die Stange, die es in der offenen Stellung fixierte. Aber es fehlten nur wenige Zentimeter. Dana sah hinunter auf die Matratze, dann wieder zum Fensterrahmen. Lange würde sie sich in dieser Position nicht halten können. Die Schmerzen im Arm und in den Fingern wurden immer peinigender. Sie nahm ihren ganzen Mut zusammen. Okay, einen Versuch hatte sie. Dana stieß sich mit dem linken Fuß von der Wand ab, gleich würde ihre rechte Hand aus der Mauerritze gleiten – und dann ging es im freien Fall nach unten.

Wer hätte das gedacht, dass sich ein verrosteter Fensterrahmen so gut anfühlte? Im letzten Sekundenbruchteil hatte sie ihn zu fassen bekommen. Jetzt hing sie an einer Hand hin und her pendelnd mitten im Raum. Das Locheisen war ihr bei der Aktion aus dem Hosenbund gerutscht und hinuntergefallen. Aber dank der Matratze war dies völlig geräuschlos erfolgt. Dana erreichte nun auch mit der rechten Hand den Fensterrahmen. Sie machte einen Klimmzug, stieß mit dem Kopf gegen das aufgestellte Fenster und atmete die frische Abendluft ein. Die Luke war größer als gedacht, sie passte auf jeden Fall durch. Das Ganze war jetzt nur noch ein sportlicher Kraftakt. Dana ließ sich wieder locker hängen, änderte den Griff, holte etwas Schwung – schon war sie mit dem linken Unterschenkel auf dem Dach. Der Stift ließ sich aus der Halterung ziehen, das Fenster komplett aufstoßen. Keine Minute später saß Dana schwer atmend auf dem Dach. Sie hatte es geschafft! Am liebsten hätte sie ihren Triumph in die Nacht hinausgeschrien.

Nach einer kurzen Pause glitt sie über die Schräge nach unten. Ein kleiner Sprung auf ein Vordach, dann die letzten zwei Meter. Die Wiese dämpfte die Landung. Dana war es erneut gelungen, mit dem linken Fuß aufzukommen. Sie rollte sich geschickt ab. Durch ein offen stehendes Fenster hörte sie die Fußballübertragung. Anscheinend war gerade ein Tor gefallen. Das Geschrei kam genau zur rechten Zeit. Tief geduckt lief Dana über das Grundstück. Sie stolperte über einen Blecheimer, der scheppernd umfiel, blieb stehen und hielt den Atem an. Hoffentlich hatte niemand etwas gehört! Aber im Haus lief der Fernseher in unveränderter Lautstärke. Als

Nächstes stieg sie über eine niedrige Mauer. Vielleicht noch hundert oder zweihundert Meter, im Dunkeln ließ sich die Entfernung schwer abschätzen, dann würde sie die Straße erreichen, auf der gerade ein Motorroller vorbeigefahren war. Dana sah sich kurz um. Sie konnte es kaum glauben. Niemand folgte ihr, die Flucht schien gelungen.

43

Das Motorrad hatte Sam nach seiner abendlichen Rückkehr aus Port d'Andratx am Passeig Mallorca im Hof hinter dem Laden eines Freundes geparkt. Hier war seine Harley vor begehrlichen Blicken und allzu neugierigen Händen einigermaßen geschützt. Während er die Avinguda Jaume III überquerte, dachte er daran, dass er Raymonds Angebot hätte annehmen und bei ihm zu Hause noch ein Bier trinken sollen. Aber zum Kühlschrank in seiner Altstadtwohnung war es nicht mehr weit. Er wich einigen Touristen aus, die ziemlich angetrunken den Weg zu ihrem Hotel suchten. Als er an der kleinen Eckbar von Joan vorbeikam, warf er ihm wie üblich einen flüchtigen Gruß zu. Einige späte Gäste saßen noch an den kleinen Tischen auf dem Bürgersteig. Sam sprang über ein umgefallenes Fahrrad, und öffnete die Haustür.

»Kann ich mit reinkommen?«, fragte ihn von hinten eine leise Stimme. Noch im Umdrehen wusste er, wer ihn angesprochen hatte. Mit diesem Besuch hatte er zuallerletzt gerechnet.

»Ich habe aber nur Bier anzubieten«, antwortete Sam entschuldigend.

»Ich nehme die Einladung dankend an«, sagte Kay.

Einige Minuten später saßen sie sich in Sams Küche gegenüber. Sam hatte seine Cowboystiefel ausgezogen, Kay die Wollmütze abgenommen. Wortlos öffneten sie die Bierdosen.

»Eigentlich sollte ich Sie windelweich prügeln!«, sagte Sam nach einem genussvollen Rülpser.
»Geht das jetzt denn schon wieder los?«, erwiderte Kay mit einem Lächeln. »Ich hatte gehofft, dass sich Ihre Aggressionen nach unserem menorquinischen Intermezzo abgekühlt haben.«
Sam tat so, als ob er nachdächte, dann nickte er. »Okay, das haben sie auch. Dieser Umschlag auf dem Küchentisch hatte eine ausgesprochen beruhigende Wirkung.«
»Es tut mir Leid, dass ich Sie so überstürzt verlassen habe. Aber die besonderen Umstände …«
Sam winkte ab. »Geschenkt. Warum sind Sie hier? Doch nicht, um mir die restliche Zahlung persönlich vorbeizubringen, oder?«
Kay schüttelte den Kopf. »Nein, das ist nicht nötig. Ich habe Ihnen in Zürich bei einer renommierten Bank ein Konto eingerichtet. Sie bekommen von mir das Passwort und einen Ansprechpartner. Sie können sich dann davon überzeugen, dass die Zahlung bereits eingegangen ist.«
»Gute Nachrichten«, freute sich Sam. »Unsere Vereinbarung gilt also noch?«
»Von meiner Seite schon, natürlich«, bestätigte Kay.
»Von mir gibt's auch keine Einwände. Der Deal steht!« Sam trank einen Schluck, dann fuhr er fort: »Damit ist aber meine Frage immer noch unbeantwortet.«
»Warum ich hier bin?« Kay zögerte einen Augenblick. »Sie erinnern sich, dass unser mündlicher Vertrag eine Zusatzklausel enthält?«
»Dass Sie meine Hilfe in Anspruch nehmen können, falls Sie mal ein Problem haben?« Sam sah Kay fragend an.
»Genau. Ich hätte übrigens nicht gedacht, dass ich Ihre Dienste je in Anspruch nehmen müsste.«
»Ich auch nicht. Aber wie es aussieht, ist's schon passiert?«
»Leider ja. Wobei ich noch nicht so recht weiß, wie Sie mir

helfen können.« Kay stand auf, ging ans Fenster und sah hinaus.

»Was halten Sie davon, wenn Sie mir Ihr Problem schildern?«, sagte Sam. »Ich hoffe, es fällt in mein Fachgebiet. Für Gartenarbeiten oder Akten sortieren bin ich nämlich nicht zu gebrauchen.«

Kay drehte sich um. »Mein Problem fällt in Ihr Fachgebiet, das genau macht's ja so unerfreulich.«

»Nun schießen Sie schon los!«

»Ironischerweise sind Sie wahrscheinlich der einzige Mensch, dem ich den Sachverhalt in wenigen Sätzen erklären kann. Sie verfügen sozusagen über alle erforderlichen Vorkenntnisse. Also, was ist passiert? Ihnen ist doch mein Anwalt Dr. Mannschuh vertraut, Sie hatten ja die Freundlichkeit, sein Telefon abzuhören. Machen Sie das eigentlich immer noch?«

»Nein, wozu auch?«

»Schade, aber das hätte uns wahrscheinlich sowieso nicht weitergebracht. Sie wissen, wer Dana Mohnert ist?«

»Die junge umwerfend schöne Frau, die Sie im letzten Jahr auf Ihrer Yacht begleitet hat? Ja, die kenne ich. Ich bin ihr sogar bei der Zeugenbefragung in Frankfurt persönlich begegnet.«

Sam legte bekümmert die Stirn in Falten. »Sie hat leider meinem ansonsten unwiderstehlichen Charme widerstanden. Ich fürchte, ich entspreche nicht ganz ihren Erwartungen. Sie spielt wohl in einer anderen Liga. Haben Sie noch Kontakt zu ihr?«

»Habe ich, ja. Sie war vor kurzem bei mir auf Menorca. Wir hatten eine sehr schöne Zeit miteinander.«

Sam schnalzte mit der Zunge. »Dann ist doch alles paletti!«

»Eben nicht. Mein Anwalt Dr. Mannschuh hat einen Anruf erhalten …«

Kay erzählte Sam von der Entführung, vom geforderten Lösegeld und von der Annahme, dass sich Dana immer noch auf

Mallorca befand. Und dass sie nur noch achtundsechzig Stunden Zeit hätten.
Sam presste die leer getrunkene Bierdose zusammen und warf sie zielsicher in das Spülbecken. »Da stecken wir wirklich tief in der Scheiße!«
Kay freute sich über das »wir« in Sams Gefühlsausbruch. Das gab zu einigen Hoffnungen Anlass.
Sam boxte mehrfach mit der geballten rechten Faust in die linke Handfläche.
»Auf Mallorca ist sie bestimmt noch. Ein Entführungsopfer von der Insel zu schaffen ist viel zu kompliziert und macht keinen Sinn. Aber ich habe noch überhaupt keine Idee, wo wir anfangen können.«
»Ich habe den Namen und die Adresse des Hotels, in dem sie gewohnt hat«, sagte Kay. »Und ich weiß so in etwa, mit welchen Restaurantchefs sie Interviews führen wollte. Vielleicht hat jemand etwas beobachtet?«
»Das ist ganz schön mager.« Sam wirkte wenig zuversichtlich. »Aber was Besseres fällt mir momentan auch nicht ein.«
»Ich würde mich aus den Ermittlungen allerdings gerne raushalten«, sagte Kay.
»Ach so, schade«, meinte Sam feixend. »Ich dachte eigentlich, dass Sie vor die Presse treten und die Öffentlichkeit um Mithilfe bitten werden. Übrigens, wo schlafen Sie heute Nacht?«
Kay sah sich in der Küche um. »Gibt es in Ihrer Wohnung ein gemütlicheres Plätzchen?«
»Ich bin auf männliche Besucher nicht eingestellt. Aber im Wohnzimmer steht ein Sofa, das sollte groß genug sein.«
»Sehr schön, damit gebe ich mich völlig zufrieden. Besten Dank.«
»Okay, alles klar. Dann hauen wir uns jetzt aufs Ohr, und morgen nehmen wir in aller Frühe die Suche nach Dana auf. Eine Frage hätte ich noch.«

»Ja, bitte?«
»Sie sagten, das geforderte Lösegeld belaufe sich auf zehn Millionen Euro?«
»Ganz genau. Leider ließen die Entführer nicht mit sich handeln.«
»Zehn Millionen, das ist ganz schön viel Kohle. Falls wir Dana nicht finden, könnten Sie die Summe überhaupt aufbringen?«
Kay zögerte kurz. »Ja, könnte ich. Aber nur sehr ungern und unter gewissen Schwierigkeiten.«
»Und? Wären Sie danach pleite?«, hakte Sam nach.
Kay lächelte. »Sie fürchten um Ihre jährlichen Einkünfte? Nun, dann wäre es wohl klug, Ihre Frage zu bejahen, oder? Meine drohende Zahlungsunfähigkeit wäre sozusagen ein zusätzlicher Anreiz für Sie, sich in den Fall voll reinzuhängen.«
»Wäre es, ja.« Sam grinste. »Aber erstens habe ich die fixe Idee, dass Sie über fast unbegrenzte finanzielle Mittel verfügen. Und zweitens hänge ich mich auch so voll rein, das dürfen Sie mir glauben.«
»Da war ich mir nicht so sicher.«
»Ich mach's ja nicht für Sie«, flachste Sam im Aufstehen. »Mir tut diese Dana Leid. Auch wenn ich bei ihr nicht landen konnte!«

44

An der Landstraße angelangt, setzte sich Dana auf einen steinernen Pfosten. Sie musste auf ihrer Flucht eine kurze Rast einlegen, um wieder zu Atem zu kommen. Von der Kletterpartie in ihrem Verlies bis hierher waren nur wenige Minuten vergangen. Noch immer konnte sie es kaum glauben, dass es ihr wirklich gelungen war zu fliehen. Dana tastete ihren verletzten Knöchel ab. Sie durfte nicht allzu viel Zeit verlieren. Da keine Autoscheinwerfer zu sehen waren, musste sie wohl oder übel zu Fuß weiter. Nach links oder rechts? Dana entschied sich intuitiv für eine Richtung, stand auf und eilte humpelnd weiter. Vielleicht würden ihre Kidnapper erst morgen merken, dass sie geflohen war. In diesem Fall könnte sie es gemächlicher angehen lassen. Womöglich kam aber doch einer auf die Idee, nach der Fußballübertragung einen kontrollierenden Blick in ihre Kammer zu werfen. Dana fand, dass es entschieden klüger war, von diesem ungünstigen Szenario auszugehen. Die Straße führte leicht bergauf, da hatte sie sich offenbar für die beschwerlichere Richtung entschieden, aber es war zu spät, umzukehren. Noch immer kam kein Auto. Dafür war der Himmel sternenklar und die Luft voller Düfte. Jetzt hatte sie eine Kuppe erreicht, von der es wieder bergab ging. Ihr Herz machte einen Sprung, als sie nur ein kurzes Stück weiter ein hell erleuchtetes Haus sah. Die Reklame deutete auf eine Gaststätte hin. Sie hörte Musik. Dana beschleunigte ihren Schritt. Noch immer kein Auto, nur noch wenige Meter, und sie hatte die Bar erreicht.

Im Gastraum saßen einige Männer und klopften Karten. Die Musikbox spielte »Soy minero« von Molina. In der Ecke knutschte ein jugendliches Paar. Der schnauzbärtige Wirt stand hinter der Theke und trocknete Gläser ab.

Dana ließ sich auf den erstbesten Stuhl fallen. Die Arme erschöpft nach unten hängend, legte sie den Kopf in den Nacken und schloss die Augen. Sie hatte es geschafft! Ihre Entführer hatten sie sträflich unterschätzt. Aber das war wieder mal typisch, diese hirnlosen Machos trauten Frauen einfach nichts zu. Und was jetzt?

»Guten Abend, Señora, darf ich Ihnen etwas zu trinken bringen?«

Dana riss die Augen auf. Der Wirt stand vor ihr und sah sie neugierig an. Erst jetzt wurde ihr bewusst, dass sie keine Schuhe anhatte, ihre bloßen Füße voller Dreck waren und die

Bluse einen Riss hatte. Ihr Aussehen gab sicherlich zu einigen wilden Spekulationen Anlass.

»Puedo llamar por teléfono? Kann ich telefonieren?«

»Claro, cómo no, das Telefon ist an der Bar.«

Dana stand auf und fuhr sich durch die Haare. »Gracias, muchas gracias, und ein Glas Rotwein hätte ich gerne.«

Den Telefonhörer in der Hand, zögerte sie nur kurz. Dann wählte sie spontan die Nummer der Polizei.

»Buenas noches, central de emergencia de la policía.«

Dana räusperte sich. »Buenas noches, sprechen Sie Deutsch?«

»Ein klein wenig, ja, ich spreche etwas Deutsch. Was kann ich für Sie tun?«

»Ich bin im Restaurante … Augenblick bitte, wo bin ich überhaupt?« Dana sah den Wirt, der offenbar zuhörte, fragend an. Er nannte ihr den Namen des Restaurants und den Ort.

»Muy bien«, sagte der Beamte am Telefon, nachdem ihm Dana die Namen weitergegeben hatte, »ich habe es aufgeschrieben. Aber was ist geschehen, hatten Sie einen Unfall? Wurde Ihnen etwas gestohlen?«

»Nein, ich wurde …« Dana unterbrach sich. Erst jetzt begann sie darüber nachzudenken, was sie soeben machte. Dass sie entführt worden sei, wollte sie gerade der Polizei sagen, dass man einen Streifenwagen herschicken solle. Nein, am besten gleich eine ganze Kompanie. Sie könne die Polizei zum Haus mit ihren Kidnappern führen, sie brauchten sie nur noch zu verhaften. Aber was würde dann passieren? Sehr schnell würde man herausfinden, dass es sich bei ihr um jene Dana Mohnert handelte, die im letzten Jahr mit dem flüchtigen Felix Reiter zusammen war, die mit ihm in den Sturm geraten war, den er mutmaßlich nicht überlebt hatte. Natürlich würde die Polizei einen Zusammenhang zwischen der Entführung und den Vorfällen des letzten Jahres vermuten. Mit dem Ergebnis, dass alles wieder aufgerollt werden würde. Sie würde endlose Zeugengespräche über sich ergehen lassen müssen.

Aber viel schlimmer noch – wahrscheinlich würde man plötzlich wieder den Tod Felix Reiters in Frage stellen. Dies erst recht, wenn ihre Entführer ...

»Señora, was ist? Ich habe nicht ewig Zeit. Nennen Sie mir bitte Ihren Namen, und sagen Sie mir, was passiert ist.« Der Beamte am Telefon wirkte zunehmend ungeduldig.

Ob sie einen falschen Namen angeben sollte? Unsinn! Warum nur hatte sie die Polizei angerufen?

»Señora?«

Dana hatte den Hörer schon vom Ohr genommen. Kurz entschlossen legte sie auf. Dem Wirt gegenüber hob sie entschuldigend die Hände. »Perdón, ein Missverständnis.« Und mit einem Blick auf den eingeschenkten Rotwein sagte sie: »Tut mir Leid, ich habe kein Geld.«

Dana machte kehrt und rannte aus der Bar. Sie hätte sich selbst ohrfeigen können. Während ihrer Flucht war die Anspannung so groß gewesen, dass sie völlig vergessen hatte, über die nächsten Schritte nachzudenken. Ein so kopfloses Verhalten sah ihr überhaupt nicht ähnlich. Und nun? Verdammt noch mal, warum fiel es ihr so schwer, die Gedanken zu ordnen. Am besten würde sie per Anhalter nach Palma fahren und dort ihre Sachen aus dem Hotelzimmer holen. Dann zum Flughafen und mit der nächstmöglichen Maschine weg von der Insel zurück nach Deutschland. Parallel sollte sie versuchen Kay zu erreichen. Er musste unbedingt wissen, dass sie sich nicht mehr in den Händen der Entführer befand. Vorausgesetzt, es ging bei dieser ganzen Geschichte wirklich um ihn. Aber davon war sie mehr denn je überzeugt.

Ob sie zurück in die Bar gehen und dort einen der Karten spielenden Männer bitten sollte, sie nach Palma zu fahren? Dana war mittlerweile, fast ohne es zu merken, einige hundert Meter weitergelaufen, am Straßenrand entlang, weg von ihren Entführern. Plötzlich näherten sich von hinten Scheinwerfer. Endlich, vielleicht würde das Auto halten und sie mitnehmen? Dana drehte sich um und hob ihre rechte Hand. Tatsächlich verlangsamte das Fahrzeug sein Tempo, um dann direkt neben ihr stehen zu bleiben. Was war das eigentlich für ein Autotyp, überlegte Dana. Warum kam ihr der Wagen so bekannt vor? Die Schrotflinte, die aus dem offenen Beifahrerfenster auftauchte, zielte direkt auf ihren Bauch. Wie gelähmt starrte sie auf den matt schimmernden Lauf. Aus dem Fonds stiegen zwei Männer aus. Sie musste gar nicht hinsehen, um zu wissen, dass einer der beiden ein Pflaster über seiner gebrochenen Nase hatte.

45

Als Sam zur Mittagszeit von seinen Erkundigungen zurückkam, im Treppenhaus immer zwei Stufen auf einmal nehmend, hielt er vor der Wohnungstür abrupt inne und schnupperte. Täuschte ihn der Eindruck oder roch es nach Zwiebeln und Knoblauch? Ihm kam für einen Augenblick der Gedanke, er hätte sich im Stockwerk getäuscht. Aber nein, das war ganz eindeutig seine Tür! Sam betrat skeptisch die Wohnung. Auf direktem Weg steuerte er in die Küche. Tatsächlich, auf dem Herd stand eine große Eisenpfanne, von der er gar nicht wusste, dass er sie besaß. Die Gasflamme war auf mittlere Hitze eingestellt. War das eine Tortilla, die hier ihrer Fertigstellung entgegenstrebte? Und wo war der verantwortliche Koch? Sam sah sich im Wohnzimmer um und entdeckte Kay schließlich auf dem kleinen Balkon. Über die schmale Straße hinweg unterhielt er sich gerade mit einer alten Mallorquinerin, die genau gegenüber wohnte. Sam war es bislang immer misslungen, mit der Frau nachbarschaftliche Kontakte aufzubauen. Sie hatte noch nie auf einen Gruß reagiert und ihm immer nur finstere Blicke zugeworfen. Und jetzt plauderte Kay mit ihr wie mit einer alten Freundin. Wie Sam feststellen konnte, nicht auf Kastilisch, sondern wie es schien in

TORTILLA DE PATATAS
Kays Rezept für das Kartoffel-Omelett steht im Registro turistico.

flüssigem Mallorquinisch. Dieser Kay wurde ihm immer unheimlicher.

»Darf ich Sie bei Ihrem Flirt stören«, fiel ihm Sam ins Wort, »ich glaube, in der Küche brennt irgendetwas an.«

»Hallo, Sam, schön, dass Sie wieder da sind. Ich glaube nicht, dass meine Tortilla anbrennt, aber es ist vielleicht an der Zeit, sie zu wenden.« Kay verabschiedete sich von der alten Dame, die seinen Gruß strahlend erwiderte. Sams schüchterne Handbewegung, die auch so etwas wie einen Gruß darstellen sollte, nahm sie dagegen überhaupt nicht zur Kenntnis.

»Wie haben Sie denn das angestellt?«, fragte Sam auf dem Weg in die Küche. »Diese alte Gewitterziege wäre vor Freude ja fast übers Geländer gefallen.«

»Das ist übrigens ein Phänomen auf Mallorca«, antwortete Kay, »ich meine, wie viel Menschen vom Balkon stürzen. Das hat mich im letzten Jahr immer wieder verblüfft. Fast jede Woche steht ein Balkonsturz in der Zeitung. Die Erdanziehung scheint auf Mallorca besonders groß zu sein.«

MALLORQUÍ
Über zehn Millionen Menschen sprechen in Spanien Katalanisch. Mallorquí ist ebenso wie Ibizenc und Menorquí eine Dialektform des Katalanischen.

»Vor allem nimmt sie mit jedem Schluck Sangría zu«, ging Sam auf Kays Beobachtung ein. »Sagen Sie, haben Sie gerade Mallorquinisch gesprochen? Ich bin froh, wenn ich mich auf Spanisch verständigen kann …«

»Kastilisch«, unterbrach ihn Kay. »Ich wollte nur richtig stellen, dass Sie Kastilisch sprechen. Die Mallorquiner sprechen dagegen eine Mundart des Katalanischen, ähnlich wie in Barcelona oder Valencia. Auf Ibiza oder Menorca ist der Dialekt wieder etwas anders. Das übersteigt meine Kenntnisse, aber ich kann einige Brocken Katalanisch. Das wird dankbar angenommen und hilft bei der zwischenmenschlichen Kommunikation.«

»Das habe ich bemerkt. Nur zu schade, dass Ihre Eroberung kurz vor der Mumifizierung steht«, sagte Sam hämisch grinsend.

»Das wäre das geringste Problem«, erwiderte Kay, »die alte

Dame wollte mich heute unbedingt zum Abendessen einladen, damit ich Gelegenheit habe, ihre verwitwete Tochter und ihre wunderschöne Enkelin kennen zu lernen.«

»Ist nicht wahr?«, staunte Sam.

»Doch, aber ich habe abgesagt. Leider beschäftigen uns ernstere Probleme.«

Kay gab etwas Thymian und gehackten Rosmarin auf die Tortilla, dann wendete er sie, indem er sie auf einen großen Teller stürzte und von dort wieder zurück in die Pfanne gleiten ließ.

»Was wird denn das, wenn's fertig ist?«, fragte Sam.

»Tortilla mit Kartoffeln und Zucchini. Etwas Herzhaftes, also, wie ich glaube, nach Ihrem Geschmack. Sie haben doch nichts dagegen, dass ich hier etwas koche?«

»Nein, natürlich nicht. Hoffentlich ist mein Herd nicht erschrocken, der ist von mir noch nie richtig in Betrieb genommen worden.«

»Auch nicht von einer Freundin?«

Sam lachte laut auf. »Nein, das fehlte noch. Für Damenbesuch habe ich einen besseren Verwendungszweck. Wo haben Sie eigentlich die ganzen Zutaten her?«

»Ich war einkaufen.«

»Ich dachte, Sie trauen sich nicht aus dem Haus.«

»Doch, ich will ja nicht zum Einsiedler mutieren. Eine gewisse Anspannung ist auf Mallorca natürlich dabei, das habe ich festgestellt. Die Gefahr, erkannt zu werden, ist größer als zum Beispiel auf Menorca. Aber ich habe das touristische Zentrum Palmas bewusst gemieden. Jenseits vom Passeig Mallorca und der Avinguda Argentina, im Stadtteil Santa Catalina, da trifft man auf viel weniger Deutsche.« Kay unterbrach sich kurz, um zwei Teller und Besteck herzurichten. Dann fuhr er fort: »Also, was haben Sie heute Vormittag herausgefunden?«

Palma
Im Stadtteil Santa Catalina wohnten früher die Fischer, Bootsbauer und Segelmacher.

Sam, der sich schon gewundert hatte, wie lange Kay seine Neugier zügeln konnte, erstattete Bericht. Er erzählte von einigen Gesprächen mit Kontaktpersonen aus dem kriminellen

Milieu. Aber niemandem sei etwas von einer Entführung zu Ohren gekommen. Und als er einmal den Namen La Organización habe fallen lassen, sei er gegen eine Wand des Schweigens gelaufen. Sehr viel aufschlussreicher, wenn auch nicht gerade erfreulich, sei sein Besuch im Hotel gewesen. »Gestern Nachmittag gegen sechzehn Uhr«, berichtete Sam, »ist so ein Typ im Hotel vorbeigekommen, der hat sich als Freund von Dana ausgegeben, etwas von einer plötzlichen Erkrankung erzählt, großzügig die Hotelrechnung bis zum Ende der Reservierung bezahlt, ihre Sachen eingepackt und Danas Koffer und Tasche mitgenommen.«

Kay ging zum Kühlschrank, entnahm ihm eine Flasche Weißwein und entkorkte sie. »Und im Hotel ist niemand misstrauisch geworden?«

»Nein, warum auch? Der vermeintliche Freund von Dana hat seine Visitenkarte dagelassen, hatte zur Legitimation Danas Ausweis dabei, eine schriftliche Vollmacht und zudem alles bezahlt. Korrekter geht es nicht.«

»Stimmt«, gab Kay zu. »Und die Visitenkarte?«

»Habe ich schon überprüft. Alles erlogen und erstunken. Den Namen gibt es nicht, die Adresse auch nicht!«

»Das bringt uns also nicht weiter«, sagte Kay, während er sich ein Glas Wein eingoss. Sam hatte bereits das obligatorische Bier in der Hand.

»Einen Hinweis gibt es doch. Das Hotelpersonal hat beobachtet, wie Danas angeblicher Freund das Gepäck in einen Lieferwagen verladen hat. Das Fahrzeug war eigentlich grün, hatte aber eine rote Hecktür und außerdem einen großen Träger auf dem Dach.«

»Kein Kennzeichen?«

»Nein. Das wäre zu schön gewesen, aber auf das Kennzeichen hat natürlich niemand geachtet.«

Kay verteilte zwei große Tortillastücke auf die Teller, sie setzten sich hin und begannen schweigend zu essen.

»Die Spur könnte uns trotzdem weiterbringen«, stellte Kay nach einer Weile fest. »So riesig ist Mallorca nun auch wieder nicht. Wir sollten alle Taxifahrer bitten, die Augen aufzusperren. Wer den grünen Lieferwagen mit der roten Hecktür für uns entdeckt, bekommt eine angemessene Prämie. Ließe sich so etwas einfädeln?«

»Müsste gehen«, antwortete Sam kauend. »Schmeckt übrigens gut, diese Tortilla.«

Kay, der auf das Kompliment nicht einging, fuhr in seinen Überlegungen fort. »Sam, das mit den Taxifahrern sollten sie als Nächstes organisieren. Darum möchte ich Sie bitten. Ich habe übrigens schon in einigen Lokalen angerufen, die Dana auf ihrer Besuchsliste hatte. Bislang ohne Erfolg. Aber hier müssen wir dringend weiter nachhaken. Wenn es uns gelingt, Ort und Zeit ihrer Entführung genauer einzugrenzen, könnte uns das wichtige Hinweise geben.«

»Der Zeitpunkt steht ja ungefähr fest«, sagte Sam. »Vor drei Tagen ist Dana abends nicht mehr ins Hotel gekommen.«

»Richtig, aber wo war sie vorher? Und wurde sie schon am Vormittag entführt oder erst am Abend?«

»Das bekommen wir heraus. Und zwar noch heute. Da bin ich mir sicher.«

»Glaube ich auch. Und dann sehen wir weiter!«, bestätigte Kay.

Sam hielt den Teller hoch. »Kann ich noch ein Stück Tortilla haben?«

46

»Cómo? No me jodas, ich habe wohl nicht richtig gehört!«

Don Antonios Stimme war ungewöhnlich laut. Alfredo, sein Privatsekretär, kannte den Gesichtsausdruck. Es fehlte nicht viel, und Don Antonio würde einen Wutausbruch bekom-

men. Damit wäre weder seinem angegriffenen Herzen gedient, noch wäre die Reaktion dem Vorfall angemessen.
»Por favor, tranquilícese«, beeilte sich Alfredo zu sagen. »Es ist überhaupt nichts passiert. Unsere Leute haben Dana wieder eingefangen, sie ist nicht weit gekommen!«
Erleichtert sah Alfredo, wie sich Don Antonio wieder entspannte.
»Menos mal. Pedro, Miguel, Ramón und Manuel können sich glücklich schätzen, der Mutter Maria danken und vier Rosenkränze beten.« Don Antonio schüttelte ungläubig den Kopf. »Wie konnte das überhaupt passieren?«
»Dana ist fast zehn Meter an der Wand in ihrer Kammer hochgeklettert, keine Ahnung, wie sie das geschafft hat, und dann durch ein Oberlicht und über das Dach entkommen.«
»Man sollte dieser Katze die Vorderpfoten fesseln.«
»Ist schon erfolgt, Don Antonio.«
»Erst bricht sie Miguel die Nase und jetzt das. Unsere Jungs sollten gewarnt sein und besser aufpassen.«
»Das werden sie sicher«, bestätigte Alfredo.
»Vale. Nun, was gibt es sonst noch Neues in diesem Fall?«
»Nicht viel. Dr. Mannschuh hat das gewünschte Foto von Dana erhalten. Er hat erneut bestätigt, dass er das Lösegeld auftreiben werde. Obwohl das, wie er sagt, bei dieser Summe schwierig sei.«
»Ich glaube ihm kein Wort. Zehn Millionen sind für Felix Reiter kein Problem, ningún problema!«
»Von der gestellten Frist sind bereits zwei Tage vergangen«, fuhr Alfredo fort. »Wir sollten langsam die Übergabemodalitäten besprechen.«
»Da gibt es nicht viel zu besprechen. Wir leben in modernen Zeiten, also gibt es keinen Koffer, der randvoll mit Geldscheinen auf einer Waldlichtung übergeben wird. Nein, wir machen das exakt so wie vor einigen Monaten mit dem amerikanischen Kunstsammler.«

Alfredo nickte. »Also das Konto bei unserer Bank auf den Cayman-Inseln, richtig?«

»Ganz genau, mein Lieber. Dieser Dr. Mannschuh oder Felix Reiter oder wer auch immer soll die Summe elektronisch auf unser Konto transferieren. Wir kontrollieren online den Geldeingang, und sobald die Überweisung abgeschlossen ist …«

»… lassen wir Dana frei!«, brachte Alfredo den Satz zu Ende.

Don Antonio hob warnend den Zeigefinger. »Nicht so voreilig. Da bin ich mir nämlich gar nicht so sicher. Welche Vorteile bringt uns diese Nächstenliebe? Überhaupt keine! Warten wir mal ab, noch ist es nicht so weit.«

Don Antonio schloss für einen Moment die Augen, während Alfredo geduldig wartete.

»Eso es todo«, fuhr Don Antonio schließlich fort, »kommen wir zum nächsten Punkt auf der Tagesordnung. Wo bleibt die Lieferung aus Kolumbien? Unsere Freunde in Paris werden langsam unruhig.«

47

Der Sturm und die heranrollenden Wellen drückten die Yacht auf die Seite. Im aufgewühlten Meer sah sie Kay verzweifelt gegen das Ertrinken ankämpfen. Mit beiden Händen klammerte sie sich fest an die Mauer, der Kajütboden lag gut vier Meter tiefer. Immer stärker neigte sich ihr die Wand entgegen. Deutlich hörte Dana ein merkwürdiges blechernes Geräusch. Jetzt war die Wand über ihr, sie hing nur noch an einer Hand, die Beine frei im Raum schwebend. Durch ein gekipptes Fenster, das sich mittlerweile unter ihr befand, konnte sie einen kurzen Blick auf die Sichel des Mondes erhaschen. Das penetrante blecherne Geräusch hörte nicht auf. Eine rote Schwimmweste kam ihr entgegengeflogen. Sie musste das Fenster erreichen, dann war sie frei! Aus der Toilettenschüssel und aus dem Waschbecken schoss ihr schäumendes

Wasser entgegen. Das Geräusch? Ein gleichmäßiges, nerviges Schlagen! Ein Auto kam vorbeigefahren und hielt an. Hinter dem Fenster schob sich ein grinsender Hai vor den Mond. Durch die Wand bohrte sich der Lauf einer Flinte. Das blecherne Schlagen wurde immer aufdringlicher …

Dana öffnete die Augen – kein Schiff, kein Sturm, keine Kajüte! Aber die Toilettenschüssel war noch da und auch das Waschbecken. Und der grinsende Hai, das war einer ihrer Entführer. Und zwar jener, dem sie ursprünglich den Spitznamen »Zopf« gegeben hatte. Pedro, den Namen hatte sie mittlerweile aufgeschnappt, stand vor ihrer Matratze und schlug, um sie zu wecken, mit einem Suppenlöffel gegen die Wand. Daher also das blecherne Geräusch. Sie stützte sich auf. Vor ihr stand eine Plastikschüssel auf dem Boden. Offenbar ihr Mittagessen. Dana sah auf ihre gefesselten Hände. Die Finger waren weiß und fühlten sich taub an.

»Bon profit!«, sagte Pedro spöttisch und warf ihr den Löffel zu.

Dana hob mit fragendem Blick die Hände. Ob man ihr wenigstens zum Essen die Fesseln lösen würde? Dann käme vielleicht auch wieder die Durchblutung in Gang. Pedro schüttelte grinsend den Kopf.

Nach ihrer Flucht hatte sie, wie es schien, alle Sympathien verspielt. Auch von Pedro, der vorher immer noch relativ nett zu ihr gewesen war, konnte sie wohl keine Zugeständnisse mehr erwarten. War ja auch irgendwie zu verstehen, jedenfalls aus Sicht ihrer Entführer.

Dana ließ sich rückwärts auf die Matratze sinken. Sie hörte, wie die Tür ins Schloss fiel und der Schlüssel umgedreht wurde. Nun hatte sie diesen Albtraum also schon mitten am Tag! Nur dass er jetzt zu einer wilden Komposition geworden war. Der Sturm auf dem Schiff und die Flucht der letzten Nacht hatten sich zu einem surrealistischen Kurzfilm ver-

mengt. Ein kreativer Akt ihres Unterbewusstseins, auf den sie gerne verzichtet hätte.
Und jetzt? Dana rollte sich auf den Bauch. Die Matratze roch modrig. Wann hatte sie das letzte Mal geweint? Als kleines Mädchen im Sandkasten? Mit achtzehn, bei ihrem ersten großen Liebeskummer? Jedenfalls spürte sie, dass die Tränen nicht mehr fern waren. Aber sie würde nicht weinen, nein, auf keinen Fall. Eigentlich war sie auch viel zu wütend dafür, wütend auf sich selbst – und das war besonders schlimm. Wie hatte sie sich nur in der letzten Nacht so kopflos verhalten können? Diese Frage musste sie sich immer wieder stellen. Das entsprach so gar nicht ihrer Selbsteinschätzung. Aber ganz offensichtlich hatte sie ihre Flucht so in Anspruch genommen, dass sie für das Danach keinen Gedanken hatte. Und erst in dieser Gaststätte, die Polizei bereits am Telefon, war ihr wieder die spezielle Situation eingefallen, in der sie sich befand. Sie konnte und wollte Kay nicht gefährden, den ganzen Fall, der nun endlich bei den Akten lag, nicht wieder aufleben lassen. Alles wäre so einfach gewesen, sie hätte nur nicht in Panik geraten dürfen, sondern sich in aller Ruhe davonmachen müssen.
Wie ging es weiter? Was stand ihr bevor? Sie dachte an das Foto, das die Entführer von ihr gemacht hatten, mit der Zeitung neben ihrem Gesicht. Dass es sich bei dieser ganzen Aktion um ein Kidnapping mit Lösegeldforderung handelte, war nicht schwer zu erraten. Und dass es nur Kay sein konnte, von dem ihre Entführer Geld wollten, wahrscheinlich sehr viel Geld, war ebenso offensichtlich. Sie befand sich zweifellos in den Händen jener Verbrecherorganisation, über die sie mit Kay gesprochen hatte. Wie hatten sie mit Kay Kontakt aufgenommen? Und würde er zahlen? Und selbst wenn er das täte, würde man sie freilassen? Dana hatte kein gutes Gefühl, was diesen entscheidenden Punkt anging. Dazu hatte sie zu viele Filme gesehen. Die Entführer hatten nie den Versuch ge-

macht, ihre Gesichter zu verbergen. Sie würde sie jederzeit wiedererkennen. Das war kein gutes Zeichen, ganz und gar nicht. Allerdings wussten auch ihre Entführer, dass sie nicht zur Polizei gehen würde. Was ein kleiner Hoffnungsschimmer war. Vielleicht ließ man sie doch am Leben? Vorausgesetzt, ja, vorausgesetzt ....

48

Langsam schlenderte Kay die Mole entlang und betrachtete fachmännisch die festgemachten Yachten. Eine etwas in die Jahre gekommene Sunseeker Mowhawk, eine gepflegte Sloop von Hallberg Rassy, eine schmucke Sun Odyssey, eine SeaRay Sundancer, eine Majoni Cortesa II. mit blauem Rumpf, eine weiße Alegra mit Flybridge. Motor- und Segelyachten wechselten sich ab. Eigentlich schade, dass er dieses Hobby aufgegeben hatte. Kay blieb am Ende der Mole stehen und verfolgte mit den Augen eine kleine Llaüt, die durch die Bucht von Portocolom tuckerte. Er sah hinüber zur Halbinsel Sa Punta, zum Leuchtturm, dann nach rechts, wo die Yachten frei vor Anker lagen. Eine Grand Banks befand sich darunter, nicht unähnlich seiner Aurore, mit der er und Dana im letzten Jahr nicht weit von hier in diesen Sturm geraten waren. Aurore? Den Namen hatte er seinem Schiff nach George Sand gegeben, die mit Mädchennamen Amantine Aurore Lucile Dupin hieß. Er bewunderte die extravagante Schriftstellerin für den Mut, den sie im 19. Jahrhundert hatte, mit Konventionen zu brechen und die feine Pariser Gesellschaft zu provozieren. Auch auf Mallorca hatte sie mit Männerkleidung und ihrer Angewohnheit, Zigarre zu rauchen, großes Aufsehen erregt. Vierunddreißig Jahre war sie alt gewesen, als sie im November 1838 mit dem sechs Jahre jüngeren Frédéric Chopin, ihren beiden Kindern und einer Zofe auf Mallorca angekommen war. Aurore? Er

Llaüt
Die typischen Fischerboote der Balearen (sprich: Ja-ut) haben traditionell ein dreieckiges Lateinersegel, werden aber heute meist von Dieselmotoren angetrieben.

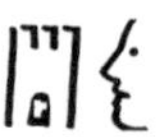

Sand, Chopin
Chopin, der George Sand zunächst für »eine reizlose Frau« hielt, fühlte sich dann doch so zu ihr hingezogen, dass sie acht Jahre zusammenlebten.

erinnerte sich daran, dass Dana beim Namen seines Schiffs nicht an George Sand gedacht hatte. Wie sollte sie auch? Sie hatte vom Film *Casablanca* erzählt, von Humphrey Bogart und Ingrid Bergmann, deren Romanze in Paris in einer Bar namens La belle Aurore begonnen habe. Aber für Rick und Ilsa, ging Kay durch den Kopf, hatte es in Casablanca kein Happy End gegeben. Hoffentlich nahm dieses Abenteuer ein glücklicheres Ende.

»Hallo, Mr. Jones, darf ich Sie aus Ihren Gedanken reißen?«

Kay drehte sich um. Fast hatte er vergessen, warum sie hier waren. Während er sich auf der Mole die Beine vertrat und seinen Erinnerungen nachhing, hatte sich Sam im Restaurant Colón umgehört. Denn so viel hatten sie schon am Telefon herausgefunden, im Colón war Dana als Letztes gewesen. Ab hier verlor sich ihre Spur. Sam wollte feststellen, ob es irgendwelche Beobachtungen oder Anhaltspunkte gab, die ihnen weiterhelfen könnten. Weil er keine Lust hatte, untätig in Sams Wohnung herumzusitzen, hatte er ihn begleitet. Das Angebot, auf der Harley mitzufahren, hatte er nach kurzem Zögern angenommen. Immerhin war ein Motorradhelm mit Visier als Tarnung kaum zu übertreffen. Allerdings machte er sich diesbezüglich nicht allzu große Sorgen. Sogar Dana hatte ihm auf Menorca bestätigt, dass er mit seiner eigenwilligen Rasur, mit runder Nickelbrille und Wollmütze auf den ersten Blick jedenfalls kaum wieder zu erkennen war.

»Mr. Jones klingt gut«, antwortete Kay. »Das sollten wir ohnehin so handhaben. Falls wir jemandem begegnen, sprechen Sie Englisch mit mir. Geht das?«

»Kein Problem, ich habe mal in Amerika gearbeitet. Und Sie sind Engländer, oder?«

»Fast, dieser Roy Jones ist wohnhaft in Hamilton auf den Bermudas. So steht das jedenfalls in meinem Pass. Die Bermuda-Inseln sind seit 1684 eine britische Kolonie. Ich bin beruflich im Export von Südfrüchten engagiert.«

»Sehr schön, immer gut zu wissen, mit wem man es zu tun hat«, erwiderte Sam grinsend. »Okay, Mr. Jones, just to inform you: Im Colón hat man sich große Mühe gegeben, mir weiterzuhelfen. Dana war an besagtem Abend definitiv im Lokal gewesen. Sie hat lange mit Dieter Sögner geredet, dem Küchenchef. Dann haben sie noch an der Bar einen Drink genommen. Schließlich ist sie gegen elf Uhr gegangen. Eine Bedienung hat beobachtet, wie sie direkt gegenüber der Terrasse alleine in ihren Leihwagen, einen blauen Ford, gestiegen und weggefahren ist. Das war's, leider!«

»Hat sie sonst mit niemandem gesprochen? Mit anderen Gästen?«

»Nein, daran kann sich keiner erinnern.«

Kay fuhr sich enttäuscht über die Nase. Insgeheim hatte er gehofft, dass sie hier eine Spur finden würden, die sie weiterbrächte.

»Apropos Leihwagen, was ist eigentlich aus dem geworden?«, fragte er.

»Habe ich schon recherchiert«, antwortete Sam. »Ist am nächsten Tag bei dem Verleiher abgegeben worden. Möglicherweise von demselben Typen, der das Gepäck im Hotel geholt hat. Das Fahrzeug hatte einen leichten Unfallschaden am Heck. Die Selbstbeteiligung wurde vom Überbringer des Autos anstandslos bezahlt. Keine weiteren Hinweise.«

Kay stellte fest, dass Sam ein sorgfältiger Ermittler war. Da hatte er mit seinem neuen Partner einen guten Griff getan. Auch wenn sie derzeit auf der Stelle zu treten schienen.

»Wir könnten mal bei …«

»… der Polizei anrufen«, setzte Sam den Gedanken fort, »und fragen, ob in jener Nacht nach elf Uhr ein Unfall gemeldet wurde, bei dem ein Auto einen Schaden am Heck davongetragen hat.«

Kay nickte. »Genau das wollte ich vorschlagen.«

»No problem, Mr. Jones, solche Dinge werden sofort erledigt«, sagte Sam, der sein Telefon schon in der Hand hatte. »Zufällig habe ich bei der Polizei einen Freund.«

Während Sam telefonierte, ging Kay auf der Mole auf und ab. Diesmal schenkte er den Yachten keinen Blick. Stattdessen dachte er konzentriert über die verbliebenen Optionen nach. Die Aktien standen schon mal besser, musste er sich eingestehen. Auf die Börse übertragen, befanden sich ihre Papiere im freien Fall, charttechnisch keine Bodenbildung zu erkennen, geschweige denn ein Markt mit Aufwärtspotenzial.

»Bullshit«, sagte Sam und ließ das Handy in die Hosentasche gleiten. »Kein Unfall mit einem blauen Ford gemeldet. War scheint's überhaupt eine ruhige Nacht. Drogenspürhunde der Guardia Civil haben in Colònia de Sant Jordi fünfzig Kilogramm Haschisch in einem Auto aufgespürt. In S'Arenal hat es eine Schlägerei zwischen Jugendlichen gegeben. In Palma hat ein eifersüchtiger Ehemann eine Schusswaffe gezogen und auf zwei Männer am Nebentisch geschossen. In Palmanova ist ein Radler von einem Auto angefahren worden …«

»So sieht also eine ruhige Nacht aus«, kommentierte Kay. »Ihrem herzhaften Bullshit schließe ich mich übrigens an. Mir fällt nicht mehr viel ein, was wir machen können. Gibt's was Neues von den Taxifahrern?«

»Fehlanzeige. Bislang hat keiner einen grünen Lieferwagen mit roter Hecktür gesichtet. An der Belohnung kann's nicht liegen, die ist verlockend.«

»Vielleicht haben wir ja noch Glück?«, sagte Kay zweifelnd.

»Seguramente, haben wir. Man darf nie die Hoffnung aufgeben. Ich habe übrigens meinen Amigo bei der Polizei gebeten, mal bei seinen Kollegen nachzufragen, ob in den letzten Tagen irgendetwas mit einer blonden Deutschen auffällig geworden ist. Egal was, und sei es noch so belanglos.«

»Zwar unwahrscheinlich, aber warum nicht?«

Sams Telefon klingelte.

»Hallo, was liegt an?«, meldete er sich.

»Ach so, du bist es, Raymond.« Die Enttäuschung in seiner Stimme war unüberhörbar. »Nein, mein Lieber, ich bin nicht enttäuscht, dass du es bist«, sagte er kurz darauf. »Wie kommst du denn auf diese absurde Idee?« Und nach einer kurzen Pause des Zuhörens: »Wie bitte? Nein, ich bin nicht in deiner Nähe.«

Kay ging einige Schritte weg, um Sam in Ruhe telefonieren zu lassen. Was konnten sie noch tun? Gut, er würde das Lösegeld im Zweifelsfall zahlen, aber er hatte überhaupt kein gutes Gefühl dabei. Schließlich war völlig ungewiss, ob die Entführer Dana wirklich freilassen würden. Kay setzte sich auf eine Bank und verschränkte nachdenklich die Hände hinter dem Kopf.

»Sie hätten ruhig dableiben können«, sagte Sam nach Beendigung des Telefonats. »Das war Raymond, mein bester Kunde und mittlerweile so etwas wie ein Freund. Obwohl er eine ziemliche Schwuchtel ist, was normalerweise nicht in meiner Geschmacksrichtung liegt. Aber er ist wirklich lieb, zudem ein guter Maler und sehr vermögend. Trotzdem gerät er immer wieder in Schwierigkeiten, dafür hat er eine echte Begabung. Auch jetzt wollte er, dass ich sofort bei ihm vorbeikomme.«

»Wo wohnt er denn?«

»Bei Port d'Andratx.«

»Ist zwar nicht der nächste Weg, aber ich fürchte, wir sind hier sowieso fertig«, sagte Kay.

Sam winkte ab. »Nein, Raymond muss auch mal lernen, dass sein Kindermädchen nicht immer Zeit hat. Außerdem beruht sein aktuelles Problem eher auf Einbildung. Ein ehemaliger Freund und Kompagnon, mit dem er mittlerweile verkracht ist, hat aus Deutschland sein Kommen angekündigt. Offenbar hat Raymond Angst vor ihm.«

»Kann er sich keinen Leibwächter nehmen oder zu einem anderen Freund ziehen?«

»Hab ich ihm auch schon vorgeschlagen, aber das will er

nicht. Vor Leibwächtern fürchtet er sich, und umziehen kann er nicht, weil Don Quijote …«
»Don Quijote?« Kay sah Sam fragend an.
»Ja, so heißt sein Hausschwein. Er kann nicht umziehen, weil Don Quijote erkältet ist und die räumliche Veränderung möglicherweise nicht vertragen würde.«
»Stimmt das oder binden Sie mir gerade einen Bären auf?«, zweifelte Kay den Wahrheitsgehalt dieser Schilderung an.
Sam lachte. »Sicher stimmt das, ich hab eben nur schillernde Figuren um mich versammelt.« Er deutete auf Kay. »Einen aus den Fluten auferstandenen Untoten, der in der größten Hitze eine Wollmütze trägt. Und eben jenen Raymond, einen hypersensiblen Schwulen mit einem verschnupften Sobrassada-Schwein.«
»Klingt wirklich exotisch«, bestätigte Kay. »Und? Ist dieser Exfreund schon auf Mallorca?«
»Nein, eben nicht. Das heißt, Raymond glaubt zu spüren, dass er bereits ganz in der Nähe ist. Er habe so ein seltsames Kribbeln in den Handflächen. Aber Fakt ist, dass sich der Typ noch nicht gemeldet hat.« Sam zuckte mit den Schultern. »Da kann ich jetzt auch nichts machen. Außerdem will ich die kommende Nacht nicht bei Raymond als Bettvorleger verbringen. Da habe ich eine bessere Idee!«
»Und die wäre?«
»Nun, wir können doch jetzt beim besten Willen nichts Sinnvolles mehr unternehmen, richtig?«
»Leider richtig.«
»Können Sie eigentlich Motorrad fahren?«
»Sicher. Mr. Jones verfügt sogar über einen Motorradführerschein.«
»Ich meine, können Sie ein richtig erwachsenes Motorrad fahren?« Sam klopfte seiner Harley auf den Tank.
»Kann ich«, antwortete Kay. »Dieser Felix Reiter hatte mal eine eigene Harley.«

»Das sollte als Qualifikation reichen. Dann dürfen Sie mich hier ganz in der Nähe bei einer Dame absetzen, die ich zu beschatten habe. Eine Aufgabe, die ich außerordentlich ernst nehme.« Sam grinste vielsagend.
»Eine besonders hautnahe Beschattung, nehme ich an.« Kay schmunzelte.
»So ist es. Gabriele hat mir eine SMS auf meinem Handy hinterlassen, dass sie mich dringend sehen möchte. Den Wunsch kann ich ihr nicht abschlagen. Sie fährt mich dann morgen früh nach Palma. Bis dahin hat sich ja vielleicht irgendetwas getan. Ich setze immer noch auf die Geldgier der Taxifahrer.«
»Wir haben nur noch dreißig Stunden«, stellte Kay fest. »Uns läuft die Zeit davon. Falls mir inzwischen eine Idee kommen sollte, ich kann Sie doch über Ihr Handy erreichen?«
»Aber natürlich, sogar zum ungünstigsten Augenblick.«
Kay lächelte. »Das wollen wir aber nicht hoffen!«
»Nein, das wollen wir nicht. Und passen Sie bitte auf meine Harley auf, ich habe sie noch nie jemandem geliehen. Das ist ein besonderer Vertrauensbeweis.«
»Ich werde die Harley mindestens so zärtlich behandeln wie Sie Ihre Gabriele.«
Sam zog zweifelnd die Stirn in Falten. »Ich glaube, das wäre zu wenig. Bitte entschieden zärtlicher!«

49

Son Net
Zum Luxushotel in einem über 300 Jahre alten Herrenhaus gehört die ehemals größte Olivenpresse Mallorcas mit dem Restaurant Sa Tafona.

Von der Terrasse mit dem großen, fast dreißig Meter langen Pool konnte man an einigen Palmen und Zypressen vorbei weit aufs Land hinaussehen. Das Gran Hotel Son Net befindet sich in exponierter Lage auf einem Hügel über dem Dorf Puigpunyent. Dr. Schulze hatte sich diese noble Herberge von Hubertus Reinersburg empfehlen lassen. Er musste anerkennen, dass sein Immobilienmakler mit dieser Wahl

guten Geschmack bewiesen hatte. In der Tat waren ja auch die Objekte, die Reinersburg ihm zum Kauf angeboten hatte, durchgängig attraktiv gewesen. Vor allem jene Villa, für die er sich gestern entschieden hatte. Der Optionsvertrag war schon unterschrieben. Und ein Umschlag mit einer ersten Anzahlung hatte bereits den Besitzer gewechselt. Wenn da nur nicht dieses komische Gefühl wäre, das ihn letzte Nacht beschlichen hatte und das ihn an Reinersburgs Seriosität zweifeln ließ. Jemand, der beim Golf betrog, sich verzählte und auf magische Weise definitiv verloren gegangene Bälle wiederfand, kam ihm verdächtig vor.
Selbstverständlich hatte er vorher Referenzen eingeholt, aber er wusste nur allzu gut, dass man diese nicht überbewerten durfte. Manches Mal waren sie das Papier nicht wert, auf dem sie geschrieben waren. Die abenteuerlichsten Betrugsgeschichten waren ihm schon zu Ohren gekommen. Da wurden für unverkäufliche Häuser stattliche Anzahlungen kassiert. Andere Villen standen gerade vor dem Zwangsabriss, weil keine Baugenehmigung vorlag. Oder die Eigentumsverhältnisse waren völlig ungeklärt und verworren. Oder es gab keinen Stromanschluss, und der Brunnen war längst versiegt. Sicher, diese Horrorgeschichten waren die Ausnahme. Aber wie es schien, hatten es die Abzocker auf Mallorca nur allzu leicht. Offenbar brannte die Sonne jede Vorsicht aus den Köpfen der Kaufinteressenten. Er jedenfalls hatte keine Lust, sich dem Kreis der Betrogenen und Übervorteilten anzuschließen. Allerdings war ihm klar, dass er sich mit seinem Schwarzgeld auf dünnes Eis begab, da hatte er im Streitfall keine juristische Handhabe. Umso wichtiger war das Vertrauen.
Dr. Schulze, der am Pool unter einem grünen Schirm auf einer Liege ruhte, nahm wieder das Buch zur Hand, in dem er sich gerade über die Umgebung des Hotels informierte. Puigpunyent, las er, liegt am Fuße des Galatzó inmitten weiter

Jaume I.
1229 landete der 23-jährige König von Aragón bei Santa Ponça auf Mallorca.

Rondalles
So heißen die mallorquinischen Märchen, die u. a. von Seeräubern, Hexen, Königen und bösen Grafen (z. B. Comte Mal) handeln.

Mandel- und Olivenhaine. Puigpunyent bedeutet »Westspitze« und spielt auf ebenjenen Galatzó an, der mit 1027 Metern höchsten Erhebung im Westen Mallorcas. Weil er völlig alleine für sich steht, gilt er wohl zu Recht auch als schönster Berg der Insel. Dr. Schulze las von Berenguer de Palou, dem Bischof von Barcelona, der König Jaume I. einst bei seinem Feldzug gegen die Mauren begleitet hatte und der nach der Eroberung Mallorcas zunächst die ganze Region um Puigpunyent, Calvià und Andratx vom König geschenkt bekam. Der Bischof übertrug das Land in großen Parzellen an seine Lehnsherren, die jene prächtigen Landhäuser bauten, zu denen auch das Son Net zählt und die für diesen Teil der Insel so charakteristisch sind. Er las von der Legende des bösen Grafen, des Comte Mal, der in dieser abgeschiedenen Gegend einst sein Unwesen getrieben und die Bevölkerung geknechtet hatte. Nach seinem Tod sei er dazu verdammt worden, nächtens durch die Hügellandschaft rund um Puigpunyent zu streifen.

Dr. Schulze legte das Buch wieder zur Seite. Er konnte sich nicht so recht auf den Text konzentrieren. Ihm ging dieser Reinersburg nicht aus dem Kopf. Nun, er war gewiss kein Comte Mal, aber vielleicht versuchte er doch, ihn ein klein wenig übers Ohr zu hauen. Das Dumme war nur, dass er auf Mallorca niemanden kannte, den er fragen konnte. Obwohl? Dr. Schulze dachte konzentriert nach. Da gab es doch diesen Privatdetektiv, der im letzten Jahr den flüchtigen Felix Reiter aufgespürt hatte. Wie hieß er doch gleich wieder? Richtig, Sam Späth war sein Name. Er hatte sich bei seiner letzten Begegnung mit Lummer noch über den Namen lustig gemacht. Dieser Sam Späth war offenbar ein sehr fähiger Ermittler. Im Falle Reiters fast zu fähig, war ihm doch nie daran gelegen gewesen, dass man ihn wirklich fassen würde. Aber das war eine andere Geschichte. Hatte Lummer nicht erwähnt, dass Sam Späth nunmehr auf Mallorca arbeitete? Dr. Schulze gratulierte sich zu seinem brillanten Gedächtnis. Das war gar keine schlechte Idee. Er würde seine Sekretärin anrufen und sie bitten, die Telefonnummer ausfindig zu machen. Am besten, sie vereinbarte gleich einen Termin. Ihm wäre sehr viel wohler, wenn Sam Späth diesen Reinersburg mal genauer unter die Lupe nahm. Vielleicht kannte er ihn sogar. Außerdem sollte er ganz konkret die in Frage kommende Villa einer Begutachtung unterziehen. Vielleicht verfügte Späth über einschlägige Kontakte bei den Inselbehörden.

Dr. Schulze gab einem Ober, der gerade dem Ehepaar auf der anderen Seite des Pools Drinks servierte, ein Zeichen. Man konnte ihm sicherlich ein Telefon an die Liege bringen. Dann würde er seine Idee gleich in die Tat umsetzen. Ein Glas Champagner wäre auch nicht schlecht. Danach ein kurzes Nickerchen. Und am Nachmittag würde er sich zum Golfplatz von Camp de Mar bringen lassen, wo er eine Abschlagszeit hatte. Das Leben, das oft so grausam war, vor allem wenn die Aktienkurse fielen, die Mitarbeiter eine Gehaltszulage forderten und die Ehefrau einen Migräneanfall hatte, dieses Leben konnte auch verteufelt schön sein.

50

Auf Umwegen fuhr Kay mit Sams Harley nach Palma, über Ses Salines, an der Abzweigung vorbei, die zum Strand von des Trenc führt. In Sa Rápita widerstand er der Versuchung, im Ca'n Pep eine Pause einzulegen und sich eine Parillada de mariscos zu gönnen. Aber in diesem Lokal war er früher allzu oft gewesen, man sollte das Schicksal nicht noch mehr herausfordern. Dagegen fühlte er sich auf dem Motorrad, mit dem Helm auf dem Kopf und dem Visier vor dem Gesicht, völlig sicher. Diese Verkleidung war fast genauso gut wie eine Tarnkappe.

CA'N PEP
Auch bei Spaniern sehr beliebtes Fischlokal.

S'Arenal
Mit über 50 000 Betten Spaniens größter Badeort für den Massentourismus.

Am Cap Blanc kam er vorbei, dann zunächst entlang der Steilküste nach Badia Azul und Cala Blava. Durch S'Arenal gelangte er nach Ca'n Pastilla, wo er auch einmal mit der Aurore festgemacht hatte. In Portixol, einem kleinen Fischerort direkt vor Palma, kam er auf die stark befahrene Autovia und schließlich auf den Passeig Maritimo.
Es war bereits dunkel geworden, Kay hatte das Licht eingeschaltet und fuhr gemächlich im vierten Gang die Uferpromenade entlang. Die ganze Fahrt über hatte er unbewusst nach einem grünen Lieferwagen mit roter Hecktür Ausschau gehalten. Aber ihm war klar, dass man ihn so kaum finden würde. Ähnlich wie Sam setzte er weiterhin auf die Taxifahrer. Vielleicht könnte man zusätzlich die Werkstätten der Insel abtelefonieren? Aber das war eine Sisyphusarbeit, die in der Kürze der Zeit kaum zu einem Ergebnis führen würde. Kay dachte immer wieder an Dana und daran, dass er für ihre Situation verantwortlich war. Hoffentlich ging es ihr einigermaßen. Er musste sie da herausholen, wie auch immer!
An der Avinguda Argentina bog Kay rechts ab. Er kannte den Hinterhof am Passeig Mallorca, wo Sam sein Motorrad abzustellen pflegte. An der Einfahrt angekommen, schaltete Kay herunter und fuhr langsam in den Hof, der nur von zwei Lampen spärlich beleuchtet wurde. Er rangierte das schwere Motorrad auf den vorgesehenen Platz, stellte den Motor ab und klappte mit dem linken Fuß den massiven Ständer aus. Immerhin hatte er Sams Lieblingsstück heil nach Hause gebracht. Kay schwang sich von der Maschine und wollte gerade den Helm abnehmen, als er vier Männer auf sich zukommen sah. Er brauchte keinen siebten Sinn, um zu erkennen, dass es gleich Ärger geben würde – der dunkle Hinterhof, die drohende Körpersprache der Männer, die offenbar auf ihn gewartet hatten, die Tatsache, dass sie Handschuhe trugen, nicht zu reden vom Baseballschläger, mit dem sich der kräftigste von ihnen bewaffnet hatte. Eindeutiger ging es wohl kaum. Kay

fiel ein, dass er noch den Helm aufhatte. Er war zwar nicht so kräftig gebaut wie Sam, aber im nächtlichen Dunkel konnte man ihn wohl mit Sam verwechseln. Das Motorrad und das Kennzeichen 6593 BJB waren womöglich als Identifikationsmerkmal ausreichend.

»Hallo, mein lieber Freund, jetzt gibt's gebrochene Kniescheiben.« Der Mann ließ den Baseballschläger über dem Kopf kreisen. »Mit den besten Grüßen von Hubertus Reinersburg, der es gar nicht mag, wenn man seinen Rosenbusch umfährt, ihm Bilder stiehlt und ihn in den Pool wirft.«

Hubertus Reinersburg? Den Namen hatte er noch nie gehört! Sam schien nicht nur Freunde auf dieser Welt zu haben. Aber das mit dem Rosenbusch und dem Pool sah ihm ähnlich.

Kay hob beschwichtigend die Hand. »Moment mal, hier handelt es sich um eine Verwechslung. Ich bin nicht der, für den …«

Er kam nicht dazu, den Satz fertig zu sagen. Der Baseballschläger war bereits unterwegs. Wie es aussah, sollten tatsächlich seine Knie daran glauben. Es machte wohl wenig Sinn, das Gespräch fortzusetzen. Kay hechtete aus dem Stand über das Motorrad, rollte sich auf dem gekiesten Boden ab und nahm im Aufstehen den Helm vom Kopf, was leider einige Sekunden dauerte. Außerdem war die Landung nicht ganz so elegant erfolgt, wie er sich das vorgestellt hatte. Sein Ellbogen hatte etwas abbekommen. Entweder lag es nur an der mangelnden Übung, oder er kam langsam in die Jahre. Von hinten näherten sich drei der Ganoven, vor ihm war schon wieder der Sympathieträger mit dem Baseballschläger aufgetaucht. Dessen nächste Attacke wehrte Kay mit dem Helm ab. Das schöne Visier ging dabei zu Bruch. Fast gleichzeitig erwischte er aus der Rotation heraus einen der Drillinge mit dem Schuhabsatz am Kinn. Das war doch nicht so schlecht, stellte Kay zufrieden fest. Wenn er sich nicht sehr täuschte, war die Kinnlade gebrochen. Jedenfalls waren es hinter ihm jetzt nur noch zwei. Es gab ein hohles Geräusch, als er den Helm auf den Kopf des Baseballschwingers krachen ließ. Kay hatte keine Zeit, darüber nachzudenken, ob dies am Kopf oder am Helm lag. Er sprang in die Luft und drehte sich um die eigene Achse. Na bitte, das ging doch noch erstaunlich gut. Vom folgenden Schlag in den unteren Rippenbogen würde sich der Sportsfreund nicht so schnell erholen. Allerdings registrierte Kay bei sich selbst zum schmerzenden Ellbogen jetzt auch ein Zwicken im Lendenwirbel. Er war tatsächlich etwas eingerostet. Gleich morgen würde er wieder mit seinen alltäglichen Übungen beginnen. Aber vorher musste er noch die verbliebenen beiden Kameraden aus dem Weg räumen. Die machten gerade den gleichen Fehler wie Sam auf Menorca. In blinder Wut wollten sie sich auf ihn stürzen. Kay wich zur Seite, ließ einen unkontrollierten Schwinger ins Leere laufen, und weil alles gerade so gut klappte, wagte er eine übermütige Einlage. Mit zwei schnellen Schritten lief er an der Hofmauer hoch, während er aus dem Augenwinkel die beiden Wüteriche auf sich zukommen sah. Zwei Sekunden später war alles vorbei. Im Absprung hatte er den einen mit dem rechten Fuß genau an der vorgeschriebenen Stelle am Hals getroffen. Zeitgleich gelang es ihm, den Helm an der Schläfe des anderen Kontrahenten zu platzieren.

Kay lehnte sich an die Mauer und atmete einige Male tief durch. Sams Helm machte einen ziemlich ramponierten Eindruck. Aber dafür war das Motorrad unversehrt. Drei der vier Typen lagen regungslos vor ihm. Es würde etwas dauern, bis sie wieder bei Sinnen waren. Der Letzte versuchte gerade auf allen vieren den Ausgang zu erreichen. Das sei ihm unbenommen, dachte Kay. Er fasste sich ins Kreuz. Offenbar hatte er sich nicht ernsthaft verletzt. Und am Ellbogen war allenfalls eine Schürfwunde zu vermuten. Ein vergleichsweise geringer Schaden gemessen an seinem Trainingsrückstand und der Zahl seiner Angreifer.

Mit den besten Grüßen von Hubertus Reinersburg? Er würde diese Grüße Sam zuverlässig ausrichten. Wobei ihn interessierte, warum sie so unfreundlich ausgefallen waren. Wegen eines Rosenbuschs, des Pools und gestohlener Bilder? Nun, das könnte reichen. Jedenfalls hatte dieser Herr ganz eindeutig vier Schläger verpflichtet, die die ihm widerfahrene Ungerechtigkeit rächen sollten. Kay warf einen erneuten Blick auf das Motorrad. Er würde Sam sicherlich einen großen Gefallen tun, wenn er die Maschine heute Nacht woanders parkte. Nach der Revitalisierung seiner Widersacher könnten sich die aufgestauten Aggressionen nur allzu leicht gegen die chromblitzende Maschine richten. Kay fuhr sich noch einmal über den schmerzenden Ellbogen. Diese sportliche Einlage war nun wirklich überflüssig gewesen. Als ob er derzeit keine anderen Probleme hätte. Aber zu seiner eigenen Überraschung musste er zugeben, dass ihm die Auseinandersetzung irgendwie gut getan hatte. Seine Frustration, dass er bei der Suche nach Dana nicht weiterkam und kein direkter Gegner greifbar war, hatte ein Ventil gut brauchen können. Womit Dana allerdings nicht geholfen war.

51

Sam lag auf dem Rücken, den Kopf auf den nackten Bauch von Gabriele gelegt. Er inhalierte tief und stellte wieder einmal fest, dass eine Zigarette nie so gut schmeckte wie in diesen Augenblicken. Vor kurzem war die Sonne hinter dem Höhenzug der Serra de Llevant untergegangen. Der Abendhimmel hatte sich rot gefärbt. Die Luft war noch angenehm warm. Aus der Ferne war das monotone Gebimmel von kleinen Glocken zu hören, die von weidenden Schafen herrührten.

Dieses Wasserbett am Pool war wirklich eine großartige Erfindung. Nicht zu fest und nicht zu weich, mit einer wellenförmi-

SERRA DE LLEVANT
Sanfter Gebirgszug im Südosten der Insel mit Gipfeln zwischen 300 und 500 m Höhe. Zum Vergleich: der Puig Major der Serra de Tramuntana hat 1445 m!

gen Rückfederung. Falls er sich einmal zur Ruhe setzen sollte, was mit Kays finanzieller Unterstützung durchaus denkbar war, würde er auch in so eine Spielwiese investieren. Seine rechte Hand streichelte Gabrieles Unterschenkel. Ob Kay seine Harley heil nach Palma gebracht hatte? Und wie, verdammt noch mal, konnten sie das Versteck von Danas Entführern aufspüren?

»Sam, ich muss dir was sagen!« Er fand, dass Gabrieles Stimme irgendwie bedrückt klang. O Gott, schoss es ihm durch den Kopf, sie wird doch nicht etwa schwanger sein? Oder hatte Hans-Peter ihr den Laufpass gegeben, und sie wollte zu ihm in seine Wohnung ziehen? Das Wasserbett hatte dort jedenfalls keinen Platz!

»Dann sag's einfach!« Vorsichtshalber zog er noch einmal an seiner Zigarette.

»Ich hab dir doch eine SMS geschickt, dass ich dich sprechen möchte.«

»Yes, und ich bin sofort gekommen!«

»Aber ich bin dir trotzdem böse. Du bist neulich für einige Tage verschwunden, hast mir einen Korb gegeben.«

Sam dachte an seinen Ausflug nach Menorca. Stimmt, da hatte er Gabriele kurzfristig eine Absage erteilt.

»Ich hatte berufliche Verpflichtungen, die mich länger angekettet haben als erwartet.« Er freute sich über sein Wortspiel, waren ihm doch gerade die Handschellen eingefallen, mit denen er an den schweren Herd gefesselt gewesen war.

»Berufliche Verpflichtungen? Machst du das eigentlich häufiger, dass du Damen, die du beobachten sollst …?«

Sam drehte sich um, stützte sich auf und sah Gabriele an. »Nein, mach ich nicht. Außerdem beschatte ich meistens Männer. Und mit denen habe ich es nicht so.«

»Das glaube ich dir sogar!«

»Also, was wolltest du mir sagen?«

»Du musst jetzt stark sein!«

Also doch schwanger! So ein Bullshit. Sam zog nervös an seiner Zigarette.
»Ich werde zurück nach Düsseldorf gehen!«, fuhr Gabriele fort.
»Nach Düsseldorf? Zu deinem Mann?«
»Ja, zu Hans-Peter. Er will mich bei sich haben.«
Sam versuchte sich seine Erleichterung nicht anmerken zu lassen. Er schnippte die Zigarette in den Pool. »Und wann kommst du zurück nach Mallorca?«
Gabriele schaute traurig. Sie fuhr Sam mit den Fingern über die Wange. »Das ist ja das Problem, ich komme gar nicht zurück. Hans-Peter will das Haus hier verkaufen, er möchte, dass ich wieder die ganze Zeit bei ihm in Düsseldorf lebe. Er sagt, er sei unheimlich in mich verliebt und könne keinen Tag mehr ohne mich sein.«
»Bislang konnte er das aber ganz gut. Wahrscheinlich hat ihn seine Freundin verlassen.«
»Seine Freundin? Hans-Peter hat in Düsseldorf eine Freundin?«
»Aber klar doch, natürlich. Das ist genauso logisch, wie es logisch ist, dass du ihm hier auf Mallorca nicht treu bist.«
»Das heißt, du weißt das gar nicht, du vermutest nur, dass Hans-Peter eine Freundin hatte?«
»Ja, ich vermute das bloß, du musst also nicht gleich eifersüchtig sein. Dummerweise habe ich mit meinen Vermutungen immer Recht, sieht man ja an dir!«
»Du bist ganz schön gemein. Bist du wenigstens traurig?«
Sam blickte Gabriele an. Seine Augen wanderten von ihren vollen Lippen über ihren schlanken Hals zu den üppigen Brüsten. Die Antwort fiel ihm nicht schwer. »Ich kann es noch gar nicht fassen. Ohne dich fehlt meinem Leben irgendwie der rechte Halt.«
»Jetzt übertreibst du aber!«
»Nein, ich meine das vor allem körperlich, was aber im Leben eines Mannes von großer Bedeutung ist.«

Gabriele sah lächelnd auf ihren Busen, umfasste ihn von beiden Seiten und hob ihn aufreizend an. »Jetzt verstehe ich, was du mit dem Halt meinst.«

»Es wird wie ein Entzug sein, mit schrecklichen Nebenwirkungen. Ich würde lieber das Rauchen aufgeben. Oder sogar den Alkohol.«

»Sam, du machst ausgefallene Komplimente. Mein Flug geht übrigens schon morgen Vormittag, meine Koffer sind bereits gepackt.«

»Schon morgen?« Jetzt war Sam wirklich überrascht. Einige Tage beziehungsweise Nächte hätte er sich zum Abschiednehmen schon gerne gegönnt. Aber er war geübt darin, Schicksalsschläge wegzustecken.

»Du kannst mich ja mal in Düsseldorf besuchen kommen«, schlug Gabriele vor, »wenn Hans-Peter auf Geschäftsreise ist.«

»Das wird nötig sein, ich meine, ja, das werde ich tun«, erwiderte er, während er eigentlich darüber nachdachte, dass ihn Gabriele auf dem Weg zum Flughafen in Palma absetzen könnte.

»Sam, ich möchte dich noch um einen Gefallen bitten.«

»Immer zu Diensten. Soll ich euch ab und zu eine Postkarte vom Ballermann schicken, damit ihr Mallorca in guter Erinnerung behaltet?«

»Ja, bestimmt«, sagte Gabriele lachend. »Hans-Peter will das Haus verkaufen. Würdest du das für uns tun? Natürlich gegen die übliche Provision.«

Sam dachte an Reinersburg und dass er ihn bei dieser Angelegenheit keinesfalls um Mithilfe bitten würde.

»Ich bin zwar kein Immobilienmakler, aber selbstverständlich würde ich mich darum kümmern.« Das Wasserbett könnte er ja bei dieser Gelegenheit in seinen Privatbesitz überführen. Allerdings würde er dann eine größere Wohnung brauchen.

»Hans-Peter hat mir alle erforderlichen Unterlagen gefaxt,

der Umschlag ist bereits hergerichtet. Ich gebe dir morgen früh die Schlüssel vom Haus und erkläre dir die Alarmanlage. Du bleibst doch über Nacht?«

Sam sah erneut auf ihren Busen. Ihm schien, er hatte da eine gewisse Fixierung entwickelt. Dumme Frage, natürlich würde er über Nacht bleiben. Und er wäre sehr von sich enttäuscht, wenn Gabriele in den kommenden Stunden viel Schlaf finden würde.

52

Kay stand in Sams Wohnung vor dem geöffneten Fenster – seine Knie gebeugt, die Füße parallel, den Rücken gerade und die Fäuste an den Hüften geballt. Er erinnerte sich an seinen Tai-Chi-Lehrer in Singapur. Der hatte diese Grundstellung mit einem Sitz im Pferdesattel verglichen. Kay atmete tief ein und hob dabei die Arme langsam in Brusthöhe. Der brennende Ellbogen störte ihn bei seiner Konzentration. Der gestrige Hechtsprung über die Harley-Davidson war hinsichtlich der Landung durchaus mangelhaft ausgefallen. Fließend verlagerte er sein Gewicht auf das rechte Bein, jetzt ausatmen und mit dem linken Arm einen großen Kreis beschreiben. Und mit der rechten Faust sanft nach vorne stoßen und den Südwind berühren.

Kay brach die Übung ab und langte sich ins Kreuz. Von wegen den Südwind berühren. Seine Lendenwirbel hatten gegen dieses Vorhaben schmerzhafte Einwände vorzubringen. Bei dem Rotationssprung waren gestern Abend nicht nur die Rippen seines Gegners angeknackst, sondern auch sein Selbstbewusstsein als einigermaßen talentierter Jünger der fernöstlichen Kampfkunst. Wie lange war es her, dass er sich im Shaolin-Tempel im Zen-Buddhismus hatte unterweisen lassen? In der Tradition des Bodhi-Darma hatte er nicht nur die Meditationsübungen der Mönche kennen gelernt, sondern auch seine Fähigkeiten im Kung-Fu weiterentwickelt. Nun, damals war er entschieden jünger und gelenkiger gewesen. Jedenfalls waren ihm jetzt schon die einfachen Bewegungsabläufe des Tai-Chi zu viel. Er würde sich erst einige Tage auskurieren müssen, bevor er mit den täglichen Übungen anfangen könnte. Noch einige Tage? So weit konnte er gar nicht vorausdenken. War doch völlig ungewiss, was die nächsten Stunden bringen würden. Dana befand sich noch immer in den Händen der Entführer. Unaufhaltsam rückte der Zeiger weiter vor. Um Mitternacht lief das Ultimatum ab. Zehn Millionen Euro Lösegeld sollte er bezahlen. Wenn er nur wüsste, dass Dana dann wirklich freigelassen würde. Er sah auf die Uhr. Noch fünfzehn Stunden!

Kay setzte sich an den Küchentisch und schaltete sein Notebook ein. Auf ein Konto einer Bank auf den Cayman-Inseln sollte er das Geld überweisen. Es faszinierte ihn, dass die Entführer ausgerechnet die Royal Caribbean and Dorcester Bank in Georgetown ausgesucht hatten. Diese Bank auf Grand Cayman kannte er gut, sogar sehr gut. Kay stellte über sein Modem die Verbindung her. Die elektronische Form der Lösegeldübergabe gefiel ihm. Er zog diese Variante jedenfalls ganz entschieden einer Nacht- und Nebelaktion vor, wie man sie aus dem Kino kannte, bei der zum Beispiel in einem Kieswerk ein Koffer voller Geldscheine übergeben wurde. Kay gab seinen Code ein und klickte sich durch das Menü. Dann nahm er sein Handy und wählte eine Nummer.

Er war so in seinen Computer vertieft, dass er Sams Kommen gar nicht bemerkt hatte.

»Ach du liebe Scheiße«, hörte er dessen Stimme. Kay drehte sich um und sah Sam mit entsetztem Gesicht vor dem Hocker stehen, auf dem der verbeulte Motorradhelm mit dem zersplitterten Visier lag. »Ein Unfall, ich habe es geahnt. Meine schöne Harley!«

Kay beobachtete mit einem leisen Lächeln Sams Nervenzusammenbruch.
»Sie bekommen von mir einen schönen neuen Helm!«, sagte Kay.
»Einen neuen Helm? Mir geht es um mein Motorrad!«
»Übrigens eine sehr gute Maschine, läuft absolut perfekt, ein Hochgenuss«, meinte Kay, dem es Spaß machte, Sam noch etwas auf die Folter zu spannen.
»Was ist passiert? Sind Sie gestürzt?«
»Gestürzt? Ja, bin ich. Schauen Sie sich meinen Ellbogen an, ist aufgeschürft und leicht geschwollen. Und meine Lendenwirbel hat es auch in Mitleidenschaft gezogen.«
»Ich dachte, Sie können Motorrad fahren?«
»Kann ich auch. Übrigens geht es Ihrer Maschine hervorragend, ich habe sie nur woanders geparkt. Sie hat keinen Kratzer abbekommen.«
»Keinen Kratzer? Ich dachte, Sie sind gestürzt?«
»Doch nicht mit dem Motorrad, nein. Ich hatte das besondere Vergnügen, mit Ihnen verwechselt zu werden.«
»Kann einem Schlimmeres passieren«, grummelte Sam. »Umgekehrt möchte ich mit Ihnen jedenfalls nicht verwechselt werden. Meine Harley ist wirklich okay?« Er konnte es offenbar noch nicht glauben.
»Sie ist absolut unversehrt, wirklich. Sie steht in der Einfahrt bei der Panaderia. Übrigens, kennen Sie einen Herrn mit dem wunderbaren Namen Hubertus Reinersburg?«
»Diese Pfeife, natürlich kenne ich den. Jetzt verstehe ich gar nichts mehr. Was hat der damit zu tun?«
»Ich soll Ihnen Grüße von ihm bestellen.«
»Grüße? Das überrascht mich, herzlichen Dank!«
»Ja, vier Freunde von ihm haben die Grüße gestern Abend übermittelt. Sie haben mich in dem Hinterhof erwartet, wo ich die Harley abstellen sollte. Und Sie haben mich im Dunkeln und mit dem Helm auf dem Kopf ganz offenbar mit Ihnen

verwechselt. Sie haben irgendetwas von gestohlenen Bildern und von einem Busch erzählt …«

»Rosenbusch, es war ein Rosenbusch«, präzisierte Sam mit einem jetzt schon wieder entschieden fröhlicheren Gesichtsausdruck.

»… und dass Sie diesen Menschen in einen Pool geworfen hätten.«

»Zur Abkühlung, richtig«, sagte Sam grinsend.

»Jedenfalls hatte einer der Jungs einen Baseballschläger und die erklärte Absicht, mir beziehungsweise Ihnen die Kniescheiben zu zertrümmern.«

Sam sah kurz auf die Knie von Kay. »Aber er hat die Verwechslung noch bemerkt und davon abgelassen.«

»Nein, hat er nicht. Ich musste sozusagen einen Stellvertreterkrieg führen. Dabei ist leider Ihr Helm zu Bruch gegangen. Außerdem habe ich, wie bereits erwähnt, einige kleinere Blessuren davongetragen.«

»Und die vier Männer?« Sam sah ihn fragend an. »Was ist aus denen geworden?«

»Es handelte sich nicht gerade um Meister ihres Fachs. Offenbar spart dieser Herr Reinersburg bei der Auswahl seines Personals. Jedenfalls konnte ich mich der unkoordinierten Angriffe erwehren und die Sportsfreunde außer Gefecht setzen.«

Sam schlug mit der Faust begeistert in die Luft. »Superleistung! Gleich alle vier, das freut mich.«

»Das hätten Sie auch geschafft«, schwächte Kay ab.

»Na, so war es für mich bequemer. Außerdem hatte auch ich eine anstrengende Nacht.« Sam zeigte ein breites Grinsen.

»Diese Gabriele?«

»Richtig, bei ihr war ebenfalls voller körperlicher Einsatz gefordert.«

»Aber ich muss kein Mitleid mit Ihnen haben, oder?«

»Nein, das wäre übertrieben. Doch um auf diesen Reinersburg zurückzukommen, diese Pappnase hat nun wirklich nicht alle beieinander. Sobald wir Dana frei haben, werde ich mir diesen Herrn mal richtig zur Brust nehmen und ihm das Handwerk legen. Er hat nämlich …«

Kay winkte ab. »Entschuldigen Sie, Sam, das interessiert mich jetzt überhaupt nicht. Ich schätze, Sie haben Ihre Gründe. Aber wir haben nur noch gut vierzehn Stunden. Uns läuft die Zeit davon. Wir müssen Dana finden, ich weiß nur nicht, wie!«

Sam drückte die leere Bierdose zusammen. »Wir schaffen das, Sie werden sehen. Ich habe noch einige sehr spezielle Kontakte, die werde ich jetzt anzapfen. Außerdem besuche ich meinen Freund bei der Polizei. Und vielleicht haben wir doch noch Glück mit den Taxifahrern. Streiken können sie, aber einen grünen Lieferwagen entdecken? Das kann ja wohl nicht so schwierig sein.« Sam deutete zum Notebook. »Was machen Sie eigentlich am Computer?«

»Ich bereite die Lösegeldübergabe vor. Sie soll per elektronischer Überweisung auf ein Konto in der Karibik erfolgen.«

»Werden wir hoffentlich nicht brauchen …«

Sam wurde vom Läuten des Telefons unterbrochen.

»Díga?«, meldete er sich. Und dann: »Hola, Raymond. So früh hast du noch nie angerufen, was gibt's? Was, du hast letzte Nacht kein Auge zugetan? Du wirst es nicht glauben, ich auch nicht! Aus Angst vor Oswald? Nun, wenn er sich bis jetzt nicht gemeldet hat, wird er vielleicht gar nicht mehr kommen. Also entspann dich. Du glaubst, er ist ganz in der Nähe? Woher willst du das wissen, verfügst du über paranormale Fähigkeiten? Don Quijote ist auch ganz nervös? Aber bei allem Respekt, Don Quijote ist nur ein Schwein, natürlich ein besonders sensibles Schwein, aber Don Quijote kennt doch deinen Freund überhaupt nicht. Wie bitte? Ich habe dich gestern Abend im Stich gelassen? Aber es ist doch gar nichts passiert. Okay, Raymond, versprochen, ich komme nachher auf einen Sprung bei dir vorbei, aber wirklich nur ganz kurz. Ich habe hier ein großes Problem, das ich heute

noch lösen muss. Ab morgen stehe ich dir wieder ganz zur Verfügung. Ja, natürlich, ich mache mich bemerkbar, halte das Haus weiterhin gut verschlossen. Hasta luego, Amigo!«
Sam verdrehte die Augen, als er auflegte. »Raymond ist völlig von der Rolle, er fürchtet sich zu Tode. Und Don Quijote ist ihm auch keine große Hilfe. In diesem Fall wäre ein Kampfhund einem Sobrassada-Schwein vorzuziehen.«
»Schmeckt aber nicht so gut«, gab Kay zu bedenken.
»Das hätte Raymond nicht hören dürfen. Ich sollte kurz bei ihm vorbeischauen und ihn beruhigen. Ich werde gleich losfahren. Bin um zwei Uhr wieder da. Was machen Sie in der Zwischenzeit?« Sam lachte. »Wieder Freunde von mir verprügeln?«
»Darauf lege ich keinen gesteigerten Wert. Ich habe schon daran gedacht, einen Hubschrauber zu mieten und die Insel nach dem grünen Lieferwagen abzusuchen, aber das macht wohl wenig Sinn, dafür ist Mallorca doch zu groß.«
»Stimmt. Am besten, Sie warten hier. Wir holen Dana da raus, Sie werden sehen. Wo ist der Motorradschlüssel?«
Erneut klingelte das Telefon. Sam hob ab. »Raymond, jetzt ist es genug, nicht schon wieder …«, meldete er sich. »Entschuldigen Sie, ich habe jemand anders erwartet«, sagte er kurz darauf. »Wie war doch gleich Ihr Name? Dr. Herbert Schulze aus Frankfurt? Ja, guten Morgen. Was kann ich für Sie tun?«
Bei dem Namen Dr. Herbert Schulze blieb Kay, der gerade den Schlüssel holen wollte, wie angewurzelt stehen. Der Name Schulze war sicherlich häufig, aber mit Doktortitel, dem richtigen Vornamen und aus Frankfurt? Sollte das wirklich Dr. Schulze sein? Jener Vorstandsvorsitzende, der zum Fünfer-Rat gehörte, der ihn mit der Anzeige über die Klinge hatte gehen lassen – und der ihn im letzten Jahr dann doch vor der drohenden Verhaftung warnen ließ? Was brachte ihn dazu, Sam Späth anzurufen? Die Ereignisse wurden immer verwickelter. Als ob sie nicht mit Danas Entführung genug zu tun hätten.

Keine zwei Minuten später hatte Sam aufgelegt. »So klein ist die Welt«, stellte er fest. »Das war Ihr spezieller Freund Dr. Schulze.«
»Habe ich es mir doch gedacht. Was wollte er?«
»Er ist auf Mallorca und will mich engagieren. Meinen Namen kennt er wohl wegen meiner letztjährigen Tätigkeit für die Kanzlei Lummer.«
»Das ist anzunehmen. Hat der Auftrag etwas mit mir zu tun?«
»Nein, viel witziger, er hat etwas mit diesem Hubertus Reinersburg zu tun. Er will von ihm ein Haus kaufen, ist sich aber unsicher, was die Seriosität von Reinersburg betrifft.«
»Die Welt ist wirklich klein, sie passt in ein Marmeladenglas!«
»Er hat jedenfalls eine gute Menschenkenntnis, denn diesem Hurensohn würde ich nicht einmal meine Schwiegermutter anvertrauen.«
»Die Sie nicht haben!«
»Nein, natürlich nicht. Ich werde mich mit ihm auf dem Rückweg von Raymond kurz in der Lounge vom Ofra Resort Hotel am Golfplatz Bendinat treffen. Auf diesen Auftrag bin ich gespannt.«

GOLF
Der Real Golf de Bendinat ist schön zu spielen, hat eher kurze Löcher, ist aber nicht ohne Tücken.

»Ich auch. Über diesen Dr. Schulze könnte ich Ihnen einiges erzählen, aber das sollten wir auf morgen verschieben.«
»Natürlich, und keine Sorge, ich bin heute gut drauf, es wird alles gut!«
Kay warf Sam den Motorradschlüssel zu. Schon fiel die Wohnungstür ins Schloss, und er hörte Sam die Treppen hinunterpoltern. Leider konnte er dessen Optimismus nicht teilen. Vor allem nervte es ihn ungemein, so zur Untätigkeit verdammt zu sein. Er nahm einen Apfel, biss hinein und setzte sich wieder vor sein Notebook, denn er war mit den Vorbereitungen für die Geldübergabe noch nicht fertig. Er hatte da so eine Idee. Und er hatte Zeit, es war also einen Versuch wert.

53

Pedro wollte ihr irgendetwas sagen. Aber Dana war müde, unendlich müde. Es fiel ihr schwer, die Augen offen zu halten. Sie fühlte sich, als ob in ihrem Kopf Watte wäre. Und Pedro nahm sie nur wie durch einen Schleier wahr. Er schien sich wie in Zeitlupe zu bewegen. Seine Stimme war seltsam verzerrt, in die Länge gezogen, wie bei einem Tonband, das mit einer langsameren Geschwindigkeit ablief. Eigentlich ziemlich komisch. Auf diese Weise wirkte Pedro überhaupt nicht mehr bedrohlich.

Was waren seine Worte? »Esta noche, heute Abend …« Ja, was war heute Abend? Warum konnte Pedro nicht sprechen wie ein vernünftiger Mensch? Dana widerstand der Versuchung, die Augen zu schließen und weiterzuschlafen. Nun kam der zweite Teil des Satzes bei ihr an. »… wird es ernst!« Sie fand die Situation schon jetzt ernst genug, sie konnte wohl kaum viel ernster werden.

»Um Mitternacht …« Um Mitternacht? Zur Geisterstunde? Da würde sie schlafen, tief schlafen. »… ist der Termin für die Lösegeldübergabe.« Löse… was? Lösegeld? Lösegeldübergabe! Also doch. Sie hatten es auf Kays Geld abgesehen. Dana blickte auf ihre gefesselten Handgelenke. Hoffentlich war bald alles vorbei. »Dann heißt es Abschied nehmen, decir adiós …« Abschied nehmen? Da hatte sie nichts dagegen, nein, wirklich nicht. Aber wie meinte er das? Abschied von wem oder was? Von ihren Entführern? Mit dem größten Vergnügen. Oder Abschied von Kay? Ihr fielen die Augen zu. Mit hochgezogenen Brauen kämpfte sie dagegen an. Dass ihr die Entführer etwas ins Trinkwasser getan hatten, war ihr längst klar. Wahrscheinlich handelte es sich um schlichte Schlaftabletten, die allerdings ihre Wirkung nicht verfehlten. Aber was sollte sie tun, der Wasserhahn am Waschbecken war abgestellt, und sie hatte Durst, großen Durst. Also musste sie wohl oder übel aus den bereitgestellten Flaschen trinken. Abschied nehmen? Vielleicht gar von dieser Welt? Das wäre in ihrem noch nicht so fortgeschrittenen Alter etwas voreilig. Dana dachte an ihre Eltern, denen sie diesen Schmerz gerne erspart hätte. Dann fiel ihr wieder Kay ein. Ob er das Lösegeld bezahlen würde? Natürlich würde er das! Natürlich? Was machte sie eigentlich so sicher? Und selbst wenn, was hielte ihre Entführer davon ab, sie anschließend dennoch zu ermorden? Warum befreite sie niemand? Ein weißer Ritter auf einem großen, mächtigen Pferd. Mit einem magischen Schwert, das durch Mauern dringen konnte. Dana sank zurück auf die Matratze. Ein Ritter, der sie zu sich auf das schnaubende Pferd ziehen würde, und der dann durch die Lüfte …

Pedro sah auf Dana, die wieder eingeschlafen war. Jedenfalls würde sie nicht viel mitbekommen, wenn sie den Anordnungen Don Antonios Folge leisteten.

54

Für Raymond hatte sich Sam nur wenig Zeit genommen. Er machte tatsächlich auf ihn einen ziemlich verstörten Eindruck. Aber allein die Tatsache, dass er bei ihm vorbeigeschaut hatte, schien ihn etwas zu beruhigen. Ab morgen, das hatte er ihm erneut versprochen, würde er sich seiner Probleme wieder intensiver annehmen können. Aber heute gab es in der Tat Wichtigeres zu erledigen. In einer halben Stunde war er mit seinem Freund bei der Polizei verabredet, kurz darauf mit Emilio, einem Ganoven, der normalerweise alles wusste, was auf der Insel geschah. Und um zwei Uhr wollte er wieder bei Kay sein. Blieben für Dr. Schulze knappe fünfzehn Minuten. Er habe extra seine Golfrunde auf dem königlichen Kurs von Bendinat abgebrochen, um sich mit Sam zu treffen, hatte ihm Dr. Schulze zur Begrüßung erzählt. Sam war von

Ofra Resort Hotel
Das im Kolonialstil errichtete Hotel liegt direkt am Golfplatz Bendinat.

Café con leche
Im Unterschied zum Café con leche enthält der Carajillo keine Milch, dafür einen kräftigen Schuss Cognac.

diesem Opfer wenig beeindruckt. Er hielt das Golfspiel ohnehin für ein Hobby, bei dem es einzig darum ging, auf möglichst teure Art überflüssige Zeit totzuschlagen. Außerdem wollte ja Dr. Schulze etwas von ihm, nicht umgekehrt. Sie saßen sich in der Lounge des Ofra Resort Hotels gegenüber. Sam hatte sich ausnahmsweise kein Bier bestellt, nicht einmal einen Carajillo, sondern einen Café con leche, da er heute einen klaren Kopf behalten wollte.
Dr. Schulze war wenig begeistert, als ihm Sam bestätigte, dass Hubertus Reinersburg seiner Ansicht nach kein seriöser Geschäftspartner sei. Was aber nichts zu bedeuten habe, vielleicht sei der vorliegende Hausverkauf völlig korrekt. Als Dr. Schulze die Anzahlung erwähnte, musste Sam lächeln. So lief das eben auf der Insel. Wie ihm Kay angedeutet hatte, fehlte es diesem Dr. Schulze nicht an Schwarzgeld. Sam ließ sich alle Unterlagen geben und versprach, sich sehr schnell um die Angelegenheit zu kümmern. Er versicherte seinem Klienten, dass er bis morgen Nachmittag einiges in Erfahrung bringen würde. Wie er das allerdings schaffen wollte, war ihm selbst ein Rätsel. Das Dossier über Reinersburg hatte er immerhin schon angelegt, das konnte er sozusagen aus der Tasche zaubern.
Fast schon im Aufbruch kam Dr. Schulze auf Kay zu sprechen, worauf Sam eigentlich gewartet hatte. Natürlich nannte er nicht diesen Namen, er sprach von Dr. Felix Reiter. Es sei ihm ein Anliegen, sagte Dr. Schulze, ihm für seine ausgezeichnete Arbeit zu danken, die er im letzten Jahr geleistet habe. Fast wäre dank seiner vorzüglichen Ermittlungen die Ergreifung des Flüchtigen gelungen. Leider sei Dr. Reiter dann im Meer ertrunken, ein tragisches Schicksal, das wünsche man ja seinem ärgsten Feind nicht. Sam konnte sich des Eindrucks nicht erwehren, dass dieses Mitgefühl übertrieben war. Nein, er habe leider keine Zeit mehr. Ein wichtiger Fall nehme ihn voll in Anspruch. Dr. Schulze erzählte, dass er

jetzt nach Palma fahren würde, um sich wenigstens einmal die Kathedrale anzusehen. Das sei ja sonst peinlich, wenn er von Mallorca zurückkomme und habe überhaupt nicht in Kultur gemacht. Was sollten die Leute von ihm denken. Sam stimmte in Dr. Schulzes Gelächter ein.

La Seu
Die Kathedrale von Palma sollte tatsächlich auf dem Pflichtprogramm jedes Besuchers stehen. Immerhin ist sie ein Meisterwerk gotischer Architektur und eine der größten Kirchen Europas. Nur die Türme sind etwas zu klein geraten.

55

»Vamos a la Ciutat« sagen die Einheimischen, wenn sie sich aufmachen, um in Palmas Altstadt spazieren zu gehen. Kay stand zwar heute alles andere als der Sinn danach, durch die historischen Viertel zu flanieren, etwa die Jugendstilfassaden anzusehen, die er eigentlich so mochte, um dann irgendwo in einer kleinen Bar ein Glas Wein zu trinken. Aber er hatte alle Vorbereitungen für die Überweisung des Lösegelds getroffen. Weil er ständig an die entführte Dana denken musste, hielt es ihn nicht mehr in Sams Wohnung. Er lief ziellos kreuz und quer. Gerade hatte er noch einen großen Bogen um das Szenecafé Bosch geschlagen, war am Gran Hotel und dem gegenüberliegenden Forn des Teatre vorbeigekommen und durch kleine Gassen zur Kirche Santa Magdalena gelangt. Dann war er über den Passeig de la Rambla zur Plaça Major gelaufen.

Jetzt stand er in der Nähe von Santa Eulalia in einem Antiquariat und blätterte in einem Buch über den Erzherzog Ludwig Salvator. Er konnte sich noch gut daran erinnern, wie er Dana im letzten Jahr vom Arxiduc, wie der Erzherzog auf Mallorca genannt wird, erzählt hatte. Kay war ein großer Bewunderer von Ludwig Salvator, dem Cousin des Kaisers Franz Josef von Österreich. Im Palazzo Pitti in Florenz war er 1847 zur Welt gekommen. Als dritter Anwärter auf den kaiserlichen Thron war ihm eigentlich ein höfisches Leben vorbestimmt gewesen, aber Ludwig Salvator war schon in jungen Jahren ausgestiegen. Als Graf von Neuendorf reiste der hochgebildete Erzherzog 1867 nach Mallorca – um sich in die Insel zu

Ludwig Salvator
Der Urvater aller Aussteiger war von höchstem Stand: Erzherzog von Habsburg-Lothringen und Bourbon, Sohn des Erzherzogs Leopold II. von Toskana und der königlichen Erzherzogin Maria Antonietta, einer Tochter Franz I., des Königs beider Sizilien.

Son Marroig, Miramar
Son Marroig ist heute ein Museum und kann besichtigt werden, das Landgut Miramar befindet sich in Privatbesitz.

verlieben. Einige Jahre später begann er im Nordwesten der Insel zwischen Valldemossa und Deià Grundstücke aufzukaufen. Das Landgut Son Marroig wurde sein Hauptdomizil. Kay erinnerte sich daran, wie Dana vom Boot aus mit dem Fernglas den wunderschönen kleinen Marmortempel betrachtet hatte, den Ludwig Salvator aus der Toskana nach Mallorca hatte bringen lassen.

Er hatte Dana erklärt, was ihm an dem Erzherzog so imponierte, nämlich dass er ein Vorreiter des Naturschutzes gewesen war. So durfte auf seinen Ländereien kein Baum gefällt werden. Ein neunbändiges Standardwerk über die Balearen hatte er verfasst. Kay stieß auf ein Bild der Yacht Nixe, mit der der Erzherzog ausgedehnte Forschungsreisen unternommen und die oft vor der bizzaren Halbinsel Na Foradada geankert hatte. Ihm fiel ein, dass Ludwig Salvators jüngerer Bruder bei einer Seereise auf mysteriöse Weise verschwunden war. Das Obersthofmarschallamt hatte ihn später offiziell für tot erklärt. Darüber hatte er noch nie nachgedacht. Gewisse Parallelen zu seinem eigenen Schicksal waren unübersehbar. Jedenfalls gab es die Legende, dass auch Ludwig Salvators Bruder überlebt hatte, was aus bestimmten Gründen verschleiert werden sollte. Einige Seiten später war das Landgut S'Estaca abgebildet, das Salvator für seine mallorquinische Geliebte Catalina Homar zu einem sizilianischen Schlösschen hatte umbauen lassen. Heute gehört das Anwesen dem amerikanischen Filmschauspieler Michael Douglas. Dann kam eine Aufnahme von Elisabeth, der Kaiserin von Österreich und Königin von Ungarn. Zweimal hatte sie Ludwig Salvator auf Mallorca besucht, einmal in Begleitung ihres Lieblingsrehs. Sisi hatte wie wohl keine andere Verständnis für Ludwig Salvators Aussteigerleben, war sie doch selbst ständig auf der Flucht vor dem höfischen Protokoll. Kay erinnerte sich, wie er mit Dana über Sisis unkonventionelle Ansichten diskutiert hatte, wobei sie auch der Frage nachgegangen waren, inwie-

weit Sisi Salvator nur eine rein platonische Zuneigung entgegengebracht hatte. Schließlich war der Erzherzog auch für sein ausschweifendes Sexualleben bekannt gewesen. Dana hatte die Ansicht vertreten, dass Sisi mittlerweile ganz andere Vorlieben hatte, die eher zu Catalina Homar gepasst hätten.
Kay fand in die Gegenwart zurück. Er klappte das Buch zu, kaufte es kurz entschlossen und trat aus dem Antiquariat wieder hinaus auf die Straße. Heiß war es heute und schwül. Kay nahm die Wollmütze ab und fuhr sich mit der Hand durch die Haare. In einer Stunde würde er sich mit Sam in der Wohnung treffen. Hoffentlich hatte er irgendetwas erreicht, wenigstens eine winzig kleine Spur entdeckt, der sie nachgehen konnten. Dass er nichts zu unternehmen vermochte, machte ihn noch wahnsinnig. Seine Schritte führten ihn durch die Carrer Morey, die für ihre schönen Patios berühmt ist, Richtung La Seu. Er war ja nicht besonders gläubig, aber vielleicht half es, wenn er in der Kathedrale eine Kerze stiftete? Allerdings könnte es sein, dass sie zu dieser Tageszeit geschlossen hatte. Er erinnerte sich daran, wie er Dana die berühmte Rosette über der Königskapelle gezeigt hatte, durch die am Morgen die Sonne scheint und das Kirchenschiff in ein buntes Licht taucht. Über den katalanischen Architekten Antoni Gaudí hatten sie gesprochen, der Anfang des 20. Jahrhunderts dem Innenraum der Kathedrale seinen kreativen Stempel aufgedrückt hatte. Der große Kandelaber über dem Altar war sicherlich nicht jedermanns …
Kay kam es vor, als ob ihn ein Blitz getroffen hätte. Geistesabwesend hatte er einen Schritt vor den anderen gesetzt, ohne den Menschen um ihn herum die geringste Aufmerksamkeit zu schenken. Und dann stand er plötzlich vor ihm – kein anderer als Dr. Herbert Schulze! Der allerletzte Mensch, dem er je wieder begegnen wollte. Erschrocken stellte er fest, dass er die Wollmütze gedankenverloren in seine Tasche gesteckt hatte. Immerhin trug er noch die komische Nickelbrille. Dr. Schulze, der ihm offenbar entgegengekommen war, hatte we-

nige Meter vor ihm innegehalten und starrte ihn mit offenem Mund an. Kay ärgerte sich maßlos über seinen grenzenlosen Leichtsinn. Aber was musste ihm dieser Mann auch gerade hier über den Weg laufen? Er war doch mit Sam in Bendinat verabredet gewesen? Trotzdem, seine Arglosigkeit war unverzeihbar. Da unternahm er die größten Anstrengungen, alle Spuren zu verwischen, die zu ihm führen könnten – Dana hatte ihm nicht ganz zu Unrecht eine fast schon paranoide Verfolgungsangst unterstellt –, und nun lief er am helllichten Tag ohne jegliche Vorsichtsmaßnahme Dr. Schulze direkt in die Arme. Dümmer konnte er doch gar nicht sein. Spätestens jetzt wurde ihm bewusst, wie sehr ihn Danas Entführung aus dem inneren Gleichgewicht geworfen hatte. Er wunderte sich, wie viele Gedanken einem in Sekundenbruchteilen gleichzeitig durch den Kopf schießen konnten. Derweil hatte Kay seinen Weg unbeirrt fortgesetzt, als ob er den rotgesichtigen Herrn, der ihn so impertinent ansah, überhaupt nicht wahrnehmen würde. Weil ihm Dr. Schulze mitten im Weg stand, steuerte er, ohne ihn eines Blickes zu würdigen, etwas nach links. Im Vorbeigehen streifte er ihn leicht. Er murmelte ein »Sorry« und lief weiter.

»Reiter, Felix Reiter!«, rief Dr. Schulze mit überschnappender Stimme hinter ihm her. »Bleiben Sie stehen, verdammt noch mal, wir müssen reden!«

Kay machte keine Anstalten zu reagieren. Er hörte, wie Dr. Schulze hinter ihm herhastete. Jetzt wurde er am Ellbogen gepackt, Gott sei Dank am unverletzten. Kay blieb stehen und drehte sich um. »What's the matter?« Er zeigte einen irritierten, leicht blasierten Gesichtsausdruck. »Would you please take your hands off!«

Dr. Schulzes Gesicht schien dem Platzen nahe. »Sie sind Felix Reiter, ich erkenne Sie doch!«

Kay riss seinen Arm los. »Are you drunk? Stop bothering me!«

Kopfschüttelnd setzte er seinen Weg fort. Dr. Schulze sah ihm fassungslos hinterher. Er machte einige Schritte rückwärts und stützte sich schwer atmend an der Hausmauer ab. War er das nun gewesen oder nicht? In den ersten Sekunden hatte er keinen Zweifel gehabt. Aber nun war er doch verunsichert. Erstens war Felix Reiter gemäß aller Zeugenaussagen im Meer ertrunken. Und zweitens war die Reaktion dieses Mannes zu glaubwürdig gewesen, als dass sie gespielt sein konnte. Obwohl? Einem Felix Reiter war einiges zuzutrauen – falls er noch am Leben sein sollte.

56

Alfredo sah auf die Uhr. »Noch acht Stunden!«
»Muy bien.« Don Antonio nickte zufrieden. Er saß vor seinem Schachbrett und rieb sich mit dem Zeigefinger an der Nasenspitze. »So lange wird diese Partie nicht mehr dauern.« Kurz entschlossen schlug er mit dem weißen Läufer einen gegnerischen Turm. Die schwarze Schachfigur warf er Alfredo zu, der sie auffing und in eine Glasschale legte.
»Gibt es eigentlich Neuigkeiten von Pedro?«
Alfredo drehte das auf einem Gelenk ruhende Schachbrett um 180 Grad, so dass jetzt die schwarzen Figuren vor Don Antonio standen.
»Ich habe mit ihm vor wenigen Minuten telefoniert. Unsere Freundin ist kaum ansprechbar, sie ist randvoll mit Schlaftabletten.«
»Ich hasse Schlaftabletten«, stellte Don Antonio fest, »sie machen so müde!«
»Pedro möchte wissen, was sie heute Nacht mit Dana tun sollen.«
»Tranquilo, tranquilo! Pedro wird sich noch etwas gedulden müssen. Erst mal möchte ich das Geld auf meinem Konto se-

hen.« Don Antonio deutete auf das Schachbrett. »Was hältst du davon, wenn ich diesen Bauern opfere?«

Alfredo legte grübelnd die Stirn in Falten.

»Was frage ich dich? Du kannst ja immer noch kein Schach. Aber es wird wirklich Zeit, dass du es lernst. Ich bin es leid, gegen mich selbst zu spielen. Übrigens, weiß Bartomeu Bescheid?«

»Sí, er wird um elf Uhr abends bei uns eintreffen, um am Computer den Eingang des Lösegelds auf dem Cayman-Konto zu überwachen.«

»Me gusta. Es bereitet mir sicherlich ein großes Vergnügen, die Zahl auf dem Bildschirm zu sehen. Wie viele Nullen haben eigentlich zehn Millionen Euro?«

»Sieben Nullen«, antwortete Alfredo wie aus der Pistole geschossen.

»Schade, dass wir die guten alten Peseten abgeschafft haben, da würden noch mehr Nullen mein Auge erfreuen.«

Don Antonio entschied sich für eine Rochade. Routiniert drehte Alfredo erneut das Schachbrett.

»Was ist von diesem Abogado zu hören? Wie heißt er doch gleich?«

»Dr. Mannschuh. Er jammert immer noch über die Höhe des Lösegelds.«

»Ich halte die Summe für angemessen. Nein, eigentlich für sehr bescheiden, bedenkt man die liquiden Mittel dieses Señor Reiter.«

»Gabriel hat vor zwei Stunden das letzte Mal mit Dr. Mannschuh gesprochen. Er hat versichert, dass die Lösegeldzahlung um Mitternacht über die Bühne gehe. Und er legt großen Wert darauf, dass Dana umgehend freigelassen wird.«

Don Antonio lächelte. »Diese Deutschen sind einfach naiv. Als ob es sich hier um ein normales Geschäft handeln würde. Aquí se juega con nuestras reglas, wir spielen nach unseren Regeln.« Er rieb erneut seine Nasenspitze. »Diese Rochade

war ein Fehler. Die schwarzen Figuren sind mir direkt in die Falle gelaufen.« Don Antonio kicherte vergnügt. »Nur gut, dass ich mir selbst nichts von meinem Hinterhalt verraten habe. Alfredo, pass gut auf! Meine weiße Dame tänzelt jetzt munter durch diese hohle Gasse, um genau hier stehen zu bleiben. Qué ves? Was siehst du?«
Alfredo legte wieder die Stirn in Falten. »Schach?«, vermutete er zögerlich.
»Exacto, jaque mate! Das Dumme ist, ich gewinne immer!«

57

Dass wir uns so bald wiedersehen, hätte ich nicht gedacht«, sagte Sam. Seine Stimme hatte einen hohlen Klang, was an dem großen Seitenschiff von Santa Eulalia lag. Die gotische Kirche war so gut wie menschenleer. Vor dem Hauptaltar kniete eine alte Frau und murmelte Gebete. Eine kleine Gruppe mit italienischen Touristen hatte die Kirche soeben verlassen. Irgendwo waren Schritte zu hören. Neben ihnen war ein Seitenaltar mit einigen brennenden Kerzen. »Außerdem scheinen Sie eine Vorliebe für Kirchen zu entwickeln.«
Dr. Schulze räusperte sich. »Nun, das kann man so nicht sagen. Aber ich habe auf die Schnelle keinen anderen Platz entdeckt, wo wir uns ungestört unterhalten können.«
»Ich habe nur wenig Zeit, sehr wenig Zeit, um genau zu sein. Also lassen Sie uns sofort auf den Punkt kommen. Sie haben am Telefon gesagt, dass Sie Felix Reiter begegnet seien. Ich hoffe, Sie sind mir nicht böse, aber das halte ich für sehr unwahrscheinlich.« Sam warf einen Blick auf das Kreuz über dem Altar. »Ich glaube nämlich nicht an die Wiederauferstehung, und schon gleich gar nicht bei einem Gauner wie diesem Reiter.«

»Wie sicher sind Sie, dass er tot ist?«, fragte Dr. Schulze. Dabei glaubte Sam ein leichtes Zittern wahrzunehmen. Überhaupt schien Dr. Schulze ziemlich verändert. Noch vor kurzem hatte er ihn als selbstsicheren Machtmenschen kennen gelernt, den auch die Vermutung, von einem Immobilienmakler übers Ohr gehauen zu werden, nicht wirklich aus der Ruhe brachte. Jetzt stand ein Mann vor ihm, der einen stark infarktgefährdeten Eindruck machte, einen hochroten Kopf hatte, nervös mit den Augen zuckte und sich hektisch bewegte. Was war mit ihm passiert? Die zufällige Begegnung mit Kay – Sam zweifelte nicht daran, dass sie wirklich stattgefunden hatte –, dieses Zusammentreffen konnte ihn doch nicht so aus der Bahn werfen? Dr. Schulze sah aus, als ob ihm der leibhaftige Teufel erschienen wäre, um ihn auf direktem Weg ins Fegefeuer zu stürzen. Dabei müsste er sich doch ganz im Gegenteil freuen, dachte Sam, hätte er doch plötzlich erneut die Chance, einen lang gesuchten Gegner doch noch zur Strecke zu bringen und vielleicht sogar die verschwundenen Millionen zurückzubekommen. Was wäre das für ein persönlicher Triumph für diesen Mann? Aber ein derartiges Glücksgefühl konnte er bei Dr. Schulze nicht entdecken …

»Würden Sie bitte meine Frage beantworten! Wie sicher sind Sie, dass er tot ist?«

»Ziemlich sicher, sagen wir zu neunundneunzig Prozent. Das haben ja auch alle polizeilichen Ermittlungen bestätigt. Er kann nur tot sein. Aber weil seine Leiche nicht gefunden wurde, bleibt ein Rest an Unsicherheit. Das gebe ich zu. Eine Leiche hat was Konkretes, wirklich Endgültiges. Das ist der grundsätzliche Vorteil an Leichen. Gott sei Dank lösen wir uns in unserer letzten Stunde nicht einfach auf. Damit fiele zwar das Entsorgungsproblem weg, aber man wüsste nie, ob jemand wirklich tot ist. Eine erschreckende Vorstellung.«

Dr. Schulze zuckte nervös. Er schien nicht in der Stimmung, über dieses fast schon philosophische Thema nachzudenken.

»Trotzdem glaube ich nie und nimmer«, fuhr Sam fort, »dass Sie vorhin diesem Reiter begegnet sind. Wenn er wirklich noch leben sollte, was ich mir wie gesagt nicht vorstellen kann, dann würde er sich doch keinesfalls gerade auf Mallorca aufhalten.«
»Da spricht einiges dagegen, stimmt.«
»Sie bilden sich da was ein. Der gute Mann ist ertrunken und schaut mittlerweile bestimmt ziemlich unappetitlich aus. Haben Sie schon mal eine Wasserleiche gesehen?«
Dr. Schulze wich angewidert einen Schritt zurück. Vielleicht hatte er nicht nur Probleme mit dem Herzen, sondern auch mit seinem Magen?
»Ich bin mir doch selbst nicht sicher«, gab er zu. »Im ersten Augenblick glaubte ich hundertprozentig, dass er es ist, dann kamen mir Zweifel, weil der Mann so überzeugend reagiert hat. Aber als ich ihm hinterhergesehen habe, da hatte ich das ganz starke Gefühl, dass er es doch war.«
Sam sah auf die Uhr. Er hatte wirklich keine Zeit, sich wesentlich länger mit Dr. Schulze über seine unheimliche Begegnung der dritten Art zu unterhalten.
»Das ganz starke Gefühl?« Sam legte viel Zweifel in seine Stimme. Er beschloss auf den Punkt zu kommen. »Warum treffen wir uns hier? Wollen Sie sich nur jemandem mitteilen, oder wollen Sie irgendwas unternehmen?«
»Ich möchte, dass Sie erneut nach diesem Felix Reiter suchen, ab sofort, auf dieser Insel. Sie haben ihn schon einmal gefunden. Ich will wissen, ob er noch lebt. Verlangen Sie an Honorar, was Sie wollen.«
»Klingt gut.«
»Aber erzählen Sie niemandem davon!«
»Haben Sie Angst, sich lächerlich zu machen, weil Sie nach jemandem suchen lassen, der in Wirklichkeit tot ist?«
Dr. Schulze sah sich nervös um. Sie standen ganz allein im hohen Seitenschiff von Santa Eulalia. Auch die alte Frau am Hauptaltar war nicht mehr zu sehen.

»Kann ich Ihnen vertrauen?«, fragte Dr. Schulze.
Sam grinste. »Nein, können Sie nicht. Aber man kann mein Vertrauen käuflich erwerben. Außerdem bin ich verschwiegen wie ein Grab, das gehört zu meinem Job.«
»Angenommen, Reiter lebt wirklich noch und Sie finden ihn, was machen Sie dann?«
Sam fuhr sich mit dem Handrücken über die Wange. Das Gespräch fing an interessant zu werden.
»Sagen *Sie* mir, was ich dann machen soll!«
»Jedenfalls nicht die Polizei verständigen!«
»Okay, kein Problem. Sie wollen ihn beschatten und herausfinden, wie man an das Geld herankommen kann?«, vermutete Sam.
»Nein, nicht beschatten«, antwortete Dr. Schulze mit leiser Stimme. Er sah zum kleinen Seitenaltar mit dem Marienbild. »Wir sind ja hier in einer Kirche, da darf man sich was wünschen. Ich wäre sehr glücklich, wenn Felix Reiter, falls er wirklich noch leben sollte, wenn Felix Reiter …« Dr. Schulze hielt inne. Er sah fast flehentlich zum Marienbild. »… wenn Felix Reiter einen Unfall hätte, einen tödlichen Unfall, der ihn und uns von allem Leid erlösen würde.« Dr. Schulze bekreuzigte sich.
Sam glaubte nicht richtig gehört zu haben. »Einen tödlichen Unfall?«, wiederholte er. »Das ist aber ein sehr unchristlicher Wunsch. Ich weiß nicht, ob das die Zustimmung dieses Hauses findet.«
»Ein tödlicher Unfall, ja, das wäre wie eine Erlösung«, sagte Dr. Schulze monoton und ohne Sam anzusehen.
»Nur damit wir uns richtig verstehen«, sagte Sam, »wollen Sie mich hiermit auffordern, diesen Felix Reiter …«
»Ich will Sie zu gar nichts auffordern«, reagierte Dr. Schulze entschieden. »Ich lasse Sie hier nur an meinen geheimsten Wünschen teilhaben. Das ist an so einem Ort, wo es ja auch die Beichte gibt, nicht so ungewöhnlich. Welche Schlussfol-

gerungen Sie aus meinem inneren Monolog ziehen, bleibt Ihnen überlassen.«

»Also, ich soll diesen Typen suchen. Und falls ich Ihnen dann zufällig von seinem unglücklichen Ableben berichten könnte, würde Sie das erfreuen, richtig?«

»O ja, wobei das natürlich ein unglaublicher Zufall wäre.«

»Heute Vormittag klangen Sie aber noch ganz anders. Da haben Sie Reiters Ableben bedauert und gesagt, dass man das ja seinem ärgsten Feind nicht wünschen würde.«

»Habe ich das gesagt? Nun, da war ich wohl nicht ganz aufrichtig. Übrigens würde ich Sie dafür fürstlich entlohnen.«

»Für den Zufall?«

»Nein, natürlich nicht. Aber dieser Zufall würde mich in einen solchen Glückszustand versetzen, dass ich Ihnen eine außerordentliche Aufwandsentschädigung zahlen würde. Gewiß so viel, dass Sie damit in den Ruhestand treten könnten.«

»Wobei wir diesmal, nur um auf Nummer sicher zu gehen, gerne als Beweis seine Leiche hätten«, stellte Sam fest.

»Das wäre sehr beruhigend, stimmt. Aber vielleicht ist er ja tatsächlich gar nicht mehr am Leben, und ich bin einer Verwechslung zum Opfer gefallen.«

Sam nickte bestätigend. »Davon gehe ich immer noch aus. Dieser Felix Reiter existiert nur noch in Ihrer Fantasie.«

»Ich will es hoffen«, erwiderte Dr. Schulze. »Und jetzt möchte ich Sie nicht länger aufhalten. Sie wissen ja, wie Sie mich erreichen können. Ich werde noch etwas hier bleiben und innere Zwiesprache halten.«

58

Als Sam in seine Wohnung polterte, sah er Kay auf dem Balkon stehen. Mit dem Fuß stieß er hinter sich die Eingangstür ins Schloss. Der Motorradhelm flog in hohem Bogen

durch das Wohnzimmer, um zielgenau auf dem Sofa zu landen. Die Schlüssel warf er auf den Küchentisch.
Kay hatte sich umgedreht und beobachtete Sams stürmischen Auftritt.
»Sie sind heute ganz schön dynamisch«, stellte er fest.
»Besser, als wenn ich gerade jetzt einen Durchhänger hätte«, erwiderte Sam. »Schließlich gibt es viel zu tun. Wie viele Stunden haben wir noch?«
»Keine zehn Stunden mehr«, antwortete Kay. »Sie haben sich verspätet!«
»Ich weiß, aber die Termine drängen sich heute etwas.« Sam warf einen Blick zum Balkon. »Und was treiben Sie? Flirten Sie wieder mit der alten Spinatwachtel von gegenüber?«
»Nein, dafür wäre ich auch nicht in der richtigen Stimmung.«
»Wäre aber vielleicht besser gewesen als in der Altstadt spazieren zu gehen«, sagte Sam fast nebenbei, während er dem Kühlschrank eine Wasserflasche entnahm.
»Das wäre es, ja«, bestätigte Kay. »Woher wissen Sie davon?«
Sam klopfte auf seine Brusttasche mit dem Handy. »Dr. Schulze hat mich sofort angerufen und mir davon erzählt. Er schien dem Herzinfarkt nahe.«
»Das täuscht, Dr. Schulze ist an diesen Erregungszustand gewöhnt.«
»Wirklich? Jedenfalls war er ziemlich von den Socken. Einerseits glaubt er, dass Sie es waren. Andererseits widerspräche es jeder Logik, und deshalb glaubt er es gleichzeitig auch wieder nicht. Außerdem haben Sie wohl ziemlich cool reagiert, was ihn zusätzlich verunsichert.«
»Ich habe nicht erwartet, ihm in Palma zu begegnen, ich dachte, Sie waren mit ihm in Bendinat verabredet?«
»Dort haben wir uns auch getroffen. Er hat mir von seinem Immobilienkauf erzählt. Und er hat mit mir kurz über diesen Felix Reiter gesprochen.«
»Kenne ich nicht, den Herrn.«

»Ich bin dann zur Polizei gefahren und zu Emilio. Dr. Schulze wollte in Kultur machen und sich die Kathedrale anschauen.«
»Dr. Schulze und Kultur? Damit war ja nun wirklich nicht zu rechnen. Um diesen Zwischenfall abzuschließen, was will der gute Mann unternehmen?«
Sam sah Kay an. Nach kurzem Zögern antwortete er: »Vorläufig nichts. Ich habe ihm gesagt, dass es sich hier nur um eine Verwechslung gehandelt haben könne. Er will sich mit mir erneut treffen. Ich habe ihn auf morgen vertröstet.«
»Vielleicht gewöhnt er sich bis dahin an den Gedanken, dass er einer Halluzination aufgesessen ist. Und nun zu Dana. Was gibt's Neues?«
»Mein Freund Emilio hält sich sehr bedeckt. Mit der Organización will sich niemand anlegen. Und dass diese hinter der Entführung steckt, hält auch er für wahrscheinlich. Immerhin weiß ich jetzt, wo das Oberhaupt residiert. Don Antonio lebt auf einem Anwesen bei Marbella.«
»Don Antonio? Ist das so eine Art Pate?«
»Ganz genau, wohl schon ein älterer Herr. Offenbar hoch angesehen. Steuert seinen Laden mit eiserner Hand.«
»Bei Marbella? Ob ich ihm einen Besuch abstatten sollte?«, dachte Kay laut nach.
»Mit einer kleinen Privatarmee würde das vielleicht Sinn machen. Sonst wohl kaum.«
»Sie könnten doch hier auf Mallorca weiterhin alles versuchen, während ich …«
Kays Gedanke wurde von Sams Handy unterbrochen, das sich mit dem Lied vom Tod bemerkbar machte.
»Díga?«, meldete sich Sam, um dann Kay sofort mit dem erhobenen Zeigefinger ein Zeichen zu geben. »Ja, sehr interessant.« Er sah zu Kay und nickte. »Wann war das? Okay. Und die Haarfarbe? Wie sagst du gleich, heißt der Ort? Ja, verstehe. Muy bien, amigo, muchas gracias, adiós.« Sam schaltete mit einem triumphierenden Lächeln das Handy aus. »Bingo! Wir

haben eine Spur, eine ganz heiße Spur. Ihren Ausflug nach Marbella sollten Sie verschieben. Wir machen stattdessen eine Landpartie.«

Kay zog eine Augenbraue nach oben. »Geht's vielleicht etwas konkreter?«

Sam lachte. »Klar. Also, das war mein Freund von der Polizei. Er hat etwas gefunden. Und zwar ist vorgestern Abend der Notruf einer verwirrten Frau eingegangen. Aus einem kleinen Straßenlokal in der Nähe von Santa María. Dabei könnte es sich um Dana gehandelt haben. Die Anruferin hat mitten im Satz eingehängt und nicht gesagt, worum es eigentlich ging. Die Polizei hat routinemäßig einen Streifenwagen vorbeigeschickt und mit dem Wirt gesprochen. Die Beschreibung passt auf Dana. Sie hat auf den Wirt einen ziemlich fertigen Eindruck gemacht. Sie hatte keine Schuhe an und ist nach dem unterbrochenen Anruf einfach wieder auf die Straße gerannt.«

Kay schüttelte zweifelnd den Kopf. »Diese Verhaltensweise passt nicht zu Dana.«

»Doch, sie passt. Vielleicht ist sie ihren Entführern entwischt und befand sich auf der Flucht. Das ist immerhin eine ziemliche Stresssituation.«

»Und warum hat sie dann bei der Polizei eingehängt?«

»Weiß ich doch nicht. Vielleicht …«

Kay nickte. »Vielleicht ist ihr plötzlich bewusst geworden, was die Einbeziehung der Polizei vermutlich alles auslösen würde. Ja, so könnte es gewesen sein.«

»Nein, macht doch keinen Sinn«, war jetzt Sam verunsichert. »Wenn sie frei wäre, hätte sie sich irgendwo gemeldet.«

»Bei wem?«, fragte Kay. »Bei ihren Eltern hat sie sich nicht gemeldet. Da hat Dr. Mannschuh sich gestern diskret erkundigt.«

»Vielleicht haben ihre Entführer sie wieder geschnappt. Das wäre eine Erklärung.«

»Alles ziemlich hypothetisch. Wer sagt uns, dass die Anruferin wirklich Dana war?« Kay zögerte kurz. »Zeichnet die Polizei hier die Anrufe auf? In Deutschland und in Amerika machen die das, glaube ich jedenfalls.«

Sam hatte schon wieder das Telefon in der Hand.

»Buenos días. Está Sebastian? Tengo prisa!«

Kurz darauf hatte Sam seinen Freund am Apparat. Natürlich würden die Gespräche aufgezeichnet, bestätigte Sebastian. Ja, das lasse sich machen. Das dauere aber mindestens eine Viertelstunde. Sam legte das Handy neben sich auf den Küchentisch.

»Alles klar«, sagte er zu Kay. »Er sucht die Aufzeichnung raus. In wenigen Minuten bekommen wir Klarheit. Sie können sich die Stimme anhören.«

»Sehr gut. Ich verbinde allerdings nicht allzu große Hoffnungen damit. Ich glaube einfach nicht, dass die Anruferin Dana war.«

»Da bin ich völlig anderer Ansicht. Ich bin mir ziemlich sicher, dass Sie die Stimme erkennen werden. So, und jetzt brauch ich doch ein Bier, anders halte ich die Spannung nicht aus.« Sam nahm die Wasserflasche und ging zum Kühlschrank.

»Bringen Sie mir eine Dose mit!«

»Wie bitte? Sie wollen eine Dose Bier?«, zweifelte Sam am Wunsch des passionierten Weintrinkers.

»Ja, jetzt ist es so weit. Irgendwie muss ich die nächsten Minuten überstehen. Falls sie es wider Erwarten doch sein sollte, dann …«

»… dann brechen wir sofort auf und fahren zu dieser Wirtschaft bei Santa María. Vielleicht gibt es in der Nähe einen grünen Lieferwagen mit roter Hecktür.«

»Und mit einem großen Dachträger«, ergänzte Kay.

Sam deutete auf das angeschlossene Notebook von Kay. »Was machen eigentlich die Vorbereitungen für die Lösegeldüberweisung?«

»Alles abgeschlossen. Das Programm läuft um Mitternacht vollautomatisch.«

»Eigentlich kein Grund zur Freude. Aber wir haben ja jetzt gute Chancen, dass Sie sich das Geld sparen können.«

Kay schmunzelte. »Das wäre schön. Jedenfalls habe ich einige Optionen vorgesehen, die voneinander sehr deutlich abweichen. Das kann ich kurzfristig immer noch entscheiden.«

»Okay, davon versteh ich nichts. Und wie geht's Dr. Mannschuh?«

»Nicht so gut, er ist der nervlichen Anspannung kaum gewachsen. Ich habe mit ihm erst vor kurzem telefoniert. Er hat den Entführern die ordnungsgemäße Zahlung des Lösegelds um Mitternacht bestätigt.«

Es dauerte knapp eine halbe Stunde, ein Zeitraum, der den beiden allerdings sehr viel länger vorkam, dann spielte Sams Handy endlich das Lied vom Tod. Nach einer kurzen Begrüßung reichte er das Gerät an Kay weiter. Dieser hörte aufmerksam zu, die Aufnahme war nur kurz. Aber schon in den ersten Sekunden war er sich hundertprozentig sicher. Er machte Sam ein bestätigendes Zeichen. Der schlug begeistert mit der Faust in die Handfläche. Kay gab das Handy zurück. Sam bedankte sich bei seinem Freund von der Polizei. Nicht ohne ihm zu sagen, dass es sich hier leider doch um eine Verwechslung gehandelt habe. Die Stimme sei ihm völlig unbekannt. Dann sah er Kay triumphierend an.

»Armes Mädchen«, sagte Kay. »Sie war wirklich völlig aufgelöst.«

»Wer weiß, was sie erlebt hat. Aber jetzt kommt die Kavallerie!«

Sam schüttelte aus einer leeren Blumenvase einen Schlüssel, mit dem er den großen stählernen Schrank im Wohnzimmer öffnete. Staunend sah Kay auf ein gewaltiges Waffenarsenal.

Diverse Handfeuerwaffen, Maschinenpistolen, ein Gewehr mit Zielfernrohr, Handgranaten …

»Erwarten Sie einen Krieg?«, fragte Kay.

»Nein, aber ich bin gerne allzeit bereit.« Sam nahm eine Beretta, bestückte sie mit Patronen und steckte die Waffe in seinen Gürtel. »Wollen Sie auch ein Spielzeug?«, fragte er, während er eine zweite Pistole fertig machte und mit einem Holster unter der Hose am Unterschenkel befestigte.

»Nein«, antwortete Kay und deutete in den Schrank. »Aber ich hätte gerne das Fernglas.«

»Sie können auch einen Kochlöffel haben«, sagte Sam grinsend, auf ihre erste Begegnung anspielend. Er gab Kay das Fernglas, schloss den Schrank wieder ab und warf den Schlüssel in die Blumenvase. Kurz darauf verließen sie die Wohnung, um zur genannten Wirtschaft bei Santa María zu fahren, wo sie hofften eine Spur zu finden, die sie zu Dana führen würde.

59

Die gebleichten Haare standen ihm wirr zu Berge, die Wimperntusche war verschmiert. Immer wieder schlug Raymond die Hände über dem Gesicht zusammen.

»Ich habe es geahnt, es wird etwas passieren«, jammerte er mit weinerlicher Stimme. »Ich wusste es! Warum hat mir Sammy nicht geglaubt? Warum nur?«

Raymond ließ sich im Erdgeschoss seiner Villa auf einen mit rotem Samt bezogenen Sessel fallen. »Was mache ich jetzt? O Gott!«

Don Quijote sah mit seinen Knopfaugen zunächst zu Raymond. Dann grunzte das schwarze Schwein, um sich auf den Weg zu machen.

»Nicht doch, bleib sofort stehen!« In Panik sprang Raymond auf, packte Don Quijote am Halsband und zog ihn rückwärts durch die Eingangshalle. Auf dem glatten Marmorboden konnte das Schwein keinen nennenswerten Widerstand leisten. Raymond sperrte Don Quijote in die Gästetoilette. Dann saß er wieder völlig verzweifelt im Sessel, ein großes Handtuch, das er aus der Toilette mitgenommen hatte, über den Kopf gehängt. Seine Hände zitterten.

»Die ganze Welt hat sich gegen mich verschworen. Ich bin ganz alleine. Keiner hilft mir.« Raymond schluchzte. Tränen liefen ihm über die Wangen.

»Am besten wäre ich gar nicht geboren worden.« Er nahm einen Zipfel vom Handtuch und schnäuzte hinein. »Sammy, jetzt brauche ich dich wirklich. Du bist meine letzte Hoffnung. Es kann nichts Wichtigeres geben, als mir jetzt zu helfen. Ich weiß, du wirst es tun. Du bist mein einziger Freund.«

Raymond erhob sich und ging zum Telefon, das neben dem Eingang auf einem grazilen Rokokotischchen stand.

»Und bitte, geh ran!«, flehte er. »Sammy, lass mich nicht im Stich!«

60

Die Fensterläden waren verriegelt. Das Schild »Cerrado« am Eingang unübersehbar. Das etwas heruntergekommene Lokal an einer Landstraße bei Santa María del Camí hatte nicht nur geschlossen, ganz offenbar war auch niemand im Haus. Sam und Kay hatten von Palma kommend schnell hergefunden. Die Angaben der Polizei waren eindeutig gewesen. Kay versuchte sich zu orientieren: Wenige Kilometer weiter zweigte die kurvenreiche Straße ab, die über Son Pou nach Orient führte. Als kleinstes Dorf Mallorcas wird der abgeschiedene Ort in den Bergen von d'Alfàbia oft bezeichnet. Kay war mal dort gewesen und hatte im Hotel L'Hermitage übernachtet. Aber das war lange her. Er sah die kaum befahrene Landstraße entlang, die nach Norden über einen kleinen

ORIENT
Der malerische Ort ist ein idealer Ausgangspunkt für Bergwanderungen.

L'HERMITAGE
Luxuriöses Hotel in idyllischer Lage, abseits von allen Touristenströmen.

Hügel führte. Ganz in der Nähe musste die historische Bahnlinie verlaufen, die Palma seit 1875 mit Inca verbindet und weiter führt bis nach Sa Pobla.
»Wir haben keine Zeit zu warten, bis die Kneipe wieder aufmacht«, stellte Sam fest. »Wo fangen wir an?«
»Hier würden wir sowieso nichts Wichtiges in Erfahrung bringen«, vermutete Kay. »Lassen Sie uns kurz nachdenken. Angenommen, Dana ist ihren Entführern tatsächlich entwischt, wofür ja einiges spricht, dann kann das von hier nicht so weit weg gewesen sein, immerhin war sie barfuß unterwegs. Es war später am Abend und demnach bereits dunkel. Von hier aus müsste man die Lichter von Santa María sehen.« Kay deutete die Landstraße entlang nach Süden. »Wenn man auf der Flucht ist, würde man doch wahrscheinlich lieber in einen Ort hineinlaufen, wo Menschen sind, die einem helfen können, als hinaus ins dunkle Unbekannte. Also brauchen wir in diese Richtung wohl weniger zu suchen.« Kay machte eine kurze Pause. »Sie ist vermutlich von Norden gekommen, von jenseits dieses kleinen Hügels.«
»Oder sie lief überhaupt nicht auf der Straße, sondern kam quer übers Land und über die Mauer hier?«, zog Sam auch diese Möglichkeit in Erwägung.
Kay sah durchs Fernglas, um dann den Kopf zu schütteln. »Glaube ich nicht, jedenfalls nicht hier. Da sind endlos nur Mäuerchen, einige Bäume, nicht einmal eine Scheune. Wir fahren nach Norden, ganz langsam, und halten die Augen offen.«
Sam startete die Harley. Ohne die Helme aufzusetzen, fuhren sie los, im Schritttempo über den Hügel hinweg, durch ein kleines Wäldchen. Keine zwei Kilometer weiter stoppte Sam die Maschine bei einem steinernen Pfosten. Wortlos warfen sie sich einen kurzen Blick zu. Vielleicht dreihundert Meter abseits von der Straße war eine Finca zu sehen, die offenbar landwirtschaftlich genutzt wurde. Jedenfalls stand auf dem

Feld davor ein Traktor. Durchs Fernglas entdeckte Kay einen Schubkarren, Wassereimer, einen großen Komposthaufen. Der Zugang zur Finca war auf der anderen Seite, wo eine nicht asphaltierte Straße vorbeiführte. Neben dem Haupthaus stand eine dunkelblaue Limousine. Weit und breit war kein Mensch zu sehen, aber einige Fenster waren offen und im Liegestuhl auf der Terrasse lagen Zeitungen.

»Die Finca sollten wir uns mal näher anschauen, meinen Sie nicht?«, sagte Sam.

»Doch, das sollten wir. Wird nur nicht so leicht, sich unbemerkt heranzupirschen. Aber von rechts, an diesen Büschen und der Hecke entlang, könnte es gehen.«

»Okay«, meinte Sam, »worauf warten wir?« Er zog den Schlüssel an seinem Motorrad ab, hängte den Helm ans Lenkrad und rannte geduckt los.

Einige Minuten später hockten sie unter den Büschen, nur einen Steinwurf von der Finca entfernt.

»Ich möchte einen Blick in die Scheune werfen«, flüsterte Sam, »bin gleich wieder da.« Er flankte über eine Mauer, ließ sich dann sofort fallen und robbte zu dem hölzernen Verschlag. Als er kurz danach zurückkam, war sein breites Grinsen unübersehbar.

»Volltreffer!«, sagte er. »In der Scheune steht ein grüner Lieferwagen der Marke Renault, mit roter Hecktür und einem großen Dachgepäckträger.«

Jetzt freute sich auch Kay. »Der Wagen, mit dem Danas Gepäck im Hotel abgeholt wurde!«

»Ganz genau. Hier sind wir richtig.«

Sam hielt Kay die flache Hand entgegen, der in sie einschlug.

»Falls Dana noch hier sein sollte, wo kann sie sein?«, überlegte er laut.

»Diese einfachen Fincas sind nicht unterkellert, glaube ich …«

»Was ist mit dem Anbau da rechts, ist ziemlich hoch, fast wie ein Turm, und hat wie es scheint keine Fenster?«

»Nein, hat er nicht, das hätte ich von der Scheune aus gesehen.« Sam deutete aufs Dach, wo man das Eck eines aufgestellten Oberlichts erspähen konnte. »Aber vielleicht kann man von …«
Kay warf Sam einen erschrockenen Blick zu, als dessen Handy plötzlich das ihm jetzt schon vertraute Lied vom Tod zu spielen begann.
»Bullshit, habe ich vergessen auszuschalten«, zischte Sam. Er drückte auf die grüne Taste und nahm das Gespräch entgegen. Kay sah besorgt zum Haus, aber Gott sei Dank war immer noch niemand zu sehen. Durch die offenen Fenster hörte man ein Radio oder einen Fernseher. Diese Geräuschquelle hatte Sams Handy wohl übertönt.
Hinter vorgehaltener Hand und mit gedämpfter Stimme redete Sam konzentriert mit seinem Anrufer. Kay schnappte nur einige Worte auf. »Jetzt beruhige dich doch bitte. Ich helfe dir da raus. Versprochen. Ich kann jetzt nicht reden. Ich melde mich in Kürze. Rühr dich nicht von der Stelle …«
»Dein Freund Raymond?«, fragte Kay nach Beendigung des Gesprächs.
»Ja«, antwortete Sam. »Und nun hat er wirklich ein Problem. Aber alles nacheinander. Zuerst finden wir Dana. So, und das Handy bleibt jetzt ausgeschaltet!«
»Darum würde ich auch sehr bitten«, sagte Kay, der gerade seine Schuhe auszog. »Jetzt werde ich einen kleinen Ausflug machen, und zwar auf das Dach dieses Anbaus. Ich möchte zu gerne mal einen Blick durch dieses Oberfenster werfen.«
Ohne eine Entgegnung von Sam abzuwarten, lief Kay los. Mit einem Blick auf die offen stehenden Fenster zog Sam die Pistole aus dem Gürtel. Im Schutz der Büsche beobachtete er, wie Kay auf ein Vordach kletterte, von dort über einen kleinen Sims das Hauptdach erreichte und schließlich den hohen Anbau erklomm. Er war gerade oben angelangt, als ein Mann aus dem Haus trat, gähnte, einige Kniebeugen machte, mit einem

Stein nach dem Schubkarren warf und dann zu Sams Erleichterung wieder verschwand. Kay verharrte noch einige Zeit auf dem Dach, dann trat er den Rückzug an. Wenige Minuten später kauerte er wieder bei Sam unter den Büschen.

»Und? Was entdeckt?«

»Dana ist da drin.« Kay atmete tief durch.

Sam ballte die rechte Faust. »Ich wusste, wir finden Sie!«

»Sie liegt auf einer Matratze und scheint zu schlafen. Ich habe auf die Scheibe geklopft, aber sie hat nicht reagiert.«

»Also, was hält uns zurück? Holen wir sie da raus!« Sam entsicherte die Pistole.

»Nicht so schnell! Ich würde Dana auch am liebsten sofort befreien, das können Sie mir glauben. Aber wir sollten nicht allzu überstürzt vorgehen. Wir wissen nicht, wie viele Leute im Haus sind. Wir haben kein geeignetes Fluchtfahrzeug. Es bleiben uns noch knapp sechs Stunden bis zum Ablauf des Ultimatums. Vorher werden die Entführer ihr nichts tun, das hätten sie sonst schon längst erledigt. Übrigens, haben Sie den Mann bemerkt?«

»Ja, war ja nicht zu übersehen.«

»Den kenne ich, der hat mich im letzten Jahr beschattet. Er gehört zu dieser Organización. Demnach steckt sie definitiv hinter dieser Entführung. Wie auch immer, wir sollten uns zurückziehen und die Aktion vernünftig vorbereiten.«

Widerstrebend willigte Sam ein, auch wenn ihn die Argumente nicht wirklich überzeugten. Wie viele Leute da drin waren, konnte doch egal sein, die Zahl der Entführer würde sich in den nächsten Stunden wohl kaum von selbst verringern. Und was das Fluchtfahrzeug betraf, für dieses blaue Auto oder den Lieferwagen würde es wohl irgendwo einen Zündschlüssel geben. Vielleicht steckte er sogar? Na ja, vielleicht auch nicht, dann hatte Kay Recht. Zu dritt passten sie jedenfalls nicht auf das Motorrad. Außerdem könnte man sich waffentechnisch durchaus noch besser ausrüsten. Sam dachte an seinen Schrank, warf noch einen letzten Blick auf die Finca und folgte Kay.

61

In ihrem Traum klopfte es. Dana versuchte herauszubekommen, von wo das Geräusch kam. Aber sie war selbst zum Träumen zu müde. Erneut klopfte es. Nicht allzu laut, aber gerade noch so, dass sie es wahrnehmen konnte. Die Bilder in ihrem Traum waren schön, leicht unscharf, die Konturen sanft und geglättet, die Farben pastellig. Gerade hatte sie noch eine Klippe gesehen, mit einigen Möwen, die sich ohne einen Flügelschlag vom Wind nach oben tragen ließen. Unten brandete wie in Zeitlupe das Meer gegen die Felsen. Jetzt schob sich das Oberlicht ihres Verlieses ins Bild. Aber auch das erfolgte ganz langsam und unwirklich. Die Wellen liefen über die Glasscheibe. Eine Möwe flog direkt durch den Raum. Wieder hörte sie das Klopfen. Hinter dem Fenster, war das ein Gesicht? Der Traum wurde immer besser, denn nun erkannte sie Kay, der durch den Spalt des Oberlichts spähte. Mit den Fingern klopfte er immer wieder gegen die Glasscheibe. »Dana!«, hörte sie ihn mit gedämpfter Stimme rufen. Ein schöner Traum. Leider nur ein Traum.

Heute Abend, hatte Pedro gesagt, sei es so weit. Heute Abend um Mitternacht! In ihrem Traum war es draußen noch hell. Sie hatte also noch einige Stunden. Was würde sie dafür geben, wenn wirklich Kay gegen die Scheibe klopfen würde? Dana öffnete die Augen. Oder hatte sie sie schon vorher offen? Ohne den Kopf zu bewegen, konnte sie das Dachfenster aus ihrem Traum sehen. Natürlich war Kays Gesicht jetzt verschwunden. Um Mitternacht? Es gefiel ihr gar nicht, dass sie so müde war, dass sie alles nur wie in Trance wahrnehmen konnte. Was auch immer später am Abend passieren sollte, sie würde nicht in der Lage sein, aktiv daran teilzuhaben. An einen weiteren Fluchtversuch war ohnehin nicht zu denken. Es würde ihr nicht einmal gelingen, um sich zu treten. Ihre Beine fühlten sich taub an. Dana versuchte sich aufzurichten. Sie musste wach werden, jedenfalls wacher, als sie es jetzt war. Wenn sie zumindest wieder klarer denken und die Realität vom Traum unterscheiden könnte. Sie sah die Wasserflaschen neben ihrer Matratze stehen. Da waren die Mittel drin, die sie in diesen benebelten Zustand versetzten. Mit ihren gefesselten Händen nahm sie eine Flasche. Natürlich war sie aus Plastik, so blöd waren ihre Entführer nicht. Sie drehte den Schraubverschluss ab und goss sich das Wasser über den Kopf. Mit dem Inhalt der nächsten Flasche wischte sie sich das Gesicht ab. Unsicher stand sie auf und tastete sich an der Wand entlang zum Waschbecken mit dem stillgelegten Wasserhahn. Sie steckte einen Finger in den Mund und übergab sich. Was sie an aufgelösten Tabletten noch im Magen haben sollte, würde jetzt jedenfalls keine Wirkung mehr entfalten können. Dana setzte sich auf die Matratze und versuchte mit den Zähnen den Knoten ihrer Handfesseln zu lösen. Ihr verletzter Knöchel, den sie seit Stunden nicht mehr gespürt hatte, fing wieder an zu pochen. Sie freute sich über den Schmerz, denn der war ganz sicher kein Traum, sondern Wirklichkeit. Und er half ihr vielleicht dabei, wach zu bleiben. Den Knoten würde sie wohl nicht aufbekommen. Aber sie würde nicht mehr einschlafen, das hatte sie sich fest vorgenommen. Und wenn es schließlich so weit war, dann würde sie wenigstens mitkriegen, was mit ihr geschah. Vielleicht ging doch noch alles gut aus? Ihr fiel wieder Kays Gesicht aus dem Traum ein.

62

Es war schon dunkel, als Kay bei Santa María den Leihwagen an den Rand der Landstraße steuerte und dort an einer Einbuchtung unter einem Aprikosenbaum parkte. Sam hatte sein Motorrad einige hundert Meter vorher auf dem Hügel, über den die Straße führte, gut versteckt hinter einem Holzstapel abgestellt und war Kay zu Fuß gefolgt. Kay nahm einen Revolver aus dem Handschuhfach, Sams Waffenschrank war wirklich ausgesprochen gut sortiert gewesen. Er hatte die schwarze Wollmütze auf, die Brille mit den ungeschliffenen Gläsern setzte er ab und steckte sie in die Innentasche seiner Jacke. Während Sam den Kofferraum öffnete, sah sich Kay noch einmal um. Nachher würde alles schnell gehen müssen. Vielleicht sogar sehr schnell. Mit der Taschenlampe leuchtete er die Umgebung ab. Dann zog er den Reißverschluss der Jacke zu. Sam war noch nicht so weit. Zehn Uhr. Noch zwei Stunden bis zum Ablauf des Ultimatums. Höchste Zeit, aktiv zu werden. Diesmal war er es, der Sam die flache Hand hinhielt. Sam klatschte drauf. Sie wünschten sich viel Glück. Dann eilte Kay voraus. Sie hatten ausgemacht, dass er an der Finca unter den Büschen auf Sam warten würde.

Kay hatte die Arme aufgestützt und beobachtete mit Sams Nachtglas das Haus. Im Wohnzimmer lief das Fernsehgerät. Er hörte Schüsse. Da haben sich die Entführer ja einen passenden Film ausgesucht, dachte er. Wie viele es wohl waren? Er und Sam hatten sich gefragt, ob sie Verstärkung brauchen würden. Aber dann waren sie zu dem Schluss gekommen, dass es sich wohl kaum um mehr als drei oder vier Entführer handeln dürfte. Und mit denen sollten sie fertig werden. Sie waren gut ausgerüstet und hatten den Überraschungseffekt auf ihrer Seite. Kay legte das Fernglas zur Seite und lief auf das Haus zu. Er hatte sich von Sam Turnschuhe ausgeliehen, mit denen es ihm leicht fiel, über das Vordach auf den hohen Anbau zu klettern. Weil er den Weg schon kannte, machte es auch nichts aus, dass es jetzt dunkel war. Aber er musste Gewissheit haben, dass Dana noch in diesem Raum war. Davon hing alles ab.

63

Stehend lehnte Dana an der Wand. Sie hatte den festen Vorsatz, sich nicht mehr auf die Matratze zu setzen oder gar zu legen. So würde sie nicht einschlafen. Hoffte sie wenigstens. Sie war immer noch unendlich müde, aber sie schaffte es, wach zu bleiben. Und darauf war sie stolz, das gab ihr ein merkwürdiges Gefühl von Stärke. Vor einiger Zeit war es draußen dunkel geworden. Dana hatte das Licht ausgeschaltet. Durch das Fenster sah sie die ersten Sterne am Himmel. Wie lange es wohl noch dauern würde bis Mitternacht? Dann heißt es Abschied nehmen, hatte Pedro gesagt. Abschied von wem? Ihre Augenlider wurden wieder schwer. Dana bohrte sich ihre Fingernägel in den Unterarm. Das ging auch mit gefesselten Händen. Den Knoten, den hatte sie leider nicht aufgebracht. Sie legte den Kopf in den Nacken und sah wieder hinauf zum Dachfenster. Dass es ihr vor einigen Tagen gelungen war, da hochzuklettern, darauf könnte sie fast stolz sein. Ja, wenn sie danach nicht so unendlich dumm gewesen wäre. Aber was machte es für einen Sinn, darüber zu lamentieren? Die Vergangenheit ließ sich nun mal nicht …

Dana hob erschrocken die Hände vor ihre Augen, als von oben grell der Schein einer Taschenlampe auf ihr Gesicht fiel.

»Dana, ich bin's, Kay!« Die Stimme war nur leise, aber sie war gut zu verstehen. Und sie war ihr vertraut. Das war kein Traum. Nein, diesmal war es Realität. Auf dem Dach, das war wirklich Kay. Vielleicht hatte ihn ihr Traum von heute Nachmittag hierher geführt? Das war natürlich Unsinn, das wusste sie. Egal, Hauptsache, er war da.

»Wir holen dich hier raus. Nur noch ein paar Minuten. Es wird alles gut.«

»Es wird alles gut«, wiederholte Dana die letzten Worte. Die Taschenlampe ging aus. Sie sah noch für einen kurzen Augenblick einen Schatten, dann gewöhnten sich ihre Augen wieder an den dunklen Nachthimmel. »Es wird alles gut!«

64

Zur gleichen Zeit saß Dr. Schulze in seinem Hotelzimmer am Schreibtisch und telefonierte. Das Fenster hatte er vorher geschlossen. Draußen an der Tür hing das rote Schild mit der Aufschrift: No moleste!/ Don't disturb! Am anderen Ende der Leitung waren seine Vorstandskollegen, die mit ihm dem Fünfer-Rat angehörten und gemeinsam die einstigen Finanztransaktionen mit Felix Reiter zu verantworten hatten, bis hin zur Entscheidung, ihn für vogelfrei zu erklären. Sie hatten ihr Telefon auf Konferenzschaltung gestellt.

»Und Sie halten es wirklich für möglich, dass es sich bei Ihrer zufälligen Begegnung um Felix Reiter gehandelt hat?«, fragte einer, »Verwechslung ausgeschlossen.«

»Ich denke, wir wollten keine Namen nennen. Nein, nicht ausgeschlossen«, stellte Dr. Schulze richtig. »Aber er könnte es gewesen sein. Ja, ich glaube, dass er es war.«

»FR am Leben. Das wäre überhaupt nicht in unserem Sinne«, kommentierte ein anderer.

»Nein, mir hat der bisherige Status ungleich besser gefallen«, wurde ihm zugestimmt. »Ein lebender FR wäre eine fortwährende Bedrohung für uns alle.«

»Natürlich wäre er das«, pflichtete Dr. Schulze bei, »obgleich man zugeben muss, dass bislang nichts passiert ist.«

»D'accord, aber er könnte uns alle auffliegen lassen. Dieses potenzielle Risiko widerspricht unseren Geschäftsprinzipien.

Wir haben das damals unterschätzt. Wie wollen wir weiter vorgehen?«

»Nun, zunächst mal müssen wir uns Gewissheit über seine Identität verschaffen«, sagte Dr. Schulze. »Ich bin nicht untätig gewesen und habe bereits einen Privatdetektiv auf ihn angesetzt.«

»Ist die Diskretion gewährleistet?«

»Ich denke schon, doch das sollte unsere geringste Sorge sein. Was soll passieren? Der Privatdetektiv heißt …«

»Wir wollten doch keine Namen nennen!«

»Richtig, aber er ist für uns kein Unbekannter, er hat unseren Freund im letzten Jahr schon einmal aufgespürt. Doch nicht der Besitzer der Detektei, sondern …«

»Alles klar, ich weiß, wen Sie meinen.«

»Ich auch. Ein fähiger Mann. Er hat es bereits einmal geschafft, warum sollte es ihm nicht wieder gelingen?«

»Gesetzt den Fall, rein hypothetisch, FR lebt und dieser Privatdetektiv findet ihn. Was dann?«

»Macht es Sinn, mit FR zu reden? Vielleicht können wir ein Arrangement treffen?«, wurde vorgeschlagen.

»Nein, ausgeschlossen, kommt nicht in Frage«, gab es einhelligen Protest.

»Ich habe diesem besagten Mann, der für uns die Ermittlungen durchführt, übrigens ein sehr grober Zeitgenosse, möglicherweise also genau der Richtige für eine solche Aufgabe …«, fing Dr. Schulze seinen nächsten Satz zögernd an. »… ich habe ihm zu verstehen gegeben, dass wir an einer anderen Lösung des Problems sehr viel mehr interessiert wären. Und dass wir bereit wären, diese präferierte Lösung großzügig zu honorieren.«

»Das haben Sie ihm gesagt?«

»Indirekt, durch die Blume. Und ohne Zeugen. Aber er hat mich verstanden, davon gehe ich aus!«, erwiderte Dr. Schulze.

»Das wäre in der Tat die angenehmste Lösung. Auf diese Weise würde der Status quo ante wieder hergestellt.«
»Schön haben Sie das gesagt. Ich stimme dem zu.«
»Wir waren uns in dem Punkt immer einig!«
»Richtig, aber hoffentlich dauert das alles nicht zu lange. Ich würde gerne möglichst bald wissen, ob es sich um eine Verwechslung gehandelt hat, oder ob FR wirklich lebt.«
»Und wie schnell sich dieser Zustand ändern lässt.«
»Hat denn überhaupt niemand Skrupel?«
»Doch, natürlich, aber es gibt keine Alternative. Das sehen Sie doch auch so?«
»Ja, leider, hier greift das darwinsche Gesetz mit dem Recht des Stärkeren.«
»Survival of the fittest! Der Selbsterhaltungstrieb ist evolutionär bedingt. Wir leben nun mal nicht im Paradies. Das kann man bedauern, aber nicht negieren.«
»Bleibt also nur zu hoffen …«
»Dass Sie sich getäuscht haben und einer Verwechslung aufgesessen sind.«
»Richtig, das wäre die beste Lösung«, stimmte Dr. Schulze zu, »aber ich glaube nicht daran.«
»Wir sollten vom Worst Case Szenario ausgehen.«
»In diesem Fall wäre zu hoffen, dass dieser Mensch, den Sie angeheuert haben, erfolgreich ist.«
»Und zwar in jeglicher Hinsicht.«
»Sonst gibt es sicher Leute, die auf diese Aufgabe spezialisiert sind.«
»Gibt es, das wäre kein Problem. Aber zunächst mal müssen wir ihn finden. Jedenfalls haben Sie meine völlige Unterstützung. Tun Sie, was Sie für richtig halten.«
»Meine haben Sie auch.«
»Wir sind uns also einig«, sagte Dr. Schulze. »Ich werde Sie auf dem Laufenden halten.«

65

Als Kay vom Dach zurückkehrend bei den Büschen eintraf, wartete Sam bereits auf ihn. Selbst Kay, der eigentlich wusste, was er zu sehen bekommen würde, wäre bei seinem Anblick fast erschrocken. Sam schaute so bedrohlich aus wie ein Nahkämpfer aus einer Antiterroreinheit. Das Gesicht hatte er mit dunkler Farbe bestrichen, er trug einen schwarzen Kampfanzug und Fallschirmspringerstiefel. In den Händen hielt er ein amerikanisches Schnellfeuergewehr, das über einen Aufsatz für Granaten verfügte. Sam hatte ihm zwar gestanden, dass er für diese eindrucksvolle Waffe keine Munition besitze, aber er vertraue auf die optische Wirkung. Außerdem habe er mehrere Handfeuerwaffen einstecken, die sehr wohl funktionsfähig seien.

»Alles klar?«, fragte er.

»Dana ist noch in diesem Raum«, bestätigte Kay. »Sie scheint aber irgendwie neben sich zu stehen, vielleicht hat man ihr was gegeben. Wir müssen damit rechnen, dass sie zu Fuß nicht die Schnellste ist. Und ihre Hände sind gefesselt.«

»Nicht mehr lange«, erwiderte Sam.

»Im ersten Stock ist niemand zu sehen, scheinen sich alle im Erdgeschoss aufzuhalten.«

»Sehr zuvorkommend, so liebe ich das.«

»Also dann, ab jetzt alles nach Plan!«, gab Kay das Zeichen zum Einsatz.

»Was für ein Plan?«, fragte Sam grinsend. Er streichelte sein Schnellfeuergewehr, schlug Kay aufmunternd auf die Schulter und lief geduckt auf die andere Seite des Hauses. Währenddessen schlich Kay zur offenen Terrassentür. Im Wohnzimmer lief immer noch der Fernseher. Mit etwas Glück saßen sie alle davor. Kay spannte den Abzug an seinem Revolver, wobei er hoffte, dass er die Waffe nicht gebrauchen musste. Außerdem war er ein miserabler Schütze, aber er wollte ja sowieso niemanden treffen. Da war ihm ein ordentlicher Schlag frei nach den Regeln der Mönche von Shaolin entschieden lieber. Doch auch auf diese sportlichen Einlagen würde er nach Möglichkeit gerne verzichten. Er wartete auf den Auftritt seines Komplizen.

Kay hörte einen Schuss, dem ein ohrenbetäubender Knall folgte. Dann splitterten Scheiben, und er vernahm die Kommandos von Sam: »Tíren las armas y manos arriba! Waffen fallen lassen, Hände hoch!«

Kay betrat das Wohnzimmer und sah vor sich, mit dem Rücken zu ihm, vier Männer stehen, die brav die Hände in die Höhe gestreckt hatten. Auf dem Couchtisch, außerhalb ihrer Reichweite, lagen zwei Pistolen. Die Überreste des Fernsehers qualmten, am Teppich züngelten einige Flammen. Offensichtlich hatte Sam aus einer seiner Pistolen einen gezielten Schuss in die Fernsehröhre abgegeben. Dann hatte er irgendwie ein geschlossenes Fenster zu Bruch gehen lassen und den angekündigten spektakulären Auftritt hingelegt.

»No se mueva, keine falsche Bewegung!«, schrie er, das monströse Gewehr im Anschlag. »Keiner rührt sich!« Er schien die Situation unter Kontrolle zu haben. Kay warf einen schnellen Blick in die anderen Räume – sie waren alle leer. Er gab Sam kurz ein verabredetes Zeichen, dann eilte er zu Danas Gefängnis. Der Schlüssel steckte von außen im Schloss. Kay öffnete die Tür.

»Díje que no te muevas hijo de puta, si no quieres que tu madre tenga un eunoco de hijo!«, hörte er Sam schreien. Er war offenbar ganz in seinem Element.

Vor ihm stand Dana, den abgedrehten Wasserhahn als Waffe in ihren gefesselten Händen. Sie ließ den Hahn fallen, wollte auf ihn zugehen, doch ihre Beine sackten weg. Kay konnte sie gerade noch auffangen. »Es ist vorbei«, sagte er. Ein schneller Kuss, mehr Zeit hatte er nicht. Er nahm Dana, deren Flüstern er nicht verstand, auf die Arme und trug sie ins Wohnzimmer.

Sam schrie die Entführer, die sich offenbar keinen Zentimeter gerührt hatten, erneut an. Mit dem Fuß stieß er den Couchtisch um, die Pistolen flogen mit dem vollen Aschenbecher und einigen halb leeren Gläsern auf den Boden. »Quieto, no te gires!«, brüllte er. »Keiner von euch Eunuchen dreht sich um!« Dann lief er mit dem Gewehr im Anschlag um die Entführer herum zu Kay in ihrem Rücken. Er war wesentlich stärker als Kay, also nahm er ihm Dana ab, legte sie sich über die Schulter und rannte mit ihr durch die Terrassentür davon.
»Es ist okay so!«, rief Kay hinterher. »Dana, du kannst ihm vertrauen!«
Er hatte von Sam das Gewehr übernommen. Den Ellbogen ähnlich angewinkelt, wie er das gerade bei Sam gesehen hatte, hielt er es im Anschlag.
Einige Zeit standen sie so da. Pedro war der Erste, der sich langsam umdrehte, freilich ohne die Hände herunterzunehmen. Trotz seiner misslichen Lage musste er lächeln, als er Kay erkannte. Auch Miguel, mit einem Pflaster über der Nase, Manuel und Ramón drehten sich vorsichtig um.
»Anda, mira, el doctor Reiter en persona«, sagte Pedro. »Felix Reiter höchstpersönlich. Sie machen gerade einen großen Fehler.«
»Da bin ich ganz anderer Meinung!«, entgegnete Kay. Und dann wieder mit scharfer Stimme: »No hagáis tonterías! Keine Dummheiten, ich schieße sofort!«
»Unser Patrón wird Sie dafür umbringen«, sagte Pedro.
»De eso me encargo yo mismo!«, zischte Miguel durch die Zähne, und seine Augen funkelten wütend.
Kay kalkulierte, dass Sam trotz Dana auf dem Rücken bereits die Straße erreicht haben musste. Er konnte also langsam seinen Rückzug in die Wege leiten.
»Richtet eurem Don Antonio meine besten Empfehlungen aus, meine mejores recomendaciones«, sagte Kay zum Abschluss. »Und keiner rührt sich vom Platz. Wir sind nicht

alleine«, bluffte er. »Vor dem Haus warten zwei Scharfschützen.«
Rückwärts gehend verließ Kay die Finca über die Terrasse. Dann warf er das unbrauchbare Gewehr weg und rannte los. Er hörte noch einen lauten Fluch. Vermutlich war das der ungehobelte Bursche mit dem Pflaster über der Nase. Dann rief jemand: »Levantad las armas y a seguirle que esta fingiendo! Hebt die Pistolen auf, ihm nach. Das Schwein kaufen wir uns!«
»Es hombre muerto!« Das war wieder der Typ mit dem zornigen Blick.
Kay beschleunigte seine Schritte. Beim Überqueren der kleinen Mauer blieb er mit der Jacke in einem Stacheldraht hängen. Es dauerte einige Sekunden, bis er sich befreit hatte und weiterrennen konnte. Hinter sich vernahm er bereits seine Verfolger. Das wurde verdammt knapp. Hoffentlich hatte Sam Dana in Sicherheit gebracht. Er hörte einen Schuss fallen. Es brauchte nicht viel Fantasie, um anzunehmen, dass die Kugel ihm galt. Mit einem Sprung setzte Kay über einen Graben, strauchelte kurz, fand aber schnell sein Gleichgewicht wieder. Wie viele Meter waren es noch bis zur Straße? Er konnte bereits das Auto sehen. Nur noch wenige Sekunden, dann hatte er es geschafft. Wieder fielen hinter ihm zwei Schüsse. Er spürte einen trockenen Schlag im Rücken, der ihn fast von den Beinen riss. Aber so kurz vor dem Ziel würde er nicht aufgeben …

66

Zitternd stand Dana am Straßenrand auf dem kleinen Hügel. Hinter ihr Sam, die Arme beruhigend um sie gelegt. Die Harley-Davidson neben ihnen war abfahrbereit. »Keine Angst«, sagte Sam zu Dana, »er wird es schaffen. Kein Problem!« Sie dachte daran, wie sie noch vor wenigen Minuten in ihrem Gefängnis gewartet hatte, den Wasserhahn, den sie aus seiner Halterung gebrochen hatte, in den gefesselten Händen. Die plötzliche Anwesenheit von Kay hatte ihr ungeahnte Kräfte verliehen. Noch immer hatte sie seine Worte in den Ohren, die er ihr von oben zugerufen hatte: »Es wird alles gut!«

Bis zu diesem Zeitpunkt hatte er Recht gehabt. Dieser martialisch aussehende Sam hatte sie einfach über die Schulter geworfen und war mit ihr losgerannt, als ob sie überhaupt nichts wiegen würde. Jetzt musste sich nur noch Kay in Sicherheit bringen. Nur noch? Sam hob mit einer Hand ein Fernglas an die Augen. Er sah, wie Kay über die Felder auf sein Auto zurannte. Alle vier Verfolger waren ihm dicht auf den Fersen. Ein Schuss hallte durch die Nacht.

Sam streichelte Danas Schulter. »Keine Angst!«

Jetzt sah er wie Kay über den Graben sprang, bei dem er selbst vorhin fast ausgeglitten wäre. Auch Kay schien zu straucheln, hatte aber schon wieder die Balance erlangt und rannte weiter. Einer seiner Verfolger war gestürzt und zurückgeblieben. Aber die anderen drei kamen immer näher. Nur noch wenige Meter hatte Kay bis zum Straßenrand und zu dem bereitstehenden Auto. Zwei weitere Schüsse fielen. Sam war froh, dass Dana ohne Fernglas nicht sehen konnte, wie es Kay dabei nach vorne riss. Zweifellos hatte ihn eine Kugel erwischt.

Jetzt schlitterte Kay an der Kühlerhaube vorbei. Beim Öffnen der Fahrertür ging kurz die Innenbeleuchtung an. Sie hörten, wie der Motor angelassen wurde. Die Verfolger hatten bereits die Böschung erreicht, die die letzten Meter zur Strasse hinaufführte. Sie gaben aus nächster Nähe einige wütende Schüsse auf das Auto ab, auch auf das Heck, wo sich der Tank befand.

Plötzlich zerriss eine gewaltige Explosion die Nacht. Sekundenbruchteile bevor sie der Knall erreichte, sahen sie, wie Kays Wagen in einem Feuerball verschwand. Irgendein größeres Blechteil, vielleicht handelte es sich um die Kühlerhaube, stieg kreiselnd in den Himmel. Der Baum, vor dem das Auto geparkt war, stand bereits in Flammen. Die drei Verfolger hatten Glück. Da sie noch etwas unterhalb der Böschung waren, ging die Druckwelle des explodierenden Autos über sie hinweg. Trotzdem stürzten sie zu Boden. Ein Stück Metall schoss kreischend über ihre Köpfe, um im Acker hinter ihnen stecken zu bleiben. Aus dem Baum regneten Aprikosen auf sie nieder. Gerade als sich Pedro aufrichten wollte, wurde er von einem Gegenstand getroffen, der offenbar länger durch die Luft geflogen war. Aber er war weder hart noch scharfkantig, so dass Pedro unverletzt blieb. Er bückte sich und hob den Gegenstand auf. Im Feuerschein des brennenden Autos erkannte er entsetzt, was er in der Hand hielt – einen abgerissenen, verbrannten Arm, der irgendwo zwischen dem Ellbogen und der Schulter endete.

67

Eine Flasche vom besten spanischen Cava war bereits vorbereitet. Noch verschlossen wartete sie in einem mit Eis gefüllten Kühler aus altem Sterlingsilber auf ihren Einsatz. Der Zeiger der englischen Uhr über dem Kamin sprang wieder eine Minute vor. Gleich war es Mitternacht. Don Antonio saß im Lehnstuhl und wartete. Alfredo hatte ihm eine Kaschmirdecke über die Beine gelegt. Der alte Herr fröstelte leicht, selbst wenn es eigentlich viel zu warm dafür war. Direkt neben ihm befand sich ein kleiner Schreibtisch, an dem Bartomeu saß. Er war Don Antonios Buchhalter und sollte die Geldüberweisung um Mitternacht kontrollieren. Zehn Millionen Euro sollten exakt um null Uhr auf dem Konto der Royal Caribbean and Dorcester Bank eingehen. Das Euro-Konto auf den Cayman-Inseln war vom greisen Patriarchen für außerordentliche Zahlungen vorgesehen.

»Bartomeu«, sagte Don Antonio, »mache mir eine Freude und nenne mir den aktuellen Kontostand, aber bitte ganz genau.«

Bartomeu, der online mit der Bank in Georgetown verbunden war, rückte seine Brille zurecht und beugte sich vor. »Neunzehn Millionen dreihundertvierundfünfzigtausendsechshundertzwanzig Euro und siebenundzwanzig Cent.«

»Wie viel Cent sagtest du?«

»Siebenundzwanzig!«, antwortete Bartomeu gewissenhaft.

Don Antonio hüstelte vergnügt. »Die Frage war ein Scherz, mein lieber Bartomeu. Wird das Geld auf diesem Konto auch ordentlich verzinst?«

»Claro que sí, Don Antonio, wir bekommen die besten Konditionen, die allerbesten.«

»Muy bien, ich liebe dieses Konto. Und in wenigen Minuten werde ich es noch viel mehr in mein Herz schließen. Wie hoch wird dann der Kontostand sein?« Don Antonio hob die Hand und hinderte Bartomeu daran zu antworten. »Espera, ich sage es dir.« Er schloss die Augen und langte sich an die Schläfe. »Exakt neunundzwanzig Millionen dreihundertvierundfünfzigtausendsechshundertzwanzig Euro und siebenundzwanzig Cent!«

»Vorausgesetzt, das Lösegeld wird tatsächlich bezahlt«, warf Alfredo ein.

Don Antonio sah seinen Privatsekretär missbilligend an. »Natürlich wird dieser Señor Reiter bezahlen oder dieser Abogado Mannschuh oder wer auch immer. Ich habe keinen Zweifel, sie werden bezahlen. Wir haben nun mal diese hübsche Señorita bei uns zu Gast.« Don Antonio sah gedankenverloren in seine geöffnete Handfläche. »Sie ist wie ein junges Vögelchen in meiner Hand, como un pajarito. Entweder wir lassen es fliegen, hinaus in die schöne Welt, oder …« Don Antonio machte eine Faust. »Oder wir zerquetschen das Vögelchen. Adiós, que descanses en paz, es ruhe in Frieden!«

Nach einer kurzen Pause fuhr er lächelnd fort: »Weil das aber dem Vögelchen niemand antun will, wird das Lösegeld eingehen. Du wirst sehen.«

Alfredo wollte gerade etwas sagen, als das Telefon klingelte. Don Antonio sah ihn fragend an.

»Alomejor Pedro?«, vermutete Alfredo. »Er will bestimmt wissen, was er mit Dana nach der Lösegeldzahlung machen soll.«

»Er sollte nicht so ungeduldig sein.«

»Sí?«, meldete sich Alfredo. »Pedro, ich dachte schon, dass du es bist. Du rufst zu früh an, Don Antonio möchte erst ... Wie bitte? Qué pasó?« Alfredo fuhr sich mit der freien Hand über den kahl geschorenen Schädel. »Sag, dass das nicht wahr ist!«

Don Antonio richtete sich in seinem Lehnstuhl auf. Alfredo hörte konzentriert zu, er stellte nur wenige Zwischenfragen. Dann legte er den Hörer langsam auf. Seine Augen hatten sich zu schmalen Schlitzen verengt. Der alte Herr kannte diesen Gesichtsausdruck. Da war etwas schief gelaufen, ganz gehörig schief gelaufen.

»Haber, qué!«, fuhr er Alfredo an. »Was ist geschehen?«

»Dana ist befreit worden«, antwortete Alfredo.

Don Antonio sah ihn fassungslos an.

»Aber nicht nur das«, fuhr Alfredo fort. »Es hat noch ein Unglück gegeben, una tragedia.«

»Pedro, Miguel, Ramón und Manuel, sind sie alle tot? Das will ich jedenfalls hoffen. Dann muss ich dich nicht bitten, sie eigenhändig zu erwürgen.«

»Nein, ihnen geht es relativ gut«, gab Alfredo zurück.

»Nicht mehr lange«, zischte Don Antonio.

»Pedro sagt, dass sie nichts machen konnten. Das sei so eine Art Befreiungskommando gewesen, mit mindestens zehn Mann, alle bis an die Zähne bewaffnet. Sie hätten keine Chance gehabt.«

»Cobarde, Feiglinge ...«, murmelte Don Antonio, der im Gesicht blau angelaufen war. Seine Hände zitterten.
»Angeführt wurde die Truppe von Felix Reiter persönlich, Pedro hat ihn sofort erkannt.«
»Señor Reiter? Dieser Bastardo, ich kann es einfach nicht glauben.«
»Er hat Pedro aufgetragen, Ihnen, Don Antonio, seine besten Empfehlungen auszurichten, sus mejores recomendaciones.«
»Er kannte meinen Namen?«
»Sí.«
»Sehr gut, er wird ihn noch fürchten lernen. Wir werden diesen Schuft vernichten, este granuja, va a pedir clemencia.«
»Das wird nicht mehr gehen«, sagte Alfredo.
»No entiendo, warum sollte das nicht gehen? Ich sage, dass es geht!«
»Felix Reiter ist tot!«, setzte ihn Alfredo ins Bild.
»Tot? Warum tot. Ich denke, er hat die Befreiung geleitet?«, ließ Don Antonio erstmals eine leichte Verwirrung erkennen. Sein Gesicht war immer noch blau angelaufen, aber das Zittern hatte nachgelassen.
»Nuestros chicos haben Felix Reiter verfolgt, sie hätten ihn fast erwischt.«
»Fast! Ich hasse dieses Wort!«
»Sie haben auf ihn geschossen. Reiter hatte schon das Fluchtauto erreicht, sie waren ihm ganz dicht auf den Fersen. Miguel hat auf das Auto gezielt. Er sagt, er habe die Reifen treffen wollen.«
»Miguel ist ein lausiger Schütze.«
»Offenbar hat eine Kugel den Tank getroffen. Jedenfalls ist das Auto mit Reiter am Steuer direkt vor ihnen explodiert. Sie haben ihr Leben dem Schutz einer Böschung zu verdanken. Die Druckwelle ist über sie hinweggegangen. Aber Ramón kann nichts mehr hören, und Miguel hat einen Splitter im Oberarm.«

»Diese Idioten. Wir hätten Felix Reiter lebend gebraucht. Tot ist er keinen Peso wert.« Don Antonio schnaufte wütend.
»Pedro wäre fast von einem Arm erschlagen worden, der Reiter bei der Explosion abgerissen wurde.«
»Von seinem abgerissenen Arm? Jedenfalls hat es den Bastardo diesmal richtig erwischt. Und Dana?«
»Die ist weg, zusammen mit dieser Kommandoeinheit geflohen.«
»Reiter tot, Dana geflohen ...« Don Antonio hatte einen Hustenanfall. Als er wieder zu Luft gekommen war, setzte er seinen Gedanken fort. »Nichts wird es mit dem schönen Lösegeld. Ich verfluche diesen Tag.«
»Moment, da tut sich was!«, rief Bartomeu aufgeregt dazwischen. Er deutete hektisch auf den Bildschirm. »Die Überweisung, sie läuft.«
»Das gibt's doch nicht, sie läuft?« Don Antonio sah Bartomeu ungläubig an. »Du meinst, das Lösegeld wird überwiesen.«
»Sieht so aus, ja«, bestätigte Bartomeu.
Don Antonio, der vorher in seinem Lehnstuhl zusammengesunken war, richtete sich auf. Plötzlich schien er wieder voller Vitalität zu stecken. »Ich sagte doch, das ist mein Lieblingskonto. Alles klar, dieser Señor Reiter ist tot und konnte deshalb die Überweisung nicht mehr stoppen. Völlig logisch, ja.« Don Antonio klatschte in die Hände. »Das hätte unter diesen Umständen überhaupt nicht besser laufen können.«
»Exakt zehn Millionen Euro«, las Bartomeu vom Bildschirm ab. »Der Eingang erfolgt von einem Konto auf den Bermudas.«
»Qué maravilla, zehn Millionen Euro. Bartomeu, kannst du mir das bitte mal in unsere guten alten Pesetas umrechnen.«
»Luego, Don Antonio, später gerne. Hier haben wir den neuen Kontostand. Ich lese vor: neunundzwanzig Millionen dreihundertvierundfünfzigtausendsechshundertzwanzig Euro und siebenundzwanzig Cent!«

»Stimmt genau«, bestätigte Don Antonio. »Eine wunderbare Summe, sie hat eine herrliche Melodie. Findest du nicht auch, Alfredo? Ich glaube, es ist an der Zeit, die Flasche Cava zu öffnen.«

»Was ist jetzt los?«, fragte Bartomeu, der die Vorgänge auf dem Bildschirm verfolgte. »Please confirm transaction by pressing button F3 and entering your personal PIN!«, las er laut vor. Bartomeu rückte irritiert seine Brille zurecht. »Die haben das Procedere geändert. Haben wohl zu viel Zeit. Sollten lieber zum Baden gehen, als sich immer wieder was Neues auszudenken.« Bartomeu drückte auf die Taste F3 und gab dann den Geheimcode ein. »Ya esta, erledigt«, sagte er und lehnte sich zufrieden zurück.

»Was macht der Cava?«, reklamierte Don Antonio.

»Kommt gleich, der Korken sitzt fest.«

»Jetzt geht das schon wieder los«, sagte Bartomeu genervt, der den Bildschirm nicht aus den Augen ließ. »Die haben wohl einen Sonnenstich. Was steht hier? Thank you for your confirmation, transaction will be reversed! Was soll denn das heißen?«

»Gibt es Schwierigkeiten?«, fragte Don Antonio.

»Nein, keine wirklichen, das heißt, irgendwie doch. Das verdammte Computerprogramm will die Zahlung rückgängig machen. Esos idiotas haben irgendein Software-Problem.«

»Vielleicht ein Virus?«, vermutete Alfredo.

»Die Überweisung soll rückgängig gemacht werden? Bartomeu, das darfst du nicht zulassen!«, befahl Don Antonio.

»Natürlich nicht, das ist nur ein Fehler im Programm. Ah, da kommt's ja schon. If you don't want the transaction to be reversed please press F4 and confirm again with your PIN-Code! Jetzt korrigiert der Rechner seinen eigenen Fehler.«

Bartomeu drückte auf die Taste F4 und gab erneut den Geheimcode ein.

»Du weißt, was du tust?«, fragte Don Antonio skeptisch.

»Sicher, das ist ganz einfach. Das Programm sagt einem genau, was zu machen ist. Jetzt wird der Vorgang bestimmt gleich bestätigt, und dann ist alles erledigt.«

»Hoffentlich, dieses Hin und Her macht mich ganz nervös.«

Bartomeu beugte sich erneut nach vorne und rückte seine Brille zurecht. »So, hier kommt die Bestätigung. Moment, das kann doch nicht sein ...« Bartomeu hackte immer wieder auf F4, dann völlig panisch und ohne System auf alle möglichen Tasten.

»Was ist los, Bartomeu?« Don Antonios Stimme hatte einen scharfen Klang.

»Ich weiß nicht. Hier steht: Thank you for your confirmation. The total amount on your account has been credited to the remitter. Your new balance: 00 000,00. Thank you and have a nice day. Das Geld ist weg, einfach weg ...«

»Was heißt, das Geld ist weg. Du willst doch nicht etwa sagen, dass die kompletten zehn Millionen Euro, die schon auf meinem Konto waren, einfach wieder verschwunden sind?«

Bartomeu war zu keiner Antwort mehr fähig. Alfredo, der sich über Bartomeus Schulter gebeugt und den Vorgang verfolgt hatte, übernahm es, den alten Herrn mit der ganzen Wahrheit zu konfrontieren.

»Don Antonio, bitte regen Sie sich nicht auf. Aber es ist so, dass nicht nur diese zehn Millionen weg sind, sondern auch unser gesamtes Guthaben vom Konto abgebucht wurde.«

»Unser gesamtes Guthaben?« Don Antonio fasste sich an den Hals. »Die neunzehn Millionen dreihundertvierundfünfzigtausendsechshundertzwanzig Euro?«

»Und siebenundzwanzig Cent«, ergänzte Bartomeu, der immer noch völlig verzweifelt den Bildschirm anstarrte, mit monotoner Stimme. Das »Thank you and have a nice day« blinkte fröhlich vor sich hin. Dahinter war als Signet eine kleine grüne Palme zu sehen.

Don Antonio stützte sich auf die Armlehnen und versuchte

aufzustehen. Alfredos Hilfsangebot wies er mit funkelnden Augen zurück. »Und? Wo ist das ganze schöne Geld hin?«

»Keine Ahnung«, antwortete Bartomeu. »Offensichtlich auf dieses Konto auf den Bermudas, von dem die zehn Millionen ursprünglich gekommen sind.« Er fuhr sich durch die Haare. »Vielleicht hätte ich doch nicht den PIN-Code eingeben sollen?«, überlegte er laut. »Oder nicht auf F3 drücken, oder war das F4? Aber ich hab doch gar nichts falsch gemacht …«

Don Antonio, der jetzt vor seinem Lehnstuhl stand, die runtergerutschte Kaschmirdecke zu seinen Füßen, warf einen Blick zu Alfredo. Seine Stimme war schwach, aber die Anweisung doch deutlich zu verstehen. »Alfredo, ya no necesitamos a esos idiotas. Rómpeles el cuello! Bitte breche ihm das Genick, und schaff ihn mir aus den Augen.«

Ein Zittern ging durch seinen Körper. Der alte Herr langte sich stöhnend ans Herz. »Und rufe sofort den Notarzt. Ich habe einen Herzanfall. Venga qué corre prisa!«

Es machte ein dumpfes Geräusch, als Don Antonio auf dem Boden aufschlug. Alfredo war es nicht mehr gelungen, ihn aufzufangen. Im Stürzen hatte der greise Patriarch den Kühler mit der Sektflasche mitgerissen. Sein Kopf, mit den schlohweißen Haaren und der markanten Adlernase, lag in einer Wasserlache mit vielen kleinen Eiswürfeln.

68

Raymond lief im Wohnzimmer auf und ab. Er redete ohne Pause und gestikulierte dabei wild mit den Händen. Sam, der auf dem Sofa saß, verfolgte ihn mit den Augen. Er war froh, dass es seinem Freund wieder besser ging. Er selbst war an diesem Morgen nicht so gut drauf. Die letzte Nacht hatte ihre Spuren hinterlassen, so etwas ließ auch ihn nicht kalt. Sam hatte eine Bierdose in der Hand, aus der er abwechselnd trank, um sie dann wieder über seine Stirn zu rollen. Verdammt noch mal, hatte er heute Kopfschmerzen.

»Wo ist eigentlich Don Quijote?«, unterbrach er Raymonds Redefluss.

Raymond blieb stehen und schlug die Hände vor den Mund. »O mein Gott, Don Quijote ist immer noch im Bad. Ich hab ihn vorhin abgeduscht und zum Trocknen dringelassen. Das habe ich völlig vergessen.« Raymond zuckte mit den Schultern. »Da siehst du mal, wie durcheinander ich bin. Ich werde Don Quijote sofort holen.«

»Nein, das ist nicht nötig«, wehrte Sam ab. »Ich kann auf seine Gesellschaft für den Moment auch verzichten.«

»Das mag sein, aber ich vermisse ihn. Hast du dir mal seine Ohren angeschaut? Die sind wirklich köstlich. Ich glaube, ich habe mich in seine Ohren verliebt. Außerdem bekommt Don Quijote im Bad Depressionen. Der Raum ist so unpersönlich und weiß gekachelt …«

»Wie im Schlachthof, da ist auch alles gekachelt!«

Raymond hielt sich entsetzt die Ohren zu. »Sam, du bist mein bester Freund, mein allerbester, einziger Freund. Aber mit deinem schwarzen Humor treibst du mich noch in den Wahnsinn. Wie kannst du Don Quijote mit einem Schlachthof in Verbindung bringen? Du bist völlig unsensibel!«

»Sorry, war nicht so gemeint.«

»War ganz genauso gemeint, ich kenne dich. Aber ich verzeihe dir alles, wirklich alles. Schließlich hast du mich aus der größten Katastrophe meines Lebens befreit. Gestern Abend habe ich keinen Ausweg mehr gesehen. Ich war kurz davor, mir das Leben zu nehmen. Aber was wäre dann aus Don Quijote geworden?«

Sam nahm erneut einen Schluck aus der Dose. Er verkniff sich die Bemerkung, dass Don Quijote in diesem Fall wohl tatsächlich als Sobrassada-Wurst geendet hätte. Stattdessen sagte er: »Außerdem wäre das völlig übertrieben gewesen. Ich meine, sich in einer solchen Situation das Leben zu nehmen.« Raymond riss die Augen auf. »Übertrieben vielleicht nicht, aber endgültig! Sich das Leben zu nehmen ist unheimlich endgültig und irgendwie peinlich.«

»Nein, im Ernst, Raymond, du trägst an dem Vorfall keine Schuld.«

»Ich weiß nicht, na ja, nicht wirklich. Aber wer hätte mir das geglaubt? Niemand! Es war so schrecklich. Und diese Stille hinterher, einfach unheimlich. Vom Anblick nicht zu reden. Mich wird dieses Bild im Traum verfolgen. Ich bin stundenlang einfach dagesessen, habe vor mich hin gestarrt und auf dich gewartet. Don Quijote hatte ich in der Gästetoilette eingesperrt. Er wenigstens konnte sich ablenken. Alle Gästehandtücher hat er zerfetzt, du weißt schon, die plüschigen mit meinem Monogramm, in ganz kleine Teile. Und meine Sammlung mit den Parfums, die hat er komplett aufgearbeitet. Gestunken hat er hinterher wie ein ganzes Puff!«

»Hast du ihn deshalb abgeduscht?«

»Nein, das ist unsere normale Morgentoilette. Außerdem nach dieser Nacht!« Raymond hob beschwörend die Hände. »Da muss man sich von Grund auf reinigen, eine Art Katharsis.«

Raymond blieb vor Sam stehen und schaute ihm konzentriert ins Gesicht.

»Sammy, mein Lieber, du hast Augenringe. Sag mal, kann es sein, dass du heute etwas depressiv bist. Du siehst überhaupt nicht gut aus. Bedrückt dich was?«

Sam schüttelte den Kopf. »Nein, Raymond, mich bedrückt nichts. Ist alles okay. Der Eindruck täuscht.«

»Da bin ich aber froh. So, und jetzt hole ich Don Quijote, der will dich bestimmt begrüßen.«

»Können wir das nicht auf das nächste Mal verschieben.«

»Nein, ich bestehe darauf!«

69

In Santa María del Camí liegt direkt an der Straße, die durch den Ort führt, versteckt hinter Mauern und von den meisten Touristen missachtet, das Kloster Convento de los Mínimos aus dem 17. Jahrhundert. Sehenswert sind vor allem der mit Efeu bewachsene Kreuzgang und die hübschen Gartenanlagen des Minoritenklosters, mit ihren hohen Zypressen und den kugelförmig geschnittenen Büschen.

Santa María
Der Zusatz del Camí weist darauf hin, dass der Ort schon zu Zeiten der alten Römer »am Wege« lag – nämlich an der Hauptstraße von Palma nach Alcúdia.

Vor dem alten Brunnen, der inmitten des Hofes steht, wartete Dr. Schulze wie verabredet auf Sam. Er hatte zwar prinzipiell einiges dagegen, von einem Dienstleister irgendwohin bestellt zu werden, aber Sam hatte gesagt, dass es interessante Neuigkeiten gebe. Und dass gute Gründe für diesen Ort sprechen würden. Er war etwas zu früh gekommen und hatte sich in der Zwischenzeit das kleine Museum und die Klosterkirche angeschaut. Auf die Minute pünktlich traf Sam ein. Er zog Dr. Schulze in eine Ecke des Kreuzgangs, hinter eine Säule. Er dürfe ihn nicht fragen, woher er das wisse, sagte Sam, aber gleich würde er jemanden sehen, der ihm bekannt sein dürfte. Nein, es handle sich nicht um Felix Reiter. Vermutlich würde er die Person auch nur aus den Zeitungsberichten kennen, aus jener Vielzahl von Artikeln und Fotos, die nach dem Yachtunfall im letzten Jahr veröffentlicht worden waren.

»Nun reden Sie schon, spannen Sie mich nicht auf die Folter. Sie sagten, Sie haben Neuigkeiten. Sehr schön, in so kurzer Zeit habe ich nicht damit gerechnet. Was also haben Sie herausgefunden?«

Sam nahm die Sonnenbrille ab und sah Dr. Schulze in die Augen. »Ich habe nicht nur etwas herausgefunden. Ich würde sagen, die Ereignisse haben sich letzte Nacht etwas überstürzt!«

»Was ist passiert?«

»Erstens, sie hatten Recht.«

Dr. Schulze schlug mit der Hand gegen die schlanke Steinsäule. »Wusste ich es doch. Ich habe keine Halluzinationen. Er war es, Felix Reiter lebt!«

»Tut er nicht mehr!«, erwiderte Sam trocken.

»Wie bitte? Sie wollen doch nicht sagen, dass …?«

»Doch, genau. Ich will sagen, dass Felix Reiter letzte Nacht zu Tode gekommen ist.«

»Aber das ist doch gar nicht möglich. Seit unserem Treffen sind ja gerade erst ziemlich genau vierundzwanzig Stunden vergangen. Nein, das glaube ich nicht.«

»Es ist unglaublich, ja. Ich habe so etwas auch noch nie erlebt. Fakt ist, dass ich Felix Reiter bereits wenige Stunden nach unserem Zusammentreffen, also noch am frühen Abend, gefunden habe.«

»Wie haben Sie das geschafft?«

»Er war nicht so klug, wie wir alle dachten. Aber vielleicht fühlte er sich einfach zu sicher. Er wurde ja für tot gehalten. Jedenfalls kannte ich aus dem letzten Jahr seine Lieblingsrestaurants auf Mallorca. Das sind die mit der besten Küche und dem gepflegtesten Weinkeller.«

»Stimmt«, bestätigte Dr. Schulze. »Felix Reiter war, das heißt ist …«

»Nein, Felix Reiter *war* …«, korrigierte Sam.

»Ich bin völlig durcheinander. Also, er *war* ein großer Feinschmecker.«

»Genau, und schon im dritten Restaurant auf meiner Liste habe ich ihn gefunden. Er hatte dort unter dem Namen Roy Jones einen Tisch reserviert. Ich habe ihn sofort erkannt.«

»Und dann?«

»Nicht so laut. Ich habe ihn beobachtet. Er war nicht allein. In seiner Begleitung war Dana Mohnert, die junge Frau …«

»… mit der er schon im letzten Jahr zusammen war.«

»Alte Liebe rostet nicht.«

»Na ja, so alt ist die Liebe nicht. Aber sie sieht gut aus. Ich habe Fotos von ihr in den Zeitungen und ein Interview im Fernsehen gesehen.«

»Sehr schön, dann werden Sie sie ja wiedererkennen.«

»Ist sie diese Person, von der Sie gesprochen haben?«

»Warten Sie ab. Sie wollen doch sicher wissen, was dann passiert ist, oder?«

»Sie machen es spannend.«

Sam hatte die Sonnenbrille wieder aufgesetzt und sah häufig zum Eingang. »Nicht ich mache es spannend. Die Ereignisse waren nun mal so. Am späten Abend ist Felix Reiter, nachdem er das Restaurant verlassen hatte, in einem Leihwagen davongefahren.«

»Mit dieser Frau Mohnert.«

»Nein, ohne, sie hat sich ein Taxi genommen. Ich bin Felix Reiter mit dem Motorrad gefolgt.« Sam sah auf die Uhr. »Wo bleibt sie nur?« Er dachte kurz nach. »Ich schätze, sie hat ihre Pläne geändert, ja, das könnte sein. Ich habe eine Vermutung. Sind Sie mit dem Auto da?«

»Ja, auch ich habe einen Leihwagen.«

»Kommen Sie, wir sollten uns beeilen.«

Nur wenige Minuten später hatten sie die Stelle auf dem Hügel erreicht. Kurz darauf gab Sam Dr. Schulze, der am Steuer saß, das Zeichen, anzuhalten. Er fuhr in die Wiese am rechten Straßenrand und stellte den Motor ab. Wortlos deutete Sam nach vorne. Keine hundert Meter weiter, am Fuße eines verkohlten Baums, von dem nur noch der Stamm erhalten war, kniete eine junge Frau. Sie war schwarz angezogen. Es sah so aus, als ob sie etwas niederlegte.

»Habe ich es mir doch gedacht«, sagte Sam. »Nicht in diesem Kloster, nein, hier, wo es letzte Nacht passiert ist. Sie legt Blumen an den Baum.«

»Dana Mohnert?«, fragte Dr. Schulze.

»Erkennen Sie sie nicht?«

Dana, die sich aufgerichtet hatte, blickte gerade zufällig in ihre Richtung.
»Ja, das ist sie wohl«, bestätigte Dr. Schulze.
Wortlos beobachteten sie Dana, die noch eine Zeit lang vor den Überresten des Baums stehen blieb. Es sah fast so aus, als hätte sie die Hände gefaltet. Dann verabschiedete sie sich mit einer Kusshand, bestieg ein kleines blaues Auto, das wenige Meter weiter geparkt war, und fuhr davon.
»Ist er hier ums Leben gekommen?«, brach Dr. Schulze das Schweigen.
»Genau hier, letzte Nacht, um exakt zweiundzwanzig Uhr fünfzig. Sie können das im Polizeibericht nachlesen. Aber es wird morgen auch in der Zeitung stehen.«
»Mit seinem Namen?«
»Nein, natürlich nicht, sondern mit dem Namen Roy Jones, wohnhaft auf den Bermudas. Es wird in der Zeitung stehen, dass genau unter diesem Baum ein Auto explodiert ist, das auf diesen Namen angemietet war. Dass man in dem ausgebrannten Wrack seine verkohlte Leiche gefunden hat. In den nächsten Tagen wird man herausfinden, dass auf den Bermudas kein Roy Jones gemeldet ist. Übrigens hat bei seiner Leiche der rechte Arm gefehlt, den hat man in der Wiese neben dem Auto gefunden.«
»Wie schrecklich!«
»Meinen Sie das ernst? Ich dachte, Sie haben genau das gewollt?«
»Nicht so«, flüsterte Dr. Schulze.
»Wie denn dann, tot ist tot. Dass dabei sein Arm abgerissen wurde, davon dürfte er nichts mehr bemerkt haben.«
»Das ist zu hoffen. Schließlich bleibt man bei allem ein Mensch.«
Dr. Schulze machte eine Pause und dachte nach. Dann fragte er: »Wie kann ich eigentlich sicher sein, dass dieser Roy Jones wirklich jener Mann ist, dem ich in Palma begegnet

bin, den ich für Felix Reiter hielt? Gut, Sie sagen, Sie haben ihn erkannt. Und auch die Anwesenheit dieser Dana Mohnert spricht dafür. Aber ich hätte gerne Gewissheit.«

Sam lächelte. »Auf diese Frage habe ich gewartet.« Er langte in die Gesäßtasche seiner Jeans und zeigte Dr. Schulze einen Reisepass. »Nehmen Sie ihn, Sie dürfen ihn behalten, ein Souvenir.«

Dr. Schulze nahm das Ausweispapier entgegen, betrachtete kurz das Wappen der Bermudas, schlug es auf und sah wortlos auf das Passbild.

»Nun, ist er das?«, fragte Sam nach einer Weile.

»Er ist es!« antwortete Dr. Schulze. »Definitiv, das Bild ist unerwartet gut. Wie sind Sie zum Pass dieses Roy Jones alias Felix Reiter gekommen?«

»Sie wollen aber alles ganz genau wissen.«

»Natürlich. Im ausgebrannten Auto haben Sie diesen völlig unversehrten Pass jedenfalls nicht gefunden.«

»Da haben Sie Recht.« Sam strich sich nachdenklich über seine Bartstoppel. »Ich sagte doch, dass ich Felix Reiter in diesem Lokal aufgespürt habe. Als er einmal auf die Toilette gegangen ist, bin ich im Flur mit ihm zusammengerempelt. Er hatte den Pass in der Innentasche seines Jacketts. In meinem Job sollte man einige handwerkliche Fähigkeiten beherrschen.«

Dr. Schulze schmunzelte. »Dazu gehört die Grundausbildung zum Taschendieb?«

»Exakt, Sie sehen ja, wie hilfreich das sein kann.«

Dr. Schulze betrachtete den Reisepass.

»Kann ich ihn wirklich behalten?«

»Natürlich, der Inhaber braucht ihn nicht mehr. Außerdem handelt es sich um eine Fälschung.«

Dr. Schulze sah wieder auf die Straße vor ihnen, auf den schwarzen Asphalt und den abgebrannten Baum.

»Wie ist es zu dieser Explosion gekommen? Haben Sie …?«

»Nein, ich habe nicht. Reiter hat angehalten. Ich habe mit

meinem Motorrad genau hier gewartet, wo wir jetzt stehen. Plötzlich haben sich rechts auf der Wiese Männer genähert, ich habe im Dunkeln nicht genau erkennen können, wie viele. Vermutlich hatte Reiter hier eine Verabredung, wer weiß, mit wem.«

»Mit diesen Männern?«

»Glaube ich kaum. Denn als er sie gesehen hat, hat er den Motor angelassen und wollte losfahren. Die Männer hatten Waffen, sie haben aus nächster Nähe das Feuer auf das Auto eröffnet. Eine Kugel muss den Tank getroffen haben, jedenfalls ist das Auto explodiert. Der ganze Baum hat in Flammen gestanden. So ein Inferno habe ich bisher nur im Kino gesehen.«

Dr. Schulze blickte Sam von der Seite an. »Und Sie hatten damit nichts zu tun?«

»Nein. Wahrscheinlich wäre es klüger zu sagen, dass ich der Verursacher war. So habe ich Sie jedenfalls gestern in der Kirche verstanden. Ich meine, rein finanziell wäre es klüger. Aber ich will ehrlich zu Ihnen sein. Nein, ich hatte nichts damit zu tun. Ich habe genau hier gestanden und alles mit angesehen. Und ich habe mich nicht wohl dabei gefühlt, überhaupt nicht, das können Sie mir glauben.«

»Ich werde Sie angemessen honorieren, da machen Sie sich mal keine Gedanken.«

»Immerhin habe ich ihn gefunden.«

»Ja, immerhin. Und der Rest war Schicksal.«

»Ja, das war es wohl«, sagte Sam mit leiser Stimme.

70

An der Wand hinter dem Schreibtisch hing ein Bild von König Juan Carlos. An der Decke drehte sich langsam und nutzlos ein Ventilator. Die Jalousien waren heruntergelassen, so dass der Raum trotz der intensiven Nachmittagssonne

fast im Halbdunkeln lag. Sebastian hatte den Krawattenknoten gelockert und sich im Stuhl zurückgelehnt.
»Du wolltest mich sprechen?«, sagte Sam, der Sebastian am Tisch gegenübersaß. Er war mit dem Comisario der mallorquinischen Kriminalpolizei, der fließend Deutsch sprach, gut befreundet. Er hatte bei einigen Fällen sehr eng mit ihm kooperiert und ihm Hinweise gegeben, die zur Aufklärung beigetragen hatten. Vor allem aber war Sebastian ein großer Harley-Davidson-Fan. Sie trafen sich oft am Wochenende und fuhren mit ihren beiden Maschinen über die Insel. So etwas verbindet.
»Richtig, ich wollte dich sprechen. Danke, dass du gleich gekommen bist. Wir haben ein ernstes Problem.« Sebastian grinste. »Der Auspuff deiner Harley ist zu laut. Ich muss dein Motorrad leider stilllegen lassen!«
»Das kannst du mir nicht antun«, protestierte Sam mit gespieltem Entsetzen, »meine Auspuffanlage hat ein Vermögen gekostet!«
»Screamy Eagle, ich weiß. Na gut, lassen wir das noch mal durchgehen.« Sebastian kratzte sich an der Stirn. »Aber dafür musst du mir einige Fragen beantworten.«
»Nur zu, was beschäftigt dich?«
»Mich beschäftigt, dass ich dir gestern Mittag ein Tonband vorgespielt habe, mit dem Anruf einer Frau aus einer Fonda bei Santa María.«
»Ja und?« Sam zog die Augenbrauen fragend nach oben.
»Mich beschäftigt der Zufall, dass gestern Abend, kurz vor Mitternacht, in unmittelbarer Nähe dieser Gastwirtschaft ein Auto explodiert ist und wir eine unidentifizierte, verkohlte Leiche im Kühlraum liegen haben.«
»Eine verkohlte Leiche? Wo soll denn da ein Zusammenhang bestehen?«, fragte Sam mit verständnislosem Gesichtsausdruck.
Sebastian beugte sich nach vorne und sah ihn forschend an.

»Genau das würde ich eben gerne wissen. Was hat der Anruf dieser Frau und die Tatsache, dass ich dir davon berichtet und ihn dir sogar vorgespielt habe, mit dem explodierten Auto zu tun?«

Sam zuckte mit den Schultern. »Das hat gar nichts miteinander zu tun. Wie ich bereits gestern erklärte, war das am Telefon eine mir wildfremde Frau. Ich kannte die Stimme nicht. Du sagst, ein Auto sei explodiert? Das könnte doch ein Unfall gewesen sein?«

»Du kanntest die Stimme nicht? Richtig, das sagtest du gestern. Und das stimmt auch, du hast mich nicht zufällig angelogen?«

»Nein, habe ich nicht. Warum sollte ich?«

Sebastian nickte. »Ja, warum solltest du. Übrigens glaube ich nicht an einen Unfall. Wir haben in einigen Blechteilen Einschüsse festgestellt. Und in unmittelbarer Nähe haben unsere Beamten Patronenhülsen gefunden.«

»Einschusslöcher und Patronenhülsen! Sei doch froh, wenigstens ist auf der Insel mal was los. Nicht immer nur Hütchenspieler und Reifenstecher.«

»Du weißt ganz genau, dass wir uns über einen Mangel an Kapitalverbrechen nicht beklagen können. Auf dieses Auto und den unbekannten Toten hätte ich gerne verzichtet. Es handelt sich um einen Leihwagen, er ist erst eine Stunde vorher von einem Roy Jones angemietet worden. Du kennst nicht zufällig einen Mann mit diesem Namen?«

»Roy Jones? Nein, noch nie gehört. Ein Engländer?«

»Nein, laut Formular der Leihwagenfirma ein Staatsbürger der Bermudas.«

»Wo ist das Problem? Dann habt ihr doch mit großer Wahrscheinlichkeit eure Leiche schon identifiziert.«

»Haben wir nicht. Auf den Bermudas gibt es keinen Roy Jones mit diesem Geburtsdatum. Die Bermudas haben nur wenig Einwohner, die Behörden konnten uns sehr schnell weiterhelfen. Ach so, ja, und der Pass, mit dem sich der Mann im Büro der Leihwagenfirma ausgewiesen hat, der ist eine Fälschung, die Passnummer gibt es nicht!«

Sam schnalzte tadelnd mit der Zunge. »Was gibt es doch für böse Jungs auf der Welt. Wird jemand vermisst?«

»Nein, es wird niemand vermisst! Jedenfalls niemand, der männlich ist, mittelgroß, vielleicht vierzig oder fünfzig Jahre alt. Viel mehr haben unsere Pathologen nicht rausbekommen. Die Leiche ist in einem ziemlich ramponierten Zustand. Zunächst hat uns der rechte Arm gefehlt, den haben wir schließlich in einer Wiese gefunden. Ist leider auch mächtig abgefackelt. Die Arbeit mit den Fingerabdrücken kann man sich sparen.«

»Muss eine starke Explosion gewesen sein!«

»Ziemlich stark, ja. Der Benzintank dürfte jedenfalls voll gewesen sein, das Auto war ja gerade erst angemietet worden. Vielleicht hat eine Kugel den Tank getroffen? Aber ob das Benzin eine solche Explosion auslösen kann? Keine Ahnung, jedenfalls ist das Auto völlig ausgebrannt.«

»Also, tut mir Leid, Sebastian, ich kann dir da nicht weiterhelfen«, versuchte Sam das Thema zu beenden.

»Schade.« Sebastian machte eine Pause und spielte mit einem Briefbeschwerer. »Übrigens, wo warst du gestern Abend kurz vor Mitternacht?«

»Wo ich war?« Sam deutete grinsend mit dem Zeigefinger auf seine Brust. »Du willst wissen, wo ich zu diesem Zeitpunkt war?«

»Ja, nur so. Als Freund interessiert mich, wo du dich zu diesem Zeitpunkt rumgetrieben hast?«

Sams Grinsen wurde immer breiter. »Du willst das wirklich wissen?«

»So ist es!«, bestand Sebastian auf seiner Frage.

»Ich war im Bett!«

»Kurz vor Mitternacht? So früh gehst du nicht ins Bett, das

glaube ich dir einfach nicht! Außerdem wäre das ein ziemlich schlechtes Alibi.«

»Mit dieser Frau wärst du auch gerne im Bett gewesen, glaub mir! Zu jeder Tageszeit, Amigo!«, sagte Sam lachend.

»So gut war sie? Wie sieht sie aus?« Sebastians Neugier war ganz offensichtlich nicht mehr rein beruflicher Natur.

»Blonde Haare, lange Beine und ein Temperament, ich sage dir, wie eine Raubkatze. Ich bin jetzt noch völlig erschöpft. Die letzte Nacht werde ich jedenfalls nie vergessen.«

»Du weißt nicht zufällig ihren Namen?«

»Spinnst du? Glaubst du wirklich, ich gebe dir ihren Namen, damit du dann …«

»Das war eine berufliche Frage. Ich überprüfe gerade dein Alibi.«

»Das soll ich dir glauben?« Sam sah seinen Freund zweifelnd an. »Okay, ich gebe ihn dir, sie heißt mit Vornamen Dana und mit Nachnamen …«

Sebastian stoppte Sam lachend mit einer Handbewegung. »Nein, sag ihn mir nicht, am Ende komme ich doch noch in Versuchung. Es reicht mir, dass du ein Alibi hast und mir zur Not deine Zeugin mit Namen benennen könntest. Ist das die Frau, nach der du die letzten Tage wie verrückt gesucht hast? Du hast mich ja mit deinen fortwährenden Anrufen und Besuchen ganz nervös gemacht.«

»Richtig, nach ihr habe ich gesucht.« Sam machte eine eindeutige Handbewegung. »Und glaub mir, es hat sich gelohnt!«

»Ich glaub's dir ja. Ich bin schon ganz neidisch. Bevor du gehst, hab ich noch zwei weitere Fragen.«

»Noch zwei Fragen?«

»Ja. Was soll ich mit der Anzeige machen, die gegen dich vorliegt?«

»Was für eine Anzeige?«

»Wegen Körperverletzung, Sachbeschädigung, Entwendung

von Eigentum und so weiter. Von einem Hubertus Reinersburg.«
Sam schlug sich an die Stirn. »Von diesem Idioten. Das liegt ja schon eine Ewigkeit zurück. Der ist wohl nicht zu retten.«
»Auch hättest du ihn in den Swimmingpool geworfen, ein Blumenbeet umgepflügt, eine Palme entwurzelt und einen Rosenbusch unter die Räder genommen. Klingt irgendwie gut, und trägt ganz unübersehbar deine Handschrift. An der Anzeige könnte was dran sein.«
»Das will ich nicht ausschließen, aber umgekehrt könnte ich genauso gut diesen Reinersburg anzeigen. Außerdem habe ich einen Kunden, der das tun sollte, aber der ist so zart besaitet, den müsste ich erst überreden. Da fällt mir ein, da gibt es jemanden, dem ich noch einige Informationen schuldig bin. Dem wird es ein besonderes Vergnügen sein, diesen Reinersburg zu verklagen. Da kann sich diese Pflaume auf etwas gefasst machen. Am besten, er verlässt sofort die Insel und sucht sich einen neuen Wirkungskreis.«
»Nichts dagegen, ich habe schon lange ein Auge auf ihn geworfen. Wir sollten uns bei Gelegenheit mal ausführlicher über diesen Herrn unterhalten. Es gibt so viele seriöse Makler auf Mallorca, die wären auch froh, wenn wir die schwarzen Schafe aussortieren. Die Anzeige jedenfalls wird vorläufig unauffindbar in diesem Aktenberg verschwinden.«
»Eine gute Entscheidung. Gracias! Und die zweite Frage?«
»Wie findest du die Straße von Sóller über Biniaraix und Fornalutx zum Coll de Puig Major und von dort weiter am Gorg Blau vorbei zum Monastir de Lluc?«

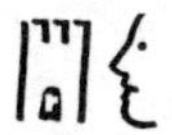

LLUC
Das Kloster der schwarzen Madonna ist der meistbesuchte Wallfahrtsort der Insel.

Sam grinste. »Ich weiß ganz genau, worauf deine Frage abzielt. Ich glaube, das ist eine sehr gute Strecke für unsere Motorräder. Und ich weiß, wo es unterwegs ein gutes Bier gibt. Wann?«
»Am kommenden Samstag?«
»Passt super. Ich freue mich schon.« Sam stand auf. »Kann ich jetzt gehen?«

»Natürlich!« Sebastian boxte ihm kumpelhaft gegen den Oberarm. »Wartet diese Dana auf dich?«
Sam grinste verschmitzt. »Das würdest du gerne wissen, Amigo. Es posible! Hasta luego.«

71

Sam nippte vorsichtig am Carajillo. Der Kaffee war noch etwas zu heiß, aber dass sie in der Bar Bosch am Brandy nicht gespart hatten, ließ sich eindeutig feststellen. Er sah auf die Zeitungen, die er gerade am Kiosk vom Passeig des Born gekauft hatte, und die neben ihm auf einem Stuhl lagen. Sam erinnerte sich, wie er hier vor nicht allzu langer Zeit gesessen und in der Tageszeitung jenen Bericht gelesen hatte, der ihn zum zweiten Mal in seinem Leben auf die Spur von Kay bringen sollte. Von seiner bevorstehenden Todeserklärung war im Artikel die Rede gewesen. Aber irgendwie hatte er damals an seinen Tod nicht glauben wollen. Nun, heute sah die Situation anders aus. Sam dachte an die Leiche im Kühlraum der Guardia Civil. Eine Leiche, von der die Polizei die Identität nicht kannte. An Felix Reiter hätte Sebastian dabei wohl als Letzten gedacht. Kein Wunder, denn der Betreffende war ja schon im vergangenen Jahr gestorben. Und wer stirbt, außer im Film, schon zweimal?
Hier, in der Bar Bosch, hatte ihm Raymond von seinem Ärger mit Hubertus Reinersburg erzählt. Gut, das war vergleichsweise glimpflich ausgegangen. Außer besagtem Rosenbusch, der Palme und dem Selbstwertgefühl dieses Unsympathen hatte nicht viel daran glauben müssen. Und Raymond hatte seine Bilder wieder. Sam schmunzelte. Ja, und damals hatte ihn auch dieser Hasfurth hier in der Bar Bosch aufgesucht, mit der dringlichen Bitte, die Treue seiner Gabriele zu überprüfen. Sam schloss die Augen und dachte genussvoll an Ga-

brieles erotischen Körper. Was für ein Glück, dass er diesen Auftrag sehr ernst genommen hatte! Nur schade, dass ihm die Holde mittlerweile abhanden gekommen war. Aber das Leben ging weiter! Was nicht dagegen sprach, mal in Düsseldorf anzurufen.

Sam zog sein Handy aus der Brusttasche. Ein Leben ohne móvil konnte er sich nicht mehr vorstellen, da könnte man ja gleich wieder mit der Pferdedroschke reisen. Es meldete sich die Haushälterin. Das sind eben wirklich feine Leute!, spöttelte Sam in Gedanken. Er fragte nach Gabriele. Während er wartete, ging ihm durch den Kopf, dass eine Haushälterin gar nicht mal so schlecht sein musste. Er sollte wirklich in Erwägung ziehen, eine einzustellen. Schließlich war er, so wie sich die Situation darstellte, kein armer Mann mehr. Er dachte über die entscheidenden Qualifikationen einer Haushälterin nach. Ob blond oder schwarz, war ihm egal. Nach Möglichkeit sollte sie nicht viel älter als dreißig sein. Eine vernünftige Oberweite war natürlich Grundbedingung, da hatte Gabriele Maßstäbe gesetzt, die auf natürlichem Weg schwer einzulösen waren. Der ausgeprägte Sexualtrieb sollte beim Einstellungsgespräch unter Beweis gestellt werden. Was noch? Ach ja, sie sollte ihm das Frühstück machen und nackt ans Bett bringen können! Obwohl, das mit dem Frühstück war vielleicht gar nicht so wichtig …

»Hallo, Gabriele, ich bin's, Sam! Was heißt, du kannst nicht reden? Ach so, verstanden. Kannst mich ja mal zurückrufen. Nur ganz kurz, ich hab vielleicht einen Interessenten für euer Haus. Wer das ist? Dr. Schulze, ein Vorstandsboss einer Multimillionen-Firma. Absolut seriös. Der zahlt das sozusagen aus der Portokasse. Aber das Wasserbett bekommt er nicht. Am Wasserbett hängen zu viele Erinnerungen, wenn du verstehst, was ich meine. Du verstehst, was ich meine, kannst aber nicht reden? Wer spricht von reden? Kleiner Scherz, ja, ruf mich mal an, wenn es dir besser passt. Und richte deinem Schatz aus, dass er schon mal die Provision zur Seite legen kann. Adiós, meine Liebe.«

Zufrieden legte Sam das Handy auf die Zeitungen. Die Dinge begannen sich zu ordnen. Ob er Raymond noch einmal besuchen sollte? Nein, der hatte mit Don Quijote genug Ansprache! Wie es derzeit wohl Dana ging? Hoffentlich hatte sie …

Sam wurde in seinen Gedanken von Dr. Schulze unterbrochen, der an seinen Tisch trat.

»Hallo, Doktor, nehmen Sie Platz!« Sam zog einen freien Stuhl heran. »Schön, dass Sie noch einmal Zeit gefunden haben.«

»Mein Flugzeug geht in zwei Stunden!«

»Was macht Ihr Hauskauf?«

»Die Anzahlung habe ich geleistet, das wissen Sie. Der Vertrag ist unterschrieben, doch ich habe wie gesagt kein gutes Gefühl. Aber durch ihr Engagement die Person Felix Reiter betreffend hatten Sie natürlich keine Gelegenheit, hier Nachforschungen anzustellen, das verstehe ich.«

»Da schätzen Sie mich aber falsch ein. Selbstverständlich habe ich mich darum gekümmert.«

»Sie werden mir langsam unheimlich«, sagte Dr. Schulze.

Sam deutete auf seinen Carajillo. »Am besten, Sie bestellen sich auch einen Kaffee mit Brandy, oder noch besser, Sie lassen den Kaffee weg.«

»Warum? Hatte ich mit meinen Bedenken hinsichtlich dieses Herrn Reinersburg Recht?«

Sam nickte. »Leider ja. Wäre allerdings besser gewesen, Sie hätten dieses ungute Gefühl vor der Anzahlung gehabt.«

Sam zog unter den Zeitungen eine Mappe hervor. »Also die Fakten im Schnellgang. Dieser Reinersburg hat Ihnen ein faules Ei untergejubelt. Ich habe mich bei den Behörden erkundigt und ins Registro de la Propiedad Einblick genommen. Das Eigentumsregister ist übrigens nicht identisch mit dem

Grundbuch in Deutschland, doch das ist eine andere Sache. Also, das Haus steht überhaupt nicht zum Verkauf …«

»Aber Herr Reinersburg hat mir versichert, dass …«

»Dieser Reinersburg ist ein Gauner, glauben Sie mir. Das geht schon bei den Besitzverhältnissen los, die mehr als ungeklärt sind. Es läuft ein aktueller Rechtsstreit zwischen einer Erbengemeinschaft und einem alten Mallorquiner. Außerdem sind Steuerschulden über das Projekt abgesichert, und es besteht ein ungekündigter Mietvertrag mit einem Industriellen aus Barcelona. Bei dem Haus ist so ziemlich alles daneben, was man sich vorstellen kann. Mag ja sein, dass es schön aussieht und eine tolle Lage hat, aber der Typ hat Sie voll über den Tisch gezogen.«

»Jetzt hätte ich wirklich gerne einen Brandy!«

»Wird gleich bestellt. Ramón, un brandy para este señor, por favor!«, rief Sam dem Kellner zu. »Hier, die Mappe können Sie mitnehmen. Die kopierten Dokumente bestätigen meine Aussagen. Sind alle auf Spanisch, Sie müssen sie halt übersetzen lassen.«

Dr. Schulze schüttelte den Kopf. »Am meisten ärgere ich mich über mich selbst. Dass ich auf so einen Menschen hereingefallen bin. Wie haben Sie das alles in so kurzer Zeit herausbekommen?«

Sam lachte. »Ich hatte ja sonst nichts zu tun. Nein, im Ernst, ich habe gute Kontakte, und Sie sind nicht mein erster Klient, der bei einem Immobilienkauf aufs Kreuz gelegt wurde.«

»Das ist kein Trost. Ich werde dem guten Mann meine Anwälte auf den Hals hetzen, der wird sich wundern.« Dr. Schulze schob grimmig den Unterkiefer nach vorne. »Mit mir nicht, da ist er an den Falschen geraten. Ich werde dem Reinersburg das Handwerk legen.«

Sam nickte aufmunternd. »Da bin ich sehr dafür. Apropos, Sie haben gebeten, dass ich auch ganz allgemein Erkundigungen über Reinersburg einhole?«

»Richtig, diesen Auftrag bestätige ich hiermit, wenn Sie also bitte …«

»Schon erledigt!« Sam zog eine zweite Mappe unter den Zeitungen hervor. »Hier, ein umfangreiches Dossier über die sehr zweifelhaften Geschäfte dieses Mannes. Übrigens hat er auch schon in Deutschland verbrannte Erde hinterlassen. Das ist ein ganz übler Patron. Aber im weißen Bentley rumfahren, das kann er!«

»Sie haben bereits ein Dossier fertig?« Dr. Schulze starrte fassungslos auf die Mappe. »Das ist doch überhaupt nicht möglich. Sozusagen über Nacht. Und da waren Sie ja, wie ich weiß, anderweitig beschäftigt.«

Sam lehnte sich grinsend zurück und dachte daran, wie er das Dossier in der letzten Woche ganz gemütlich zusammengestellt hatte. Da konnte er noch nicht ahnen, dass es so schnell Verwendung finden würde.

»Ich bin eben der Beste. Sagte ich Ihnen das nicht bereits?«

»Davon bin ich mittlerweile überzeugt«, bestätigte Dr. Schulze. »Kann man Sie auch für Aufträge in Deutschland verpflichten?«

Sam schüttelte den Kopf. »Eher nicht. Ich mache das hier alles nur zum Spaß, eigentlich privatisiere ich.«

»Sie privatisieren? Also, das habe ich mir anders vorgestellt.« Dr. Schulze stürzte den Brandy hinunter, der ihm mittlerweile serviert worden war. »Brennt, tut aber gut. Diesen Reinersburg mache ich fertig, davon können Sie ausgehen. Ich lasse mich doch nicht von so einem miesen Golfspieler aufs Kreuz legen!«

»Nur zu, in diesem Fall können Sie auf meine Mithilfe zählen.« Er freute sich schon auf Raymonds Reaktion, wenn es Reinersburg wirklich an den Kragen gehen sollte. Und diese komische Anzeige konnte Sebastian in den Reißwolf stecken, falls er sie in seinem Aktenstapel überhaupt noch mal finden sollte.

Dr. Schulze schaute auf die Uhr. »Jetzt muss ich aber weg, mein Flugzeug. Ich habe morgen früh ein wichtiges Vorstandsmeeting.«

»Fünf Minuten können Sie sich doch noch nehmen, oder? Ich hätte da nämlich ein Haus für Sie!«

»Wie bitte, ein Haus? Ist das Ihr Ernst?«

»Ja, obwohl das normalerweise nicht mein Metier ist, das überlasse ich gerne anderen. Aber eine Freundin von mir ...« Sam hüstelte. »Besser gesagt, ein guter Bekannter von mir, ein angesehener Geschäftsmann aus Düsseldorf, möchte seine Villa im Südosten der Insel, in der Nähe des Golfplatzes Vall d'Or, verkaufen.«

»Bei Vall d'Or? Dort hat es mir sowieso am besten gefallen. Der Blick am dritten Abschlag ...«

»Ich bin kein Golfer«, unterbrach ihn Sam, »also kenne ich auch den dritten Abschlag nicht. Aber das Haus, so eine Art Luxus-Finca, ist ein Traum. Mit großem Pool und allem Komfort. Allerdings ohne Wasserbett!«

»Wie bitte?« Dr. Schulze hielt sich eine Hand ans Ohr. »Habe ich Sie richtig verstanden? Ohne Wasserbett?«

Sam lächelte. »Ist mir nur so rausgerutscht. Das Wasserbett hat mit dem Haus nichts zu tun. War nur gerade so eine, wie sagt man, Assoziation!«

»Ach so, verstehe. Das alles klingt sehr vielversprechend.«

Sam zog erneut eine Mappe unter den Zeitungen hervor. »Hier ist das Exposé. Schauen Sie sich's im Flugzeug an. Und wenn Sie Interesse haben, dann sagen Sie Bescheid.«

Dr. Schulze nahm die Mappe entgegen. »Ich habe, glaube ich, noch nie mit jemandem zusammengearbeitet, der so effektiv war«, sagte er. »Was ich rein von Ihrem Äußeren her, wenn Sie mir diese Bemerkung gestatten, nicht erwartet hätte. Also, mein größtes Kompliment.« Dr. Schulze stand auf, reichte Sam die Hand und wiederholte: »Mein größtes Kompliment, wirklich. Und wie Sie das mit Reiter hinbekommen haben … Ich meine, wie sich das so günstig ergeben hat. Erstklassig, sehr zufriedenstellend. Ich werde Ihnen einen unterschriebenen Blankoscheck schicken. Tragen Sie als Honorar eine Summe ein, die Ihnen angemessen erscheint. Das ist mein voller Ernst!«

Sam ignorierte die entgegengestreckte Hand. Er sah Dr. Schulze an und nickte. »Klingt gut, danke. Ich wünsche Ihnen einen angenehmen Flug. Vielleicht denken Sie über den Wolken mal eine Minute an Felix Reiter. Nur eine Minute, das ist nicht zu viel verlangt. Immerhin hat ein Mensch sein Leben verloren.«

»Sie sind ja richtig sentimental«, stellte Dr. Schulze fest. »Auch das hätte ich bei Ihnen nicht erwartet. Ja, ich werde an ihn denken. Gott sei seiner Seele gnädig. Er ruhe in Frieden!«

Sam sah Dr. Schulze hinterher, wie er, die drei Mappen unter den Arm geklemmt, den Passeig des Born hinuntereilte, am Once-Stand mit den Losen vorbei, hinter einer Gruppe mit kurzhosigen Touristen verschwindend.

»Das fehlte noch, dass ich diesem Schwein die Hand gebe«, murmelte Sam. »Ramón, otro brandy, por favor, ésta vez para mí!«, rief er über die Tische in Richtung seines Kellners.

Wenig später hob er das Glas und wiederholte leise die letzten Worte von Dr. Schulze. »Felix Reiter, Kay, Gott sei seiner Seele gnädig, er ruhe in Frieden!«

EPÍLOGO

Sei bitte vorsichtig, mir tut mein Knöchel immer noch höllisch weh.«

»Dein Knöchel ist bei unserem Vorhaben relativ nebensächlich.«

»Und meine Handgelenke sind entzündet, du weißt schon, von den Fesseln …«

»Dafür hat mein Ellbogen eine Schürfwunde.«

»Tatsächlich? Zeig her!«

»Moment, ich kann mich nur langsam bewegen, ich habe mir vor einigen Tagen meine Lendenwirbel verrenkt, sofern das medizinisch möglich ist. Jedenfalls zwickt es mächtig im Kreuz.«

»Dein Ellbogen ist ja völlig harmlos. Eine geradezu lächerliche Schürfwunde, die diesen Namen kaum verdient. Magst du meine abgebrochenen Fingernägel und die Hautrisse sehen?«

»Nein, ich hatte schon das zweifelhafte Vergnügen. Pass nur auf, dass du mir keine Kratzwunden zufügst, das fehlte noch in unserem ärztlichen Bulletin.«

»Aber der Bluterguss zwischen deinen Schultern ist wirklich nicht von schlechten Eltern.«

»Da bin ich froh, dass ich wenigstens mit dieser Verletzung deinen Erwartungen entspreche. Es hätte übrigens übler ausgehen können.«

»Hätte es, ja. Das Hämatom ist blauschwarz und changiert an einigen Stellen ins Gelbe.«

»Dieses Farbenspiel ist nicht weiter Besorgnis erregend, oder? Die Schmerzen sind unerfreulich genug.«

»Nein, ich denke, das gehört zum normalen Heilungsprozess.«

»Ich hoffe, dass deine Diagnose zutreffend ist. Jedenfalls spricht nichts Grundsätzliches dagegen, dass wir uns jetzt etwas näher kommen.«
»Ich bin sehr froh, dass du dazu noch in der Lage zu sein scheinst. Gestern Abend …«
»Lass uns jetzt nicht an gestern Abend denken.«

Einige Zeit später, die Sonne war bereits untergegangen, saßen sie bei Kerzenschein auf der Terrasse, über ihnen die Zweige eines alten Olivenbaums, vor ihnen einige Terrakottatöpfe mit Lavendel. Aus dem Haus klang leise Musik. Dana erkannte eine Mazurka von Chopin. Sie sah ihn lächelnd an. Lächelnd, zufrieden und glücklich. Kay hatte entspannt die Beine übereinander gelegt und die Hände hinter dem Kopf verschränkt.
»Die Wirkung der Schlaftabletten scheint weitgehend abgeklungen«, stellte er schmunzelnd fest.
»Habe ich diesen Eindruck vermittelt?«
Kay grinste vieldeutig. »Ja, durchaus.«
»Dir merkt man deinen Zustand auch nicht an. Ursprünglich eine Wasserleiche, jetzt ein Opfer der Flammen.«
»Mit einer Kugel im Rücken!«, ergänzte Kay.
»Du hast eine Vorliebe für dramatische Todesarten.«
»Sieht ganz so aus. Aber damit hat es nun hoffentlich ein Ende. Das wird mir nämlich auf die Dauer zu anstrengend.« Er deutete auf ihr leeres Glas. »Darf ich dir noch etwas Wein nachschenken?«
»Gerne, ja. Was trinken wir eigentlich?«
»Einen Etiqueta Negra von José L. Ferrer.«

VINO MALLORQUIN
Der Etiqueta Negra von José L. Ferrer (Franja Roja) aus Binissalem wurde bereits mehrfach bei Wettbewerben ausgezeichnet.

Dana hob das Glas und stieß mit Kay an. »Ich hätte übrigens auch nichts dagegen, wenn du in Zukunft einfach am Leben bleibst.«
»Schön zu hören.«
»Ich meine, ganz normal, ohne tödliche Zwischenfälle. Mein Nervenkostüm ist nur begrenzt strapazierfähig.«

»Ich werde mein Möglichstes tun, versprochen! Aber du solltest dich auch nicht mehr entführen lassen!«
»Einmal im Leben reicht. Das habe ich sowieso nur dir zu verdanken. Ohne unsere Bekanntschaft hätte mich wohl niemand entführt.«
Kay nahm Danas Hand. »Ich weiß, das tut mir auch unendlich Leid. Umso glücklicher bin ich, dass du alles relativ unversehrt überstanden hast.«
»Relativ, ja.« Dana sah Kay fragend an. »Du bist mir noch die ganze Geschichte schuldig. Wann erzählst du sie mir endlich? Ich kenne ja bislang nur Bruchstücke. Vor allen Dingen, wer ist an deiner Stelle im Auto verbrannt? Dieser Gedanke ist ganz schön belastend, schließlich ist ja irgendjemand wirklich gestorben.«
»Stimmt, aber das muss dich nicht belasten, glaub mir. Sobald Sam da ist, werden wir dir gemeinsam die Ereignisse schildern. Immerhin hatte er in diesem Stück eine Hauptrolle.«
»Wo bleibt er eigentlich?«
Kay hob den Zeigefinger. »Wenn man vom Teufel spricht … Hörst du? Da kommt seine Harley.«
Er stand auf und ging in die Küche. Das monotone Bollern wurde immer lauter, schließlich wurde Dana vom Scheinwerfer des schweren Motorrads erfasst. Sam kuppelte aus, gab zur Begrüßung noch einmal kräftig Gas, was die Auspuffanlage mit einem infernalischen Konzert begleitete, dann schaltete er die Maschine aus. Die folgende Ruhe war fast unheimlich.
»So ungefähr stelle ich mir einen Hörsturz vor«, sagte Dana.
Sam grinste, nahm den Helm ab und fuhr sich durch die Haare.
»Alles klar bei euch?«
»Sí, bienvenido!« Kay stand in der Terrassentür, hob den Arm und warf Sam eine gut gekühlte Bierdose zu.
»Gracias!« Sam fing die Dose auf, öffnete sie zischend, der

Schaum spritzte ihm ins Gesicht. »Perfecto, so liebe ich es!« Er nahm einen tiefen Schluck, wischte sich mit der Hand das Gesicht ab und setzte sich an den Tisch.
»Nun, wie ist es gelaufen?«, fragte Kay.
»Das Gespräch mit Dr. Schulze? Nichts Neues, er ist jetzt fest von Ihrem Ableben überzeugt ...«
»Von *deinem* Ableben«, korrigierte Kay, »wir haben uns doch heute Nacht darauf geeinigt.«
»Perdón, so ist es, Partner. Also, ich glaube, er hat nicht den geringsten Zweifel, was deinen Tod betrifft. Unsere Vorstellung heute Mittag hat ihn vollends überzeugt. Vor allem Dana im schwarzen Kleid ...«
»Es hat doch eigentlich hinten und vorne nicht gepasst«, warf Dana ein.
»Vorne ist mir klar, das Kleid gehört Gabriele, und die ist vorne sozusagen außerirdisch ...«, erwiderte Sam grinsend.
»Das mit den Blumen war nicht übertrieben?«, fragte Kay.
»Nein, überhaupt nicht. Das war absolut perfekt. Dr. Schulze hätte fast eine Träne verdrückt.«
»Vor Freude«, stellte Kay richtig.
»Der falsche Pass mit deinem Bild. Der Leihwagen, der auf den Namen Roy Jones angemietet wurde. Die trauernde Dana am Ort der Katastrophe. Meine wilde Geschichte, wie ich dich gefunden und dir den Pass geklaut habe. Die Schießerei am Straßenrand. Die Explosion, die verkohlte Leiche. Das wird morgen auch in der Zeitung stehen. Ich werde ihm den Artikel nach Deutschland faxen.«
»Du wolltest dich doch noch ein zweites Mal mit diesem Herzchen treffen?«, fragte Dana.
»Ja, das habe ich, heute am späten Nachmittag in der Bar Bosch, kurz vor seinem Abflug. Aber da ging es mir nur darum, diesem Gauner Reinersburg das Handwerk zu legen. Jetzt hat er die Anwälte von Dr. Schulze am Hals.«
»Du lässt den einen Schuft dem anderen an die Gurgel gehen!

Sehr schön, das gefällt mir«, sagte Kay. »Eine ausgesprochen elegante Lösung.«
»Leider geht diesem Dr. Schulze niemand an die Gurgel«, entgegnete Dana. »Immerhin hat er Sam mehr oder weniger direkt aufgefordert, dich umzubringen.«
»Ziemlich direkt!«, bestätigte Sam.
»Wir müssen unsere niederen Instinkte im Zaum halten«, sagte Kay. »Natürlich würde auch ich diesem Freund gerne einen Denkzettel verpassen. Aber das wäre unklug. Rein rational betrachtet ist das so viel besser. Wir haben alle Zweifel ausgeräumt, Dr. Schulze ist jetzt endgültig von meinem Tod überzeugt. Und mit ihm sind es die anderen vier vom Fünfer-Rat. Ich habe von dieser Seite nichts mehr zu befürchten. Mehr kann ich nicht verlangen.«
»Vielleicht bekommt er morgen einen Herzanfall«, hoffte Dana, »muss ja nicht gleich tödlich sein.«
»Jedenfalls haben wir das so besprochen«, erklärte Sam. »Kay wollte, dass ich das Vertrauen von Dr. Schulze gewinne. Und damit alles bis zum Schluss glaubwürdig bleibt, werde ich auch den Blankoscheck einlösen, den er angekündigt hat.«
»Einen Blankoscheck?«, sagte Kay ungläubig.
»Ja, da siehst du mal, wie viel ihm dein Ableben wert ist.« Sam machte eine kurze Pause. »Ich habe ihm übrigens dieses Haus zum Kauf angeboten. Wie gefällt es euch eigentlich?«
»Perfekt«, antwortete Dana. »Geradezu ideal für unsere Rehabilitation.«
Kay grinste. »Vor allem das Wasserbett ...«
»Wie bitte, ihr habt auf dem Wasserbett ...?«, reagierte Sam mit gespieltem Entsetzen.
»Wir haben uns auf dem Wasserbett ...«
»... gesonnt!«, vervollständigte Dana Kays Satz. Sie zog eine Augenbraue nach oben. »Ich hoffe, wir haben das Thema damit erledigt.«
»War ja nur eine Frage«, erwiderte Sam feixend. »Jedenfalls

ist Gabriele froh, dass ich so schnell einen Mieter gefunden habe. Und vielleicht kauft Dr. Schulze die Hütte tatsächlich.«

»Da wird sich Gabrieles Mann freuen«, vermutete Dana.

»Ja, das ist okay so«, sagte Sam. »Immerhin habe ich mit seiner Frau …« Er unterbrach sich hüstelnd. »Und ich habe die Absicht, die Affäre bei Gelegenheit fortzusetzen. Ich betrachte das als kleine Wiedergutmachung. Und Dr. Schulze wird mir danach aus der Hand fressen. Kay hat Recht, man weiß nie, für was es gut ist. Wenn man die besonderen Lebensumstände von Kay berücksichtigt.«

»Die besonderen Umstände meines wiederholten Ablebens«, korrigierte Kay.

»Aber zum Schluss habe ich mich nicht mehr ganz beherrscht und ihm eine reingewürgt«, sagte Sam, »dass er ein bisschen Trauer empfinden soll und so weiter. Und ich habe ihm den Handschlag verweigert. Ganz kann ich mich doch nicht verleugnen.«

Kay nickte. »Kein Problem, das steigert höchstens deine Glaubwürdigkeit.«

Dana zog einen freien Stuhl näher, um den Fuß mit dem geschwollenen Knöchel hochzulegen. Kay ging währenddessen ins Haus und kam kurz darauf mit etwas Käse, frischen Feigen aus dem Garten und Brot auf einem großen Holzbrett wieder. Außerdem hatte er eine weitere Dose Bier unter den Arm geklemmt.

Während Sam die Dose öffnete, schob sich Dana eine Feige in den Mund. Kay versuchte schnuppernd herauszufinden, welche Käsesorte am besten zum Wein passen könnte. Ein Piris aus Campos, ein original Mahón-Käse oder ein mit Olivenöl und Pfeffer konservierter Formatge sec? Oder doch lieber ein Schimmelkäse aus der Provence?

Queso de Mahón
Menorquinische Spezialität aus Kuhmilch.

»So, jetzt will ich es aber endlich wissen!«, sagte Dana. »Was ist in jener Nacht passiert? Wer ist der arme Mann, der im Auto ums Leben gekommen ist?«

»Ist er nicht!«, antwortete Sam. »Ich will sagen, er ist nicht im Auto umgekommen, er war schon vorher tot!«
»Und wo hattet ihr die Leiche her? Auf dem Friedhof ausgegraben?«
»Das wäre auch eine Idee gewesen«, meinte Sam grinsend.
Kay schüttelte ablehnend den Kopf. »Aber sehr unappetitlich, zudem pietätlos.«
»Wir sollten Dana die Geschichte dieser Nacht von Anfang an erzählen!«
»Darum würde ich bitten.«
Kay deutete auf Sam. »Fang du an, am besten mit Don Quijote!«
»Don Quijote von Cervantes?«, fragte Dana.
»Nein, Don Quijote von Raymond. Du musst wissen, Don Quijote ist ein Porc negre, ein mallorquinisches Sobrassada-Schwein, ganz jung, fast noch ein Ferkel. Ein Freund von mir, Raymond, hat ein solches Schwein als Haustier. Raymond ist etwas eigenartig ...«
»Das glaube ich sofort. Ein Porc negre als Hausschwein? Wenn das erst mal groß ist, kann dein Freund ausziehen und sich eine neue Bleibe suchen.«
»Mag ja sein, aber er liebt es abgöttisch. Raymond ist Künstler, sehr sensibel, stockschwul und hat immer Beziehungskrisen im Leben und auch sonst Probleme.«
»Und das ist ein Freund von dir?«, zweifelte Dana.
»Wie man's nimmt, Freund ist vielleicht übertrieben. Am Anfang war er nur ein gut zahlender Auftraggeber. Aber er hat bei mir unvermutete Beschützerinstinkte freigesetzt. Er manövriert sich ständig in merkwürdige Situationen, und da helfe ich ihm dann raus. Er tut mir Leid, er ist immer so verzweifelt.«
»Jedenfalls hat dieser Raymond Sam gestern Nacht angerufen. Eigentlich zu einem denkbar ungünstigen Augenblick. Fast hätte uns das Klingeln von Sams Handy verraten«, erzählte Kay.

»Was viele Leute nicht wissen, die Dinger kann man auch ausschalten, steht in der Bedienungsanleitung«, bemerkte Dana trocken.
»Raymond war völlig von der Rolle«, berichtete Sam. »Seit Tagen schon hat er mich damit genervt, dass ein alter Freund, ein echter Kotzbrocken, mit dem er mittlerweile verfeindet ist, ihn besuchen würde. Raymond hatte Angst, dass ihn dieser Oswald, so hieß der Typ, umbringen würde. Ich sollte Raymond vor ihm beschützen.«
»Aber Sam hatte keine Zeit, wir waren ja auf der Suche nach dir«, sagte Kay.
»Was ist passiert?«, fragte Dana mit leiser Stimme. »Hat Oswald Raymond umgebracht? War Raymond die Leiche im Auto?«
»Nein, Raymonds Leiche war es nicht. Aber Oswald war gestern Nachmittag wirklich bei Raymond. Er hat ihn bedroht, ihn geschlagen, seine Bilder zerschnitten …«
»Und dann hat er Don Quijote gepackt, er wollte das Schwein aus dem zweiten Stock … du musst wissen, Raymond hat ein sehr hohes offenes Treppenhaus in seiner Villa …«
»Er wollte Don Quijote hinunterwerfen. Raymond lag am Boden und hat hysterisch geschrien. Oswald hing schon mit dem Schwein über der Balustrade. Don Quijote hat wie verrückt gequiekt und versucht, sich aus der Umklammerung zu befreien. Und das ist ihm auch gelungen.«
»Schweine sind nur schwer festzuhalten!«
»Dabei hat Oswald das Gleichgewicht verloren und ist selbst in die Tiefe gestürzt«, stellte Kay lakonisch fest.
»Raymond hat einen ungewöhnlichen, modernen Leuchter im Treppenhaus hängen«, berichtete Sam. »Ein Designobjekt, mit scharfkantigen, weit ausladenden Flügeln für die Lampen und Kerzen. Diesen Leuchter hat Oswald im Fallen gestreift.«

»Bei dieser Gelegenheit hat es ihm den rechten Arm abgetrennt«, konstatierte Kay.
»O mein Gott, wie schrecklich.«
Sam nickte. »Ihr müsst euch den Leuchter mal anschauen, ein Samuraischwert ist Kinderkram dagegen.«
»Um die Geschichte abzukürzen, Oswald hätte den Sturz auch ohne Kontakt mit dem Leuchter nicht überlebt. Sam hat mir erzählt, dass Raymond im Flur einen sehr hochwertigen Marmorboden hat.«
»Sehr hochwertig und sehr hart, vor allem nach über zehn Meter freiem Fall.«
»Und du bist dir sicher, dass es sich um ein Unglück gehandelt hat?«, fragte Dana.
»Kein Zweifel. Ihr kennt Raymond nicht. Er ist überaus ängstlich, hat eine zarte Statur, wäre schon körperlich überhaupt nicht in der Lage, einen Mann wie Oswald in die Tiefe zu stürzen.«
»Um den Ablauf des Abends chronologisch richtig zu erzählen«, setzte Kay die Schilderung für Dana fort, »musst du dir Folgendes vor Augen halten: Wir hatten dein Versteck aufgespürt. Was uns übrigens nie gelungen wäre, wenn du nicht einen Fluchtversuch gemacht hättest.«
»Dann war er wenigstens doch für was gut«, sagte Dana und blickte auf ihren geschwollenen Knöchel.
»Sam wollte den Laden sofort stürmen und dich befreien.«
»Ich danke dir«, sagte Dana, Sam eine Kusshand hinhauchend.
Er deutete grinsend auf Kay. »Aber dieser kaltherzige Mensch hat sich verweigert.«
»Von wegen kaltherzig, so ein Unsinn. Aber ich gehe nun mal lieber nach einem Plan vor«, meinte Kay. »Sam hat mir auf der Fahrt nach Palma von Oswalds Schicksal erzählt. Und dass sich Raymond wegen der Leiche das Leben nehmen wollte. Natürlich hätte man die Polizei verständigen

können. Raymonds Unschuld hätte sich bestimmt sofort herausgestellt. Aber dieser tote Oswald hat plötzlich eine völlig neue Möglichkeit eröffnet. Raymond hält es für wahrscheinlich, dass niemand von seiner Anwesenheit hier auf der Insel weiß. Sein Exfreund scheint ein ziemlicher Einzelgänger gewesen zu sein. Aber das ist gar nicht mal so wichtig. Wir hatten einige Stunden Zeit bis zum Ablauf des Ultimatums.«

Sam nickte. »Kays Plan war wirklich brillant, meine Hochachtung. Das hätte ich einem Broker nicht zugetraut.«

»Besten Dank, aber ich habe mich beruflich weiterentwickelt.«

»Also bin ich zu Raymond gefahren«, setzte Sam die Schilderung fort, »habe ihn beruhigt, Oswalds Leiche …«

»Mit Arm!«, ergänzte Kay.

»… richtig, mit allem Zubehör in sein Auto geladen, die Spuren im Haus beseitigt, das Auto von Oswald versteckt. Es hat ein deutsches Kennzeichen, er ist mit der Fähre aus Barcelona gekommen. Aber dazu später. Parallel hat Kay mit seinem falschen Pass auf den Namen Roy Jones einen Leihwagen angemietet.«

»Sam hat etwas länger gebraucht. In der Zwischenzeit habe ich die bereits vorbereitete Überweisung des Lösegelds aktiviert, so dass sie um Mitternacht vollautomatisch ablaufen würde.«

Dana und Sam schauten Kay entsetzt an. Es kam wie aus einem Mund: »Du hast das Lösegeld bezahlt?«

Kay zuckte nicht mit der Wimper. »Natürlich, aber das erzähle ich euch zum Schluss.«

Sam schüttelte fassungslos den Kopf. »Er hat das Lösegeld bezahlt, ich glaube es einfach nicht!«

Dana lächelte vorsichtig. »Ich glaub's tatsächlich nicht, langsam kenne ich sein Pokerface.«

»Dann haben wir Sams erstaunlich gut sortierten Waffenschrank geplündert.«

»Leider hatte ich für das amerikanische Schnellfeuergewehr keine Munition. Und die kugelsichere Weste, die ich Kay gegeben habe und die er unter seiner Jacke getragen hatte, war nicht auf dem neuesten technischen Stand.«

»Aber sie hat die Kugel, die mich im Rücken getroffen hat, aufgehalten.«

»Sie steckt noch in der Weste!«

»Ja, und dann haben wir diesen Plastiksprengstoff und den Fernzünder zu den Waffen in die Tasche gepackt.«

»Wir haben Oswalds Leiche aus dem versteckten Auto geholt und sie in Kays Kofferraum gelegt. Dann ist Kay zu der Stelle gefahren, die du ja kennst.«

»Jetzt weiß ich wenigstens, für wen ich dort Blumen niedergelegt habe. Auch wenn es dieser Oswald vielleicht nicht verdient hat.«

»Okay, ich habe meine Harley auf dem Hügel geparkt. Ab jetzt ist alles minuziös nach Kays Plan verlaufen.«

»Während ich schon mal zum Haus gepirscht bin …«

»… habe ich Oswalds Leiche ans Steuer gesetzt. Den Arm habe ich auf dem Dach vergessen, ich wollte ihn eigentlich auf den Beifahrersitz legen.«

»Deshalb ist er so hoch und weit geflogen.«

»Dann habe ich das Auto am Tank und an einigen anderen Stellen mit dem Plastiksprengstoff präpariert.«

»Nach meiner bescheidenen Meinung hast du dich in der Menge etwas vertan.«

Sam grinste. »Ich dachte, besser zu viel als zu wenig. Daraufhin bin ich Kay zum Haus gefolgt und habe ihm den Fernzünder gegeben.«

»Den Rest hast du miterlebt.«

»Das Ganze war für mich ein einziger Albtraum«, sagte Dana, »ich wusste ja sowieso nicht, ob ich schlafe oder wach bin.«

»Kay wollte, dass ich dich in Sicherheit bringe, dass ihn die Entführer erkennen und eindeutig identifizieren …«

»Woran Sam weniger gelegen war, deshalb die Maskerade.«
»Klar doch, ich will ja weiter auf Mallorca leben, ohne von diesen Pappnasen belästigt zu werden.«
»Ist nachzuvollziehen. Also gut, dann bin ich losgerannt. Ich habe mir am Anfang bewusst etwas Zeit gelassen, ich wollte ja, dass mir die Freunde dicht auf den Fersen sind, damit sie sich alles genau angucken und ihrem Chef berichten können.«
»Da hast du es ein bisschen zu langsam angehen lassen«, stellte Sam fest.
»Stimmt, auf den letzten Metern habe ich mir ernstlich Sorgen gemacht. Und dann hat mich diese Kugel im Rücken getroffen. In diesem Augenblick wusste ich nicht, ob die Weste gehalten hat. Dann bin ich mit letzter Kraft um das Auto rum, habe kurz die Tür aufgemacht, den Motor gestartet, Tür zu und – verdeckt vom Auto – im gestreckten Hecht über die kleine Mauer am hinteren Straßenrand. Eigentlich wollte ich noch einige Meter über die Wiese wegrennen, um einen Sicherheitsabstand zu haben, aber im Sturz habe ich versehentlich den Auslöser des Fernzünders gedrückt.«
»War so viel überzeugender«, kommentierte Sam dieses Missgeschick.
Dana sah Sam an. »Ich danke dir jetzt noch mal dafür, dass du mir gesagt hast, was passieren wird. Ich wäre sonst beim Zuschauen gestorben.«
Kay lehnte sich zurück und verschränkte die Arme über der Brust. »So, das war's, jetzt kennst du die Geschichte. Um eine Bilanz zu ziehen: Erstens, du bist frei und bei relativ guter Gesundheit. Das war bei allem das Wichtigste. Zweitens, jetzt bin ich auch für die Organización gestorben. Damit dürfte endlich Ruhe in mein Leben einkehren. Drittens, nach der völlig überflüssigen Begegnung mit Dr. Schulze hat sich auch hier das Blatt sozusagen über Nacht wieder gewendet, und ich bin erneut überzeugend verschieden.«

»Und viertens haben wir Raymond in seiner Not geholfen, ihm jeden Stress erspart und Oswalds Leiche entsorgt«, fuhr Sam fort. »Sein Auto werde ich morgen mit der Fähre nach Barcelona bringen und dann irgendwohin nach Frankreich fahren, wo ich es in einem Wald stehen lasse. Niemand wird von dort eine Verbindung zu einer anonymen, verkohlten Leiche auf Mallorca herstellen.«
»Fünftens bringt die Polizei den Vorfall nicht mit meiner Person in Zusammenhang. Sie stört also nicht meine wohlverdiente Grabesruhe.«
»Du hast einen ausgesprochen schwarzen Humor entwickelt«, warf Dana ein.
»Den hatte ich schon immer«, sagte Kay.
Sam beugte sich vor und sah Kay scharf an. »Bleibt die Frage nach dem Lösegeld. Das ist doch nicht dein Ernst, dass du die zehn Millionen Euro bezahlt hast?«
Dana riss die Augen auf. »Zehn Millionen Euro? So viel Lösegeld haben die für mich von dir verlangt?«
»Ja, eine hübsche Summe.« Kay schmunzelte. »Ich habe das Lösegeld bezahlt, von einer Bank auf den Bermudas, aber nur für wenige Sekunden. Finanzgeschäfte per Computer sind meine Spezialität. Und wie es der Zufall wollte, genau zu dieser Bank auf den Cayman-Inseln hatte ich in früheren Zeiten die besten Kontakte. Dr. Mannschuh hat in meinem Auftrag mit einigen alten Bekannten gesprochen und gegen einen angemessenen Unkostenbeitrag einige Arrangements getroffen.«
»Arrangements?« Dana sah Kay verständnislos an.
»Ja, hinsichtlich der Buchungsmodalitäten. Diese sind in jener Nacht etwas durcheinander geraten, und unglückseligerweise waren die Empfänger des Lösegelds …«
»Die Organización und Don Antonio«, ergänzte Sam.
»… ebenso unerfahren wie überfordert und haben die Vorgänge mit mehrfacher Eingabe ihrer Geheimzahl verifiziert.

Dabei ist den Entführern das Geld wieder abhanden gekommen.«
»Verstehe ich nicht«, sagte Dana. »Warum dann der ganze Aufwand?«
»Ja, warum?« Kay machte eine Pause, um die Spannung zu steigern. »Weil die Herren bei dieser Gelegenheit umgekehrt eine Überweisung getätigt haben, und zwar von ihrem Konto auf mein Konto.«
Sam schlug sich begeistert auf den Oberschenkel. »Habe ich das richtig kapiert? Du hast bei den Typen abkassiert?«
»So könnte man das bezeichnen. Wobei ich dazu sagen muss, dass das eingegangene Geld bereits Sekunden später auf andere Konten von mir weiter überwiesen wurde. Das Konto auf den Bermudas ist zehn Minuten später aufgelöst worden. Das Geld hat sich verflüchtigt.« Kay hielt lachend die leeren Hände nach oben. »Nicht für mich natürlich, aber für die anderen!«
Sam langte sich mit dem Zeigefinger an die Nasenspitze. »Nur eine kleine Zusatzfrage: Wie hoch war diese Überweisung? War das eine nennenswerte Summe?«
»Du willst die Höhe der Überweisung wissen?«
Sam nickte. »Ja, mach's nicht so spannend.«
Kay schüttelte missbilligend den Kopf. »Ich bin immer wieder überrascht, welchen Stellenwert das Geld einnimmt. Jetzt hole ich erst mal eine Flasche Cava aus dem Kühlschrank.«
»Ich mag keinen Sekt«, protestierte Sam, »kann ich nicht beim Bier bleiben?«
»Nein, mein Lieber«, sagte Kay im Aufstehen. »Du wirst mit uns anstoßen, das gebietet schon die Höflichkeit. Außerdem kannst du dich langsam an die Vorzüge einer feineren Lebensart gewöhnen.«
»Darauf pfeife ich normalerweise«, erwiderte Sam grinsend, »aber bei euch mache ich eine Ausnahme.«

»Zudem ist der Cava ganz vorzüglich, schön trocken und nach der Champagnermethode ausgebaut, er wird auch dir schmecken.«

CAVA
Kay hat eine Flaschengärung der Bodega Jaume Mesquida in Porreres ausgewählt.

Sam fiel ein, wann er das letzte Mal Sekt getrunken hatte. In Portocolom war das gewesen, an jenem Abend, an dem er sich im Colón zu Gabriele vor den Kamin gesetzt hatte. Da hatte er, einer spontanen Laune folgend, Champagner bestellt. Sam lächelte zufrieden in sich hinein. Nun, das hatte erwartungsgemäß Gabrieles Stimmung gehoben und ihre Bereitwilligkeit gefördert, auf seine Vorschläge einzugehen. In Gedanken lobte er sich zum wiederholten Mal für diesen Einfall. Kay hatte schon Recht, Geld war nicht wirklich wichtig. Obwohl, der hatte leicht reden …

Der Korken flog in die Zweige des alten Olivenbaums. Aus dem Haus waren die ersten Klaviersequenzen einer Ballade von Chopin zu hören. Der Cava schäumte in die bereitstehenden Gläser. Sam nahm noch schnell ein Stück vom Brot.
Kay sah Dana an und hob sein Glas. »Meine liebe Dana, ich bin überglücklich, dich wieder bei mir zu haben.«
Sie hauchte ihm einen Kuss zu.
Kay drehte sich zu Sam. »Lieber Sam, ich bin froh, dass du die Seiten gewechselt hast. Ich möchte dich nicht zum Feind haben …«
»Ich mich auch nicht!«, pflichtete der Angesprochene grimmig bei.
»Und ich bin dir unendlich dankbar, dass du mir geholfen hast, Dana zu befreien.«
»War mir ein Vergnügen! Bei schönen Frauen bin ich kaum zu bremsen.«
»Natürlich werde ich dich und Dana am operativen Gewinn beteiligen.«
»Eine gute Idee, könnte von mir sein!«, kommentierte Sam die Ankündigung mit einem breiten Grinsen.

Kay nickte. »Pues, salud! Prost!«
Sam sah noch mal skeptisch auf sein Glas, dann trank er es in einem Zug leer.
Kay beobachtete ihn schmunzelnd. Er legte einen Arm um Danas Schultern. »Was ist mir dir? Du hast ja nur daran genippt.«
»Habe ich das?« Sie schien mit ihren Gedanken woanders gewesen zu sein. Jetzt sah sie Kay aus nächster Nähe in die Augen. Er tat sich schwer, ihren Gesichtsausdruck zu deuten.
Dana schob Kays Arm sanft von ihrer Schulter.
»Auch ich möchte auf etwas trinken«, sagte Dana. Sie zögerte und drehte am Stil ihres Glases. »Zunächst mal auf unser gemeinsames Glück, dass alles gut ausgegangen ist.« Wieder machte sie eine Pause. Dann fuhr sie fort: »Und ich möchte mit Kay darauf anstoßen, dass ich eine Entscheidung getroffen habe.«
Kay legte fragend die Stirn in Falten.
»Die Entscheidung, mich in Zukunft …« Dana unterbrach sich erneut und sah Kay intensiv an. Ihr ernster Blick wich langsam einem Lächeln. »… mich in Zukunft etwas intensiver um dich zu kümmern«, brachte sie ihren angefangenen Satz zu Ende. »Ich erinnere mich da an ein Angebot von dir.«
»Ich erinnere mich auch daran«, bestätigte Kay leise. »Aber ich habe nicht mehr zu hoffen gewagt, dass …«
Danas Mundwinkel zuckten. »Nun, ich nehme das Angebot an. Schauen wir, wie lange es gut geht.«
Kay stellte sein Glas ab, nahm Dana wortlos in beide Arme und gab ihr einen langen Kuss.
»Das war aber eine merkwürdige Liebeserklärung«, meinte Sam, nachdem sich Dana wieder aus der Umarmung gelöst hatte.
»Aber es war eine!«, sagte Dana, ihn anlächelnd. »Eine privatere Version wird folgen, sobald Kay und ich alleine sind.«

Sam reagierte mit gespielter Beleidigung. »War das ein Rausschmiss?«
»Nein, bitte bleib!« Dana beugte sich zu Sam und gab ihm zwei Küsse auf die wie immer unrasierten Wangen.
»Nimm dir noch vom Käse oder von den köstlichen Feigen«, forderte ihn Kay auf, »ich werde mich hinsichtlich der Liebeserklärung etwas gedulden.«
Sam sah ihn prüfend an. »Du machst einen glücklichen Eindruck«, stellte er fest. »Für eine Leiche geht's dir wirklich nicht schlecht.«
Kay erwiderte schmunzelnd: »Ja, seltsam. Después de la muerte se vive mejor! Nach dem Tod lebt es sich irgendwie besser!«

FIN!

REGISTRO TURISTICO

Touristischer Anhang mit ergänzenden und zusammenfassenden Erläuterungen, mit Namen und Hinweisen

Kultur und Geschichte (mit Personen)
Land und Leute
Städte, Orte
Restaurants
Hotels
Wein, Getränke
Essen, Rezepte
Cafés, Bars
Golf

Hier finden sich in alphabetischer Folge alle Begriffe, Rezepte, Hotels, Restaurants etc., die in der Erzählung bei ihrer ersten Erwähnung (und an zentraler Stelle) in der Außenspalte hervorgehoben sind. Darüber hinaus gibt es ergänzende Hinweise und Tipps. Auf die genannten Restaurants und Hotels wird zur besseren Orientierung (und Reiseplanung) zudem bei den jeweiligen Ortschaften hingewiesen. Alle Begriffe mit Querverweisen im Register sind halbfett geschrieben.
Die genannten Preiskategorien für die Hotels dienen der groben Orientierung: von 2 (DZ unter 100,– €), 3 (DZ 100,– bis 150,– €), 4 (DZ 150,– bis 200,– €) bis zur Luxuskategorie 5 (DZ über 200,– €).

Abacanto
Fürstliche Bar für Nachtschwärmer und Romantiker. Ableger des **Abaco**. Liegt am nördlichen Stadtrand von **Palma** (Sa Indiotería). Palastähnliches Herrenhaus aus dem 18. Jh. inmitten eines subtropischen Gartens. Viel Atmosphäre mit klassischer Musik und Kerzenschein.
Palma, Sa Indiotería, Camino 9, Tel. 971 43 06 24

Abaco

Berühmte Cocktailbar in der Innenstadt von **Palma** im Ausgehviertel La **Llotja** (Lonja). Mit einem kitschig-schönen Ambiente. In einem alten Stadtpalais. Schwülstige Blumen- und Obstarrangements.
Palma, Carrer Sant Joan 1, Tel. 971 71 49 39

Addaia

Die Feriensiedlung im Nordosten Menorcas findet in diesem Buch nur deshalb besondere Erwähnung, weil sich hier in unmittelbarer Nähe Kay in einem Lloc (dem menorquinischen Pendant zur Finca) versteckt hielt. Addaia hat einen kleinen Yachthafen, einige Bars, ein Einkaufszentrum (mit Zeitungskiosk!) und eine Tauchschule. In den Geschichtsbüchern erscheint Addaia, weil hier die Briten 1798 zum dritten Mal auf **Menorca** landeten und die kurze spanische Herrschaft (ab 1782) beendeten. Allerdings sollte ihr Regnum nur noch bis 1802 dauern – dann fiel **Menorca** endgültig an die spanische Krone.

Agroturismo

Ländlicher Urlaub auf einer **Finca**, die diverse Auflagen des balearischen Tourismusministeriums zu erfüllen hat. So muss die **Finca** vor 1960 erbaut worden sein, über ausreichend Grund verfügen und darf nur eine begrenzte Zahl von Gästen aufnehmen. Vor allem aber muss auf der **Finca** weiter Landwirtschaft betrieben werden. Buchen kann man einen Finca-Urlaub unter anderem über die »Associació Agroturisme Balear«, in der sich Bauernhöfe und alte Herrenhäuser zusammengetan haben.
Associació Agroturisme Balear, 07002 Palma, Av. Gabriel Alomar i Villalonga 8a, Tel. 971 72 15 08, Fax 971 71 73 17
Internet: www.agroturismo-balear.com

Alcúdia

Der Name Alcúdia stammt von den Arabern (al kudia = Hügel). Die Stadt liegt im Norden Mallorcas auf einer Landzunge zwischen den weitläufigen Buchten von **Pollença** und Alcúdia. Die Geschichte von Alcúdia reicht zurück bis zu den alten Römern. 123 v. Chr. landete in der Bucht von Alcúdia der römische Konsul Quintus Caecilius Mettellus, der rasch ganz **Mallorca** eroberte (dabei auch **Palma** gründete) und später »Balearicus« genannt wurde. An das römische Pollentia erinnert das Teatro Romano an der Straße nach Port d'Alcúdia. Aus dem Mittelalter stammen die mächtigen Festungsmauern und das Stadttor Puerta San Sebastián.

La Terrazza

Allioli

Die **Mayonnaise** (s. dort) ist nach der Stadt Mahón (Maó) auf **Menorca** benannt. Kommt Knoblauch hinzu, dann entspricht sie der Salsa Mahonesa und heißt auf **Mallorquí** Allioli (Knoblauchöl). Allioli wird zu Fisch und Fleisch serviert oder einfach aufs Brot geschmiert.

Andratx

Ort im äußersten Westen Mallorcas, am Fuße des Bergs Galatzó, nur wenige Kilometer vom Meer und von seinem Hafen **Port d'Andratx** entfernt. Wurde bereits von den Römern unter dem Namen »Andrachium« gegründet. Die Kultivierung des fruchtbaren Bodens (Huerta d'Andratx) verdanken die Mallorquiner den Arabern. Entlang des **Torrent** de Saluet führt eine blühende Gartenlandschaft (hauptsächlich Mandelbäume, aber auch Orangen und Oliven) hinunter ans Meer nach **Port d'Andratx.** Vor allem im 16. Jh. war Andratx häufigen Piratenüberfällen ausgesetzt. Aus diesem Grund ist die Pfarrkirche von Andratx festungsähnlich ausgebaut und hat einen Wehrturm.

Arabella Sheraton Golf Hotel

Hotel der Fünf-Sterne-Kategorie unweit von **Palma** im feinen Villenviertel Son Vida. Der Baustil orientiert sich an einem spanischen Herrensitz. Tennisplätze, Außen- und Innenpool. Das

Hotel liegt direkt am Golfplatz Son Vida und erfreut sich eines ausgezeichneten Rufs – nicht nur, aber vor allem bei Golfern. (Preiskategorie: 5)
Palma, Carrer de la Vinagrella, Tel. 971 79 99 99,
Fax 971 79 99 97
Golf (Son Vida, Son Muntaner)
Plat d'Or

Aramis

Das Aramis in **Palma** ist ein kleines, elegantes Restaurant (nur zwei Räume) mit entspannter Atmosphäre, dekorativem Sandsteingewölbe, leichter mediterraner Küche und ausgesuchten Weinen. (Ruhetag: Sonntag)
Palma, Calle Montenegro 1, Tel. 971 72 52 32

Artà

Im Nordosten der Insel zeigt sich das mittelalterliche Städtchen Artà von seiner trutzigen Seite. Der Ort wird auf dem Kalvarienberg dominiert von einer zinnenbewehrten Burg und der Wallfahrtskirche Sant Salvador. Darunter, wo einst die Mauren ihre Moschee hatten, steht die nicht minder eindrucksvolle Wehrkirche Transfiguració del Senyor. In unmittelbarer Nähe von Artà gibt es die **Talayot**-Siedlung Ses Païsses zu besichtigen. Und im Norden von Artà geht es auf einer kurvigen Straße zur Wallfahrtskirche Ermita de Betlem und dem **Atalaya** d'Alcúdia.
Es Serral

Atalaya

So heißen die alten Wachtürme an der Küste (der Name ist arabischen Ursprungs), die rund um die Insel mit Feuer- und Rauchzeichen eine Kommunikationskette bildeten und als Frühwarnsystem für Piratenüberfälle dienten. Sie gehen auf das 15. und 16. Jh. zurück, als **Mallorca** von türkischen und algerischen Piraten ständige Gefahr drohte. Da die mehr oder weniger intakten Wachtürme an exponierten Stellen der Küste auf hohen Klippen oder Felsvorsprüngen stehen, sind sie hervorragende Aussichtspunkte. So zum Beispiel der berühmte Wachturm von Ses Animes an der steil abfallenden Küste bei **Banyalbufar**. Oder der Atalaya d'Alcúdia auf einem über 400 m hohen Berg mit grandioser Fernsicht vom **Cap de Formentor** bis (an klaren Tagen) nach **Menorca**. Im Unterschied zu den Atalaya, die vor allem der Nachrichtenübermittlung dienten, gab es auch mit Marés-Steinen befestigte Verteidigungstürme mit dicken Mauern und Kanonen, die eine feindliche Landung wenn schon nicht verhindern, so doch verzögern sollten (zu besichtigen u. a. auf **Menorca** in **Fornells** / Torre de Fornells).

Azulejos

Für Spanien typische bemalte Keramikfliesen. Sie gehen auf die Mauren zurück, sind auch auf **Mallorca** sehr verbreitet und erfüllen vielfältige Dekorationszwecke.

Bacalao-Salat mit Kartoffeln

Für Eckart Witzigmann, der Dana im Roman einen Interview-Termin gewährt, ist der Bacalao-Salat mit Kartoffeln eine ganz besondere Delikatesse. Sein Rezept für 4 Personen. Zutaten für den Bacalao: 250 g Bacalaorücken aus dem Mittelstück (Stockfisch, getrockneter Kabeljau), Olivenöl zum Begießen. Bacalao-Püree: 5 EL Olivenöl, 60 g Schalotten, geschält und gewürfelt, Bacalao, gewässert, 20 g Pinienkerne, fein gehackt, 1 Zweig Thymian, weißer Pfeffer aus der Mühle, Salz, 200 ml Milch, Zitronensaft. Salat: 8 kleine fest kochende Kartoffeln, Olivenöl zum Braten, Salz, weißer Pfeffer aus der Mühle, 100 g ausgelöste dicke Bohnen, 100 g geräucherter Bauchspeck, in hauchdünne Scheiben geschnitten. Zitronen-Oliven-Vinaigrette: 2 EL Zitronensaft, 3 EL warmes Wasser, Salz, weißer Pfeffer aus der Mühle, 5 EL Olivenöl. Zubereitung: Den Bacalao mindestens 2 Tage lang wässern und das Wasser dabei sehr häufig erneuern. Etwa zwei Drittel des Bacalao in ein Porzellangefäß legen, mit Olivenöl begießen und im auf 80 °C vorgewärmten Ofen glasig werden lassen. Danach etwas abkühlen lassen und das Fleisch in kleine Segmente teilen. Für das Bacalao-Püree das Olivenöl erhitzen und die Schalotten darin andünsten, ohne Farbe nehmen zu lassen. Die Kartoffeln mit dem übrigen Bacalao, den Pinienkernen und dem Thymianzweig zufügen. Mit Pfeffer und wenig Salz würzen, die Milch angießen und alles weich schmoren. Den Thymianzweig entfernen, alles mit dem Schneebesen zerstampfen und mit Salz, Pfeffer und Zitronensaft abschmecken. Für den Salat die Kartoffeln kochen, noch heiß pellen und abgekühlt der Länge nach vierteln. In Olivenöl rundherum goldgelb braten, salzen und pfeffern. Inzwischen die Bohnen in Salzwasser blanchieren, abschrecken, die Kerne aus den Häuten lösen und mit Salz und Pfeffer würzen. Die Speckscheiben in wenig Öl kross ausbraten. Für die Vinaigrette alle Zutaten gut verrühren. Das Bacalao-Püree auf vier Teller geben, die Bacalao-Stücke mit Kartoffeln, Bohnen und Speck darauf anrichten und die Vinaigrette darauf und rundherum verteilen. Mit Rosmarin, Sellerieblättchen und grob geschrotetem Pfeffer bestreuen und lauwarm servieren.

Banyalbufar

Das malerisch gelegene Dorf an den steilen Hängen der **Serra de Tramuntana** ist für seine terrassenförmigen Anlagen berühmt. Die Terrassenfelder reichen hinunter bis zum Meer und sind mit einem kunstvollen Bewässerungssystem versehen, das meist den Arabern zugeschrieben wird, wohl aber sehr viel weiter bis zu den Phöniziern zurückreicht. Der Name Banyalbufar leitet sich aus dem arabischen »Buniola al bahar« ab, was »kleiner Weingarten am Meer« bedeutet. Tatsächlich war Banyalbufar früher für seinen guten Wein aus der Malvasíatraube bekannt.

Bar Bosch

Straßencafé im Zentrum von **Palma** am Passeig d'es Born. Traditioneller Treffpunkt vieler Mallorquiner, vom **Café con leche** am Vormittag bis zum Absacker spät in der Nacht.
Palma, Plaça Joan Carles I., Tel. 971 72 11 31

Bens d'Avall
Beliebtes und deshalb meist ausgebuchtes Restaurant zwischen **Deià** und **Sóller** (eine Abzweigung führt hinunter zum Meer) mit herrlichem Ausblick und einer mallorquinisch inspirierten Fischküche. (Ruhetag: Sonntag und Montag)
Urbanización Costa de Deià-Sóller, Tel. 971 63 23 81

Berenjenas rellenas (gefüllte Auberginen)
Kay bereitet die gefüllten Auberginen (wobei er von Sam gestört wurde, was dem Gelingen keinen Abbruch tat) nach folgendem Rezept zu. Zutaten: 2 Auberginen, Salz, frisch gemahlener schwarzer Pfeffer, 4 Schalotten, Olivenöl, 200 g gemischtes Hackfleisch (Rind und Lamm), 100 g Champignons, 3 Knoblauchzehen, 4 EL Tomatenpüree, 100 ml süße Sahne, 8 EL Semmelbrösel, 2 EL Thymian, 2 Salbeiblätter gehackt, 1 Bund gehackte glatte Petersilie, Butter. Zubereitung: Auberginen längs halbieren, Stielansätze entfernen, Schnittflächen mit spitzem Messer einige Male einschneiden, mit Salz bestreuen, eine halbe Stunde stehen lassen, trockentupfen. In reichlich kochendem Salzwasser 3 Minuten blanchieren, abtropfen lassen und abtrocknen. Das Fruchtfleisch mit einem Löffel ausschaben, eine dünne Wand stehen lassen. Das ausgelöste Fruchtfleisch klein hacken. Auflaufform ausbuttern und die Auberginenhälften mit der Öffnung nach oben hineinsetzen. Die Schalotten klein hacken, in einer Pfanne mit Olivenöl anbraten. Hackfleisch zufügen und weiterbraten. Die geputzten, klein gehackten Champignons mit einem Holzlöffel unterrühren (besagter Holzlöffel erfüllt im Roman noch einen weiteren Zweck). Nacheinander klein gehackten Knoblauch, Tomatenpüree, Auberginenfleisch zugeben. Mit untergemischter Sahne und 2 EL Semmelbrösel 5 Minuten köcheln lassen. Salzen, pfeffern, dann Thymian, Salbei und Petersilie zufügen. Backofen auf 180 °C vorheizen (was Sam als unangenehm empfindet), die Mischung in die Auberginenhälften füllen und mit den restlichen Semmelbröseln bestreuen. Butterflöckchen darüber geben. Auf der

mittleren Einschubleiste des Backofens 20–30 Minuten gratinieren.

Binissalem

Der Ort zwischen **Palma** und Inca wurde von den Mauren gegründet und gilt als Zentrum des mallorquinischen Weinanbaus. Typisch für Binissalem ist außerdem der helle Sandstein, der sich an vielen Gebäuden Mallorcas wiederfindet.

Scott's Hotel

Bona Taula

Restaurant, das auf Fleisch (Filet, Kaninchen) vom offenen Grill spezialisiert ist. Es liegt im Osten der Insel in der Nähe von **Cala d'Or** in Calonge. (Ruhetag: Dienstag)

Calonge, Carrer Rafael Adrover 3, Tel. 971 16 71 47

Born

Zentral gelegenes (Zwei-Sterne-)Hotel in **Palma**. In einem schön renovierten Stadtpalais aus dem 16. Jh. (gehörte einst dem Marquis Ferrandell). Mit großzügiger Eingangshalle und 29 unterschiedlich ausgestatteten Zimmern. Eines davon mit einem alten Fresko. Frühstück im schönen Patio. (Preiskategorie: 2)

Palma, Carrer Sant Jaume 3, Tel. 971 71 29 42,
Fax 971 71 86 18

Bungalow

Das einfache Lokal liegt in Coll d'en Rabassa (s. auch **Casa Fernando**) direkt am Strand (mit Terrasse), wird vorwiegend von Spaniern frequentiert und bietet fangfrische Fische und Meeresfrüchte in allen klassischen Variationen.

Palma, Ciutat de Jardin, Carrer Arrecife 2, Tel. 971 26 27 38

Caballito de Mar

Das »Seepferdchen« ist ein immer gut besuchtes Fischlokal in **Palma** unmittelbar neben der **Llotja**. Especialidades: Pescados

del Mediterraneo y Mariscos (Mittelmeerfische und Schalentiere). Besonders beliebt sind die Tische auf der Terrasse am palmengesäumten Passeig. (Ruhetag: Montag)
Palma, Passeig Sagrera 5, Tel. 971 72 10 74

Cabrera

Die »Ziegeninsel« gehört zu einer kleinen Inselgruppe, die dem Cap de Salines im Südosten Mallorcas vorgelagert ist. Es heißt, dass die Ziegen schon zur Römerzeit die Insel kahl gefressen hätten. Bereits 600 v. Chr. sollen die Karthager auf Cabrera eine Handelsstation errichtet haben. Der Legende nach wurde sogar der große karthagische Feldherr Hannibal auf Cabrera geboren. Später war Cabrera ein berüchtigter Unterschlupf für Piraten, die von hier aus Raubzüge nach **Mallorca** unternahmen. Während der napoleonischen Kriege war Cabrera eine Sträflingsinsel, auf der über 5 000 französische Kriegsgefangene den Tod fanden. Heute steht die fast unbewohnte Insel unter Naturschutz. Nur ein kleiner Militärposten hält Stellung. Die Festung über der Hafenbucht, von der Besucher einen großartigen Ausblick haben, stammt aus dem 14. Jh.

Café con leche

Im Unterschied zum Café solo (schwarzer Kaffee) wird der Café con leche mit Milch serviert. Auf Mallorquinisch heißt er »Cafè amb llet«. Daneben gibt es viele Kaffeevarianten, so zum Beispiel den Café exprés (Espresso), den Café cortado (kleiner Kaffee mit wenig Milch) oder den Carajillo (Espresso mit Brandy).

Café Lírico

Café in **Palma** mit zwanzig Sorten Kaffee und einer über hundertjährigen Geschichte.
Palma, Avinguda Antoni Maura 6, Tel. 971 72 11 25

Cala de Portals Vells

Südlich von Magalluf führt durch die Pinienwälder eine Straße zur Cala de Portals Vells. In den Felsen an der Südspitze der Bucht befinden sich große Höhlen, die zu Fuß auf einem kleinen Pfad gut zu erreichen sind. Hier wurden einst **Marés**-Steine für die Kathedrale in **Palma** gebrochen. In den Fels der **Coves** de la Mare de Déu ist eine kleine Kapelle mit naiven Reliefs geschlagen. Sie geht auf genuesische Seefahrer zurück, die hier im 14. oder 15. Jh. nach einem schweren Sturm, in dem sie um ihr Leben fürchteten, gestrandet sind. Als Dank für ihre Errettung hämmerten sie aus den mächtigen Felshöhlen jene Kapelle mit Altar und stellten eine Madonna auf, die heute in der Kirche von Portals Nous steht. Die Cala de Portals Vells hat einen hübschen Sandstrand und wird untertags von vielen Yachten aus **Porto Portals** und **Palma** aufgesucht.

Cala d'Or

Der lebhafte Ferienort an der Südostküste Mallorcas ist im Stil der Häuser Ibizas erbaut. Kein Wunder, geht die Gründung von Cala d'Or in den 30er Jahren doch auf den 1971 verstorbenen ibizenkischen Architekten Pep Costa Ferrer zurück. Zu Cala d'Or gehört die ins Land hinein künstlich verlängerte Cala Llonga mit einer modernen Marina, in der viele Yachten liegen. Um den Hafen gruppieren sich Restaurants und Boutiquen.

El Yate, Port Petit, Bona Taula (Calonge), Es Clos (Alquería Blanca), Farinera (S'Horta), La Cascina (Calonge)

Golf (Vall d'Or)

Robinson Club

Cala Figuera

Eine Cala Figuera findet sich auf **Mallorca** gleich dreimal. Im Südwesten der großen Bucht von **Palma** liegt am Cabo de la Cala Figuera (südlich von Magalluf und **Santa Ponça**) die Badebucht Cala Figuera, die gerne auch von Yachten als Tagesankerplatz aufgesucht wird. Dann gibt es an der Nordflanke des steilen **Cap de Formentor** eine weitere Bucht mit dem Namen Cala Figuera. Diese schmale Cala Figuera liegt abseits des Touristenrummels und ist auf dem Landweg nur auf einem kleinen Pfad zu erreichen, mithin eine Cala für Individualisten. Und dann gibt es noch im Südosten Mallorcas das eigentliche Cala Figuera, ein malerischer Fischerort, der ursprünglich zu **Santanyí** (Port de **Santanyí**) gehörte und überaus romantisch in einer fjordartig eingeschnittenen Bucht liegt. Noch immer flicken hier die Fischer ihre Netze und fahren mit ihren **Llaüts** hinaus aufs Meer. Ganz in der Nähe die Badestrände der Cala **Santanyí**, Cala Lombards und **Cala Mondragó**. Und vor den Klippen im Meer die mächtige Felsenbrücke Es Pontas.

Cala Mondragó

Schöne Bucht mit feinsandigen Stränden, mit tiefblauem Wasser und eingerahmt von schroffen Klippen, auf denen Aleppokiefern wachsen. Die Cala Mondragó findet sich zwischen **Cala Figuera** und Portopetro. Sie steht unter Naturschutz, und es existiert ein Bauverbot. Zu schaffen machen ihr nur der rege Badebetrieb und die ankernden Sportschiffe.

Cala Pi

Auch eine Cala mit diesem Namen gibt es auf **Mallorca** zweimal. Im Süden, unweit des Cabo Blanco, die Cala Pi, die ausgesprochen pittoresk in einem fjordartigen Einschnitt liegt. Gilt als meistfotografierte Cala Mallorcas. Mit Fischerschuppen am Ende, vielen Pinienbäumen (= Cala Pi) und einen lang auslaufenden Strand. Die zweite Cala Pi liegt ganz im Norden und ist der berühmte Badestrand vor dem **Hotel Formentor** (sie wird auch Cala Posada genannt). Gemeinsam haben beide Calas nicht nur die Pinien, sondern auch die vielen Yachten, deren Besitzer hier untertags zum Baden die Anker werfen.

Cala Rajada

Das ehemalige Fischerdorf liegt in der »Rochenbucht« und war früher für ebendiese Rochen und für seine Langusten bekannt. Heute ist Cala Rajada ein lebhafter Fremdenverkehrsort. In dem immer noch idyllischen Hafen erinnern die Langustenhäuser an fischreichere Zeiten. In der Nähe gibt es schattige Kiefernwälder und die schönsten Dünenstrände Mallorcas, außerdem die Landspitze Cabo **Capdepera** mit Blick nach **Menorca** und die Jardins de Casa March mit modernen Skulpturen u. a. von Henry Moore. Von Cala Rajada verbindet mehrmals täglich eine Schnellfähre **Mallorca** mit der Nachbarinsel **Menorca** (**Ciutadella**).

Ses Rotges

Cala Tuent

Die Cala Tuent liegt nordöstlich von **Port de Sóller**. An dem gesamten steilen und schroffen Küstenabschnitt am Fuße der **Serra de Tramuntana** finden sich nur wenige Badebuchten, die jedoch (wie die Bucht **Sa Calobra**) von besonderem Reiz sind. Die Cala Tuent ist meist wenig besucht, es gibt einen kleinen Kiesstrand und ein Restaurant.

Caldereta

Caldereta heißt eigentlich Süppchen. Hinter diesem bescheidenen Namen verbirgt sich eine dickflüssige Spezialität, für die vor allem **Menorca** und hier wiederum das Fischerdörfchen **Fornells** berühmt ist. Am schmackhaftesten ist die Caldereta de Llagosta aus frischen Langustenstücken, die in einer großen Terrine mit Olivenöl, Knoblauch, Tomaten und Wein gekocht werden. Billigere Varianten sind die Caldereta de Peix (Fisch) und die Caldereta de Marisc (Meeresfrüchte).

Es Pla (Menorca)

Calvià

Dem kleinen Ort westlich von **Palma** ist kaum anzusehen, dass es sich hier nicht nur um die reichste Gemeinde Mallorcas, sondern ganz Spaniens handelt. Das Geld kommt von den zur Gemeinde zählenden Touristenhochburgen an der Küste – von Illetas über Magalluf bis kurz vor **Camp de Mar**.

Camp de Mar

Unweit von **Port d'Andratx** gelegen, gilt Camp de Mar als Nobeladresse für Promis.

Pino

Dorint

Golf (Golf de Andratx)

Ca N'Ai

Inmitten von Orangenbäumen liegt diese alte **Finca** mit geschmackvollem Hotel und empfehlenswertem Restaurant. (Preiskategorie: 4–5)

Sóller, Cami de Son Sales 50, Tel. 971 63 24 94,
Fax 971 63 18 99

Can Joan de S'Aigo

Klassisches Café und »Schokoladentempel« in **Palma**, zu finden in einer engen Altstadtgasse in der Nähe der Plaça Major. In früheren Zeiten war hier unter anderem Joan **Miró** Stammgast.

Palma, Carrer Sanc 10, Tel. 971 71 07 59

Ca'n Pep

Nicht nur bei Yachties, sondern auch bei Einheimischen sehr beliebtes Fischlokal an der Uferstraße unweit der Marina von Sa Rápita, mit Blick aufs Meer und die Inselgruppe von **Cabrera**.

Sa Rápita, Miramar 16, Tel. 971 64 01 02

Cap de Formentor

Steile Halbinsel im Norden Mallorcas, die wie ein schroffer Finger weit ins Meer hinausragt. Zum hoch über dem Meer gelegenen Aussichtspunkt Mirador des Colomer (mirada = Blick) führt eine serpentinen- und panoramareiche Straße. Ein Denkmal erinnert an den italienischen Erbauer der Straße, Antonio Paretti. Von dort ist es nicht mehr weit zum **Atalaya** Albercutx.

Capdepera

Städtchen mit verwinkelten Gassen im Nordosten der Insel zu Füßen einer zinnenbewehrten Burg. Das Castell de Capdepera ist die größte Wehranlage Mallorcas. Die Burg geht auf die Araber zurück und wurde später von König **Jaume I.**, der sich bei ihrer Eroberung ziemlich schwer tat, ausgebaut. In Capdepera wird ähnlich wie in **Artà** noch das Brauchtum der »maurischen« Korb- und Mattenflechterei mit getrockneten Zwergpalmblättern gepflegt.

Cappuccino

Stetig wächst die Zahl der Gran Café Cappuccino-Lokale (gegründet von Juan Picornell) auf **Mallorca**. Es gibt sie zum Beispiel in Palmanova, in **Palma** am Paseo Maritimo (der In-Treff sorgte 1998 mit einer Gasexplosion für Schlagzeilen), in der Altstadt von **Palma** im herrschaftlichen Palast Can Ques (exklusives Ambiente auf zwei Etagen mit Garten und Patio) und in Porto Portals. Einen Ableger gibt es auch in **Maó** auf **Menorca**.

Palma, Gran Café Cappuccino, Calle San Miguel 53,
Tel. 971 71 97 64

Cap-Roig auf Kartoffelscheiben al horno

Als ehemaliger kulinarischer Berater der Restaurants **Ca's Puers** und **Ca's Xorc** ist »Jahrhundert-Koch« Witzigmann der Insel Mallorca eng verbunden. Im Roman trifft sich Dana mit Eckart Witzigmann auf dem Mercat de l'Olivar. Dort hat es ihm besonders ein Cap-Roig (großer roter Drachenkopf-Fisch) angetan. Für dieses Buch hat er folgendes Rezept (für 2 Personen) aufgeschrieben. Zutaten: 1 mallorquinischer Drachenkopf ca. 800 g, 2 mehlige Kartoffeln à 170 g, 10 frische Knoblauchzehen in der Schale, 1 Zitrone, ca. 12 Fenchelsamen, Salz, Pfeffer aus der Mühle, 1 kl. Bund Petersilie glatt, 1 Thymianzweig, $\frac{1}{8}$ l Olivenöl. Zubereitung: Drachenkopf schuppen, ausnehmen, waschen und für die Zubereitung à la plancha vorbereiten lassen.

Flossen nicht entfernen. Den Fisch mit Zitronensaft, Olivenöl und Fenchelsamen einreiben, mit Klarsichtfolie abgedeckt ca. 1 Stunde im Kühlschrank marinieren lassen. Das Rohr auf 220 °C vorheizen. Die Kartoffeln waschen, schälen und in 1½ cm dicke Scheiben schneiden, in kochendes Salzwasser mit Thymianzweig geben und ca. 3 Minuten stark kochen lassen, auf ein Sieb zum Abtropfen schütten. (Wichtig: Nicht kalt abspülen!) Das Backblech mit der Hälfte des Olivenöls ins Rohr schieben, erhitzen, jedoch nicht rauchend, die Kartoffelscheiben darauf ausbetten, die Knoblauchzehen dazwischen verteilen. Den Drachenkopf auf beiden Seiten mit Meersalz und Pfeffer aus der Mühle bestreuen, flach ausgebreitet auf den Kartoffelscheiben platzieren, mit dem restlichen Olivenöl beträufeln und für ca. 15–20 Minuten ins heiße Rohr schieben. Wenn nötig, am Rand mit etwas Fischfond (aus den Gräten gekocht) oder Wasser angießen. In den letzten 3 Minuten glatte, gezupfte Petersilie grob schneiden, darüber streuen und stets mit dem Saft beträufeln. Den Fisch der Länge nach mit Kopf halbieren. Die Kartoffelscheiben auf heißen Tellern anordnen, die Drachenkopfhälfte darauf legen, mit etwas grobem Meersalz bestreuen, einige Spritzer Zitronensaft darüber träufeln, zum Schluss noch ein wenig von der Flüssigkeit sowie etwas Olivenöl. Wer will, kann einige schwarze Oliven beigeben.
Eckart Witzigmann empfiehlt als Begleiter für dieses »einfach himmlische Gericht« einen gut gekühlten mallorquinischen Weißwein. Und man sollte beim Drachenkopf keinesfalls vergessen, die Backen zu essen!

Casa Eduardo
Traditionsreiches, urwüchsiges Fischlokal neben den Fischmarkthallen am Hafen von **Palma**. Direkt davor ankern die Fischerboote und liegen die Netze zum Trocknen aus. Fischgerichte von Gambas über Bouillabaisse bis zu Fisch in der Salzkruste. (Ruhetag: Sonntag)
Palma, Industria Pesquera 4, Tel. 971 72 11 82

Casa Fernando

Coll d'en Rabassa (zwischen **Palma** und Ca'n Pastilla) ist fast schon zu einem Wallfahrtsort für Liebhaber von Fischen und Meeresfrüchten geworden. Die Casa Fernando ist der Klassiker unter den verschiedenen Fischrestaurants, in denen das fangfrische Tagesangebot nach Gewicht bezahlt und meist »a al plancha« (also auf dem Grill) zubereitet wird. (Ruhetag: Montag)

Palma, Ciutat de Jardin, Trafalgar 27, Tel. 971 26 54 17

Casa Manolo

Ursprüngliche Kneipe in Ses Salines, im Südosten der Insel. Die Bodega Barahona gilt schon seit Jahren als Geheimtipp für vorzügliche **Tapas**, für exzellenten Fisch und Schalentiere. Auf einen freien Tisch wird im Zweifel auf den Stufen der angrenzenden Kirche gewartet. (Ruhetag: Montag)

Ses Salines, Plaça San Bartolomé, Tel. 971 64 91 30

Ca's Puers

Im kleinen, stilvollen Hotel im Ortskern Sóllers, es verbirgt sich hinter der klassizistischen Fassade eines Stadthauses, wohnen vorwiegend Feinschmecker, denn im zugehörigen Restaurant wird Mittelmeerküche auf hohem kulinarischem Niveau geboten. Bis zum Jahreswechsel 2001/2002 stand die Küche (ausgezeichnet mit einem Michelin-Stern) unter der Regie von Roland Trettl. Nicht nur Dana, sondern auch den Lesern dieses Buchs verrät Roland Trettl drei seiner raffinierten Rezepte. Ebenso elegante wie gemütliche Gartenterrasse. (Ruhetag: Montag) (Preiskategorie Hotel: 4)

Sóller, Carrer Isabell II. 39, Tel. 971 63 80 04,
Fax 971 63 04 29

Gazpachogelee mit Octopus,
Kaninchencannelloni mit Artischocken und Jakobsmuscheln,
Huhn mit Zwiebeln

Castell de Bellver

Das »Kastell der schönen Aussicht« ist eine kreisrunde klassische Festung über **Palma** mit wunderschönem Panoramablick über die ganze Bucht. Die romanisch-gotische Burg war in ihrer langen Geschichte (erbaut 1309) abwechselnd Lustschloss, Verlies für Seeräuber, für Kriegsgefangene und in Ungnade gefallene Adlige, Schutzburg für die Bevölkerung gegen Piratenüberfälle und Gefängnis für politische Häftlinge.

Ca's Xorc

In den Bergen der Tramontana inmitten von Oliven- und Orangenbäumen gelegenes Hotel (eine gute halbe Stunde von **Palma**). Ein Refugium nicht nur für Touristen, sondern auch beliebt bei Firmenveranstaltungen. Mittags gibt es ein kleines Fincamenü, abends das feststehende Menü für die Hausgäste. Tischbestellung erforderlich. (Preiskategorie Hotel: 4)
Sóller, Carretera de Deià, km 56,1, Tel. 971 63 82 80,
Fax 971 63 29 49

Cava

Streng genommen gibt es keinen mallorquinischen Cava, denn nur Schaumwein aus bestimmten Regionen vom Festland (Katalonien) darf diesen Namen tragen. Dennoch produzieren auch die Winzer Mallorcas eigenen Sekt, der sich durchaus dem Vergleich stellen kann. Bekannt sind vor allem die trockenen Schaumweine von Jaume Mesquida in Porreres (Brut Nature) und José L. Ferrer in **Binissalem** (Brut Veritas), s. **Vino mallorquin**.

Celler Ca'n Amer

Traditionelles Restaurant in einem alten Weinkeller in der Altstadt von Inca. Am Herd steht Mallorcas berühmteste Köchin Antònia Cantallops, die die Klassiker der mallorquinischen Küche pflegt. (Ruhetag: Sonntag)
Inca, Carrer Pau 39, Tel. 971 50 12 61

Celler Sa Premsa

Alteingesessenes mallorquinisches Lokal, mit großen Weinfässern, vergilbten Stierkampfplakaten, Ventilatoren und Neonröhren. Deftige Küche mit vielen landestypischen Spezialitäten: Lomo con col (Schweinefleisch mit Kohl), Tumbet (Gemüseauflauf), Sopas Mallorquina, Paella. (Ruhetag: Sonntag)

Palma, Obispo Berenguer de Palou 8, Tel. 971 72 35 29

Chopin

Natürlich darf in **Palma** ein Restaurant mit diesem Namen nicht fehlen. Das Chopin wartet passend zum Namenspatron mit einer eleganten Atmosphäre auf, kredenzt eine europäische Küche mit Schweizer Wurzeln und mediterranen Akzenten. (Ruhetag: Sonntag)

Palma, C'an Puigdorfila 2, Tel. 971 72 35 56

Chopin, Frédéric

Der 1810 in Warschau geborene Frédéric Chopin (er wurde nur 39 Jahre alt) war der Sohn einer Polin und eines Franzosen. Der Komponist und Pianist ging 1830 nach Paris und wurde rasch der Liebling der Salons. Seine Freundschaft mit der exaltierten Schriftstellerin George **Sand** brachte ihn im Herbst 1838 nach **Mallorca**, wo sie gemeinsam die Wintermonate in dem Kartäuserkloster von **Valldemossa** verlebten. Der Versuch George Sands, Chopin von seinem Lungenleiden zu kurieren, blieb wenig erfolgreich. Sein Gesundheitszustand verschlechterte sich weiter, was seiner Schaffenskraft nur bedingt Abbruch tat. Während George **Sand** mit ihren Kindern die Insel erforschte, arbeitete Chopin an seinen Präludien. George **Sand** schrieb über Chopins Präludien: »Es sind Meisterwerke. Mehrere erinnern an die Visionen dahingeschiedener Mönche und an die Grabgesänge, die ihnen nachfolgten. Andere sind schwermütig und zärtlich …, andere wiederum voll düsterer Trauer, und während sie das Ohr entzücken, zerreißen sie einem das Herz.« Zwei Jahre vor seinem Tod zerbrach die »Ehe« mit George **Sand**.

Auslöser waren Intrigen von Solange, der Tochter von George **Sand**, die sich mit ihrer Mutter überworfen hatte und bei Chopin Rückhalt suchte.

Ciutadella

Frühere Hauptstadt von **Menorca** (bis 1722, heute **Maó**) und heutiger Bischofssitz (20 000 Einwohner). Gilt mit seinen alten Gassen, einfachen Stadthäusern, kleinen Palästen und dem lang gestreckten, schmalen Naturhafen als schönste Stadt der Insel. Ciutadella geht auf eine Gründung der Phönizier zurück. Die Kathedrale wurde (wie in **Palma**) nach der Eroberung Menorcas von den Mauren durch Alfons III. (1287) auf den Grundmauern der Moschee errichtet. Am Plaça des Born erinnert ein Obelisk an die Zerstörung der Stadt durch türkische Piraten (1558). Berühmt ist Ciutadella für das Fest Sant Joan (Johannisfest, am 23./24. Juni), bei dem inmitten großer Menschenmengen wilde Reiterspiele inszeniert werden und Prozessionen stattfinden. Der »Jaleo« hat Parallelen mit dem berühmten Palio im toskanischen Siena.

Patricia

Colón

Das im Kolonialstil eingerichtete Gourmet-Restaurant am Hafen von **Portocolom** (mit Tischen im Freien, Kamin und Bar) hat mit Dieter Sögner einen viel gerühmten Koch, der vor allem mediterrane, aber auch österreichische Spezialitäten (»meine Heimwehkarte«) kreiert. In diesem Buch steht er nicht nur Dana Rede und Antwort, er gibt auch drei seiner Lieblingsrezepte preis. (Ruhetag: Mittwoch)

Portocolom, Calle Cristóbal Colón 7, Tel. 971 82 47 83

Kartoffel-Ziegenkäsepudding, Steinbutt auf Kartoffelpfifferlingsgröstel, Joghurtmousse mit eingelegten Dörrpflaumen

Costa Nord

Von Michael Douglas gefördertes Kulturzentrum in **Vallde-**

mossa. Gezeigt wird eine Audiovision über die Geschichte des Tramuntana-Gebirges und über den Erzherzog **Ludwig Salvator** (dessen ehemaliger Besitz S'Estaca heute der Hollywood-Schauspieler sein Eigen nennt). Zum Kulturzentrum gehören ein Museum, ein Souvenirshop und eine Cafeteria. Außerdem finden im Kulturzentrum Costa Nord Konzerte mit internationalen Stars statt. Geöffnet: Dienstag bis Sonntag von 10 bis 18 Uhr (im Sommer bis 20 Uhr).
Valldemossa, Avda. Palma 6, Tel. 971 61 24 25

Coves

In dem Kalkgestein Mallorcas hat das Wasser über Jahrmillionen riesige Höhlensysteme ausgespült. Sie liegen vor allem an der Ostküste und haben früher der Bevölkerung bei Piratenüberfällen als Unterschlupf gedient. Heute sind die größten Höhlen, die reich an Stalagmiten und Stalaktiten sind und oft über unterirdische Seen verfügen (der Lago Martel in den Coves del Drac soll sogar der größte der Welt sein), beliebtes Ausflugsziel für Touristen. Leider schmälert der Besucherstrom die Faszination. Am bekanntesten sind: Coves d'Artà (bei Canyamel, der Eingang ist ein großes Loch, 40 m über dem Meer), Coves del Drac (bei **Portocristo**, die »Drachenhöhlen« wurden vom französischen Höhlenforscher Martel im Auftrag des Erzherzogs **Ludwig Salvator** erforscht) und die Coves dels Hams (etwas weiter im Westen). Auch auf der Schwesterinsel **Menorca** gibt es eindrucksvolle Höhlen zu besichtigen, so die Cales Coves mit ihren Begräbnishöhlen oder die Cova d'en Xoroi (benannt nach einem Piraten) mit einer Höhlendisko!

Crema catalàn

Das spanische Pendant zur französischen Crème brûlée bedarf folgender Zutaten: ¼ l Sahne, ¼ l Milch, 1 Vanilleschote, die Schale einer halben unbehandelten Orange, 4 Eigelb, 150 g Zucker. Zubereitung: Sahne und Milch mit der aufgeschnittenen Vanilleschote zum Kochen bringen und vom Herd nehmen. Eigelb mit 100 g Zucker cremig aufschlagen. Vanilleschote auskratzen und die Schote aus der Sahne-Milch entfernen, die Eigelb-Zucker-Creme langsam unter die Milch rühren, Orangenschale hinzufügen und bei geringer Hitze ständig rühren, bis eine dickliche Creme entstanden ist. Die Creme in kleine flache Formen verteilen und einige Stunden in den Kühlschrank stellen. Mit dem restlichen Zucker bestreuen und mit einem Brüliereisen karamellisieren.

Deià

Das malerische Bergdorf schmiegt sich mit seinen schmalen Gassen an eine Bergkuppe. Als Ca Na Rosa wurde Deià von den Mauren gegründet. Über den wehrhaften Häusern thront die Pfarrkirche Sant Joan Bautista. In den 20er Jahren wurde Deià von dem Schriftsteller Robert Graves entdeckt, der fortan hier lebte, andere Künstler nachzog und so Deiàs Ruf als Künstlerkolonie begründete. Die Liste der Künstler, die vorübergehend in Deià lebten, ist reich an prominenten Namen. Ava Gardner und Pablo Picasso zählten zu ihnen.

Bens d'Avall (Deià-Sóller), El Olivo, Es Raco d'es Teix, Sebastian

Es Moli, La Residencia

Dorint

Das Royal Dorint Golf Hotel in **Camp de Mar** (mit Golfplatz und zugehöriger Apartment-Anlage) setzt auf Luxus und große Namen. (Preiskategorie: 4–5)

Camp de Mar, Tel. 971 13 65 65, Fax 971 23 63 31

Dragonera (Sa Dragonera)

Die fast baumlose **macchia**bewachsene Insel Dragonera (Dracheninsel) ist dem Westen Mallorcas vorgelagert und verdankt ihren Namen entweder dem charakteristischen Profil der Insel oder den dort lebenden vielen kleinen Drachen in Gestalt seltener Eidechsen, Salamander und Geckos. Die menschenleere Insel (mehr als 4 km lang und über 300 m hoch) diente einst Piraten als Unterschlupf. Heute steht sie unter Naturschutz und bietet vielen Seevögeln eine sichere Zufluchtsstätte. Von **Sant Elm** ist sie für Ausflügler (vor allem Bergwanderer) mit dem Fährschiff erreichbar.

El Cinco

Im alten Ortskern von **Portocolom** findet sich direkt bei der Kirche das El Cinco, in dem kreativ und crossover asiatische, kalifornische und mediterrane Spezialitäten kombiniert werden. Besonders romantisch sitzt man auf der Terrasse im ersten Stock. (Ruhetag: Sonntag)

Portocolom, Plaça de Sant Jaume 5, Tel. 971 82 60 20

El Olivo

Stilvolles Restaurant im Nobelhotel **La Residencia** in **Deià**. Für Feinschmecker seit vielen Jahren eine der ersten Adressen der Insel. Rund um eine alte Ölpresse werden ausgesuchte Menüs und exquisite Weine serviert.

Deià, Hotel Residencia, Tel. 971 63 93 92

El Patio

Haute Cuisine bei Fackelschein in einem Patio an der Landstraße von **Andratx** nach **Port d'Andratx**. (Ruhetag: Dienstag)

Port d'Andratx, Tel. 971 67 20 13

El Yate

Dem Yachthafen von **Cala d'Or** im maritimen Design angepasst, bietet das El Yate vor allem Fischgerichte und das Gefühl, am liebsten gleich ablegen zu wollen.

Cala d'Or, Marina, Porto Deportivo, Tel. 971 65 80 71

Ensaïmadas

Köstliche Hefeteigschnecken, die in Schmalz gebacken und mit Puderzucker bestreut werden. Das Nationalgebäck Mallorcas gibt es in den unterschiedlichsten Varianten (etwa mit Vanillecreme oder Kürbismarmelade gefüllt) und Größen. Der Name kommt von dem Wort »saïm« für Schweineschmalz, das vor dem Backen in den traditionellen »forns« (Backöfen) auf den Hefeteig gestrichen wird. Die achteckigen Kartons sind ein beliebtes Mitbringsel von der Insel.

Es Baluard

Wer weiß, dass Joan Torrens der Sohn von Mallorcas berühmtester Köchin Antònia Cantallops ist (s. **Celler Ca'n Amer**), ist wohl kaum überrascht, dass im Es Baluard traditionelle mallorquinische Küche von ausgezeichneter Qualität mit kreativen Variationen geboten wird. (Ruhetag: Sonntag)
Palma, Plaça Porta Santa Catalina 9, Tel. 971 71 96 09

Es Clos

Ein Restaurant, das von seinen vielen treuen Anhängern nicht nur wegen seiner ausgezeichneten und kreativen Küche, sondern auch wegen seines romantischen Ambiente geschätzt wird. (Ruhetag: Montag)
Alquería Blanca, Carrer Convento 17, Tel. 971 65 34 04

Esdi's

Szenerestaurant mit Terrasse am Yachthafen von **Porto Portals**.
Porto Portals, Local 29, Tel. 971 67 69 81

Es Moli

Fernsehbekannte Luxusherberge in **Deià**, in einer ehemaligen **Finca** untergebracht, mit Blick auf die malerische Steilküste.
Deià, Ctra. Valldemossa a Deià, Tel. 971 63 90 00,
Fax 971 63 93 33

Es Moli

Der Schriftzug des Restaurants in **Santanyí** steht passend zum Namen auf einer alten Mühle. Im Sommer sitzen die Gäste

rund um einen Feigenbaum in einem hübschen Garten. Die klassische, ambitionierte Küche hat einen französischen Einschlag.
Santanyí, Carrer Consolació 19, Tel. 971 65 33 58

Es Parlament

Traditionsreiches, 2001 renoviertes Restaurant aus der Jahrhundertwende im alten Parlamentsgebäude von **Palma**. Große Theke, mittags Treffpunkt vieler Geschäftsleute und Politiker. Spezialitäten der spanischen Küche. Berühmt ist die Paella de ciego, die »Blindenpaella« (weil ohne Gräten). (Ruhetag: Sonntag)
Palma, Conquistador 11, Tel. 971 72 60 26

Es Pla

So heißt die große Ebene zwischen der **Serra de Tramuntana** im Nordwesten und der **Serra de Llevant** im Osten. Sie ist nicht flach wie ein Brett, vielmehr hat die Es Pla sanfte Hügel, auf denen häufig Dörfer liegen. Die Ebene wird landschaftlich intensiv genutzt. Der fruchtbare Boden besteht aus Meeresablagerungen und Wüstensand, der sich hier über Jahrmillionen – von der Sahara kommend – gesammelt hat.

Es Pla

Dieses Fischrestaurant ist nicht auf **Mallorca**, sondern in **Fornells** auf der Nachbarinsel **Menorca**. Wer mit der Schnellfähre von **Cala Rajada** für einen Tagesausflug nach **Menorca** fährt, sollte mittags dort einkehren und die vorzügliche, allerdings nicht ganz billige **Caldereta** de Llagosta (Langusteneintopf) bestellen. Eine Portion für zwei ist völlig ausreichend. Selbst der spanische König Juan Carlos zählt zu den Stammgästen des Es Pla. Er pflegt in der Bucht von **Fornells** zu ankern, mit dem Beiboot direkt am Tisch anzulegen oder sich die Caldereta vom Es Pla auf die Yacht bringen zu lassen.
Menorca, Fornells, Tel. 971 37 66 55

Es Racó d'es Teix

Mallorca-Kennern ist Joseph Sauerschell noch als viel gerühmter Chef des **El Olivo** in Erinnerung. In seinem eigenen Restaurant in einem für **Deià** typischen Natursteinhaus (mit Terrasse) kreiert er auf nicht minder hohem Niveau und mit größtem Engagement mediterrane und internationale Köstlichkeiten. (Ruhetag: Dienstag)

Deià, Carrer de Sa Vinya Vell 6, Tel. 971 63 95 01

Es Recó de Randa

Rustikales Hotel mit mallorquinischem Restaurant (Terrasse) unterhalb des Klosterbergs **Randa**.

Randa, Fuente 13, Tel. 971 66 09 97, Fax 971 66 25 58

Es Serral

Ländliches Restaurant in einer abgelegenen **Finca** bei **Artà** mit deftigen mallorquinischen Spezialitäten. (Ruhetag: Montag)

Artà, Distrito 154, Tel. 971 83 53 36

Es Trenc (Platja des Trenc)

Langer schneeweißer Dünenstrand im Süden Mallorcas zwischen Sa Rápita und Colónia de Sant Jordi. Vor Salinen und einem Kiefernwald gelegen, mit türkisfarbenem »karibischem« Wasser. Einziger Schandfleck sind die Betonbunker aus der Zeit des spanischen Bürgerkriegs. Besonders beliebt ist der ansonsten völlig unverbaute Strand bei FKKlern. Sorge macht den Umweltschützern, dass der Strand von des Trenc (Landschaftsschutzgebiet) immer schmaler wird. Offenbar gibt es einen fortwährenden Sandverlust, der auf veränderte Meeresströmungen zurückgeht – ausgelöst durch bauliche Veränderungen am Küstenabschnitt.

Eurotel Golf

Das Eurotel Golf Punta Rotja an der Costa de los Pinos erfreut sich vor allem bei Golfern großer Beliebtheit. Kein Wunder,

schließlich liegen **Golf**plätze wie Son Servera, Canyamel und Pula direkt vor der Tür. Für die Hotelgäste gibt es verbilligte Greenfees. Zum Hotel gehört ein eigener Strand und ein kleiner Hafen für Sportboote. (Preiskategorie: 3–4)
Son Servera, Costa de los Pinos, Tel. 971 81 65 00,
Fax 971 81 65 65

Farinera

Das typisch mallorquinische Restaurant Sa Farinera de S'Horta liegt im Südosten Mallorcas an der Straße zwischen Calonge und Es Carritxo, mit schönem Garten und den klassischen Gerichten der »Cuina mallorquina tradicional«.
S'Horta, Sisena Volta 78, Tel. 971 83 72 28

Ferrer, Jaume

Berühmter mallorquinischer Seefahrer, der im 14. Jh. die Westküste Afrikas erforschte und unter anderem das heutige Senegal entdeckte. Die mallorquinischen Seeleute und Kartographen genossen zu jener Zeit hohes Ansehen. Sein Denkmal steht in **Palma** unweit der Lotja auf der Plaça Drassana. Früher wurden hier **Llaüts** gebaut und die Netze der Fischer geflickt. Heute säumen Cafés und Bars den von Platanen bestandenen ovalen Platz.

Finca

Eine Finca auf **Mallorca** ist für viele zivilisationsmüde Deutsche erstrebenswerter Zweitwohnsitz, Altersrefugium und gleichbedeutend mit einem friedvollen Leben auf dem Land. Abseits der Touristenzonen liegen sie oft idyllisch im Landesinneren. Zum Klischee gehören Schafe und Ziegen, Oliven- und Mandelbäume. Die Fincas waren einst entweder feudal mit vielen Gebäuden und einer Gartenanlage (wie die große Vorzeigefinca »La Granja« bei Esporles) oder ausgesprochen bescheidene Anwesen, die nur mit Mühe die Menschen ernähren konnten, die auf ihnen lebten. Zwischenzeitlich waren viele Fincas verlassen und halb verfallen, doch längst werden die rustikalen Landhäuser (oft von ihren neuen deutschen Besitzern) wieder in Stand gesetzt. Im Zuge des **Agroturismo** werden sie auch bei Feriengästen immer beliebter.

Flanigan

Beliebtes Restaurant an der Flanierpromenade von **Porto Portals**.

Porto Portals, Tel. 971 67 61 17

Florian

Restaurant und Bar am Hafen von **Portocolom**. (Ruhetag: Montag)

Porto Colom, Calle Cristóbal Colom 11, Tel. 971 82 41 71

Fornalutx

Pittoreskes Bergdorf in der Nähe von **Sóller** inmitten von Orangen- und Zitronenhainen. Wird immer wieder als »schönstes Dorf« Spaniens bezeichnet.

Fornells

Idyllischer Fischerort im Norden von **Menorca**, mit einem 5 km langen natürlichen Hafen (allerdings mit bloß geringer Tiefe). Bekannt ist der Ort nicht nur für seine malerischen weiß gekalkten Häuschen und die palmengesäumte Uferpromenade, sondern vor allem für seine ausgezeichneten Fischlokale. Als größte (und teuerste) Delikatesse gilt die **Caldereta** de Llangosta. Sehenswert ist auch der Torre de Fornells, einer der größten Verteidigungstürme an der Küste Menorcas, auf einer Landzunge an der Hafeneinfahrt gelegen (mit Museum).

Es Pla (Menorca)

Galatzó

Golf- und Tennishotel zwischen **Santa Ponça** und Peguera, inmitten einer großzügigen Parklandschaft, mit Blick über das

Meer, eigener Driving-Range und Putting-Grün. (Preiskategorie: 3–4)
Peguera, Tel. 971 68 62 70, Fax 971 68 78 52

Gaudí, Antoni

Der katalanische Jugendstilarchitekt hat auf **Mallorca** viele Spuren hinterlassen. Am berühmtesten ist wohl der 1904 begonnene Innenausbau der Kathedrale von **Palma**. Von Gaudí stammen in der Kathedrale **La Seu** unter anderem der Baldoquino über dem Hauptaltar und die Kandelaber an den Säulen. Im kleinen Ort Son Carrió bei **Portocristo** gibt es eine Kirchenrosette von Gaudí. Und auch an der Wallfahrtskirche des Klosters **Lluc** hat Antoni Gaudí mitgewirkt. Gaudí gilt als Wegbereiter des mallorquinischen Jugendstils (**Modernisme mallorqui**). Sein berühmtestes (bis heute unvollendetes) Bauwerk ist die Kathedrale Sagrada Familia in Barcelona.

Gazpachogelee mit Octopus

Rezept des Sternekochs und Witzigmann-Schülers Roland Trettl (Divinis, **Palma**). Für den Octopus: 1 kg Octopus, 2 Selleriestangen, 1 weiße Zwiebel, 2 Knoblauchzehen, 1 Lorbeerblatt, Salz, 10 Pfefferkörner. Alles in kochendes Wasser geben und kochen lassen, bis der Octopus weich ist. Für das Gazpachogelee: 500 g Gurken geschält, 300 g gelbe Paprika entkernt, 20 g rote Paprika entkernt, 500 g reife Tomaten, 1 Knoblauchzehe, 90 g weißen Balsamico, 20 g Gin, 12 g Basilikumblätter, Salz und Pfeffer. Das Gemüse grob schneiden. Alles mit den restlichen Zutaten aufmixen. In ein feines Passiertuch und dann in ein Sieb geben, so dass die Flüssigkeit aus dem Tuch ausrinnen kann. Zirka 5 Stunden abhängen lassen. Auf einen halben Liter Flüssigkeit geben wir 3 Blatt Gelatine dazu (einen Teil der Flüssigkeit erwärmen und die eingeweichten Gelatineblätter einrühren) und stellen alles auf Eis kalt. Für das Gemüse: 1 Paprika rot geschält, 1 Paprika gelb geschält, 1 Gurke geschält, 1 Tomate geschält. Alles in Streifen schneiden und salzen. Das Gemüse in einen tiefen Teller geben, mit dem Gelee auffüllen, mit Pesto und Naturjoghurt beträufeln.

♩ Golf

Auf **Mallorca** gibt es eine stetig wachsende Zahl von Golfplätzen. Sie sind ganzjährig gut zu bespielen. Nicht zuletzt deshalb erfreut sich **Mallorca** bei Golfern aus Deutschland immer größerer Beliebtheit. Probleme macht häufig die Bewässerung. Es gibt Auflagen, wiederaufbereitetes Brauchwasser zu verwenden – was in ungünstigen Fällen zu Geruchsbelästigungen führen kann. Abgesehen vom Hochsommer empfiehlt es sich, telefonisch Startzeiten zu reservieren, da die Plätze stark frequentiert sind.

Der älteste Platz heißt ***Son Vida***, liegt bei **Palma** und wurde 1961 standesgemäß von Fürst Rainier von Monaco und Gracia Patricia eingeweiht und 2001 einer Verjüngungskur unterzogen (mit engen, hügeligen Fairways, von Bäumen und Villen gesäumt / Tel. 971 79 12 10). Exklusiv Clubmitgliedern und den Gästen des **Arabella Sheraton Golf Hotels** und **Son Vida Hotels** vorbehalten ist der Golfclub ***Son Muntaner*** (schön in das hügelige Gelände integriert / Tel. 971 79 12 10). In der Umgebung von **Palma** liegen außerdem die bekannten Plätze ***Bendinat*** (relativ kurze, aber oft trickreiche und hügelige Fairways / Tel. 971 40 52 00), ***Poniente*** (mit vielen Wasserhindernissen und schönem Panoramablick / Tel. 971 13 01 48), ***Santa Ponça I*** (langer, offener Platz, mehrfach Austragungsort der Balearen Open / Tel. 971 69 02 11), ***Santa Ponça II*** (jüngere Schwester, privat, nur für Mitglieder / Tel. 971 69 02 11) und ***Santa Ponça III*** (9 Löcher, auch Mitgliedern vorbehalten / Tel. 971 69 02 11). An der Ostküste liegt bei **Cala d'Or** der Golfplatz ***Vall d'Or*** (hügeliger, sehr abwechslungsreicher Platz mit herrlichem Blick aufs Meer / Tel. 971 83 70 01). In der weiteren Umgebung von **Cala Rajada** liegen vier Plätze: ***Capdepera*** (mit künstlichen Seen auf den ersten 9 Löchern, reizvollen zweiten 9, die an einem Gebirgshang liegen /

Tel. 971 81 85 00), ***Canyamel*** (einer der schwierigsten Golfplätze Mallorcas, mit hügeligen Spielbahnen, die ebenso wie die tückischen Greens hohe Ansprüche an jeden Spieler stellen / Tel. 971 84 13 13), ***Son Servera*** (9 Löcher, zweitältester Platz von **Mallorca**, enge Fairways zwischen alten Bäumen / Tel. 971 84 00 96) und ***Pula*** zwischen Son Servera und **Capdepera** (nicht leicht zu spielen, mit einigen blinden Löchern und Blick auf die Costa de los Pinos / Tel. 971 81 70 34). Im Norden der Insel liegt ***Pollença*** (wurde im Jahr 2000 umgestaltet, hat aber immer noch nur 9 Holes, dafür viel Charme, alte Korkeichen und Olivenbäume / Tel. 971 53 32 16). 1994 wurde der Platz ***Son Antem*** bei Llucmajor eröffnet (flaches und weitläufiges Gelände, fünf Seen, große Driving Range / Tel. 971 66 11 24), Ende 2001 kamen die nächsten 18 Löcher hinzu (die gesamte Anlage gehört zum Hotel Marriott). Nördlich von **Palma** bei Palmanyola gibt es den Golfplatz ***Son Termens*** (schmale Fairways, kleine Grüns / Tel. 971 61 78 62). Zum Hotel ***La Reserva Rotana*** gehört der gleichnamige 9-Loch-Platz für Hotelgäste (Tel. 971 84 56 85). Und in **Camp de Mar** ist erst 2001 der Golfplatz ***Golf de Andratx*** fertig gestellt worden (dem **Dorint** Hotel angegliedert, gilt als schwierigster Platz der Insel, mit einigen spektakulären Löchern, nur mit Cart / Tel. 971 23 62 80). Bei Redaktionsschluss des Buchs noch im Bau befindlich: der Golfplatz ***Aúcanada*** zwischen **Pollença** und Alcúdia. Auf **Menorca** gibt es nur einen Golfplatz: ***Son Parc*** (in einer Feriensiedlung / Tel. 971 18 88 75).

Gorg Blau

Die wichtigsten Wasserspeicher für **Palma** sind zwei Stauseen im Tramuntana-Gebirge: der Gorg Blau und der Cúber. Da alle Jahre wieder im Sommer Wasserknappheit herrscht, werden die Pegelstände der Stauseen mit größtem Interesse verfolgt. Aber selbst wenn es die Regenfälle in den niederschlagsreichen Wintermonaten schaffen, die Stauseen bis unter die Dammkrone zu füllen, genügt das nicht für eine ausreichende Wasserversorgung. In den trockenen Sommermonaten war **Mallorca** in der Vergangenheit schon auf Trinkwasser aus dem Ebro angewiesen, das von einem Tankschiff aus Tarragona nach **Mallorca** gebracht wurde. Außerdem wird Wasser aus Aufbereitungsanlagen und aus Großbrunnen bezogen, die immer häufiger versalzen (weil der Grundwasserspiegel unter den Meereswasserspiegel absinkt). Aktuell versucht man mit Meerwasserentsalzungsanlagen die Wasserprobleme Mallorcas zu lösen. Der Sage nach gibt es einen unterirdischen Fluss, der unter dem Meer vom spanischen Festland kommend bis an die Südküste Mallorcas reicht. Mehrere Kilometer soll der Strom mit frischem Pyrenäen-Wasser breit sein. Gefunden hat ihn noch keiner. Und es spricht auch nicht viel dafür, dass er wirklich existiert, denn die Quellen Mallorcas sprudeln nur, wenn es auf **Mallorca** geregnet hat – nicht in den Pyrenäen.

Gratin von exotischen Früchten

Als Dessert bekommt Dana von Eckart Witzigmann ein Gratin empfohlen. Zutaten (für 4 Personen): 0,25 l Weißwein, 1 in feine Streifen geschnittener Zitronengrasstängel, 1 Scheibe Ingwerwurzel, 15 Korianderkörner, 4 kleine Eigelb (zusammen 80 g), 90 g Zucker, 100 g Schlagsahne. Jeweils Scheiben, Würfel oder kleine Stücke von 1 Babyananas, 2 Kiwis, 1 Mango, 1 Papaya, 1 Banane, 2 Feigen. (Für das Gratin eignen sich auch andere Früchte der Saison.) Zubereitung: Weißwein mit Zitronengras, Ingwer und Korianderkörner auf etwas mehr als ⅓ (0,09 l) einkochen. Durch ein feines Sieb in eine Schüssel gießen und abkühlen lassen. Fond mit Eigelb und Zucker auf dem Wasserbad so lange aufschlagen, bis herunterfallende Tropfen die Form behalten, also fast fest sind. Vom Wasserbad nehmen, auf Eiswasser weiterschlagen, bis die Masse erkaltet ist. Sahne schlagen und unterheben, Früchte auf Tellern anrichten. Mit der Gratinmasse bedecken. Unter dem Grill oder im Backofen bei höchster Oberhitze 8–10 Minuten bräunen. Aus dem Ofen nehmen und sofort servieren.

Hasso

Die bei deutschen Gästen wohl bekannteste Autovermietung Mallorcas, die vom (günstigen) Kleinwagen bis zum Rolls-Royce alles bietet. Die Autovermietung hat ihren Sitz in Ca'n Pastilla und ist auf dem Flughafen mit einem Schalter unweit der Gepäckbänder vertreten. Legendär ist die Geschichte des Auto-Königs »Hasso« Schützendorf (deshalb wird der Autoverleih hier auch gesondert erwähnt), der es – wie in Zeitungen zu lesen ist – vom Deserteur, Schmuggler und Passfälscher zum erfolgreichen Geschäftsmann, Zoobesitzer und Multimillionär gebracht hat.
Ca'n Pastilla, Camí Ca'n Pastilla 100,
Tel. Aeropuerto: 971 78 97 52, 971 78 93 76

Hierbas

Den Kräuterlikör Hierbas soll schon der Philosoph und Missionar Ramón **Llull** vor 600 Jahren als Lebenselixier empfohlen haben. Jedenfalls gehört der grüne Kräuterlikör überall auf der Insel als Abschluss zum Essen. Hierbas, der sowohl trocken als auch süß angeboten wird, basiert auf Anisschnaps und bekommt von einer undefinierten Vielfalt von Kräutern seinen charakteristischen Geschmack (s. auch: **Palo**).

Hotel Formentor

Traditionsbewusste Nobelherberge im Norden der Insel, in einem Pinienwald am Meer gelegen, die schon in den 30er Jahren dem (Geld-)Adel aus aller Welt lieb und teuer war. Nach einer Phase der Stagnierung strebt das Hotel jetzt einer Renaissance entgegen. (Preiskategorie: 4–5)
Formentor, Tel. 971 89 91 00, Fax 971 86 51 55

Huhn mit Zwiebeln

Als Hauptgericht bekommt Dana von Roland Trettl (früher Ca's Puers, jetzt Divinis) das Rezept für Huhn mit Zwiebeln.
<u>Zutaten:</u> 1 kg Hühnerbeine, 1,3 kg Zwiebeljulienne, 1 Knoblauchknolle, 2 Lorbeerblätter, 2 Thymianzweige, 2 Oregano-

zweige, 1 Tasse Olivenöl. Danach mischen: 100 g gehackte Mandeln, 2 Knoblauchzehen gehackt und 2 Petersilienzweige gehackt. Dazu: 1 Glas trockenen Weißwein, 4 EL Tomatensoße und ½ l Fond blanc. Zubereitung: Die Hühnerstücke leicht mehlieren und in dem Olivenöl goldgelb anbraten, wieder herausnehmen und in demselben Öl die Zwiebeljulienne mit Knoblauch, Lorbeer, Thymian und Oregano ca. 10 Minuten glasig dünsten. Dann das Huhn und den Weißwein dazugeben und köcheln lassen, bis das Huhn gar ist. Etwa 5 Minuten bevor es vom Feuer genommen wird, die Mischung aus Mandeln, Knoblauch und Petersilie dazugeben.

Ibiza

Die drittgrößte Insel der Balearen hat eine Fläche von über 500 km^2 (**Mallorca**: über 3 600) und ist von **Mallorca** rund 50 sm entfernt. Ibiza hieß bei den Griechen Pityusa: Pinieninsel. Pityusen, so heißt auch heute die kleine Inselgruppe mit Ibiza, Espalmador und Formentera.

Jágaro

Fischrestaurant in **Maó (Menorca)**, ganz am Ende der langen Hafenpromenade gelegen und auch bei schlechterem Wetter eine gute Empfehlung.

Maó, Menorca, Moll de Llevant 334, Tel. 971 36 23 90

Jaume I.

23-jährig landete Jaume I., König von Aragón, am 12. September 1229 mit seiner Invasionsflotte an der Küste Mallorcas, um die Insel von den Mauren zurückzuerobern. Finanziert wurde der Feldzug im Wesentlichen von Katalonien. Deshalb waren unter seinen Rittern auch alle großen Familien der katalanischen Aristokratie vertreten. Viele von ihnen mussten ihren Einsatz mit dem Leben bezahlen. Nach der Schlacht am Coll de Sa Batalla belagerte das Heer die Medina Mayurqa, wie **Palma** bei den Mauren hieß. Am 31. Dezember war es schließlich so weit: Der Wali musste sich dem jungen König und seinen Truppen ergeben. Die Reconquista beendete die gut dreihundertjährige Herrschaft der Araber. Jaume I. ließ die vormals blühende maurische Metropole plündern. Einem Gelübde folgend, legte er auf den Trümmern der arabischen Hauptmoschee den Grundstein für die Kathedrale **La Seu**. Das Land der Insel teilte er unter seinen Getreuen auf. Je nach Rang und Titel bekamen seine Mitstreiter größere Ländereien übertragen. Die einfachen Soldaten erhielten kleinere Parzellen. Die Landaufteilung, die bis in unsere Tage fortwirkt, wurde in einem Buch, dem *Llibre del Repartiment* festgeschrieben. Sein Sohn Jaume II. gründete das unabhängige Königreich **Mallorca**. Es folgte eine glanzvolle Epoche. Das **Castell de Bellver**, Klöster und Kirchen wurden gebaut. Handel und Kultur blühten auf. Ramón **Lull** verfasste seine philosophischen Werke. Unter Jaume III. setzte sich der wirtschaftliche Aufschwung fort. Die mallorquinische Handelsflotte befuhr die Meere – bis nach England und den Kanarischen Inseln. Schon zu Zeiten Jaumes II. hatte die Krone von Aragón wiederholt Ansprüche auf die Balearen angemeldet. Nun machte König Pedro IV. von Aragón Ernst. Am 25. Oktober 1349 kam es zur Entscheidungsschlacht in der Nähe von Llucmajor. Dem mutig kämpfenden Jaume III. wurde der Kopf abgeschlagen – mit ihm starb das Königreich **Mallorca**. Fortan gehörte **Mallorca** zur katalonisch-aragonesischen Krone.

Joghurtmousse mit eingelegten Dörrpflaumen (Mousse de jogur con ciruelas secas marinadas)

Dessert aus der Küche von Dieter Sögners **Colón**. Zutaten: 250 g Joghurt, 30 g Zucker, 3 Blatt Gelatine, 200 g Sahne, Saft von einer Zitrone. Zubereitung: Joghurt mit Zucker und Zitronensaft verrühren. Gelatine in kaltem Wasser einweichen, danach in 2 cl Wodka warm auflösen und unter die Masse rühren. Die Sahne halb steif schlagen und vorsichtig unter die Masse heben. In beliebige Formen einfüllen und kalt stellen. Zutaten für die Dörrpflaumen: 300 g entsteinte Dörrpflaumen, 100 g Zucker,

200 g Rotwein, 100 g Portwein rot, 1 Zimtstange, 1 Vanilleschote, 1 Orange und Zitronenschale. Zubereitung: Zucker karamellisieren, mit Rot- und Portwein aufgießen, Gewürze dazu, einmal aufkochen und über die Pflaumen leeren. In ein Rexglas geben und mindestens eine Woche im Keller aufbewahren.

Kaninchencannelloni mit Artischocken und Jakobsmuscheln

Roland Trettl (Divinis, **Palma**) verrät sein Rezept. Jakobsmuscheln: 12 Jakobsmuscheln aus der Schale befreien, von Coraile und Muschel trennen. Salzen und in Olivenöl beidseitig ansautieren. Nudelteig: 400 g Hartweizengrieß, 100 g Mehl, 14 Eigelb, 3 EL Olivenöl, Salz, eventuell etwas Wasser. Alles zusammen in einen Schlagkessel geben und fest durchkneten. Vor der Verarbeitung abgedeckt 3 Stunden ruhen lassen. Fenchelpüree: 200 g Fenchel, 50 g Olivenöl, 30 ml Noilly Prat, 10 g Kapern, 1 Sardellenfilet, Salz, Cayenne. Weich schmoren und mixen. Durch ein Sieb streichen. Cannelloni: Nudelteig dünn ausrollen, 8 Teigflecken (10 x 7 cm) ausschneiden, im Salzwasser einmal aufkochen lassen, abschrecken und auf ein Tuch ausbreiten. 2 Kaninchenrücken à ca. 250 g. Die Rückenfilets vom Knochen lösen, halbieren und 2 mm dick platieren, salzen. Die Nudelblätter mit Fenchelpüree bestreichen. Das Kaninchenfleisch drauflegen, einrollen und im Ofen bei 150 °C erwärmen. Das Fleisch soll glasig bleiben. Artischocken: 4 Artischocken von den äußeren Blättern befreien. Jeweils in 3 Stücke schneiden, in Olivenöl mit Thymian und Knoblauch anbraten, salzen und pfeffern. Tomatenfond: 30 g Olivenöl, 50 g Zwiebel klein geschnitten, 400 g frische Tomaten, Salz, Pfeffer, Zucker. Anschwitzen, mit 400 ml Tomatensaft aufgießen, eine halbe Stunde köcheln lassen.

Kaninchensalat mit Serrano-Schinken und gegrilltem Gemüse

Von Gerhard Schwaiger, dem Chef des Zweisterne-Restaurants

Tristan (s. dort) in **Porto Portals**, stammt das Rezept für den sommerlichen Salat. Zutaten: 4 Kaninchenrückenfilets in feinen Scheiben, 8 runde Scheiben Serrano-Schinken, 8 Scheiben gegrillte Auberginen, grobes Meersalz, dreierlei Pfeffer. Für die Vinaigrette: 4 luftgetrocknete Paprika, 1 Knoblauchzehe, 1 große weiße Zwiebel, 1 Lorbeerblatt, 1 Zweig Zitronenthymian, ¼ l Weißwein (halbtrocken), 2 EL Bieressig, ¼ l Kalbsfond, Salz, Zucker, Pfeffer. Garnitur: 1 EL Frenchdressing, Rucolasalat, Löwenzahn. Zubereitung: Kaninchenrückenfilets im Ofen oder in der Pfanne braten, in Scheiben schneiden, flach klopfen und mit dem Schinken und den gegrillten Auberginen auf dem Teller anordnen. Für die Vinaigrette die luftgetrockneten Paprika ohne viel Hitze in Olivenöl anbraten. Mit den übrigen Zutaten auf die Hälfte der Menge einkochen und durch ein Sieb passieren. Den Teller mit Kaninchen, Schinken und Auberginen mit der Vinaigrette begießen und garnieren.

Kartoffel-Ziegenkäsepudding (Budin de patatas con queso de cabra)

Das Rezept für diese köstliche Vorspeise kommt von Dieter Sögner und seinem Restaurant **Colón**. Zutaten: 600 g Kartoffeln, 200 g rote Zwiebeln, 200 g Schalotten, 6 Frühlingszwiebeln, 40 g Butter, 6 EL Olivenöl, 100 g Sahne, 100 g Milch, 2 Eier, 200 g Ziegenfrischkäse, Salbei. Zubereitung: Kartoffeln schälen, würfeln und bissfest kochen. Die Hälfte rausnehmen und abkühlen lassen. Die zweite Hälfte weich kochen und pürieren. Rote Zwiebeln, Schalotten und Frühlingszwiebeln in Butter anschwitzen, salzen, pfeffern, Olivenöl und Salbei dazugeben. Eier, Milch und Sahne verrühren und mit allen anderen Zutaten vermischen. Feuerfeste Formen gut ausbuttern, Masse einfüllen und bei 180 °C 17 Minuten backen. Zutaten für die Schnittlauchsauce: 200 g Sauerrahm, 100 g Crème fraîche, Saft von einer Zitrone, Salz, Pfeffer, 1 Bund fein geschnittener

Schnittlauch. Zubereitung: Alle Zutaten verrühren und eiskalt servieren.

Koldo Royo

Restaurant des baskischen Sterne-Kochs Koldo Royo in **Palma** am Passeig Maritim mit weitem Blick über den Hafen und mediterraner Küche. (Ruhetag: Sonntag)

Palma, Passeig Maritim 3, Tel. 971 73 24 35

La Bóveda

Tapas-Bar in **Palma** und In-Treff an der Plaça de la **Llotja**. Ab 20.30 Uhr setzt von Montag bis Samstag der Sturm auf die Tische und die Theke ein. Schon vor der Eröffnung warten die ersten Gäste auf der Straße vor dem Lokal darauf, dass das Schild »Cerrado« umgedreht wird. Spezialitäten sind u. a. Pimientos (Paprika, gefüllt mit Schinken oder Stockfisch), der Jamon Bellota und Revuelto de ajos con langostinos (Rührei mit Knoblauch und Krabben). Zum Stammlokal gehört die Taberna La Bóveda direkt am Paseo Sagrera mit großer Terrasse. (Ruhetag: Sonntag)

Palma, Boteria 3, Tel. 971 71 48 63

La Cascina

Nach Ansicht vieler Gäste der beste Italiener der Insel. In einer Finca in Calonge bei **Cala d'Or**. Mit einem golfbegeisterten Wirt und stimmungsvollem Patio. (Ruhetag: Montag)

Calonge, Cala Llonga 22, Tel. 971 16 71 52

La Lonja

Fischrestaurant in der Lonja am Yachthafen von Port de **Pollença**. Zu den Spezialitäten zählt der Langusteneintopf **Caldereta** de Llangosta.

Port de Pollença, Muelle Pesquero, Tel. 971 86 70 77

La Lubina

Fischrestaurant in **Palma** auf der alten Mole beim Parc de la

Mar. Zu den Spezialitäten zählt als Namensgeber natürlich der Wolfsbarsch (Lubina). (Ruhetag: Sonntag)
Palma, Muelle Viejo, Tel. 971 72 33 50

La Minerva

Fischrestaurant an der Hafenpromenade von **Maó (Menorca)**. Zum Lokal in einer ehemaligen Mehlfabrik gehört eine schwimmende Terrasse im Hafen.
Maó, Menorca, Moll de Llevant 310, Tel. 971 35 19 95

La Piazzetta

Direkt am **Golf**platz Son Servera liegt dieses Ristorante (mit Terrasse), das zu den besten Italienern der Insel gezählt wird, für seine hervorragende Pasta berühmt ist und (zur Saison) für seine Trüffelgerichte. (Ruhetag: Dienstag)
Costa de los Pinos, Son Servera, Tel. 971 84 03 84

La Reserva Rotana

Exklusives Landhotel in einem großen Gut bei **Manacor**. Zum Hotel gehören ein privater 9-Loch-Golfplatz (das Greenfee ist im Hotelpreis inklusive) und ein ausgezeichnetes Restaurant, das auch für Nicht-Hotelgäste (sofern sie einen Tisch bekommen) mit mediterranen Spezialitäten aufwartet. (Preiskategorie: 5)
Manacor, Camí de s'Avall, Tel. 971 84 56 85,
Fax 971 55 52 58

La Residencia

Luxushotel in der Künstlerkolonie **Deià**. Das rebenumrankte Herrenhaus stammt aus dem 16. Jh. Mit alten Möbeln, verwinkelten Bogengängen und romantischen Innenhöfen. Eigentümer ist der britische Selfmade-Milliardär Richard Branson (Virgin). Zum Hotel gehört das Feinschmeckerlokal **El Olivo**. (Preiskategorie: 5)
Deià, Tel. 971 63 90 11, Fax 971 63 91 64

La Seu

Die Kathedrale von **Palma**, La Seu genannt, wurde an Stelle der Hauptmoschee von Medina Mayurqa errichtet. König **Jaume** I. hatte dies bei seiner Eroberung Mallorcas geschworen. Der 1230 begonnene Bau wurde erst im Jahre 1604 fertig gestellt. In den folgenden Jahren stürzten immer wieder Teile der Kirche ein, so dass ständig Renovierungsarbeiten durchgeführt werden mussten. Die »Kathedrale des Lichts« ist das Wahrzeichen Palmas und eine der größten gotischen Kirchen überhaupt. Von außen ahnt man kaum, dass die Höhe des Kirchenschiffs mit über 40 m der des Kölner oder Mailänder Doms nicht nachsteht. Beeindruckend ist die Südfassade am Parc de la Mar mit den hohen Stützpfeilern und dem »Tor zur Aussicht« Porta del Mirador. Die Rosette über der Apsis besteht aus 1236 einzelnen Glasteilen. Sie ist nur noch mit der Rosette von Notre-Dame in Paris zu vergleichen. Anfang des 20. Jahrhunderts wurde das Innere der Kathedrale von dem katalanischen Jugendstilarchitekten Antoni **Gaudí** umgestaltet. In der Königskapelle liegen Jaume II. und Jaume III. begraben.

La Terrazza

An der großen Bucht von **Alcúdia** liegt dieses Restaurant, das natürlich (der Name verpflichtet) über eine große Terrasse direkt am Meer verfügt, außerdem über eine eigene Anlegemöglichkeit für Boote. Die Küche ist galizisch geprägt und setzt auf Fische und Meeresfrüchte.
Alcúdia, Pompeu Fabra 7, Tel. 971 54 56 11

Layn

Szene-Restaurant an der Uferpromenade von **Port d'Andratx** mit kleiner Terrasse und einem versteckten Garten hinter dem Haus. (Ruhetag: Montag)
Port d'Andratx, Tel. 971 67 18 55

L'Hermitage

Abgeschiedenes Luxushotel im idyllischen **Orient**. Die ehema-

lige Einsiedelei für Wandermönche ist stilvoll renoviert und hat 20 Zimmer. Außerdem ist die L'Hermitage ein bekanntes, aber nicht eben leicht zu erreichendes Feinschmeckerlokal. (Preiskategorie: 4)
Orient, Ctra. de Alaró a Bunyola, Tel. 971 18 03 03,
Fax 971 18 04 11

Llaüt

Die mallorquinischen Fischerboote gehören zu den Feluken, die in ähnlicher Form überall im Mittelmeerraum zu finden sind und wahrscheinlich auf die alten Phönizier zurückgehen. Die hölzernen Llaüts (sprich: Ja-uts) werden mit einem traditionellen dreieckigen Lateinersegel an einer steil nach oben ragenden Rah gesegelt. Ein langer Klüverbaum, der weit über den Bug hinausragt, trägt die Fock. Typisch für die Llaüts (die es auch auf **Menorca** und **Ibiza** gibt) ist der markante Vorsteven. Die Luken auf dem Deck der kleinen, erstaunlich seetüchtigen Schiffe werden mit Holzdeckeln verschlossen. Heute haben die meisten Llaüts zusätzlich zur Beseglung leistungsfähige Dieselmotoren. Die mallorquinischen Fischerboote finden mittlerweile viele Freunde unter den Freizeitseglern, die die Llaüts liebevoll restaurieren.

Llotja

Die Llotja (Lonja) war einst die Handelsbörse von **Palma**. Auf Grund ihrer eindrucksvollen gotischen Architektur – mit Ecktürmen, verzierten Fenstern, einem großen Hauptportal mit einer Engelsfigur – wird die Llotja häufig für eine Kirche gehalten. Der Bau von Guillermo Sagrera (fertig gestellt 1451) gilt als einer der schönsten Profanbauten der spanischen Gotik. Um George **Sand** zu zitieren: »Die Lonja ist das Bauwerk, das mich am meisten beeindruckt hat. Seine ausgefallenen Proportionen mindern keineswegs die Harmonie und geschmackvolle Schlichtheit.«

Lluc

Lluc ist das bedeutendste Kloster Mallorcas. Es liegt inmitten der **Serra de Tramuntana** umgeben von dichten Wäldern in einem Talkessel. Im Kloster Lluc wird die dunkelhäutige Madonna La Moreneta verehrt, die einst der Legende nach von einem arabischen Hirtenjungen gefunden wurde. Berühmt ist der Knabenchor der Singschule Escolánia de Lluc. Seit dem 16. Jh. singen die Blavets in katalanischer Sprache. Sie taten dies auch während der Franco-Diktatur, als die katalanische Sprache unterdrückt wurde. Lluc ist der wichtigste Wallfahrtsort der Insel. Über eine Million Besucher kommen pro Jahr nach Lluc. Und einmal im Jahr versammeln sich rund 25 000 Pilger zum Marxa a Lluc a peu.

Llull, Ramón

Ramón Llull gilt als berühmtester Sohn Mallorcas. Er wurde 1235 in **Palma** geboren und genoss in jungen Jahren ausschweifend die Privilegien seiner wohlhabenden Herkunft. Der Legende nach führte erst ein Schlüsselerlebnis mit einer verheirateten Señora, die vom Aussatz gezeichnet war, zu einem grundlegenden Sinneswandel. Fortan entsagte er allen irdischen Freuden, verließ seine Familie und lebte als Eremit auf dem Berg **Randa**, wo er meditierend zu Gott fand. Später widmete er sich dem Studium der hebräischen und arabischen Sprache. Er verfasste Gedichte und theologische Schriften, insgesamt über 250 Bücher, wobei er der katalanischen Sprache erstmals literarischen Rang verlieh – wofür er noch heute von den Katalanen verehrt wird. Ramón Llull (Raimundus Lullus) unternahm ausgedehnte Missionsreisen in die islamischen Gebiete Nordafrikas und des Nahen Ostens. Er gründete in **Miramar** eine Sprachschule für angehende Missionare. Und selbst mit 80 Jahren machte er sich noch mit missionarischem Eifer nach Tunesien und Algerien auf. Dort wurde er dann 1316, so will es die Märtyrerlegende, von einer fanatischen Menge zu Tode gesteinigt. Ramón Llull wurde heilig gesprochen. Sein Denkmal steht in der Nähe des Parc de la Mar.

Lomo con col

Deftiges Gericht (Llom amb col) aus in der Greixonera (Tonschüssel) geschmorter Schweinelende mit Wirsingblättern (Schweineschmalz, Speck, Zwiebeln, Koblauch, Tomaten, Mandeln, Pinienkerne, Oliven etc.).

Ludwig Salvator

Erzherzog Ludwig Salvator von Habsburg-Toskana war von kaiserlich-königlichem Geblüt und eine schillernde, exzentrische Persönlichkeit. Ludwig Salvator wurde 1847 als Sohn des Großherzogs Leopold II. im Palazzo Pitti in Florenz geboren. In der österreichisch-ungarischen Thronfolge rangierte er auf Platz drei. Aber er wollte vom höfischen Glanz nichts wissen und zog das Leben eines »Aussteigers« vor. Er machte sich nach seinem Studium der Naturwissenschaften einen Namen als Naturkundler und war Autor vieler Bücher mit detaillierten Beschreibungen etwa über die Liparischen Inseln. Auf seiner Dampfyacht Nixe unternahm er ausgedehnte Forschungsfahrten, die ihn um die halbe Welt führten. Legendär sind die vielfältigen Liebesbeziehungen des Erzherzogs, der sein Leben lang unverheiratet blieb. Dabei wurde seine Zuneigung nicht nur Frauen zuteil, er war gleichzeitig auch dem männlichen Geschlecht zugetan. So war der Mallorquiner Antonio Vives nicht nur der Privatsekretär, sondern wohl auch der langjährige Geliebte Ludwig Salvators. Schon 1867 kam der damals zwanzigjährige Arxiduc, wie der Erzherzog auf den Balearen genannt wird, erstmals nach **Mallorca**. Er verliebte sich in die Insel. Drei Jahre später entschloss er sich zu bleiben und von **Mallorca** aus seine Exkursionen nach Afrika, Asien und Amerika zu unternehmen. Nacheinander erwarb er die Landsitze **Miramar**, S'Estaca und **Son Marroig**. Außerdem kaufte er an der mallorquinischen Nordwestküste zwischen **Valldemossa** und **Deià** auf einer Strecke von über zehn Kilometern fast das gesamte Land. Eine besondere Beziehung hatte der Neffe des österreichischen Kaisers Franz Joseph zur seelenverwandten »Sisi«, der Kaiserin Elisabeth, die ihren Cousin zweimal auf **Mallorca** besuchte. Ludwig Salvator, von dem es heißt, dass er vierzehn Sprachen beherrschte, war gleichzeitig ein früher Ökofreak und sorgte dafür, dass auf seinen Ländereien keinem Baum ein Ast gekrümmt wurde. Außerdem versuchte er den Bauern seine Vorstellungen des Naturschutzes nahe zu bringen. Er verfasste mit dem neunbändigen Werk »**Die Balearen**« eine detaillierte Beschreibung der Inseln, die auf der Pariser Weltausstellung 1899 mit einer Goldmedaille ausgezeichnet wurde. *Don Balearos* finanzierte die Erforschung der **Coves** del Drac durch den Franzosen Martel. Der Erzherzog ließ in der **Serra de Tramuntana** Reitwege anlegen, die heute als Wanderpfade genutzt werden. Und er hatte ganz unstandesgemäß eine Liaison mit der mallorquinischen Tischlerstochter Catalina Homar. Er kümmerte sich um ihre Bildung, brachte ihr Sprachen und Lebensart bei – und nahm sie mit auf seine Reisen. Bei einer Fahrt nach Jerusalem erkrankte Catalina Homar, wie es heißt, an Lepra. 1905 starb sie. Vom österreichischen Kaiser wurde der Erzherzog mit Ausbruch des Ersten Weltkriegs nach Österreich zurückzitiert, wo er 1915 auf dem Familienschloss Brandeis in Böhmen verstarb. Seine Gebeine ruhen in der Wiener Kapuzinergruft. Auf **Mallorca** stößt man immer wieder auf seine Spuren. Einen Besuch wert ist sein Herrensitz **Son Marroig** an exponierter Stelle hoch über der Steilküste zwischen **Deià** und **Valldemossa**.

Macchia

Für den Mittelmeerraum typischer niedriger, dichter Buschwald aus unterschiedlichsten Gewächsen. Auf **Mallorca** besteht die Macchia (niedrigwüchsig in Meeresnähe: Garriga) u. a. aus Ginster und Aleppokiefern.

Mallorca

Mallorca ist mit etwas über 3 500 km^2 die größte Insel der Balearen. Ihre vielgestaltige Küste hat eine Länge von 554 km. Vom spanischen Festland liegt sie etwa 180 km entfernt, von

Algerien kaum mehr als 300 km. Zum Archipel der Balearen gehören außerdem **Menorca**, **Ibiza** und Formentera. Mallorca hat rund 700 000 Einwohner, wovon etwa die Hälfte in **Palma** lebt. Die Insel Mallorca, die von der Bevölkerung voller Liebe »la luminosa« (die Leuchtende) genannt wird, bekommt Jahr für Jahr Besuch von rund 8 Millionen Touristen, von denen 3,8 Millionen Deutsche sind. Der Massentourismus hat denn auch das Image der Insel arg strapaziert. Von »Teutonengrill« bis »Putzfraueninsel« reichen die wenig schmeichelhaften Beschreibungen. Natürlich gibt es Touristenzentren, die diesem Klischee ziemlich nahe kommen, und viele einstmals schöne Plätze auf dieser Insel sind wohl unwiderbringlich zerstört. Gleichzeitig existiert aber immer noch das »andere« Mallorca, das sich erstaunlich viel von seinem ursprünglichen Reiz bewahrt hat. Verträumte Buchten, versteckte Sandstrände, grandiose Berggipfel, unberührte Kiefern- und Eichenwälder, romantische Fincas – Einsamkeit und Ruhe. Es gibt das Mallorca für Sportfreaks – von Mountainbikern und Bergwanderern über Windsurfer, Sportbootfahrer und Segler bis hin zu den Tauchern und Golfern. Und es gibt das Mallorca des Jetsets, der Schickimickis und der Promis. Mit Megayachten, Helikopter und Prachtvillen. Alles relativ nah beieinander – und doch Welten voneinander entfernt. Die touristische Entwicklung hat die Vermögensverhältnisse der Mallorquiner radikal umgeschichtet. Früher galt das unfruchtbare Land am Meer als wertlos. Während der älteste Sohn den Hof im Landesinneren erbte, mussten sich die jüngeren Nachkommen mit den Ländereien am Meer begnügen – mit jenen Grundstücken, die heute am begehrtesten und am teuersten sind. Darüber hinaus gab es eine Zweiteilung bei der Bevölkerung – zum einen die »campesinos« oder »pagesos« (auf mallorquinisch) im Landesinneren, die das Meer oft nur wenige Male (wenn überhaupt) in ihrem Leben sahen, und zum anderen die »pescadors«, die Fischer, die zeit ihres Lebens am Ufer blieben. Noch einige Fakten zur Topographie: Mallorca hat von Osten nach Westen eine Breite von etwa 100 km, von Norden nach Süden sind es nicht ganz 80 km. Entlang der steil ins Meer abfallenden Nordwestküste zieht sich die **Serra de Tramuntana** (Serra del Norte) mit Gipfeln über 1000 m (der höchste Berg ist der Puig Major mit 1445 m). Dieser Gebirgszug schützt Mallorca vor den stürmischen Winden aus Nordwesten – ebendem Tramuntana. Während auf der einen Seite Mallorcas die hohe **Serra de Tramuntana** gelegen ist, verläuft nahezu parallel auf der anderen (östlichen) Seite die weniger hohe **Serra de Llevant** (die höchsten Berge sind gerade 500 m). Und dazwischen liegt die große Ebene **Es Pla** bzw. Llanura del Centro mit nur wenig höheren Erhebungen, darunter vor allem der Berg von **Randa** (540 m). Die größten Städte auf Mallorca sind **Palma**, **Manacor** und Inca.

Mallorquí

Auf **Mallorca** wird seit je ein Dialekt des Katalanischen gesprochen: Mallorquí. Auf **Menorca** gibt es die Dialektform Menorquí und auf **Ibiza** Ibizenc. Die katalanische Sprache hat ihre Wurzeln im Altfranzösischen und Altitalienischen. Allerdings war auf den Balearen lange Zeit – vor allem während der Franco-Ära – die kastilische Sprache (Castellano), also Hochspanisch, offiziell vorgeschrieben. Ein Beispiel: Auf Spanisch (Kastilisch) heißt Guten Tag »Buenos días«, auf Katalanisch »bon día«. Erst nach der Franco-Zeit konnte sich im Zuge der Autonomiebewegung wieder die katalanische Sprache durchsetzen. Angestrebt wird eine »Normalisación linguística«, eine Normalisierung der Sprache, mit dem für ausländische Besucher oft verwirrenden Effekt, dass es für ein und denselben Ort (meist nur geringfügig) verschiedene Namen gibt. Zum Beispiel **Port d'Andratx** (katalanisch) statt wie früher Puerto de Andraitx (kastilisch). Oder bei Gebäuden wie etwa der alten Seehandelsbörse in **Palma** La **Llotja** statt Lonja. In diesem Buch wurden fast ausschließlich, wie heute auf **Mallorca** üblich, die katalanischen Namen und Begriffe gewählt.

Also auch Platja statt Playa, Carrer statt Calle, Passeig statt Paseo oder Badía statt Bahía.

Manacor

Zweitgrößte Stadt Mallorcas, die für ihre künstlichen Perlen berühmt ist. Die Manacor-Perlen haben einen Glas- oder Kunststoffkern, der immer wieder in Essenzen aus Fischschuppen und Perlmutt getaucht und auf diese Weise von dünnen Schichten ummantelt wird. Am Ende dieses langwierigen Verfahrens, das übrigens von einem deutschen Ingenieur entwickelt wurde, sind die Manacor-Perlen von echten Perlen kaum mehr zu unterscheiden. Obwohl Manacor schon von den Römern gegründet wurde, unter den Mauren eine Blüte erlebte und später von Jaume II. zur Königsstadt erklärt wurde, gibt es nur wenig Zeugnisse jener Geschichte. Sehenswert sind unter anderem der Festungsturm Torre de Ses Puntes und die Pfarrkirche Dolores de Nostra Senyora.

La Reserva Rotana

Maó

Die knapp vor **Ciutadella** größte Stadt (22 000 Einwohner) der mallorquinischen Nachbarinsel **Menorca** zeigt in ihrer Architektur unverkennbare Merkmale britischer Prägung. So zum Beispiel mit seinen Erkern und Schiebefenstern sowie mit den grünen Türen und den Klopfern aus Messing. Tatsächlich wurde Maó (Mahón) vom britischen Gouverneur Richard Kane 1721 zur Hauptstadt Menorcas erklärt und (mit kurzen Unterbrechungen) bis 1802 von den Engländern beherrscht. Besonders schätzten die Kolonialherren den großen Naturhafen der Stadt. Er soll der zweitgrößte nach Pearl Harbour sein und kann ganzen Flottenverbänden sicheren Schutz bieten. Dass es heute noch Pubs und eine berühmte Gin-Destillerie (Xoriguer) in Maó gibt, ist freilich auch auf die überwiegend englischen Touristen zurückzuführen. Ausgesprochen sehens- und lebenswert ist die lange Hafenpromenade mit ihren vielen Restaurants und Cafés, außerdem die höher gelegene Altstadt mit malerischen

Gassen, Stadtpalästen, Kirchen – und überraschenden Ausblicken auf den Hafen.
La Minerva, Marivent, Jágaro
Port Mahón

Marcelino
Das Fischrestaurant Marcelino El Gallego liegt in **Palma** versteckt und unscheinbar in einer kleinen Gasse (in der Nähe der **Llotja**). Erst gegen 22 Uhr füllen sich die wenigen Tische mit vorwiegend einheimischen Gästen. Wer sich am schlichten Ambiente nicht stört, kommt in den Hochgenuss vorzüglicher Muscheln, Gambas und Fische, die man vorher in der Küche in Augenschein nehmen kann. Zum Dessert gibt's Flan oder Tarta limon. (Ruhetag: Montag und Dienstag)
Palma, Carrer Sant Llorenç 23, Tel. 971 71 26 73

Mardavall
Exklusive Wohn- und Hotelanlage in Punta Negra bei **Porto Portals** der Schörghuber-Gruppe, zu der auch das **Arabella Sheraton Golf Hotel** und **Son Vida** gehören. (Preiskategorie: 5)
Porto Portals, Tel. 971 60 64 21, Fax 971 60 64 29

Marés
So heißt der typische helle Sandstein auf **Mallorca**, der bei vielen Häusern die Fenster und Türen umrahmt. Er wird heute vorwiegend in der Gegend um **Santanyí** gebrochen. Die Marés-Steinbrüche waren früher berüchtigte Verstecke für Schmuggler und Piraten.

Marivent
Maritimes Lokal an der Hafenpromenade von **Maó (Menorca)**, das mit seiner ausgezeichneten Küche und dem freundlichen Service auf die Sommermonate spezialisiert ist. Hübsche eingewachsene Terrassen mit schönem Ausblick. (Ruhetag: Sonntag)
Maó, Menorca, Moll de Llevant 314, Tel. 971 36 98 01

Marriott's Club Son Antem

Resort des Hotelkonzerns Marriott rund um die Golfanlage Son Antem (zweimal 18-Loch) mit Luxushotel, Thermalbad und Vacation Club. (Preiskategorie: 4)

Llucmajor, Tel. 971 12 91 00, Fax 971 12 91 01

Golf (Son Antem)

Mayonnaise

Die weltberühmte Mayonnaise (s. **Allioli**) hat ihren Ursprung auf **Menorca** und ist nach Mahón (**Maó**) und der Salsa Mahonesa benannt. 1756 hatte Herzog Louis François de Richelieu (ein Neffe des legendären Kardinals) **Menorca** von den Briten erobert und die Salsa Mahonesa (Sauce aus Olivenöl, Eiern und Knoblauch) kennen und lieben gelernt. Als Richelieu wenige Jahre später nach Frankreich zurückkehrte, nahm er das Rezept mit – wobei er den Knoblauch wegließ.

Menorca

Menorca ist zwar die Schwesterinsel Mallorcas – und ist doch in vielerlei Hinsicht so ganz anders. So ist Menorca fast durchgängig bescheidener (was nicht immer von Nachteil sein muss). Der höchste Berg (Monte Toro) ist gerade 350 m hoch. Weil keine **Serra de Tramuntana** die Insel vor den Nordwinden schützt, ist auch die Vegetation bescheidener. Die Temperaturen sind auf Grund des Windes etwas niedriger als auf **Mallorca**. Der Norden der Insel ist nur dünn besiedelt, wie es überhaupt sehr viel weniger Einwohner gibt. 68 000 sind es, nur gut ein Zehntel von **Mallorca**. Und auch die Touristenströme fallen im Vergleich zu **Mallorca** fast schon bescheiden aus – nur rund 900 000 gegenüber 8 Millionen. Die Mehrzahl der Touristen auf Menorca kommt nicht aus Deutschland, sondern aus Großbritannien. Die Hauptstadt, mit einem der größten Naturhäfen der Welt, heißt **Maó** (Mahón). Sie soll schon von den Phöniziern gegründet worden sein. Von den Engländern, die die Insel von 1713 bis 1802 (mit einem kurzen französischen und einem spanischen Intermezzo) beherrschten, wurde **Maó** 1722 zur Hauptstadt gemacht. Sieben Jahre lang (von 1756 bis 1763) gehörte Menorca zu Frankreich. In dieser Zeit wurde u. a. das Städtchen Sant Lluís gegründet. Die andere größere Stadt, die **Mallorca** im Westen am nächsten liegt, heißt **Ciutadella**. Berühmt ist Menorca u. a. für seine **Talayots**, Taulas und Navetes, steinerne Zeugnisse einer vorchristlichen Kultur, die hier sehr viel häufiger und besser erhalten sind als auf **Mallorca**. Und auch die Trockensteinmauern (parets seques), die den Boden vor Erosion schützen, sind für Menorca charakteristisch – sie sind insgesamt über 15 000 km lang. 40% der Fläche Menorcas stehen unter Naturschutz, 1993 wurde die Insel zum Biosphärenreservat der UNESCO erklärt. Für Menorca typisch ist die große Zahl der Kühe (ihre Milch wird zum **Queso de Mahón** und ihre Häute werden zu Schuhen verarbeitet) und der Pferde.

Mercat de L'Olivar

Die Markthallen finden sich in **Palma** in der Nähe der Plaça d'Espanya. Entstanden sind sie im Zuge der Stadtsanierung von 1941 durch Gabriel Alomar. Das Angebot reicht von Obst und Gemüse bis zu Fleisch und Fisch. Der Markt hat vormittags von Montag bis Samstag (7–14 Uhr) geöffnet. Fisch nur Dienstag bis Samstag.

Palma, Plaça Olivar 4

Miramar

Restaurant am Hafen von **Port d'Andratx**. Mit immer gut besetzten Tischen, bekannt guter Küche und vielen (deutschen) Gästen, die in der Region ihre Zweitwohnungen oder -häuser haben. Miramar, so heißt auch das ehemalige Landgut des Erzherzogs **Ludwig Salvator** zwischen **Deià** und **Valldemossa**.

Port d'Andratx, Av. Mateo Bosch 22, Tel. 971 67 16 17

Miró, Joan

Der Maler und Bildhauer wurde 1893 in Barcelona geboren. Sowohl seine Mutter als auch seine spätere Frau Pilar Juncosa stammten aus **Mallorca**. Miró wurde zu einem der populärsten Künstler seiner Zeit. Er zählte zu den Mitbegründern des Surrealismus. Schon in den 30er Jahren hatte er erste Ausstellungserfolge in den USA. 1940 lebte er das erste Mal für kurze Zeit auf **Mallorca**. Dort malte er die meisten seiner berühmten »Konstellationen«. Nach Jahren in Paris, Barcelona und New York zog der große Avantgardist 1956 endgültig nach **Mallorca**. Dort starb er neunzigjährig 1983. Bei Gènova sind im Museum Fundació Pilar i Joan Miró einige Werke (allerdings nicht die wichtigen) des Künstlers zu besichtigen.

Modernisme mallorqui

So wird der balearische Jugendstil genannt, der sich erst relativ spät, um 1902, auf **Mallorca** entwickelte. Seinen entscheidenden Impuls bekam er durch den katalanischen Jugendstilarchitekten Antoni **Gaudí**. Sein Schüler Joan Rubió, die mallorquinischen Jugendstilarchitekten Gaspar Bennazar Moner und Francesc Roca sowie Llluis Forteza Rey sorgten in der Folge für beeindruckende Jugendstilbauten vor allem in **Palma** und in **Sóller**. Vom katalanischen Architekten Lluís Domènech i Montaner stammt der 1903 errichtete und 1993 restaurierte Jugendstilbau des Gran Hotel im Zentrum von **Palma** – heute sind hier eine Kulturstiftung, Galerien und ein Café untergebracht. Gegenüber des Gran Hotel die Jugendstilfassade der Konditorei Forn des Teatre. Und nur wenige Schritte entfernt die »**Gaudí**-Häuser« (die allerdings nicht von ihm stammen) Can Casayas rechts und links der Gasse Santacilia. Weitere Pflichtübungen für Freunde des Modernisme mallorqui sind in **Palma** an der Plaça Marquès del Palmer die Jugendstilfassaden L'Aguila und Can Fortesa-Rei.

Moli d'es Torrent

In der Mühle, die außerhalb von Santa María an der Landstraße liegt (man folge den Schildern nach Bunyola), und im

zugehörigen Patio wird eine einfallsreiche, gleichwohl unprätentiöse Küche geboten, die auf der Insel eine immer größere Fangemeinde hat. (Ruhetag: Donnerstag)
Santa María, Ctra. de Bunyola 75, Tel. 971 14 05 03

Navetes

Schiffsförmige Begräbnisstätten, die sich auf **Menorca** finden (u. a. Navetes des Tudons, Navetes de Rafal) und bis auf das 2. Jahrtausend v. Chr. zurückgehen (s. **Talayot**).

Nixe

Maritimer Promi-Treff in **Port d'Andratx** (benannt nach der Yacht von Erzherzog **Ludwig Salvator**). Restaurant und Bar.
Port d'Andratx, Gabriel Roca, Tel. 971 67 28 01

Ofra Resort Hotel

Fünf-Sterne-Hotel am **Golf**platz Bendinat, aber nicht nur für Golfer ideal. Im Kolonialstil errichtet und u. a. im Eingangsbereich mit afrikanischen Jagdtrophäen dekoriert. Mit großzügigen Zimmern, Innen- und Außenpool, einem aufwändigen Fitness- und Wellness-Bereich. (Preiskategorie: 4–5)
Portals Nous, Arquitecte Fco. Casas 18, Tel. 971 70 77 77, Fax 971 70 76 76

Orient

Zu dem kleinen Bergdorf gelangt man auf kurviger Straße entweder von Alaró oder Bunyola. Die weltabgeschiedene Idylle besteht aus wenigen Bruchsteinhäusern und der kleinen Pfarrkirche Sant Jordi. Orient ist ein beliebter Ausgangspunkt für Bergwanderungen.
L'Hermitage

Pa amb oli

Geröstete Bauernbrotscheiben (Pan moreno) mit Olivenöl beträufelt, mit Knoblauch und aufgeschnittenen Tomaten (Ramellet-Tomate) eingerieben und gesalzen. Oder mit Tomatenscheiben, mit **Serrano**-Schinken oder mit Käse belegt. Einst ein Armeleuteessen, heute eine deftige Spezialität Mallorcas.

Palacio Ca Sa Galesa

Fünf-Sterne-Hotel in der Altstadt von **Palma**. Der Palast aus dem 17. Jh. wurde zum luxuriösen Hotel umgebaut und beherbergt heute sechs Suiten und fünf Doppelzimmer, die alle nach berühmten Komponisten benannt sind. Mit sonnigen Terrassen, schattigen Innenhöfen, Swimmingpool und elegantem Komfort. (Preiskategorie: 5)
Palma, Carrer Miramar 8, Tel. 971 71 54 00,
Fax 971 72 15 79

Palma

Die Hauptstadt von **Mallorca** hat rund 350 000 Einwohner, wobei ein großer Teil unter 30 Jahre alt ist. La Ciutat, wie Palma von den Mallorquinern genannt wird, ist also ausgesprochen jung, was vor allem abends in den Bars und Cafés unübersehbar ist. Gleichzeitig steckt Palma voll »alter« Geschichte. Die Gründung der Stadt an der großen Bucht (Badia de Palma) geht auf die Römer zurück: Palmaria (von Palme). Eine erste Blütezeit erlebte Palma unter der Herrschaft der Mauren, die die Stadt Medina Mayurqa nannten. Nach der Wiedereroberung durch **Jaume I.** veränderte sich das Gesicht Palmas. Viele der noch heute für die Stadt charakteristischen Paläste wurden gebaut, die große Kathedrale, die Stadtbefestigung (die bis ans Meer reichte, die Uferpromenade wurde erst im 20. Jh. aufgeschüttet). Im 14. Jh. war Palma ein wichtiges Zentrum der Seefahrt. Später wurde Palma immer wieder von Epidemien heimgesucht, es gab Hungersnöte, die Inquisition, die Vertreibung der Jesuiten. Eine wechselvolle Geschichte mit kulturellen Höhen und Tiefen, die in der Stadt ihre Spuren hinterlassen hat. Für Besucher unserer Tage ist Palma voller Attraktionen: Baudenkmäler der Gotik und Renaissance, Jugendstilarchitektur,

Cafés, Restaurants, Bars, Galerien, die Rambla, der Passeig des Born …

Aramis, Caballito de Mar, Casa Eduardo, Casa Fernando (Coll d'en Rabassa), Celler Sa Premsa, Chopin, Es Baluard, Es Parlament, Koldo Royo, La Bóveda, La Lubina, Plat d'Or (Son Vida), Porto Pí, Rififi

Arabella Sheraton Golf Hotel (Son Vida), Born, Palacio Ca Sa Galesa, San Lorenzo, Son Vida

Bar Bosch, Café Lírico, Can Joan de S'Aigo, Cappuccino

Abacanto, Abaco

Palo

Fast genauso wichtig wie der Kräuterlikör **Hierbas** ist der Palo. Dieser herbbittere Likör aus den Früchten des Johannisbrotbaumes wird häufig auf Eis als Aperitif getrunken und soll einst von Mönchen als Medizin gegen die Malaria erfunden worden sein.

Patricia

Zentral am Hafen, dennoch ruhig gelegenes Hotel in **Ciutadella (Menorca)**, mit kleinem Pool im Innenhof. Geeignete Adresse für Ausflüge von **Mallorca**. (Preiskategorie: 3)
Ciutadella (Menorca), Passeig de Sant Nicolau 90–92, Tel. 971 38 55 11, Fax 971 48 11 20

Peix a la sal

Der Fisch in der Salzkruste ist eine Spezialität auf den Balearen. Besonders geeignet für diese Zubereitung sind z. B. Merluza (Seehecht) oder Lubina (Wolfsbarsch). Im Salzmantel bewahren sich die Fische ihren unverfälschten Geschmack. Ein Tipp für die Zubereitung: Pro Person rechnet man ½ kg frischen Fisch und ½ kg grobes Meersalz.

Pimientos del padrón

Eigentlich eine Spezialität vom Festland: In Öl oder auf dem Grill gebratene und gesalzene Paprika, die zum größeren Teil angenehm mild schmecken – im statistischen Durchschnitt soll allerdings jede siebte Paprika verteufelt scharf sein!

Pino

Italienisches Restaurant im **Golf**club Camp de Mar von Giuseppe Persico »Pino«.
Camp de Mar, Golf de Andratx, Tel. 971 13 64 50

Plat d'Or

Haute Cuisine in elegantem Ambiente nicht nur für Hotelgäste im **Arabella Sheraton Golf Hotel** in Son Vida.
Son Vida, Carrer de la Vinagrella, Tel. 971 79 99 99, 971 78 71 00

Pollença

Malerisch liegt das Städtchen Pollença in einem fruchtbaren Tal im Norden der Insel. Am Ortsrand führt eine Römerbrücke über den **Torrent** de Sant Jordi. Sie verweist auf die römische Vergangenheit dieses Ortes, wobei sich die Gelehrten streiten, ob die Römerbrücke authentisch ist. Berühmt sind die 365 Stufen, die durch eine Zypressenallee auf den Kalvarienberg führen. Die Aussicht vom Kalvarienberg wird nur noch übertroffen durch den Puig de Santa María, einem knapp über 300 m hohen Berg im Süden von Pollença. Von seinem Gipfel hat man einen herrlichen Blick unter anderem auf die Bucht von Pollença. Dort liegt das Hafenstädtchen Port de Pollença mit einem Yachthafen, einer hübschen Uferpromenade und nahe gelegenen Sandstränden. Nach Norden bietet das eindrucksvolle **Cap de Formentor** der weiträumigen Badia de Pollença natürlichen Schutz. Die hervorragende Windsituation lockt viele Segelboote und Windsurfer aufs Wasser.
La Lonja, Stay (beide Port de Pollença)
Golf (Pollença, Aúcanada)

Porc negre

Schon in der vorchristlichen Zeit war **Mallorca** für seine schwarzen Schweine berühmt. Sie waren über Jahrhunderte der wichtigste Exportartikel der Insel. Die Lebenserwartung eines Porc negre ist allgemein von kurzer Dauer – entweder landet es als Spanferkel in der Ofenröhre oder wird (nach weniger als zwei Jahren) zu einer mit Paprika gewürzten **Sobrassada** de porc negre verarbeitet.

Port d'Andratx

Hafenort an der Mündung des **Torrent** de Saluet in einer großen, von Bergen eingerahmten Bucht. Der idyllische Hafen, der jahrhundertelang unter Piratenüberfällen zu leiden hatte, zeichnet sich heute durch einen regen Yachtbetrieb aus. An der Seepromenade reihen sich Restaurants, Cafés und Geschäfte. Die an der Bucht gelegenen Hänge sind dicht mit Villen bebaut, die sehr häufig deutsche Besitzer haben. Vom Leuchtturm auf dem Cap de Sa Mola reicht der Blick weit hinaus aufs Meer – an klaren Tagen bis nach **Ibiza**.

El Patio, Layn, Miramar, Rocamar

Villa Italia

Port de Sóller

Einzig sicherer Hafen an der gesamten Nordwestküste in einer großen, runden Bucht mit zwei markanten Leuchttürmen auf den steilen Klippen rechts und links der Hafeneinfahrt. Da Port de Sóller auch Ausgangspunkt für viele organisierte Bootsfahrten (u. a. zur Cala **Sa Calobra**) ist, gibt es einigen Trubel. Direkt von der Bootsanlegestelle im Hafen führt eine nostalgische Straßenbahn zum landeinwärts gelegenen Städtchen **Sóller**. Alljährlich wird am 11. Mai in Port de Sóller mit einem großen Fest des Jahres 1561 gedacht. Mit vereinten Kräften und ohne Unterstützung durch Soldaten hat die Bevölkerung damals heldenhaft einen großen Angriff maurischer Piraten abgewehrt. Vor allem die tapferen Frauen von **Sóller** sollen entscheidend dazu beigetragen haben, dass die immerhin 1700 Piraten ins offene Meer zurückgedrängt werden konnten. Auf der

Punta Grossa kündet der klobige Wachturm Torre Picada, der nach dem Piratenüberfall 1561 errichtet wurde, von der einstigen Verteidigungsbereitschaft des Hafenstädtchens.

Port Mahón

Das im Kolonialstil errichtete Hotel in **Maó** auf **Menorca** liegt oberhalb des Hafens nur wenige Gehminuten von der Altstadt und (über eine malerische Treppe) der Hafenpromenade entfernt. Es verfügt über zwei Restaurants, eine Piano-Bar, ein Café, Schwimmbad und Sonnenterrasse mit herrlichem Blick über den Hafen. (Preiskategorie: 3–4)

Maó, Menorca, Fort de L'Eau 13, Tel. 971 36 26 00, Fax 971 35 10 50

Portocolom

Nach der offiziellen Geschichtsschreibung ist Christoph Kolumbus im italienischen Genua geboren. Allerdings gibt es auch die Theorie, dass Kolumbus im Örtchen Gènova auf **Mallorca** zur Welt gekommen ist. Für **Mallorca** könnte sprechen, dass **Palma** zu Zeiten von Kolumbus ein Zentrum der Seefahrt und Kartographie gewesen ist. Doch da ist noch ein weiterer Ort auf **Mallorca**, der für sich in Anspruch nimmt, der wahre Geburtsort von Kolumbus zu sein: Felanitx. Und deshalb heißt auch der Hafen von Felanitx Portocolom. Der Naturhafen Portocolom liegt nördlich von **Cala d'Or** in einer weiten Bucht, die den Schiffen natürlichen Schutz bietet. Im Norden des immer noch relativ ruhigen Fischerorts führt eine Straße an malerischen Bootshäusern, den Escars, vorbei zum schwarz-weißen Leuchtturm auf der Halbinsel Sa Punta.

Colón, El Cinco, Florian, Sa Sinia

Portocristo

Ähnlich wie **Portocolom** einst der Hafen von Felanitx war, so hatte das etwas weiter im Norden gelegene **Manacor** mit Portocristo seinen Seehafen. Um den Namen Portocristo rankt sich einmal mehr eine Legende: Im 13. Jh. stiftete ein Schiff aus Dankbarkeit für den sicheren Schutz in der Cala **Manacor** eine Christusstatue. Als die Figur nach **Palma** gebracht werden sollte, wollten die Maultiere in **Manacor** nicht mehr weiter – also blieb die Christusfigur dort, und der Hafen von **Manacor** hatte seinen Namen – Portocristo. Heute ist dieser alte Fischerhafen ein frequentierter Badeort mit einer Marina für Yachten. Es ist ihm nicht anzusehen, dass es hier Ende der 80er Jahre einmal eine kleine Naturkatastrophe gegeben hat. Sintflutartige Wolkenbrüche haben den **Torrent** in die Cala **Manacor** so anschwellen lassen, dass im Hafen ein Großteil der Yachten zu Bruch ging und die Hafeneinrichtungen weitgehend zerstört wurden.

Porto Pí

Vorhafen von **Palma**, der durch einen großen Wellenbrecher geschützt ist. So heißt aber auch ein elegantes Restaurant in **Palma**, am steilen Hang unterhalb des **Castell de Bellver** gelegen. Schon die Ankunft – es geht durch ein Tor in einer Steinmauer unter Palmen die Stufen hinauf zu einer Terrasse im Kolonialstil mit Blick auf das Meer – steigert die Erwartungen, denen die Küche meist gerecht wird. (Ruhetag: Sonntag)
Palma, Carrer Joan Miró 174, Tel. 971 40 00 87

Porto Portals

Die exklusivste Marina von **Mallorca** liegt westlich von **Palma** bei Portals Nous und bietet noble Yachten, viele Restaurants, Bars und Cafés entlang der Hafenpromenade. Highlife gehört in Porto Portals nachmittags und abends zur Tagesordnung. In-Treff der Schickimickis.
Esdi's, Flanigan, Tristan, Wellies
Mardavall

Port Petit

Im Restaurant am Hafen von **Cala d'Or** gibt es freien Blick auf

die Yachten und vor allem eine erlesene mediterrane Küche mit französischem Einschlag.
Cala d'Or, Marina, Av. Cala Llonga, Tel. 971 64 30 39

Queso de Mahón

Der würzige Queso de Mahón ist eine international bekannte Spezialität Menorcas und wurde schon zu Zeiten der maurischen und englischen Herrschaft u. a. nach Italien exportiert. Der klassische Queso de Mahón wird aus roher (oder pasteurisierter) Kuhmilch hergestellt. Ähnlich wie Wein trägt er das Qualitätssiegel »Denominación de Origen«. Entsprechend viele Kühe grasen auf den Weiden und prägen das Bild Menorcas. Das mallorquinische Pendant zum Queso de Mahón wird Mallorquín genannt.

Randa

Es ist weniger das Örtchen Randa in der Nähe von Llucmajor, das die Touristen anzieht, sondern der gleichnamige Tafelberg, der 540 m hoch aus der großen Ebene **Es Pla** aufragt. Der Puig de Randa gilt als Berg des Ramón **Llull**, der hier nach seiner Läuterung als Einsiedler gelebt und meditierend die Begegnung mit Gott gesucht hat. In Serpentinen führt die Straße hinauf, zunächst vorbei an dem Kloster Santuari de Nostra Senyora de Gràcia, das wie ein Schwalbennest am Felsen klebt. Es folgt die Eremitage Santuari de Sant Honorat. Und oben auf dem Gipfel thront das festungsartige Kloster Santuari de Nostra Senyora de Cura. Von allen Eremitagen hat man einen grandiosen Blick, der fast über ganz **Mallorca** reicht.
Es Recó de Randa

Read's

Nur 15 Minuten von **Palma** entfernt und doch mitten auf dem Land liegt das Luxushotel Read's beim Städtchen **Santa María**. Der alte Herrensitz ist umgeben von Olivenbäumen, Pinien und

Palmen. Zum Hotel gehört das exquisite Restaurant Ca'n Moragues. (Preiskategorie: 5)
Santa María, Tel. 971 14 02 61, Fax 971 14 07 62

Real Club Nautico

Der königliche Yachtclub in **Palma** ist einer der ältesten in ganz Spanien. Im Clubhaus des Real Club Nautico von **Palma** findet sich das gleichnamige Restaurant mit einer anerkannt guten Küche. An großen runden Tischen werden vorwiegend Fischspezialitäten serviert. Gratis gibt es den Blick auf den Hafen durch die große Glasfront.
Palma, Mollet 2, Tel. 971 71 79 03

Rififi

Bei Mallorquinern und Touristen sehr beliebtes Fischrestaurant in **Palma** mit allen Seafood-Spezialitäten, die das Herz begehrt. (Ruhetag: Dienstag)
Palma, Avda. Joan Miró 182, Tel. 971 40 20 35

Rissagues

Ein für die Balearen typisches (gleichwohl seltenes) Ebbe-Flut-Phänomen mit oft katastrophalen Auswirkungen. Bei einer Rissague senkt sich der Meeresspiegel ohne Vorwarnung um bis zu zwei, drei Meter ab. Aus den betroffenen Buchten fließt das Wasser hinaus, ankernde Boote liegen plötzlich auf dem Trockenen. Kurz darauf kommt das Meer als Flutwelle zurück und schlägt alles kurz und klein. Zur Entstehung einer Rissague kommt es offenbar, wenn Wind, Luftdruck und Mondphase in einer bestimmten (noch nicht genau untersuchten) Konstellation stehen. Als besonders gefährdet hat sich die schmale, fjordähnliche Hafenbucht von **Ciutadella** auf **Menorca** erwiesen.

Robinson Club

Der Robinson Club liegt in der Cala Serena bei **Cala d'Or**. Er hat direkten Zugang zum Meer, mehrere Restaurants, Swimmingpool, große Tennisanlage (13 Plätze), eine eigene Golfübungsanlage. Es werden Tauchkurse angeboten und Tennisturniere durchgeführt. Mehrmals täglich fährt ein Shuttle zum nahe gelegenen **Golf**platz Vall d'Or. Der bei Urlaubern sehr beliebte Club wurde im Herbst 2001 vorübergehend geschlossen, um nicht nur renoviert, sondern von Grund auf neu aufgebaut zu werden – mit dem erklärten Ziel, den Gästen zukünftig einen Standard auf Vier-Sterne-Niveau zu bieten. Die Neueröffnung ist für 2003 vorgesehen.

Rocamar

Traditionelles Fischrestaurant in schöner Lage am Hafen von **Port d'Andratx**.

Port d'Andratx, Almirante Riera Alemany, Tel. 971 67 12 61

Rondalles

So heißen die mallorquinischen Märchen, die über Generationen mündlich überliefert wurden. Sie handeln viel von Seeräubern und Mauren, aber auch von vergrabenen Schätzen und Zauberei, von reichen Grafen und armen Bauern, von schönen Töchtern und bösen Königen, von Gespenstern und Hexen. Erstmals veröffentlicht wurden sie 1895 von Erzherzog **Ludwig Salvator**, der die Märchen sammeln ließ und zu Papier brachte. Schon vorher hatte der junge Priester Antoni Maria Alcover aus **Manacor** die Rondalles gesammelt. Er veröffentlichte sie aber erst im darauf folgenden Jahr. Nach dem ersten Buch gab Alcover noch weitere Bände mit Märchen heraus. Die Rondalles erfreuen sich in der mallorquinischen Bevölkerung auch heute noch großer Beliebtheit.

Sa Calobra

Sa Calobra, eine Felsbucht nördlich von **Sóller**, ist auf Grund ihrer herrlichen Lage zu Füßen der steilen Serra berühmt. Vom Land her ist die Cala nur recht abenteuerlich zu erreichen, entweder zu Fuß durch die steile Schlucht des **Torrent** de Pareis –

ein nicht immer gefahrloser Abstieg durch einen Cañon – oder mit dem Auto auf einer engen, spektakulären Straße 12 km durch eine karstige Felsenlandschaft. In engen Serpentinen windet sich die 1932 mit primitivsten Mitteln gebaute Straße hinunter ans Meer. Eindrucksvoll ist der berühmte »Krawattenknoten«, wo sich die Straße in einem kühnen 300-Grad-Bogen selbst unterquert. Oder der schmale Durchlass Caval Bernat, wo sich die Straße durch einen engen Spalt zwischen zwei große Felsblöcke zwängt.

Samantha's

Elegantes Restaurant etwas außerhalb Palmas im Vorort La Bonanova. Hier wird von der Einrichtung über den Service bis zur Küche auf Stil geachtet. Internationale Küche. Spezialität u. a. Churrasco de Lomo de Buey.
Palma, Calle Francisco Vidal Sureda 115, Tel. 971 70 00 00

Sand, George

Die Schriftstellerin (1804 bis 1876) George Sand hieß eigentlich Amantine Aurore Lucile Dupin und war eine geschiedene Baronin Dudevant. Ihr Vater war der Urenkel von August dem Starken, Kurfürst von Sachsen und König von Polen. Ihre Mutter »ein armes Kind der Stadt Paris«, deren niedrige Herkunft George Sand nie verheimlichte. Die extravagante George Sand schockierte die Pariser Gesellschaft durch ihren maskulinen Habitus. Sie rauchte Zigarren, trug Männerhosen und predigte das Ideal individueller Freiheit. Ihr wurden Affären mit Franz Liszt, Honoré de Balzac und Hector Berlioz nachgesagt. Lange Jahre war sie mit Frédéric **Chopin** befreundet, mit dem sie auf ihrem ererbten Schloss Nohant in Frankreich zusammenlebte. Zu Beginn ihrer Beziehung überredete sie **Chopin**, ihre »Flitterwochen« auf **Mallorca** zu verbringen. Am 8. November 1838 trafen sie auf dem Dampfer Mallorquin in **Palma** ein. Mit dabei waren außer Sand und **Chopin** die beiden Kinder Solange und Maurice sowie die Zofe Amélie. Ihren **Mallorca**-Aufenthalt hat George Sand später (1842) in dem Buch *Ein Winter auf Mallorca (Un Hiver à Majorque)* beschrieben. Dabei orientierte sie sich an den Zeichnungen ihres Sohnes Maurice Sand. Der Fünfzehnjährige hat seine Eindrücke auf **Mallorca** in über 100 Skizzen festgehalten. Von George Sand wurden ebenso die Schönheiten der Insel gepriesen wie auch die Schwierigkeiten dargestellt, die sie mit der Bevölkerung hatte. In ihrer Reisebeschreibung finden sich einige ausgesprochen deftige Bemerkungen. So billigte sie dem mallorquinischen Bauern zwar zunächst zu, »sanft und gutmütig, friedlich, ruhig und geduldig« zu sein, um einige Zeilen später in die Vollen zu gehen: »Er spricht seine Gebete, er ist abergläubisch wie ein Wilder, aber er würde seinen Mitmenschen bedenkenlos auffressen, wäre es des Landes so der Brauch und gäbe es nicht Schweine in Menge. Er betrügt, prellt, lügt, beschimpft und plündert ohne auch nur die mindesten Gewissensbisse.« Zur Ehrenrettung der Mallorquiner sei klargestellt, dass wohl selbst George Sand diesen Zeilen keinen Glauben geschenkt hat.

Sangría

Spanisches Lieblingsgetränk vieler Touristen. Für **Mallorca** eigentlich nicht typisch, aber längst auf der Insel beheimatet. Rotwein, Weinbrand, Apfel- und Zitronenscheiben – das Ganze mit Zucker und eisgekühlt. Ebenso erfrischend wie wirkungsvoll. Der Kopfschmerz am nächsten Morgen ist bei größeren Mengen im Preis inklusive.

San Lorenzo

Charmantes Hotel im Herzen von **Palma,** im ehemaligen Fischerquartier San Pedro. Hier hat sich Dana auf Empfehlung von Kay (das Hotel gilt immer noch als Geheimtipp) einquartiert. Im geschmackvoll restaurierten Stadtpalais aus dem 17. Jh. dient ein alter, nach oben offener Innenhof mit Brunnen als »Eingangshalle«. Das versteckte Hotel hat einen kleinen Pool und nur sechs Zimmer (davon zwei Suiten). Zu Fuß

schnell erreichbar sind die exklusive Einkaufsstraße Avinguda Jaume III und die Bars und Lokale rund um die **Llotja**. (Preiskategorie: 3–4)
Palma, Carrer Sant Llorenç 14, Tel. 971 72 82 00,
Fax 971 71 19 01

Santa María

Der Ort Santa María del Camí geht auf eine Gründung der alten Römer zurück, die hier an der wichtigsten Verbindungsstraße von **Palma** nach **Alcúdia** eine Raststation eingerichtet hatten. Das »del Camí« im Namen bedeutet denn auch »am Wege«. Zur Maurenzeit hieß der Ort Canarossa. Einen Besuch wert ist das Minoritenkloster Convento de los Mínimos. In Santa María werden nach alten Mustern Stoffe hergestellt. Und überall dort, wo ein Pinienzweig über der Tür hängt, wird Wein gekeltert.
Moli d'es Torrent
Read's

Santanyí

Stadt im Südosten der Insel, die nicht nur für ihren **Marés**-Stein berühmt ist, sondern bis ins 20. Jh. auch mit ihren Schmugglern für zweifelhaftes Aufsehen gesorgt hat. Abenteuerlich ist die Geschichte Santanyís. Jahrhundertelang musste sich die Stadt unzähliger Piratenüberfälle erwehren. Entsprechend mächtig waren die Befestigungsanlagen, von denen noch die Porta Murada zeugt. Sehenswert ist die Pfarrkirche Sant Andreu Apòstel am Plaça Major vor allem wegen der prachtvollen Orgel des berühmten mallorquinischen Orgelbauers Jordí Bosch. Nur wenige Kilometer vom Ort Santanyí entfernt liegt die Cala Santanyí, eine kleine Bucht mit Strand und Restaurants.
Es Moli

Santa Ponça

Einst landete hier im Jahre 1229 König **Jaume I.** von Aragón, um **Mallorca** von den Arabern zu befreien. Heute ist die Cala

Santa Ponça mit ihrem langen Sandstrand dicht mit Hotelkomplexen bebaut. Sehr viel exklusiver geht es im Yachthafen von Santa Ponça zu, in den dahinter liegenden Villen der »Urbanización« und auf den beiden Golfplätzen.

Galatzó (Peguera)

Golf (Santa Ponça)

Sant Elm (San Telmo)

Diese Bucht ist vor allem bei den Yachties beliebt, die aus **Santa Ponça** und **Port d'Andratx** kommen. Früher landeten in der Bucht häufig Piraten von der Insel **Dragonera**, die von hier ihre Raubzüge unternahmen. Ein hübscher Sand- und Kieselstrand und klares Wasser entschädigen für den an manchen Tagen regen Verkehr kleinerer und größerer Boote.

S'Arenal

Der Ort steht synonym für Massentourismus, Discos, **Sangría** aus Eimern und Ballermann 6. Mit negativen Pauschalurteilen sollte man sich freilich zurückhalten, vermittelt S'Arenal seinen Gästen doch genau das von ihnen gewünschte Urlaubsvergnügen. Zudem ist der Strand für Sonnenanbeter und kinderreiche Familien ideal. Der Urlaub ist bezahlbar. Und die neu angelegte Promenade alles andere als hässlich. Die Konzentration des Tourismus auf perfekt erschlossene Regionen wie S'Arenal ist für eine Insel wie Mallorca nicht nur richtig, sie schafft auch die Infrastruktur, die von all denen, die sich für etwas Besseres halten, wie selbstverständlich genutzt wird. Dazu zählt zum Beispiel die perfekte Fluganbindung an Deutschland, die es ohne entsprechende Gästezahlen nicht geben würde. Außerdem geht aus Untersuchungen hervor, dass Pauschalurlauber in S'Arenal deutlich weniger Ressourcen verbrauchen als Golf spielende Individualtouristen mit Leihwagen, gemieteter Finca und eigenem Swimmingpool. Das alles darf natürlich nicht die gemachten Fehler entschuldigen, die in S'Arenal von den zerstörten Pinienwäldern bis hin zu den hässlichen Bettensilos reichen.

Sa Roqueta

Kleines spanisches Restaurant am Hafen von Portixol, bei Inselbewohnern bekannt für seine fangfrischen Fische und Meeresfrüchte. (Ruhetag: Sonntag)

Portixol, Carrer Sirena 11, Tel. 971 24 94 10

Sa Sinia

Auch bei den Einheimischen sehr beliebtes Fischlokal am Hafen von **Portocolom**. (Ruhetag: Montag)

Portocolom, Pescadores 25, Tel. 971 82 43 23

Scott's Hotel

Gepflegtes und sehr privates Hotel in Binissalem mit englisch-mallorquinischem Ambiente. (Preiskategorie: 4)

Binissalem, Plaça Iglesia 12, Tel. 971 87 01 00,
Fax 971 87 02 67

Sebastian

Feinschmeckerlokal in **Deià** mit kreativer Crossover-Küche. (Ruhetag: Mittwoch)

Deià, Carrer Felipe Bauza, Tel. 971 63 94 17

S'Era de Pula

Beliebtes Terrassenrestaurant im Nordosten der Insel mit Spezialitäten der mallorquinischen Küche und ausgezeichnetem Fisch in der Salzkruste (Lubina a la sal). »Pula« ist der Name für einen typischen mallorquinischen Bauernhof. »S'Era« heißt der Platz, wo früher der Weizen und die Gerste gedroschen wurde. Unmittelbar an das Restaurant grenzen die Fairways des **Golf**platzes Pula.

Son Servera, Tel. 971 56 79 40

Serra de Llevant

Sehr viel niedriger und weit weniger spektakulär als die **Serra de Tramuntana** zieht sich fast parallel im Osten der Insel die Serra de Llevant an der Küste entlang. Meist hat sie eine Höhe von rund 300 m, die höchsten Gipfel sind knapp über 500 m. Die Hänge steigen etwas zurückgesetzt vom Meer eher sanft an und werden landwirtschaftlich intensiv genutzt.

Serra de Tramuntana (Sierra del Norte)

Auf einer Länge von rund 100 km zieht sich im Nordwesten Mallorcas von dem **Cap de Formentor** im Norden bis nach **Andratx** im Süden die Gebirgskette der Serra de Tramuntana. Die hohen Gipfel (über 1000 m) schützen die Insel vor den unwirtlichen Nordwinden. Der höchste Berg ist der Puig Major mit 1445 m. Das Gebirge sorgt für eine der eindrucksvollsten Küstenabschnitte des Mittelmeers, mit steilen Klippen und Felsvorsprüngen, Schwindel erregenden Aussichtspunkten, einer kurvenreichen Bergstraße, mit malerischen Orten wie **Deià** oder **Valldemossa**, verfallenen Wachtürmen, ausgedehnten Terrassenkulturen, bizarren uralten Ölbäumen, Steineichen und Pinienwäldern.

Serra, Junípero

Nicht von ungefähr steht in **Palma** an der Kirche San Francisco eine Statue des Franziskanerpaters Junípero Serra, denn auf den im mallorquinischen Petra geborenen Indianermissionar Junípero Serra (1713–84) geht – neben 20 weiteren Missionen (San Diego, San Antonio ...) in der Neuen Welt – die Gründung der kalifornischen Stadt San Francisco zurück. Im Städtchen Petra gibt es neben seinem Geburtshaus in der Carrer Junípero Serra ein Serra-Museum zu besichtigen. Auf dem Marktplatz von Petra findet sich eine weitere Statue des Indianermissionars.

Serrano

Köstlicher Schinken (Jamon), der zum Beispiel auf das »Brot mit Öl«, **Pa amb oli**, gelegt wird. Der Serrano-Schinken (von Serra = Gebirge) stammt von Schweinen, die mit Eicheln der Stein- und Korkeichen gemästet werden. Noch berühmter, aber auch teurer ist der Jabugo-Schinken, der von schwarzen Schweinen aus Andalusien kommt.

Ses Rotges

Bekanntes Feinschmeckerlokal und Hotel in **Cala Rajada**. Eigentümer ist ein Ehepaar aus Lyon. Entsprechend hat die hervorragende Küche einen französischen Einschlag. Der Baustil ist rustikal mallorquinisch.
Cala Rajada, Rafael Blanes 21, Tel. 971 56 31 08,
Fax 971 56 43 45

Siurells

Figürliche Tonpfeifen mit phönizisch-karthagischen Ursprüngen. Dargestellt werden u. a. Reiter, Frauen, Stiere, Teufel, Fabelwesen. Wurden von Joan **Miró** gesammelt und sind bei Touristen als Souvenir beliebt.

Sobrassada

Deftige Schweinswurst (vom **Porc negre**), gewürzt mit rotem Pfeffer. Von den Mallorquinern sehr geschätzt. Schmeckt zweifellos entschieden besser, als sie aussieht.

Sóller

Der Name der kleinen Stadt im fruchtbaren Tal zu Füßen des Puig Major stammt von den Mauren (Suliar). Allerdings sollen schon die Phönizier und die Griechen den Ort und den zugehörigen Hafen besiedelt haben. Berühmt und beliebt ist Sóller nicht nur wegen seiner Straßenbahn nach Port de Sóller und einer nicht minder nostalgischen Eisenbahn, die Sóller mit **Palma** verbindet, sondern vor allem auch wegen seiner Orangen, der hübschen Architektur rund um den Plaça de la Constitució – und vor allem wegen seiner eindrucksvollen Umgebung.
Ca's Puers, Ca's Xorc (Carretera de Deià)
Ca N'Ai

Son Marroig

Herrenhaus des Erzherzogs **Ludwig Salvator** zwischen **Deià** und **Valldemossa**, mit weitem Blick über das Meer, auf den Marmorpavillon und auf den Felsen Na Foradada, an dem der Arxiduc mit seinem Dampfschiff Nixe anzulegen pflegte. Heute ist in dem einstigen Landsitz des Erzherzogs ein Museum untergebracht.

Son Net

Das luxuriöse Gran Hotel Son Net in einer hochherrschaftlichen Villa aus dem 17. Jh. auf einem Hügel in Puigpunyent liegt nur 20 Autominuten von **Palma** entfernt. Die 24 Zimmer und Suiten sind alle individuell und außerordentlich komfortabel eingerichtet. An den Wänden der Flure hängen wertvolle Originale aus der Privatsammlung des amerikanischen Hotelbesitzers. Der Swimmingpool hat erfreulich große Dimensionen. Ausgezeichnet ist auch das zum Hotel gehörende Restaurant Sa Tafona, im historischen Gemäuer der einst größten Olivenpresse der Insel. Mit dem (nur schwer einzulösenden) Anspruch, das beste Hotel der Insel zu sein, sind auch die Preise entsprechend hoch angesiedelt und das Publikum international. (Preiskategorie: 5+)

Puigpunyent, Tel. 971 14 70 00, Fax 971 14 70 01

Son Vida

Luxushotel in einem mittelalterlichen Schloss, mit Baldachin, Lanzen und Ritterrüstung sowie einem eindrucksvollen Ausblick auf die Bucht von **Palma**, oberhalb des Golfplatzes Son Vida. (Preiskategorie: 4–5)

Palma, Tel. 971 79 00 00, Fax 971 79 00 17

Golf (Son Vida, Son Muntaner)

Stay

Restaurant mit mediterraner und mallorquinischer Küche auf einer Mole in Port de **Pollença**.

Port de Pollença, Muelle Nuevo, Tel. 971 86 40 13

Steinbutt auf Kartoffelpfifferlingsgröstel (Rodaballo sobre salteado de patatas y rebozuelos)

Dieter Sögner vom **Colón** schlägt gern kreative Brücken von der mediterranen Küche Mallorcas zu den Spezialitäten seiner österreichischen Heimat. Hier sein Rezept für Steinbutt auf Kartoffelpfifferlingsgröstel. Zutaten: 400 g Steinbuttfilet, 200 g fest kochende Kartoffeln, 50 g Schalotten fein gehackt, 100 g Pfifferlinge geputzt, Petersilie, 100 g Pesto. Zubereitung: Kartoffeln kochen, pellen und in 1 cm dicke Scheiben schneiden. In Olivenöl goldbraun anschwitzen, Pfifferlinge und Schalotten dazu, mit Salz und Pfeffer abschmecken und zum Schluss fein geschnittene Petersilie darauf. Die Steinbuttfilets mit Salz und Zitrone würzen und in Olivenöl beidseitig braten. Die Filets auf dem Gröstel anrichten und mit dem Pesto bestreichen.

Steinbutt im Salzteig

Von Gerhard Schwaiger, der mit seinem **Tristan** nicht nur auf **Mallorca** eine Spitzenstellung einnimmt, sondern zu den besten Köchen Spaniens gerechnet wird, gibt es durchaus Rezepte, die sich am heimischen Herd nachkochen lassen. So der Steinbutt in Salzteig. Zutaten: 1 kg feines Meersalz, 1 kg Mehl, 125 ml lauwarmes Wasser, 4 Eier, 2 Bund Dill, 1 Babysteinbutt (ca. 1 kg). Zubereitung: Salz, Mehl und Eier zu einem geschmeidigen Teig kneten und zur Seite stellen. Den Dill kurz abbrausen, vorsichtig trockentupfen und von den Stielen zupfen. Den vom Fischhändler ausgenommenen Steinbutt waschen und trockentupfen. Den Teig gut doppelt so groß wie den Steinbutt ausrollen, mit dem Dill bestreuen und die Ränder mit Wasser bestreichen. Den Steinbutt darauf legen, mit dem restlichen Dill bestreuen und in den Teig einschlagen. Den Fisch in den vorgeheizten Backofen (E: 240 °C, U: 220 °C, G: 4–5) schieben und etwa 40 Minuten backen. Den Fisch herausnehmen und sofort auftragen. Die Salzteighülle erst bei Tisch aufschneiden und anrichten.

Talayot

Die Talayot-Kultur entstand auf **Mallorca** und **Menorca** etwa 2000 v. Chr., und es gab sie bis zum Eintreffen der Römer. Charakteristisch sind die Mauern aus großen, trocken zusammengefügten Steinquadern (Zyklopentechnik), wie sie auch auf Korsika, Sardinien und Malta zu finden sind. Um einen zentral gelegenen, kegelförmigen Turm, den eigentlichen Talayot, lassen sich (etwa in Ses Païsses, Capocorb Vell, Son Fornés) die Überreste runder und quadratischer Räume erkennen. Auf **Menorca** sind noch die mysteriösen Taulas der megalithischen Talayot-Kultur erhalten, monumentale »Tische« mit einer tonnenschweren Steinplatte in 5 m Höhe auf einem großen Block. Offenbar handelte es sich bei ihnen um Kultstätten. Im Volksglauben waren sie dagegen die Tische von Riesen, die einst die Balearen bewohnt und mit den großen Steinen hantiert haben. Kaum weniger rätselhaft sind die Navetes, die auch auf **Menorca** zu besichtigen sind (so z. B. die Naveta des Tudons). Dabei handelt es sich um Begräbnisstätten, die mit ihrer Form kieloben liegenden Schiffen gleichen. Ihr Ursprung reicht noch weiter zurück, in manchen Veröffentlichungen werden sie gar als älteste Bauwerke Europas bezeichnet. Im Laufe der Jahrhunderte wurden die Überreste der Talayots immer wieder als »Steinbrüche« missbraucht.

Tancas

So werden die typischen, nur knapp über einen Meter hohen Mauern genannt, die auf **Mallorca** (noch häufiger auf **Menorca)** scheinbar endlos an den Straßen entlangführen, Felder voneinander abgrenzen und Schutz vor Erosion bieten. Streng genommen bezeichnen die Tancas (Tanques) die eingefassten Landparzellen, während die eigentlichen Mauern »parets seques« heißen. Die Trockensteinmauern sind ohne Mörtel aus auf den Feldern gefundenen Steinen zusammengesetzt, haben zuweilen Gatter aus gebogenem Olivenholz und prägen vor allem im Südosten Mallorcas das Landschaftsbild. Sehr viel aufwändiger sind die Trockensteinmauern für die Terrassen an den steilen Berghängen vor allem der **Serra de Tramuntana**. Die Männer, die diese Mauern nach alter Tradition zusammenfügen, heißen Margers und sind auf **Mallorca** heute sehr gefragt.

Tapas

Kleine Vorspeisen und Appetitanreger, die undefiniert von eingelegten Pilzen über Fischdelikatessen bis zu Bällchen aus Schweinefleisch reichen. Der Name (Tapa = Deckel) ist darauf zurückzuführen, dass früher eine Scheibe Brot auf das Weinglas gelegt wurde, um die Fliegen fernzuhalten.

Torrent

Die in der Sommerzeit oft ausgetrockneten Läufe von Flüssen und Bächen können bei Niederschlag rasch zu reißenden Strömen mit Geröll, Schlamm und enormen Wassermassen anschwellen (Torrent = Sturzbach). So z. B. der berühmte Torrent de Pareis, der durch einen steilen Cañon in die Bucht von **Sa Calobra** führt.

Tortilla de patatas

Kay überbrückt die Zeit während Sams Recherchen mit der Zubereitung einer Tortilla de patatas. Zutaten: 600 g Kartoffeln, 4 Zwiebeln, 20 g Zucchini, 1 Knoblauchzehe, Olivenöl, 8 Eier, Salz, Pfeffer, Muskatnuss, Rosmarin, Thymian. Zubereitung: Rohe Kartoffeln und Zwiebeln schälen und klein schneiden. Zucchini in dünne Scheiben schneiden. Knoblauchzehe schälen und klein hacken. Rohe Kartoffeln und Zwiebeln in einer Pfanne mit Olivenöl braten, bis sie gar sind. Kurz zuvor den Knoblauch untermischen. Die Eier in einer Schüssel verkleppern, mit Salz, Pfeffer, Muskatnuss, Rosmarin und Thymian würzen. Kartoffeln, Zwiebeln, Knoblauch und Zucchini zufügen. Die Masse zurück in die Pfanne geben und 20 Minuten ohne Umrühren in wenig Olivenöl stocken lassen. Die Tortilla mit Hilfe eines Tellers wenden und goldbraun fertig backen.

Trampò
Frischer Sommersalat aus Paprika, Tomaten, Zwiebeln, Salz und Olivenöl.

Tristan
In dem mit zwei Michelin-Sternen ausgezeichneten Restaurant im Yachthafen **Porto Portals** bietet Gerhard Schwaiger mediterrane Gourmet-Küche vom Feinsten. Jahr für Jahr verteidigt er souverän seine Position als bester Koch der Insel. Berühmt sein Spanferkel, das bei nur 60 °C 24 Stunden im Ofen schmort. Vorzüglich ebenfalls das Weinangebot, zu dem auch ausgesuchte Tropfen mallorquinischer Herkunft zählen. Zum Lokal gehört die Terrasse des El Bistro del Tristan mit etwas moderateren Preisen. Für Dana ist der Besuch bei Gerhard Schwaiger obligatorisch. Der Meister lässt sie über seine Schulter schauen und gibt ihr zwei Rezepte mit, die auch von Normalsterblichen nachgekocht werden können. (Ruhetag im Winter: Montag)
Porto Portals, Plaça del Porto, Tel. 971 67 55 47
Steinbutt im Salzteig, Kaninchensalat mit Serrano-Schinken und gegrilltem Gemüse

Tumbet
Dieser Gemüseauflauf ist ein Klassiker der traditionellen mallorquinischen Küche. Die Zutaten für 4 Personen: 3 Auberginen, 3 Zucchini, 3 Paprikaschoten, 750 g Tomaten, 6 Knoblauchzehen, 750 g fest kochende Kartoffeln, Olivenöl, Salz, Pfeffer aus der Mühle. Zubereitung: Auberginen und Zucchini in Scheiben schneiden, salzen und ziehen lassen. Bei den Paprikaschoten die Kerne entfernen und die Schoten in Streifen schneiden. Tomaten in kleine Stücke schneiden. Knoblauch schälen und klein hacken. In einer Kasserolle den Knoblauch in Olivenöl anbraten, die Tomaten zugeben, pfeffern und einköcheln lassen. Die Kartoffeln schälen, in Scheiben schneiden und in Öl frittieren. Kartoffeln herausnehmen, Öl abtropfen lassen und die Scheiben in eine ofenfeste Form (Greixonera)

legen, salzen und pfeffern. Nun nacheinander die Auberginen, Zucchini und Paprika frittieren, abtropfen lassen und über die Kartoffeln schichten, salzen und pfeffern. Am Schluss die Tomatensauce über das Gemüse verteilen und alles im vorgeheizten Backofen bei 180 °C eine halbe Stunde garen.

Valldemossa

Valldemossa ist vor allem durch sein Kartäuserkloster bekannt, in dem George **Sand** und Frédéric **Chopin** den Winter 1838/39 verbrachten. Aber der Ort, der bei den Arabern Villaverde hieß, hat mit seinen engen Gassen und Treppen und der fruchtbaren Umgebung inmitten einer steilen Bergwelt auch sonst viel an Atmosphäre zu bieten. Um ein letztes Mal George **Sand** zu zitieren: »Das Dorf Valldemossa, das stolz auf sein Stadtrecht aus der Araberzeit ist, liegt im Schoße der Berge ... Wie eine Kolonie von Nestern der Seeschwalbe klebt es kaum zugänglich am Berg, und die Männer, meist Fischer, gehen frühmorgens fort, um erst spät am Abend heimzukommen. Tagsüber wimmelt das Dorf von den geschwätzigsten Weibern der Welt ...«

Vistamar

Viena

Restaurant und Bar im Ortskern von Cas Concos – mit moderner Kunst und leichter Küche. Das Lokal (eine ehemalige mallorquinische Dorfbar) des Fotojournalisten Rainer Fichel zählt zu den In-Treffs des so genannten »Hamburger Hügels« (übrigens eine Wortschöpfung von Fichel) im Südosten der Insel. Kreativ die köstlichen Tapas. Legendär das Wiener Schnitzel!

Ca's Concos, Carrer Metge Obrador 13, Tel. 971 84 20 26

Villa Hermosa

Hotel im Stil eines luxuriösen Herrensitzes. In einer großen Gartenanlage gelegen, zwischen Felanitx und **Portocolom**. Zum Hotel gehört das Restaurant Vista Hermosa. (Preiskategorie: 4–5)

Felanitx, Tel. 971 82 49 60

Villa Italia

Hotel mit luxuriösen Zimmern und Suiten. Traumblick über die Bucht von **Port d'Andratx.** (Preiskategorie: 4–5)
Port d'Andratx, Tel. 971 67 40 11, Fax 971 67 33 50

Vino mallorquin

Mallorca hat eine lange Weinanbautradition. So war der Malvasía aus **Mallorca** schon bei den alten Römern beliebt. Die Araber, die den Weinanbau auf **Mallorca** gefördert haben (allerdings nicht, um aus den Trauben Wein zu machen), haben einen Ort, der für seinen Wein berühmt war, **Banyalbufar** genannt – kleiner Weinberg am Meer. Später bezogen sogar die aragonischen Könige ihren Malvasía aus **Banyalbufar**. Ab den 60er Jahren des 19. Jhs. sorgte die Reblaus Philoxera zunächst für einen ungeahnten Aufschwung. Während auf dem gesamten Festland von Frankreich über Spanien bis Italien alle Rebstöcke befallen waren, blieb die Insel **Mallorca** verschont und belieferte halb Europa mit Wein. Aber in den 80er Jahren fielen auch Mallorcas Rebstöcke dem Schädling zum Opfer. Das war das vorläufige Ende der langen Weinkultur auf **Mallorca**, denn an vielen Orten hat man daraufhin den Weinanbau gänzlich aufgegeben, stattdessen Mandelbäume gepflanzt oder nur noch schlichte Tropfen für den eigenen Bedarf hergestellt. Erst in der jüngeren Vergangenheit haben sich wieder Winzer der alten Tradition besonnen, neue Rebstöcke gesetzt und in ihre Keller investiert. Das Ergebnis sind ehrgeizige Weine mit einer kontinuierlich steigenden Qualität, die längst auch auf dem Festland und sogar international einen Namen haben. Der Klassiker unter den Rebsorten ist der Manto Negro, aber auch Syrah, Tempranillo, Cabernet Sauvignon, Merlot, Chardonnay und sogar Riesling werden angebaut. Das bekannteste Weinanbaugebiet liegt bei **Binissalem** und hat Weine mit dem Prädikat »Denominación de Origen« (z. B. ***José L. Ferrer/Franja Roja*** und ***Vins Nadal*** in **Binissalem**, ***Hereus de Ca'n Ribas*** in Consell, ***Macià-Batle*** in **Santa María**, ***Son Bordils*** in Inca). Andere

Schwerpunkte des **Vino mallorquin** – bzw. »vi mallorqui«, wie die Mallorquiner sagen – liegen in der Gegend rund um Petra (z. B. ***Miquel Oliver***), Porreres (z. B. ***Jaume Mesquida***), Felanitx (z. B. der Kultwein ***Ànima Negra***), **Manacor** (z. B. ***Miquel Gelabert, Toni Gelabert***) und in **Andratx** (z. B. ***Santa Catarina***).

Vistamar

Exklusives Landhotel bei **Valldemossa** hoch über dem Meer mit Pool und paradiesischem Garten. (Preiskategorie: 4)
Valldemossa, Tel. 971 61 23 00, Fax 971 61 25 83

Wachtel »Ca's Xorc« mit Datteln gefüllt

Als ehemaliger kulinarischer Berater des **Ca's Xorc** benennt Eckart Witzigmann sein Wachtel-Rezept nach dem Restaurant. Typisch mallorquinisch ist die Füllung mit Datteln und **Sobrassada**. Zutaten: 2 Wachteln, 4 Datteln, eine etwas schärfere, weiche Wurst wie z. B. eine Sobrassada, 4 Speckscheiben, Salz und Pfeffer, je 1 Zweig Thymian und Rosmarin, 1 Knoblauchzehe. Zubereitung: Die Wachteln hohl auslösen und in der Mitte teilen. Mit Salz und Pfeffer würzen. Die Datteln entsteinen und mit Sobrassada füllen. Die gefüllten Datteln in die Wachteln »einwickeln«. Die Speckscheiben um die gefüllten Wachteln legen und mit Zahnstochern befestigen. Öl in der Pfanne erhitzen, die Wachteln von jeder Seite anbraten und im vorgeheizten Backofen (170 °C) ca. 7–10 Minuten garen lassen.

Wellies

In-Treff an der Marina von **Porto Portals** für Kaffee, Drinks, Essen – vor allem aber zum Sehen und Gesehenwerden. Mit einer strategisch günstigen Terrasse an der Hafenpromenade. Weitere Tische im ersten Stock. Zwei Bars, Sofas, offener Kamin.
Porto Portals, Edificio Migjorn 23, Tel. 971 67 64 44

Vorwahl aus Deutschland: 0034

GRACIAS!

Der Autor dankt **Gerhard Schwaiger** vom Tristan in Porto Portals für seine köstlichen Rezepte und dafür, dass ihm Dana über die Schulter schauen durfte. Auch **Roland Trettl** (früher Ca's Puers, jetzt Divinis) hat dem Autor vorzügliche Rezepte überlassen und ihm (und Dana) seine Philosophie der leichten Küche erläutert. Sehr gefreut hat sich der Autor auch über die Rezepte von **Dieter Sögner** vom Colón, der sich ebenfalls als Gesprächspartner für Dana zur Verfügung gestellt hat (und in diesem Buch am liebsten eine Rolle als Mörder übernommen hätte). Dass sich **Eckart Witzigmann** von Dana über den Mercat de L'Olivar hat begleiten lassen, war gewiss für Dana, aber auch für den Autor ein außergewöhnliches Vergnügen. Dafür sei Eckart Witzigmann ebenso herzlich gedankt wie für seine Rezepte. Im Original sind zwei seiner hier wiedergegebenen Rezepte in folgenden Büchern nachzulesen: In Eckart Witzigmanns ***Sechs Jahrzehnte*** und in seiner ***Crossover Küche***. Der Zeitschrift **BUNTE** ein Danke für die Genehmigung, zum Roman-Auftakt einen fiktiven Text zu zitieren (die besondere Authentizität rührt daher, dass der Text sogar von der *BUNTE*-Redaktion verfasst wurde). Dank an den ***Spiegel***, der auch der Veröffentlichung eines fiktiven Zitats zugestimmt und damit einem treuen Leser eine große Freude bereitet hat. Und last but not least ein Dank an die ***Süddeutsche Zeitung*** (der täglichen Pflichtlektüre des Autors), die sich ebenso zum Buchauftakt mit einer Veröffentlichung eines Fantasiebeitrags einverstanden erklärt hat. **Rüdiger Schmid** Dank dafür, dass er Dana in seinem entzückenden Hotel San Lorenzo Quartier gewährte.

Und **Rainer Fichel**, dass er zu den zeitgenössischen Bildern in seinem Viena auch ein Ölgemälde von Raymond hängen ließ. Der auf Mallorca lebenden Journalistin und Autorin **Gabriele Kunze** gilt besonderer Dank, hat sie doch das Manuskript auf Fehler durchgesehen. **Monti Galmes**, Chef der Robinson Clubs in Spanien und in der Karibik, hat den Autor in die Geheimnisse der Harley-Davidson eingewiesen – das Motorrad von Sam gleicht denn auch Montis Harley bis ins Detail. Außerdem war er ein wertvoller Gesprächspartner bei allen Insider-Fragen. Weiteren, nicht minder herzlichen Dank an **Sebastian Vich-Alberti**, der dem Autor schon bei seinem ersten Mallorca-Buch mit seinen profunden Insel- und Geschichtskenntnissen zur Seite gestanden hat, und an **María Martín** für Nachhilfe in der spanischen Sprache. Und al final, un besito an meine Frau **Verena**, die unter anderem alle mallorquinischen Rezepte zusammengetragen und probegekocht hat – und ohne die es dieses Buch sowieso nicht geben würde.

Alle touristischen Angaben in diesem Buch wurden vom Autor mit größter Sorgfalt zusammengestellt. Sollten sich dennoch Fehler eingeschlichen haben, bittet er dies zu entschuldigen. Außerdem unterliegen natürlich insbesondere Telefonnummern sowie Angaben zu Restaurants und Hotels häufigen Veränderungen. Der Autor kann keine Verantwortung für die Richtigkeit der Angaben übernehmen. Was die handelnden Personen im Roman betrifft, so sind diese natürlich frei erfunden. Jede Ähnlichkeit oder Namensgleichheit mit lebenden Personen wäre rein zufällig und unbeabsichtigt.